बेबाक बात

विजय गोयल

प्रभात प्रकाशन, दिल्ली
ISO 9001:2015 प्रकाशक

प्रकाशक • **प्रभात प्रकाशन**
4/19 आसफ अली रोड,
नई दिल्ली-110002

संस्करण • प्रथम, 2018
मूल्य • छह सौ रुपए
मुद्रक • आर-टेक ऑफसेट प्रिंटर्स, दिल्ली

BEBAAK BAAT *articles* by Shri Vijay Goel ₹ 600.00
Published by Prabhat Prakashan, 4/19 Asaf Ali Road, New Delhi-2
e-mail: prabhatbooks@gmail.com ISBN 978-93-5266-993-6

माँ बसंती देवी

और

पिता चरती लाल गोयल

को समर्पित

भूमिका

श्री विजय गोयल के लेखों का संकलन एक पुस्तक 'बेबाक बात' के रूप में प्रकाशित होने जा रहा है। श्री विजय गोयल ने छात्र जीवन की राजनीति से लेकर सांसद और मंत्री तक का लंबा राजनीतिक सफर तय किया है। इस पूरे सफर में समाज और जीवन के विविध पहलुओं पर इनकी पैनी दृष्टि और बेबाक नजरिया रहा है और यह पुस्तक 'बेबाक बात' इन्हीं बेबाक विचारों का संग्रह है। उनके लेखन में उनकी स्पष्ट सोच एवं समझ तथा आम जनता के सरोकारों से उनका गहरा जुड़ाव परिलक्षित होता है।

एक राजनेता, जनप्रतिनिधि, कुशल संगठनकर्ता, समर्पित कार्यकर्ता और विरासतों के संरक्षक के तौर पर उन्हें हर कोई जानता है, लेकिन अब उनकी पहचान एक प्रबुद्ध लेखक के रूप में भी उभर रही है। विजय गोयलजी आदरणीय अटल बिहारी वाजपेयीजी के मंत्रिमंडल में हमारे सहयोगी रहे हैं और वर्तमान में वे संसदीय कार्य राज्य मंत्री के रूप में देश को अपनी सेवाएँ दे रहे हैं। लोकसभा अध्यक्ष के रूप में मुझे उनसे निकट सहयोग और साथ-साथ कार्य करने का सुअवसर प्राप्त हो रहा है।

इस पुस्तक में विजयजी के 2015 से आज तक के समाचार-पत्रों में प्रकाशित लेखों का संकलन है। उनके लेखन का स्पेक्ट्रम भी बहुत बड़ा है, जिसमें राजनीति के अलावा पर्यटन, विरासत, सिनेमा, स्वास्थ्य, सोशल मीडिया, युवा, बुजुर्ग, रीति-रिवाज, राष्ट्रीयता, प्रशासन तथा खेल जैसे विविध विषय शामिल हैं। लगभग सभी विषयों पर सरल भाषा में उनके लेख वर्णित हैं। उनके लेखों में आँकड़े कम और विचार, विश्लेषण एवं सामाजिक चेतना अधिक हैं। सांसद जनता का प्रतिनिधि होता है, जो जनता की बात को संसद में मुखर करता है। विजय गोयलजी संसद एवं सार्वजनिक मंचों के अलावा अपने लेखों के माध्यम से भी जनता की भावनाओं और विचारों को स्वर दे रहे हैं।

संसदीय कार्य मंत्री के तौर पर भी संसदीय प्रक्रियाओं में सुधार के लिए पत्र लिखते रहते हैं। इनमें से कई सुझावों पर अमल भी हो रहा है। इस पुस्तक में संसदीय प्रक्रिया पर भी तीन-चार लेख हैं। वे चलते-फिरते, काम करते हुए जो देखते हैं, उसे ही आम आदमी

की भाषा में अपनी लेखनी में ढालते हैं, जो अत्यंत सामयिक एवं प्रासंगिक है।

मैं इस प्रयास के लिए विजय गोयलजी को बधाई देती हूँ और आशा करती हूँ कि उनकी बेबाक दृष्टि आनेवाले समय में कई और विषयों पर चिंतन करेगी एवं सम्यक् लेखन करेगी।

शुभकामनाओं सहित।

(सुमित्रा महाजन)

अध्यक्ष, लोक सभा

मनोगत

राजनीतिक जीवन की यह खूबी है कि आपको देश, दुनिया और समाज के हर विषय से रू-ब-रू होने और उसे समझने का अवसर मिलता है। इस दौरान व्यक्ति विभिन्न विषयों और बहुत-सी समस्याओं के बारे में एक नई दृष्टि पाता है और इनके समाधान के उपाय भी खोजता है। देशभर में लॉटरी जिस तरह से गरीबों के लिए अफीम के नशे से बढ़कर बन गई थी, उससे उपजी पीड़ा ने मुझे इसके उन्मूलन की आत्म प्रेरणा दी। बाद में यह राष्ट्रव्यापी अभियान मेरे राजनीतिक जीवन का महत्त्वपूर्ण पड़ाव बना। ऐसे कई और भी मौके आए जब ईश्वर ने मुझे सीधे तौर पर सामाजिक बुराइयों को दूर करने का निमित्त बनने का सौभाग्य प्रदान किया। मैं यहाँ उसके विस्तार में नहीं जाऊँगा, लेकिन प्रत्येक राजनेता की एक सीमा होती है, जिसके बाहर वह चाहकर भी सामाजिक बदलाव का प्रत्यक्ष तौर पर नेतृत्व नहीं कर सकता। ऐसे में वेदना बढ़ती है, पीड़ा घनीभूत होती है। मैंने इस पीड़ा को बाहर लाने के लिए कलम का रास्ता चुना ताकि समाज में इन विषयों पर चिंतन की प्रक्रिया आगे बढ़े।

अपने लेखन कार्य के दौरान मैंने खुद को विषयों में टाइप्ड नहीं होने दिया और राजनीति से इतर राष्ट्र प्रेम, इतिहास, भाषा, सामाजिक संबंध, पारिवारिक रिश्ते, लोकाचार और परंपराएँ, त्योहार, सिनेमा, बचपन, पर्यावरण, तकनीकी और व्यापार जैसे कई विषयों पर लिखा।

मुझे इस दौरान बड़ी संख्या में पत्र और इ-मेल के माध्यम से पाठकों की प्रतिक्रियाएँ मिलती थीं, जिनमें इन लेखों को पुस्तक का रूप देने के सुझाव भी मिलते थे। लिहाजा मैंने इसे पुस्तक रूप में आपके हाथों तक पहुँचाने का निर्णय किया। मैं इस पुस्तक का श्रेय अपने उन सभी सुधी पाठकों को देना चाहता हूँ जिनकी प्रशंसा और समालोचना ने मुझे समान रूप से बेहतर लिखने के लिए प्रेरित किया।

मैं आशा करता हूँ कि यह संग्रह आपको पसंद आएगा। मुझे आपकी प्रतिक्रियाओं का इंतजार रहेगा।

—विजय गोयल

officeofvijaygoel@gmail.com

ठीहे पर रखी हुई बात

लिखने वाले नेताओं का इधर अकाल-सा पड़ गया है। आजादी के आंदोलन से जुड़े लगभग सारे नेता अखबारों में खूब लिखते थे। जेल में होते तो वहाँ मोटी पुस्तकें लिख डालते, जिनमें कुछेक आज भी शौक से पढ़ी जाती हैं, लेकिन अभी इस परंपरा के राई-रत्ती अवशेष अंग्रेजी में ही दिखाई पड़ते हैं। हिंदी अखबारों में लिखने वाले राजनेताओं की सूची इतनी छोटी है कि चार-छह लोग भी खोजना मुश्किल है। इसकी मुख्य वजह शायद यह हो कि ज्यादातर नेताओं का काम टी.वी. पर दिए गए बयानों या ट्विटर स्टेटमेंट्स से चल जाता है, लेकिन भारत जैसे विकासशील देश के लिए यह कितना नाकाफी है! संवाद की इन तरीकों से देश के आम लोग तात्कालिक मुद्दों के बारे में तो आपकी राय बखूबी जान सकते हैं, लेकिन दीर्घकालिक महत्त्व के मामलों पर आपके बारे में उनकी राय यही रहती है कि इनके बारे में या तो आप कुछ जानते नहीं या जानते भी हों तो उनपर खुलकर कुछ बोलने की आप में हिम्मत नहीं है।

जो भी कुछ गिने-चुने राजनेता इसके अपवाद माने जा सकते हैं, उनमें विजय गोयल, जिनके प्रति हम जैसे पत्रकारों के मन में थोड़ा अतिरिक्त सम्मान और लगाव होना स्वाभाविक है। कम-से-कम उनके साथ बातचीत करने का कोई साझा आधार तो हमारे पास होता है। किसी मुद्दे पर हम उनके साथ सहमति या विरोध जता सकते हैं, जरूरत पड़ने पर छोटी-मोटी सलाहों का आदान-प्रदान भी कर सकते हैं। इसके विपरीत न लिखने वाले नेताओं को हम उनके भाषणों के जरिए ही जानते हैं, जो किसी और के लिखे हुए भी हो सकते हैं। संवाद का कोई पुल हमारे पास नहीं होता, जिस पर चलकर अपने मन से उनके मन तक पहुँचा जा सके। सबसे बड़ी बात यह है कि जब आप लिखकर कोई बात कहते हैं तो उससे पलटी मारने के मौके कम होते हैं। वह आपकी सोची-समझी राय होती है, उससे जुड़े तथ्य और तर्क आपके पास होते हैं एवं आपकी प्राथमिकता उसे 'ऑन' करने की होती है।

ठोस तौर पर विजय गोयल की लिखाई की बात करूँ तो वे एक छात्र-नेता रहे हैं और यह बात उनकी लिखाई में साफ जाहिर होती है। सीधे, जमीन से उठाए गए तथ्य और सरल शब्दों में तपाक से अपनी बात कहने की भाषा-शैली। कहने से हमारी मुराद ठीक वही होती है। शब्दों की जलेबी छानना या छत पर चढ़कर चीखना, कुछ देर तक टिक सकने वाली बात कहने का सही तरीका नहीं होता। विजय गोयल के लेखों के इस संग्रह में आपको कुछ राजनीतिक

टिप्पणियाँ भी मिलेंगी, जिनसे आप सहमत या असहमत हो सकते हैं, लेकिन साथ ही पर्यावरण से लेकर दिल्ली की पुरानी हवेलियों के संरक्षण तक और शादी-ब्याह की अनावश्यक तड़क-भड़क से लेकर सांसदों के सार्वजनिक जीवन से जुड़ी कठिनाइयों तक बहुत सारे अराजनीतिक मुद्दों पर दोटूक बातचीत भी मिलेगी, जिसे आप भारत के राजनीतिक वर्ग से तरतीबवार सुनना चाहते हैं; लेकिन सुन नहीं पाते। बतौर पत्रकार हम जैसे लोग राजनेता (पॉलिटिशयन) और राजपुरुष (स्टेटमैन) के बीच का फर्क करना जानते हैं। उम्मीद है कि इस पुस्तक के जरिए आम पाठक विजय गोयल के दूसरे वाले रूप को पहचानेंगे। यह भी कि उनकी देखा-देखी कुछ और राजनेता हिंदी में नियमित लेखन शुरू करेंगे।

—चंद्रभूषण
संपादकीय पृष्ठ प्रभारी,
नवभारत टाइम्स

अनुक्रम

तो फिर सेंसर बोर्ड की जरूरत ही क्या?

मेरा विरोध इस बात को लेकर नहीं है कि समाज में क्या स्वीकार्य है और क्या अस्वीकार्य? मेरा सवाल यह है कि हम सेंसर बोर्ड का खर्चा क्यों उठा रहे हैं? मैं समझता हूँ कि सोशल मीडिया पर कंटेंट को नियंत्रित करने की अपनी सीमाएँ हैं, लेकिन जहाँ इस पर नियंत्रण संभव है, वहाँ भी नहीं हो रहा है। ऐसा है तो सेंसर बोर्ड को भंग क्यों न कर दिया जाए?

हाल ही में आई फिल्म 'वीरे दी वेडिंग' ने बॉक्स ऑफिस पर कई रिकॉर्ड तोड़े, लेकिन सबसे बड़ा रिकॉर्ड तोड़ा अश्लीलता का। फिल्म के संवाद को सुनकर यह सवाल फिर मौजूं हो गया है कि क्या वाकई देश में राष्ट्रीय फिल्म प्रमाणन बोर्ड, यानी सेंसर बोर्ड की कोई जरूरत बची है ? इस फिल्म में द्विअर्थी संवादों, विशुद्ध गालियों और दृश्यों का जिस तरह बार-बार इस्तेमाल हुआ है, वह चौंकाने वाला है। जो लोग वीरे दी वेडिंग को स्वस्थ हास्य फिल्म समझकर सिनेमा हॉल पहुँचे, उन्हें बड़ी शर्मिंदगी झेलनी पड़ी। यदि सेंसर बोर्ड गालियों को बैन न करने के लिए तर्क देता है कि यह समाज में प्रचलित शब्दावली है, तो बोर्ड की जरूरत ही क्या है ? उसकी जिम्मेदारी है कि फिल्म के माध्यम से समाज में प्रचलित बुराइयों को बढ़ावा न मिले और समाज में गलत संदेश न जाए। अच्छा होता कि फिल्म के शुरू में और बीच-बीच में भी 'वयस्कों के लिए' और 'अश्लील संवाद' जैसी हिदायतें दी गई होतीं। फिल्म बनाने वालों का आत्मविश्वास भी देखिए कि उन्होंने ऐसी फिल्म के लिए करोड़ों खर्च कर दिए, इस यकीन के साथ कि फिल्म पास जरूर होगी।

सेंसर बोर्ड की कैंची किस नियम से चलती है, यह समझ से परे है। इसकी दो मिसाल हैं। पहली, 1975 में आई फिल्म 'आँधी' को लेकर हुआ विवाद, जिसके बारे में कहा गया था कि इसमें पूर्व प्रधानमंत्री इंदिरा गांधी के जीवन का गलत चित्रण किया गया है। विवाद बढ़ने पर इंदिरा गांधी के दो सहायकों ने फिल्म देखने के बाद रिलीज की इजाजत दी थी। लेकिन 20

हफ्तों के बाद फिल्म को फिर बैन कर दिया गया। सेंसर बोर्ड का कहना था कि हीरोइन के 'ड्रिंकिंग' और 'स्मोकिंग' वाले सीन को फिर से शूट किया जाए। दूसरी मिसाल, कुछ समय पहले आई एक फिल्म से 'साला' शब्द हटाने पर सेंसर बोर्ड का अड़ना। वह भी तब, जब हमारे यहाँ कमीने और रासकल्स के नाम से फिल्में ही मौजूद हैं, साला मैं तो साहब बन गया जैसे गाने हैं। और अब वीरे दी वेडिंग में आपको वह सब मिलेगा, जिसे इन दोनों उदाहरणों के हिसाब से बैन हो जाना चाहिए था। लेकिन इसके विरोध में कोई बोला ही नहीं।

मैंने पिछले दिनों एक ऐसी फिल्म देखी, जिसमें कई सीन में किरदार सिगरेट का धुआँ

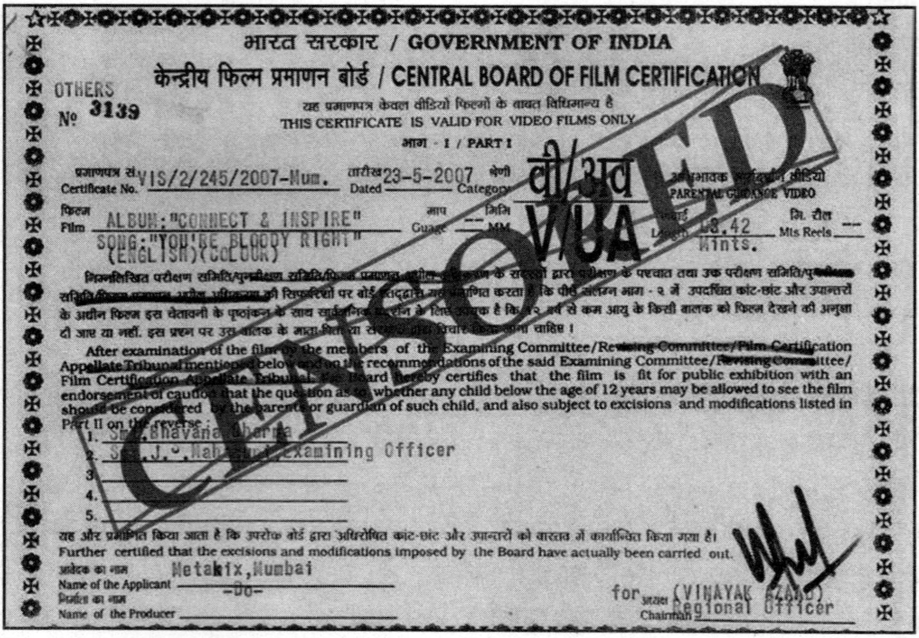
भारत सरकार / GOVERNMENT OF INDIA
केन्द्रीय फिल्म प्रमाणन बोर्ड / CENTRAL BOARD OF FILM CERTIFICATION
OTHERS
№ 3139
यह प्रमाणपत्र केवल वीडियो फिल्मों के बाबत विधिमान्य है
THIS CERTIFICATE IS VALID FOR VIDEO FILMS ONLY
भाग - I / PART I
प्रमाणपत्र सं. Certificate No. VIS/2/245/2007-Mum. तारीख Dated 23-5-2007 श्रेणी Category वी/अव V/UA PARENTAL GUIDANCE VIDEO
फिल्म Film ALBUM:"CONNECT & INSPIRE" SONG:"YOU'RE BLOODY RIGHT" (ENGLISH)(COLOUR) माप Guage -- मिमि MM लंबाई Length 08.42 Mints. मि. रील Mts Reels --
[illegible]
After examination of the film by the members of the Examining Committee/Revising Committee/Film Certification Appellate Tribunal mentioned below and on the recommendations of the said Examining Committee/Revising Committee/Film Certification Appellate Tribunal, the Board hereby certifies that the film is fit for public exhibition with an endorsement of caution that the question as to whether any child below the age of 12 years may be allowed to see the film should be considered by the parents or guardian of such child, and also subject to excisions and modifications listed in Part II on the reverse :
1. Smt. Bhavana [illegible]
2. S[illegible] J. [illegible], Examining Officer
3.
4.
5.
यह और प्रमाणित किया जाता है कि उपरोक्त बोर्ड द्वारा अधिरोपित कांट-छांट और उपान्तरों को वास्तव में कार्यान्वित किया गया है।
Further certified that the excisions and modifications imposed by the Board have actually been carried out.
आवेदक का नाम Name of the Applicant Metakix, Mumbai
निर्माता का नाम Name of the Producer -Do-
for (VINAYAK AZAD) अध्यक्ष Chairman Regional Officer
CENSORED

उड़ाते नजर आ रहे थे, लेकिन इस दौरान छोटे अक्षरों में एक चेतावनी आती थी, जिसे पढ़ना भी मुश्किल था। अश्लील दृश्यों के मामले में भी ऐसा हो सकता है, जिसमें दर्शक अपने विवेक के अनुसार आँखें मूँदने के लिए स्वतंत्र हों। कुछ लोगों का कहना है कि सेंसर बोर्ड हर फिल्म की शुरुआत में एक चेतावनी लगा दे, यह फिल्म फलाँ श्रेणी की है, जैसे अश्लील, डरावनी, अभद्र भाषा, हिंसक आदि और देखने का फैसला दर्शकों पर छोड़ दे। उनका तर्क है कि सिगरेट और शराब की पैकिंग पर भी ऐसी ही चेतावनी होती है, बाकी इसके उपभोग करने वाले की मर्जी। इससे सेंसर बोर्ड फिल्मों में बेतुकी काट-छाँट के आरोपों से भी बरी हो जाएगा।

टेलीविजन खुद अपने को सेंसर करता है। समाचार चैनलों और टीवी सीरियल अपने कंटेंट की निगरानी अमूमन खुद करते हैं। क्या यही काम फिल्मों पर छोड़ा जा सकता है? बोर्ड फिल्म को सेंसर करने की बजाय जिस दर्शक-वर्ग के लिए उसे बनाया गया है, उसके अनुसार फिल्मों

की रेटिंग कर दे, बस। सेंसर बोर्ड चाहे तो सर्वे करा डाले और फिर जो समाज चाहता है, वही परोसा जाए। एक सूची बन जाए कि बस इतने प्रकार के काम, संवाद या दृश्य सेंसर होंगे।

मेरा विरोध इस बात को लेकर नहीं है कि समाज में क्या स्वीकार्य है और क्या अस्वीकार्य? मेरा सवाल यह है कि हम सेंसर बोर्ड का खर्चा क्यों उठा रहे हैं? मैं समझता हूँ कि सोशल मीडिया पर कंटेंट को नियंत्रित करने की अपनी सीमाएँ हैं, लेकिन जहाँ इस पर नियंत्रण संभव है, वहाँ भी नहीं हो रहा है। ऐसा है तो सेंसर बोर्ड को भंग क्यों न कर दिया जाए?

कुछ फिल्मकार भी सवाल उठाते रहे हैं कि आखिर भारत में सेंसरशिप क्यों होनी चाहिए? वे मानते हैं कि फिल्मकार खुद तय कर सकते हैं कि क्या दिखाना है और क्या नहीं? हालाँकि सेंसर बोर्ड के पक्ष में खड़े होने वाले मानते हैं कि सिनेमा एक व्यावसायिक माध्यम है, जिससे निर्माताओं का फायदा भी जुड़ा है। इसे सिर्फ फिल्मकारों के विवेक पर नहीं छोड़ा जा सकता। चूँकि फिल्मों का समाज पर गहरा असर होता है, इसीलिए फिल्मकारों की जिम्मेदारी तय करने वाली संस्था की जरूरत हमेशा रहेगी। अगर फिल्मों को सिर्फ निर्माताओं के भरोसे छोड़ दिया गया, तो वे फिल्म की व्यावसायिक सफलता के लिए किसी भी हद तक जा सकते हैं। इसलिए प्रदर्शन से पहले सरकार तय करे कि फिल्म कोई गलत संदेश तो प्रसारित नहीं कर रही है। अगर सेंसर बोर्ड यह सब देख ही नहीं रहा, तो उसका होना बेमानी हो जाता है। फिल्मकार खुद कंटेंट तय करें, तो कम से कम सरकार पक्षपात के आरोपों से दूर रह पाएगी।

वीरे दी वेडिंग से जो सिलसिला शुरू हुआ है, वह आगे बढ़ने वाला है और हमारे घरों की मॉडर्न भाषा और संवाद का स्तर यही होने वाला है। क्या हम इस तरह की चीजों के लिए तैयार हैं?

सेंसर बोर्ड जिस तरह से अनावश्यक आपत्तियों, रिलीज की तारीख करीब आने तक फिल्मों को लटकाने और दूसरे आरोपों-आलोचनाओं का शिकार रहा है, उसे देखते हुए हमें फिल्मों के आकलन की प्रक्रिया को नए तरीके से अंजाम देने की जरूरत है। जनवरी 2016 में सेंसर बोर्ड में सुधार के लिए श्याम बेनेगल की अध्यक्षता में गठित कमेटी की जो सिफारिशें मीडिया के हवाले से सामने आई हैं, उसके मुताबिक कमेटी ने कहा है कि सेंसर बोर्ड का रोल सिर्फ उतना हो, जितना उसे बनाए जाने का मकसद था, यानी सेंसर बोर्ड सिर्फ फिल्मकारों को सर्टिफिकेट दे, न कि काट-छाँट पर सलाह। फिल्म पर प्रतिबंध लगाने का हक सिर्फ केंद्र सरकार को देने की सिफारिश भी कमेटी ने की है। सिनेमेटोग्राफर ऐक्ट में बदलाव अभी विचाराधीन है, इसीलिए यह वक्त बेहद मुफीद है कि समाज में भी सेंसर बोर्ड की प्रासंगिकता और वक्त के मुताबिक उसमें बदलाव पर बहस छिड़े। यह दर्शकों के भी हित में होगा

(हिंदुस्तान, 21 जून, 2018)

□

क्यों न अब छुट्टियों की छुट्टी की जाए

महापुरुषों के नाम पर छुट्टियाँ केवल स्कूलों और सरकारी दफ्तरों में होती हैं। निजी काम करने वालों या व्यापारियों के लिए क्यों नहीं?

अकसर किसी नए संसद सत्र की शुरुआत किसी सांसद के निधन पर शोक प्रकट करने से होती है। 740 सिटिंग सांसदों और पूर्व सांसदों में से किसी-न-किसी के बारे में अप्रिय खबर आ ही जाती है और संसद की कार्रवाई श्रद्धांजलि देने के बाद स्थगित हो जाती है। बड़ी कोफ्त होती है, शुरुआत ही अशुभ सी लगती है। 17 जुलाई को संसद के मानसून सत्र के पहले दिन भी कुछ ऐसा ही हुआ। कुछ साथी सांसदों की मृत्यु पर श्रद्धांजलि अर्पित करने के बाद संसद की कार्रवाई स्थगित कर दी गई। संसद का नियम यह है कि जब सिटिंग मेंबर की संसदीय सत्र के दौरान या सत्र के बाहर मृत्यु हो जाती है तो सदन की छुट्टी कर दी जाती है। आजकल तो छुट्टी को स्टेटस सिंबल मान लिया गया है। दु:ख भी छुट्टी करके व्यक्त किया जा रहा है। प्रश्न यह है कि क्या छुट्टी करके ही व्यक्ति को श्रद्धांजलि दी जा सकती है या उसके आदर्शों पर चला जा सकता है? सही बात तो यह है कि श्रद्धांजलि देते ही हम हँसते-खेलते दूसरे कामों में लग जाते हैं।

आज हमारे देश में 20 राजपत्रित और 34 वैकल्पिक छुट्टियाँ हैं। छुट्टियों पर भी राजनीति है। कौन कितना बड़ा व्यक्ति या महापुरुष है, यह इससे पता चलता है कि उसके मरने पर कितनी छुट्टियाँ हुईं। मुझे ध्यान है कि बहुत पहले राष्ट्रपति के निधन पर चार छुट्टियाँ होती थीं, जिसे बाद में एक दिन कर दिया गया। ऐसा लगता है कि सुख-दु:ख प्रकट करने का एक ही तरीका रह गया है कि छुट्टी कर दो। उत्तर प्रदेश के मुख्यमंत्री योगीजी ने बिल्कुल ठीक कहा कि महापुरुषों और नेताओं के मरने-जीने पर स्कूल बंद नहीं होंगे, बल्कि उस दिन उनके बारे में बताया जाएगा। पहले स्कूलों में 220 कामकाजी दिन हुआ करते थे, जो 130-140 रह गए हैं। इसी तरह मध्य प्रदेश सरकार ने भी स्कूलों की छुट्टियों को कम कर 25 कर दिया है। मुझे

याद आता है कि वाजपेयी सरकार के समय संसद में ऐसी पहल करने की कोशिश हुई थी कि किसी सिटिंग सांसद के निधन पर सदन श्रद्धांजलि देने के बाद स्थगित न हो, पर यह कोशिश सिरे नहीं चढ़ी।

आम आदमी के लिए छुट्टी आज खुशी का मौका हो गई है, चाहे वह किसी के मरने पर ही क्यों न हो। लोगों को लगता है कि हमें स्कूल से, दफ्तर से छुट्टी मिल गई है, चलो कुछ मौज करेंगे या काम निपटाएँगे। श्रद्धांजलि दिवस पर मूवी या पिकनिक जा रहे हैं। यह भी अजीब बात है कि महापुरुषों के जन्मदिवस या पुण्यतिथि पर छुट्टियाँ केवल स्कूलों और सरकारी दफ्तरों में ही होती हैं, निजी काम करने वालों या बाजार के व्यापारियों के लिए क्यों नहीं? छुट्टियाँ बिल्कुल उसी तरह से हैं, जैसे महापुरुष की मूर्तियाँ सड़कों पर लगी होती हैं और कार में जाते हुए अपने बच्चों को हम यह तक नहीं बताते कि अमुक मूर्ति किस महापुरुष की है, उनके आदर्श और साहित्य के बारे में बताना तो दूर की बात है। इसी तरह पार्लियामेंट के सेंट्रल हॉल में लगे महापुरुषों के चित्रों पर स्पीकर द्वारा पुष्पांजलि एक रस्म अदायगी सी हो चली है। जब उन महापुरुषों की जयंती आती है, तब 10–20 सांसद आकर श्रद्धांजलि दे देते हैं, क्योंकि यह रस्म वर्षों से चली आ रही है। ऐसा भी होता है कि मात्र एक सदस्य किसी मौके पर मौजूद देखा गया। सदन चल रहा हो तो श्रद्धांजलि सेंट्रल हॉल में न देकर सदन के अंदर दी जानी चाहिए।

अब न्यायाधीशों को ही लीजिए। वे भी उसी तरह छुट्टियाँ लेते हैं, जिस तरह ब्रिटिश राज में अंग्रेज जज लेते थे। अंग्रेज जजों से गर्मियाँ बर्दाश्त नहीं होती थीं और तब कोर्ट में एयरकंडीशनर भी नहीं होते थे, इसलिए वे छुट्टी लेकर ठंडे इलाकों में चले जाते थे। आज जब जज भी इंडियन हैं और कोर्ट में एयरकंडीशनर भी हैं, तो ऐसे में हर साल एक महीना 19 दिन की छुट्टी करना

कितना उचित है, जबकि लाखों मुकदमे विभिन्न अदालतों में लंबित पड़े हैं। इन छुट्टियों के अतिरिक्त जजों के लिए रीजनल फेस्टीवल और पब्लिक हॉलीडे की 43 छुट्टियाँ अलग से हैं। सरकार को छुट्टियों के मामले में जजों और वकीलों के सामने झुकना पड़ता है। इस तरह कोर्ट साल में केवल नौ महीने काम करता है। छुट्टियाँ देनी ही हैं तो जजों को अलग-अलग ग्रुप में दी जाएँ, ताकि सारे कोर्ट एक साथ बंद न हों और न्याय मिलता रहे। हमारे देश में सरकारी और बैंकिंग सेक्टर में सबसे ज्यादा छुट्टियाँ हैं और हड़तालों के कारण ये छुट्टियाँ और भी बढ़ जाती हैं।

क्या भारत इतनी मैनपावर और उत्पादकता बर्बाद करने का जोखिम ले सकता है? मजे की बात तो यह है कि जब शनिवार-रविवार की छुट्टी होती है तब पब्लिक डीलिंग के तमाम दफ्तर भी बंद होते हैं। एक आदमी अपने काम छुट्टीवाले दिन भी नहीं निपटा सकता। भारत में एक सरकारी कर्मचारी को जितनी छुट्टियाँ दी गई हैं, अगर वह सारी की सारी ले ले तो साल के 365 दिनों में से वह केवल 184 दिन ही काम करेगा। अगर वह हाफ डे लीव न ले तो कुल 206 दिन काम करेगा।

इसके विपरीत चीन में 6 दिन का सप्ताह होता है और केवल 10 पब्लिक हॉलीडे हैं। अमेरिका में 5 दिन का सप्ताह है और केवल 11 हॉलीडे हैं। किसी भी कर्मचारी को जरूरत पर जितनी भी छुट्टी चाहे दे दो। पर उसे इतनी भी छुट्टी मत दो कि वह काम में सुस्त हो जाए। पाँचवें और छठे वेतन आयोग ने छुट्टियाँ कम करने की बात कही थी। सरकार ने पे स्केल तो बढ़ाकर लागू कर दिया, पर छुट्टियाँ कम करने की ताकत नहीं दिखा पाई। उम्मीद है कि सभी इस दिशा में विचार कर कोई रास्ता निकालेंगे।

(नवभारत टाइम्स, 3 सितंबर, 2017)

□

सोशल मीडिया के दौर में समाज

यह कैसा सोशल मीडिया है, जो बहुत से 'फ्रेंड्स' होते हुए भी व्यक्ति को अकेला करके छोड़ देता है।

इन दिनों इंटरनेट आधारित एक खतरनाक खेल 'ब्लू व्हेल' खासा चर्चा में है। यह खेल खेलने वाले बच्चों की आत्महत्या की खबरें आ रही हैं। मैं जब भी ऐसी खबरें पढ़ता हूँ, मन बहुत व्यथित होता है। मन में सवाल उठता है कि कोई खेल कैसे किसी बच्चे की जिंदगी खत्म करने का माध्यम बन सकता है? लेकिन डिजिटल दुनिया के खेल 'ब्लू व्हेल' के बारे में ऐसा ही है। इस खेल को एक कुंठित व्यक्ति ने डिजाइन किया है, जिसके चक्रव्यूह में फँसनेवाले बच्चे तरह-तरह के टास्क करते हैं और आखिरी टास्क होता है जान देने की बहादुरी दिखाने का। हमारे मन में खेल शब्द सुनते ही जोश और उमंग का संचार होता है। हमारे बचपन के खेल कितने निराले होते थे, यह बताने की जरूरत बड़ों को नहीं है। हाँ, आज के बच्चे उन बहुत सारे खेलों के बारे में नहीं जानते हैं, जो तन में स्फूर्ति तो भरते ही थे, साथ ही हमें बौद्धिक रूप से भी मजबूत बनाते थे। समूहों में खेले जाने वाले खेल नेतृत्व की क्षमता भी बढ़ाते थे और सामुदायिक भावना भी मन में भरते थे। तब हम सोच भी नहीं सकते थे कि शतरंज, कैरम, लूडो या साँप-सीढ़ी जैसे कुछ खेलों को छोड़कर कोई खेल घर के कमरों में बैठकर भी खेला जा सकता है। लेकिन अब घरों से शतरंज और लूडो की बिसातें ही गायब होती जा रही हैं। आज बहुत से खेल डिजिटल माध्यमों पर उपलब्ध हैं। कभी भी खाली समय में या यात्रा करते वक्त बहुत से लोग ये खेल खेलते हुए देखे जा सकते हैं। वे इनमें इतने तल्लीन होते हैं कि आसपास क्या हलचल हो रही है, इसका भी पता उन्हें नहीं चलता। दफ्तर में खाली वक्त में लोग कंप्यूटर पर खेलों की आभासी दुनिया में खोए होते हैं। मेट्रो, बसों, टैक्सियों में सफर के दौरान लोग अपने-अपने स्मार्ट फोनों पर झुके रहते हैं। आसपास भीड़भाड़ के बावजूद हम पूरी तरह तन्हा होते हैं। यही वजह है कि आदमी अपने इर्द-गिर्द को भी भूलकर खुद में ही सिमटता जा रहा है। सामाजिक प्राणी आदमी

समाज से कटता जा रहा है। लोगों के अंदर सकारात्मक संवेदनाएँ खत्म होती जा रही हैं। कोई घायल सड़क पर तड़पता रहता है, आसपास भीड़ भी जुटती है, तो लोग केवल उसकी तस्वीरें या वीडियो बनाते रहते हैं, उसे अस्पताल लेकर जाने में उनकी कोई दिलचस्पी नहीं रहती। बहुत कम लोग हैं, जो जरूरतमंदों की मदद के लिए तुरंत आगे आते हैं। फिलहाल तो इसी तथ्य से उम्मीद बरकरार है। लोग कभी तो आभासी दुनिया से ऊबकर आसमान को जी भरकर देखेंगे।

वैज्ञानिक तरक्की अच्छी बात है, पर क्या सामाजिक पतन की कीमत पर इसे लक्ष्य की ओर बढ़ने की सीढ़ी करार दिया जा सकता है? सोशल मीडिया के इस दौर में सामाजिक कड़ियाँ बुरी तरह बिखरने लग जाएँ, तो चिंता की बात है। दो साल पहले अगस्त के आखिरी दिन आधी रात को दिल्ली के एक बच्चे ने व्हाट्सअप पर अपनी तस्वीर के साथ संदेश लिखा कि ऐसी दुनिया में नहीं रहना, जहाँ पैसे की कीमत इंसान से ज्यादा है। रात को वह पंखे से झूल गया। इसके कुछ दिन बाद ही खबर आई कि एक लड़की ने खुदकुशी करने का सबसे नायाब तरीका ढूँढ़ने के लिए करीब सौ वेबसाइट सर्च कीं। कुछ युवाओं ने खुदकुशी के लाइव वीडियो सोशल मीडिया पर अपलोड किए हैं। ऐसी खबरें चिंता बढ़ाती हैं। यह कैसा सोशल मीडिया है, जो बहुत से 'फ्रेंड्स' होते हुए भी व्यक्ति को अकेला करके छोड़ देता है।

ऐसा नहीं है कि प्रौद्योगिकी का नकारात्मक इस्तेमाल ही हो रहा है। यह तर्क किसी भी स्तर पर नहीं दिया जा सकता है कि सोशल मीडिया और इंटरनेट का इस्तेमाल नहीं किया जाना चाहिए। ऐसा करने से तो हम दुनिया के साथ कदमताल ही नहीं कर पाएँगे, लेकिन इस तथ्य से मुँह नहीं मोड़ा जा सकता है कि सोशल मीडिया का दुरुपयोग पूरी दुनिया में हो रहा है। आतंकवाद, तमाम तरह के आर्थिक घोटाले, जासूसी वगैरह में इंटरनेट का धड़ल्ले से इस्तेमाल हो रहा है। अकेले

हमारे देश में 50 करोड़ से ज्यादा लोग इंटरनेट का इस्तेमाल कर रहे हैं। सौ करोड़ से ज्यादा लोग मोबाइल फोन का इस्तेमाल कर रहे हैं। ऐसे में जरूरत इस बात की है कि बचपन से ही लोगों को इसके सकारात्मक इस्तेमाल के बारे में जागरूक किया जाए। आज सरकारी कामकाज आधुनिक तौर-तरीकों से किए जाएँ, इस ओर काफी ध्यान दिया जा रहा है। निजी क्षेत्र भी सोशल मीडिया और इंटरनेट को तरजीह दे रहा है। शिक्षा, रोजगार, उत्पादन सभी क्षेत्रों में संचार के साधनों की तरक्की बहुत कारगर साबित हो रही है। ऐसे में जिस गति से व्यक्तिगत और सामुदायिक 'यूजर्स' की संख्या में इजाफा हो रहा है, उसी गति से कंटैंट मैनेजमेंट की जरूरत है। सोशल मीडिया को प्राथमिक से लेकर उच्च शिक्षा तक के पाठ्यक्रमों में शामिल किए जाने की भी जरूरत है। अभिभावकों के लिए भी रिफ्रेशर कोर्स कराने की व्यवस्था की जा सकती है। सरकारी और निजी क्षेत्र की संचार सुविधाएँ देनेवाली तमाम कंपनियों को इस बारे में सोचना चाहिए। कहीं ऐसा न हो कि सोशल मीडिया पर हमारे दोस्तों की संख्या लाखों में होने के बावजूद हम रिश्तों की गर्माहट का गुनगुना एहसास भूलकर धीरे-धीरे अकेलेपन के सर्द अँधेरों में खो जाएँ।

(दैनिक जागरण, 9 सितंबर, 2017)

□

मजाक बन रहा माफी माँगना

जैसे फालतू पीआईएल लगानेवालों पर जुर्माना लगने लगा है, वैसे ही आरोप लगाकर माफी माँगनेवालों पर भी लगे।

पहले दूसरों को बदनाम करने के लिए झूठे एवं बेबुनियाद आरोप लगाओ, खूब प्रचार पाओ और जब लाखों-करोड़ों के मानहानि के मुकदमे का सामना करना पड़े तो फिर एक दिन कह दो कि हम अपना कीमती समय बचाने के लिए माफी माँग रहे हैं। यह सिलसिला इसलिए ठीक नहीं है, क्योंकि माफी सिर्फ एक शब्द नहीं, बल्कि एक ऐसा भाव है, जो किसी व्यक्ति द्वारा की गई गलती का प्रायश्चित्त करने के अहसास से उभरता है। दिखावे के लिए या फिर अदालती मुसीबत से बचने के लिए माफी माँगना एक तरह से माफी शब्द की गरिमा को कम करना है। एक समय माफी माँगनेवाला शर्म से जमीन में गड़ जाता था। माफी मरण समान मानी जाती थी। कल्पना कीजिए कि कोई व्यक्ति दूसरे को बेवजह बदनाम करता है और उस पर अनर्गल और आधारहीन आरोप लगाता है। अगर आरोप लगानेवाला जानी मानी शख्सियत होता है तो मीडिया भी उसके आरोपों को खूब महत्त्व देता है। बहुत होता है तो कभी-कभी पीड़ित का पक्ष भी आ जाता है, लेकिन इतने मात्र से वह आरोपों से मुक्त नहीं होता। ऐसे में पीड़ित के पास अपनी बेगुनाही साबित करने का एक ही माध्यम रह जाता है और वह है अदालत की शरण में जाना।

यह साफ है कि यदि मानहानि के मामले अदालतों में न पहुँचें तो कोई माफी माँगने की जहमत ही नहीं उठाए। माफी माँगने और माफी मिल जाने पर कानूनी तौर पर मामला भले ही समाप्त हो जाता हो, लेकिन अदालतों का जो अच्छा खासा समय बर्बाद होता है, उसकी भरपाई नहीं होती। क्या अदालतों के वक्त की कोई कीमत नहीं? अच्छा हो कि माफ करने वाले इतनी आसानी से माफी न दें। वैसे भी माफी इसी भाव से अधिक दी जाती है, चलो पिंड छूटा। यह ठीक वैसे ही है, जैसे कभी कोई भिखारी पीछा न छोड़े तो उसे भीख देकर पिंड छुड़ा लिया जाता

है। जैसे यह दिल से दिया गया दान नहीं होता, वैसे ही मानहानि के मामलों में माफ करने के प्रसंग भी दिल से माफी देने के नहीं कहे जा सकते।

आखिर हमारे नेता भावी पीढ़ी को क्या संस्कार दे रहे हैं? पहले बच्चों या फिर भगवान की कसम खानेवालों पर लोग भरोसा करते थे, लेकिन अब भला कसमें खानेवालों पर कौन भरोसा करेगा? माफी को इतना हल्का बना दिया गया है कि अब माफी माँगना एक मजाक सा हो गया है। पहले बेबुनियाद आरोप लगाने और फिर बाद में माफी माँगने वालों के प्रति अदालतों को सख्ती दिखानी चाहिए। अदालतें जनता के पैसों से चलती हैं। उन पर मुकदमों का भारी बोझ है। जब देश के लाखों लोग न्याय की आस में अदालतों के चक्कर काटते रहते हैं, तब अदालतों और जनता का वक्त बर्बाद करने वाले माफी के मामलों को खत्म करना ठीक नहीं। क्या यदि कल को चोर और जेबकतरे भी अपनी करनी की माफी माँग लें तो उन्हें विना सजा दिए या जुर्माना लगाए माफी दी जा सकती है? आखिर अदालतों के कीमती वक्त की बर्बादी का हर्जाना आम जनता क्यों चुकाए?

इन मुकदमों की जगह दूसरे मुकदमों में इतना समय लगाया जाता तो कई जरूरतमंदों को न्याय मिलता, लेकिन यहाँ तो एक आदमी ने दूसरे आदमी को गाली दी। दूसरे ने लाखों-करोड़ों का मुकदमा ठोक दिया तो पहला शख्स कुछ समय तक अपने आरोपों पर अड़ा रहा और फिर कुछ समय बाद बोला कि मैंने गलत या आधारहीन बात कही थी। मैं माफी माँगता हूँ। आखिर यह क्या बात हुई? आमतौर पर उसे माफी इसलिए मिल जाती है, क्योंकि माफ करने वाले को भी लगता है कि उसकी जीत हुई है, इसी के साथ मामला समाप्त हो जाता है। क्या यह

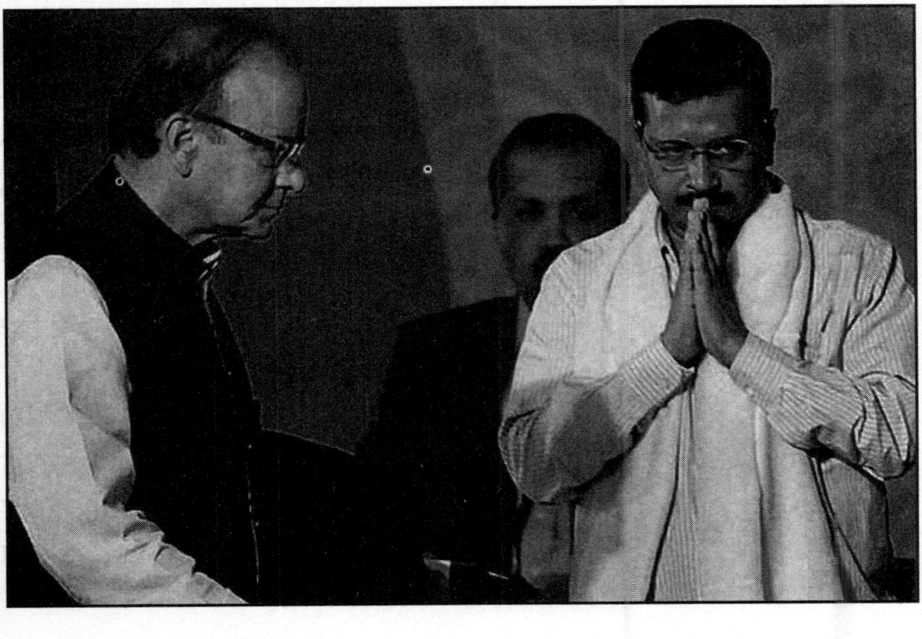

उचित नहीं कि अदालतें पहले आरोप और फिर माफी माँगने वालों पर इसलिए जुर्माना लगाएँ, क्योंकि उन्होंने अदालत का समय बर्बाद किया और समय की इस बर्बादी से जनता के पैसे का नुकसान हुआ।

ध्यान रहे कि जब यह देखने को मिला कि जनहित याचिकाओं के नाम पर कुछ लोग अपना स्वार्थ सिद्ध कर रहे हैं और कोर्ट एवं जनता का अमूल्य समय बेकार की बातों में पड़ने से बर्बाद हो रहा है तो निराधार और बिना जन-सरोकार वाली याचिकाओं को दाखिल करने वालों पर जुर्माना लगने लगा। जैसे फालतू की जनहित याचिकाएँ दाखिल करने वालों पर जुर्माना लगने लगा है, वैसे ही उन पर भी लगना चाहिए, जो माफी माँगकर अदालतों का समय जाया करते हैं। अदालतों का अर्थ केवल न्यायाधीशों से नहीं है। वे एक व्यापक व्यवस्था का हिस्सा होती हैं और यह व्यवस्था सरकार यानी हमारे-आपके टैक्स के पैसे से संचालित होती है। ऐसे में माफी माँगने के साथ ही मामले को खत्म करना एक तरह से जनता को ठगना है। ध्यान रहे कि मानहानि के कुछ मामलों में दिन-प्रतिदिन सुनवाई होती है, क्योंकि उन्हें गंभीर मामला माना जाता है। क्या यह मान लिया जाए कि माफी माँगने के साथ ही ऐसे मामलों की सारी गंभीरता खत्म हो जाती है ?

यह भी ध्यान रहे कि पहले अनर्गल आरोप लगाने वाले बाद में माफी माँगकर यह भी दिखाते हैं कि उन्होंने माफी माँगने का साहस दिखाया। सच यह है कि माफी माँगने वाले उस अपराधी की तरह हैं, जो आदतन अपराध करते रहते हैं और रह-रहकर जेल जाते रहते हैं। चूँकि माफी माँगनेवालों के बारे में इसकी कोई गारंटी नहीं कि वे भविष्य में फिर किसी पर बेबुनियाद आरोप लगाकर उसे बदनाम करने का काम नहीं करेंगे, इसीलिए माफ करने वालों और साथ ही अदालतों को उन्हें यूँ ही नहीं छोड़ देना चाहिए। ऐसे लोगों को मजा चखाया जाना चाहिए। आज जब आरोप लगाकर फिर माफी माँग लेने के मामले सामने आ रहे हैं, तब यह याद आता है कि अपने देश में तमाम ऐसे लोग हुए हैं, जिन्होंने शीश कटवा दिए, लेकिन अपनी बात से डिगे नहीं। आज स्थिति यह है कि महत्त्वपूर्ण पदों पर बैठे व्यक्ति यह साबित कर रहे हैं कि उनकी बातों का कोई मूल्य-महत्त्व नहीं और वे दूसरों पर कीचड़ उछालने और फिर माफी माँगकर भाग जाने में माहिर हैं।

(दैनिक जागरण, 22 अप्रैल, 2018)

□

अधिकार चाहिए तो खुलकर बोलें

जनता और सिस्टम में दूरी बरकरार है,
लोग अपना हक माँगने में झिझकते हैं

डर को हमने शालीनता का नाम दे दिया है, लेकिन असल बात यह है कि मुकाबला करने का साहस हम में रहा ही नहीं है।

पिछले दिनों मैं परिवार के साथ एक पाँच सितारा होटल में गया था। वहाँ सूप अच्छा नहीं था, मैंने शिकायत कर दी। वेटर बोला, क्या शिकायत है ? मैंने कहा, स्वाद अच्छा नहीं है। मेरा बेटा बोला, छोड़ो पापा ! आपको तो आदत है, कमियाँ निकालने की। मैंने कहा कि हम पैसे दे रहे हैं तो सही खाने के लिए दे रहे हैं।

पर दोस्तो, आज कोई बोलता ही नहीं। रेहड़ी पर फल-सब्जी बेचनेवाले को छह बार हम कह देंगे कि तेरे टिंडे खराब थे, आम मीठे नहीं निकले। दस रुपए की मूँगफली लेने पर हम मूँगफली वाले को टोक देते हैं कि कम तौल रहे हो, पर पाँच सितारा होटल में हमारी जुबान बंद हो जाती है।

फर्क नहीं पड़ता

रास्ते में कुत्ता मरा पड़ा है, शिकायत नहीं करेंगे। थ्री व्हीलरवाले पर गुस्सा आता है, जब शिकायत करना चाहते हैं, तब नंबर नहीं होता। घर जाते-जाते ठंडे पड़ जाते हैं कि कौन झंझट में पड़े। टूटी सड़कों में गड्ढे होने से हमें कोई फर्क नहीं पड़ता। मानो सड़कें गड्ढेवाली ही होती हैं।

आप किसी अफसर के दफ्तर में काम से जाते हैं, वह मुस्कुराना तो छोड़, ठीक से बात भी नहीं करता। चक्कर-पर-चक्कर कटवाता है। जबकि हमारा काम बिल्कुल सही है, पर हम उसको यह नहीं कहते कि तू हमारा काम क्यों नहीं कर रहा ? हमें अच्छी तरह मालूम है कि वह हमारा काम नहीं करेगा, मगर हम उसे सुनाते नहीं, मुँह लटकाकर चले आते हैं। दूसरा अफसर

हमसे रिश्वत माँग रहा है। हमें मालूम है कि वह भ्रष्ट है, उस पर भी हम उससे डरते हैं। यह नहीं कहते कि उसे शर्म आनी चाहिए, क्योंकि हम डरते हैं कि कहीं वह हमारा काम खराब न कर दे और हमें पूरा विश्वास है कि उसका ऊपरवाला अफसर हमारी सुनेगा नहीं।

सिपाही, थानेदार हमसे बदतमीजी से बात करता है। 'सर' जैसे किसी शब्द से उसे कोई मतलब नहीं है। बैठने तक के लिए नहीं कहता। फिर भी बड़े-से-बड़ा आदमी उसके आगे रिरियाता रहता है। जबकि सरकार ने उन्हें जनता की मदद करने के लिए रखा है और गवर्नमेंट सर्वेंट का नाम दिया है। जनता असहाय सी है। निरीह गाय की तरह उसे एक टेबल से दूसरी टेबल पर लोग हाँके जा रहे हैं। मैंने अपने जीवन में जो ठीक नहीं लगा, उसका या तो विरोध किया या ऐसा संदेश जरूर दिया। चाहे वह पार्टी हो, चाहे वह सरकार हो, परिवार, अफसर, नेता हो या कोई और। मेरे दोस्त और घरवाले मुझे कहते रहे, क्यों पंगा लेते हो। इसलिए इमरजेंसी में पिताजी के जेल में होने के बावजूद इमरजेंसी का विरोध करते हुए मैं महीनों जेल

में रहा और उसके बाद भी कई बार जेल गया।

सवेरे से शाम तक सौ चीजों की हमें टेंशन रहती है। बीस आदमियों को हम खरी-खोटी सुनाना चाहते हैं, पर गुस्सा पी रहे हैं और जी रहे हैं। डर को हमने शालीनता का नाम दे दिया है, लेकिन असल बात यह है कि मुकाबला करने का साहस हम में रहा ही नहीं। दुकानदार हमसे अपनी मर्जी के दाम एमआरपी के नाम पर माँग रहा है, पर हम कुछ नहीं बोलते। आधी रात को बिजली जाती है, तो पिता बेटे से कहता है कि बेटा, उठ देख, हमारी बिजली गई है या पूरे मोहल्ले की? बेटा खिड़की से परदा उठाता है और देखकर कहता है, पापा, सारे मोहल्ले की गई है। पापा

कहता है, बेटा सो जा, गुप्ताजी कंपलेंट कर देंगे। यही हमारी आदत है। हम दूसरों के भरोसे रहते हैं। मैं कहना चाहता हूँ कि बोलिए, क्योंकि हमारे अधिकारों की अवहेलना हो रही है। कुछ भी गलत देखें तो बोलें जरूर। कोई भी पुलिस व सरकारी कर्मचारी कुछ भी गलत करे तो लिखित में उसकी शिकायत करें। आज अगर कार्रवाई नहीं भी हुई तो कल जब उसकी उसके अफसर से बिगड़ जाएगी तो वही अफसर हमारी कंपलेंट निकालकर उस पर एक्शन कर देगा।

पिछले सालों हमने जूनियर इंजीनियर और जूनियर क्लर्क को थप्पड़ मारने के किस्से सुने। उसके लिए मीडिया ने एम.पी., एम.एल.ए., कॉर्पोरेटर को खूब गालियाँ दीं। कोई अगर लगातार पचास बार कहने के बाद भी काम न करे तो आपको गुस्सा आएगा या नहीं। और तब, जबकि आपको पूरा विश्वास है कि उससे ऊपरवाला आपकी सुनेगा नहीं, आपको टका-सा यह जवाब दे दिया जाएगा कि आपको तकलीफ है तो हमारी शिकायत कर दो, ज्यादा है तो कोर्ट में चले जाओ। बताइए, जनता के पास आज क्या इतना समय है और क्या कोर्ट में आनन-फानन में फैसला हो ही जाएगा?

अकाउंटेबिलिटी कमीशन

सोसाइटी डरपोक हो गई है। धर्म और सदाचरण के पल्लू में बँधकर अपने को समझाती रहती है। पर सच बात तो यह है कि दूसरे की नाफरमानियों पर मैं नहीं बोल रहा हूँ और मेरी नाफरमानियों पर दूसरे नहीं बोल रहे हैं।

प्रोटेस्ट करना हमारा अधिकार है। आवाज उठाने पर आप देखेंगे कि थोड़े दिनों में समाज उठ खड़ा होगा, लोगों में एक-दूसरे का डर होगा और समाज में एकाउंटेबिलिटी आएगी। और फिर बोलने के परिणाम आपके सामने होंगे। मोदी सरकार को चाहिए कि वह एकाउंटेबिलिटी कमीशन बनाए।

(नवभारत टाइम्स, 2 सितंबर, 2015)

□

हम बचपन को क्यों मार रहे हैं?

गलियों में अब बच्चे नहीं खेलते। वहाँ वाहनों का राज है। लगता है, अब शहर में इंसान नहीं सिर्फ गाड़ियाँ रहती हैं।

गर्मियों की छुट्टियों के बावजूद अब पार्क में बच्चे धमाचौकड़ी करते नजर नहीं आते। मैं एक दिन एक पार्क में बैट-बॉल लेकर बच्चों के साथ गया। खेल शुरू किया ही था कि हमें रोक दिया गया कि हरियाली खराब हो जाएगी। हमें टोकने वाले बुजुर्ग शख्स थे। बुजुर्ग अब इतने मानसिक तनाव में रहते हैं कि उन्हें पार्क में खेलते हुए बच्चे भी अच्छे नहीं लगते। हरियाली का अपना महत्त्व है, लेकिन क्या इसके नाम पर बच्चों से पार्क में खेलने का सहज अधिकार हम छीन लेंगे? हम तो बचपन में अपनी गलियों में ही खेल लेते थे। जहाँ कहीं कच्ची गलियाँ होतीं, गुच्ची बनाकर गुल्ली-डंडा खेलने लगते। जब गुल्ली कैच होती, तो दाँव दे रही टीम को क्रिकेट से भी ज्यादा आनंद आता था। रंग-बिरंगे कंचों की बात ही निराली थी। गली में दस छोटे-बड़े पत्थर एक-दूसरे पर रखकर पिट्ठू खेला जाता था। लड़कियाँ अकसर इक्कड़-दुक्कड़ या स्टापू खेलती थीं। पता नहीं अब ये खेल कहाँ चले गए।

नीलाम हुए मैदान

अब गलियों में वाहनों का राज है। लगता है, शहरों में इंसान नहीं, गाड़ियाँ ही रहती हैं। गलियों में वाहन फर्राटे भरते हैं, लिहाजा चोट लगने का डर होता है। बच्चे जोखिम उठाकर खेलें भी तो किसी गाड़ी को बॉल लग जाने पर लोग आसमान सिर पर उठा लेते हैं। तरक्की के इस दौर में कंप्यूटर, इंटरनेट, सोशल मीडिया का बोलबाला है। पढ़ाई के भारी-भरकम बोझ तले दबे बच्चे घरों में ही सिमटकर रह गए हैं। उनकी आँखें कितनी कमजोर होती जा रही हैं। माँ-बाप को बहुत देर बाद पता चलता है, लेकिन उनकी भी मजबूरी है। बड़े मैदान सरकारों ने आमदनी के लिए नीलाम कर दिए। वहाँ ऊँची-ऊँची इमारतें बन गईं। पहले सीनियर सेकंडरी

स्कूलों के लिए चार एकड़ जगह दी जाती थी। दो एकड़ बिल्डिंग के लिए और दो एकड़ मैदान के लिए। अब स्कूलों के लिए कुल दो एकड़ ही जमीन दी जाती है। जिन स्कूलों में मैदान हैं, वे दोपहर दो बजे के बाद खाली हो जाते हैं। क्या स्कूलों की छुट्टी हो जाने के बाद सरकार को मैदान आस-पास के बच्चों के लिए नहीं खोल देने चाहिए? पब्लिक स्कूलों को छोड़ दें तो क्या सरकारी स्कूलों में ऐसा इंतजाम नहीं हो सकता?

एक और पहलू भी है, जिसकी वजह से बचपन खोता जा रहा है। आज माता-पिता छोटे-छोटे बच्चों से बड़ी-बड़ी उम्मीदें पाले रहते हैं। मेरे एक दोस्त ने अपने बच्चे को स्कूल में दाखिला दिलाते ही एक घंटे की स्वीमिंग क्लास, एक घंटे की कंप्यूटर क्लास और एक घंटे की एरोबिक्स क्लास जॉइन करा दी। पता नहीं लोग बच्चों से चाहते क्या हैं? अगर नर्सरी क्लास में किसी अच्छे स्कूल में दाखिला नहीं होता तो बच्चे को ही कोसा जाता है। कोई चीज कपड़ों पर गिर जाए तो बच्चे के साथ ऐसा बर्ताव होता है कि उसने बड़ा अपराध कर दिया। खेलते हुए बच्चा कपड़े गंदे कर लाए तो भयंकर डाँट पड़ती है। अब बच्चा मिट्टी में नहीं खेलेगा, तो देश की मिट्टी, देश के संस्कार से जुड़ेगा कैसे? बच्चों को हर पल नसीहत दी जाती है—पेड़ पर मत चढ़ना, पतंग मत उड़ाना, गिर जाओगे। अँधेरे में मत जाओ, भूत आ जाएगा।

पहले राजा-महाराजाओं के लड़के 14-15 साल की उम्र में घोड़े पर सवार होकर लड़ाई के लिए निकल जाते थे। अब 15 साल के बच्चों को माँ पल्लू में छुपाए रखती है। 24 घंटे हम बच्चों की खामियाँ निकालते रहते हैं। महँगे खिलौने तो देते हैं, वक्त बिल्कुल नहीं देते। आज घरों में ही बच्चों का बचपन कहीं खो गया है। उनके अपने कमरे हैं, जिन्हें माँ-बाप सजाकर रखते हैं और दोस्तों को दिखाकर गर्व महसूस करते हैं। वे नहीं जानते कि घर में

बच्चों को अपनापन महसूस कराना कितना जरूरी है। अकेलेपन के कमरों में कैद बच्चों की सेहत खराब हो रही है। वे डिप्रेशन, ब्लड प्रेशर, डाइबिटीज जैसी गंभीर बीमारियों की चपेट में आ रहे हैं। पहले एक दंपती के औसतन तीन-चार बच्चे होते थे। वे आपस में खेलकर, लड़-झगड़कर अपनी भड़ास निकाल लेते थे। अब परिवारों में एक या दो बच्चे ही होते हैं। उस पर भी माँ-बाप की उम्मीदों का बोझ। मैं यह नहीं कह रहा कि तीन-चार बच्चे आज भी वक्त की जरूरत हैं, लेकिन बचपन के गायब होते जाने की समस्या से निजात पाने के लिए हमें कुछ तो सोचना होगा।

कैसा भविष्य

मेरा सुझाव है कि ऐसे पार्क हों, जिनमें सिर्फ बच्चे खेलें। पूरा पार्क नहीं तो आधी जगह बच्चों के लिए रिजर्व की जाए। स्कूल टाइम के बाद मैदान इलाके के आम बच्चों के लिए खोले जाएँ। बच्चों के लिए स्पेशल क्लब खोले जाएँ। पुराने देसी खेलों को दोबारा बढ़ावा दिया जाए। साथ ही माता-पिता की काउंसिलिंग के लिए केंद्र बनें, जहाँ उन्हें समझाया जाए कि बच्चों से बड़ी अपेक्षाएँ क्यों नहीं की जानी चाहिए। बचपन को बचाना है, तो इस तरफ पूरी शिद्दत और ईमानदारी से सोचना होगा। हम कहते तो रहते हैं कि बच्चे ही देश का भविष्य होते हैं, लेकिन देश का भविष्य मजबूत हाथों में रहे, इसके लिए करते कुछ नहीं हैं। जब हमारे आज के बच्चे दिमागी तौर पर मजबूत नहीं होंगे तो जरा सोचिए कि अंतरराष्ट्रीय स्तर पर कड़ी प्रतियोगिता वाले इस दौर में हमारी क्या स्थिति होगी?

(नवभारत टाइम्स, 24 जून, 2015)

□

मनुष्यता का मोबाइल वाला दौर

लाखों घंटे सेल्फी लेने में बर्बाद हो रहे हैं। देशों के राष्ट्रपति-प्रधानमंत्री तक सेल्फी ले रहे हैं, क्योंकि उन्हें अपना फेसबुक अपडेट करना है।

उन दिनों मैं दिल्ली सदर लोकसभा सीट से चुनाव जीता था। मोबाइल का प्रचलन शुरू ही हुआ था। नोकिया का मोटा-सा फोन हाथ में रहता था। तब एक कॉल करने की ही नहीं, आने की दर भी कम-से-कम 8 रुपए थी। ऐसा लगता था कि फोन नहीं बिल चला आ रहा है। उन्हीं दिनों एक बार मुझे किसी ने फोन किया और पूछा, कौन बोल रहे हैं। मैंने उनसे कहा कि 'आप बताइए, आप कौन बोल रहे हैं, फोन तो आपने किया है।' उसने फिर कहा, 'नहीं, आप बताओ कौन बोल रहे हो?' फिर मुझे ध्यान आया कि इस बहस में पैसे तो मेरे भी लग रहे हैं। उस समय मोबाइल फोन बड़ा स्टेटस सिंबल बन गया था। किसी से मोबाइल नंबर माँग लो तो उसकी त्योरियाँ चढ़ जाती थीं। आज हाल यह है कि हम विजिटिंग कार्ड पर मोबाइल नंबर छाप-छापकर बाँट रहे हैं।

मोबाइल पर बड़े-से-बड़े लोग ऐसे उपलब्ध हैं, जैसे चौबीस घंटे आपकी नौकरी में हों। फर्क सिर्फ इतना है कि जिससे उनको काम है, उसका फोन उठा लेंगे और जिनका उनसे काम नहीं है, उसका नहीं उठाएँगे। कुछ तो फोन उठाएँगे ही नहीं, और ऐसे जताएँगे कि मानो वे हमेशा व्यस्त रहते हैं। मोबाइल फोन में घड़ी, कलेंडर, कैमरा, कैलकुलेटर, रेडियो, टॉर्च सब होने से इनको अलग से नहीं रखना पड़ता। जो चीजें पहले कंप्यूटर, लैपटॉप या आई-पैड पर देखनी पड़ती थीं, वे सब यानी ई-मेल, फेसबुक, ट्विटर आदि मोबाइल पर ही उपलब्ध हैं।

मोबाइल आने के बाद दिमाग ने काम करना ही बंद कर दिया है। पहले जो सौ-पचास नंबर याद रहते थे, अब एक भी याद नहीं रहता। फोन नंबर डायरी में लिखने की जगह अब सभी फोन नंबर मोबाइल में स्टोर हो जाते हैं और आसानी से ढूँढ़े भी जा सकते हैं। कई मौक़ों

पर यह शर्मिंदगी से हमें बचाता है। आप 'पेज-3 पार्टी' में हैं और कोई आपके पास खड़ा नहीं हो रहा। ऐसे में आप किसी कोने में अकेले में फोन पर बात करने में लग जाते हैं, मानो आप बिजी हों। पर वास्तव में आप फोन करने का नाटक कर रहे होते हैं या जबरदस्ती स्वयं को व्यस्त दिखाने के लिए फोन मिला लिया होता है।

मोबाइल का कमाल देखिए, जो बात आप फोन पर कहने से डरते हैं, वह अप्रिय-से-अप्रिय बात आसानी से एसएमएस कर देते हैं। और तो और यदि किसी को बुलाना न हो तो आप फटाफट मिस कॉल करके छोड़ देते हैं, ताकि बाद में कहें, यार मैंने तो फोन किया था, तूने ही जवाब (रिस्पॉन्स) नहीं दिया। आजकल एसएमएस भेजकर ही लोग रिश्तेदारी निभा रहे हैं। भाई-बहनों का हालचाल पूछकर औपचारिकता कर रहे हैं। बेटा-बेटी माँ-बाप को मोबाइल पर एसएमएस से बहला रहे हैं।

मोबाइल की फेसबुक पर अपनी फोटो डालकर हर आम आदमी भी नेता व सेलिब्रेटी हो गया है। देखनेवाला चाहे और कोई भी न हो, खुद ही देख-देखकर खुश होते रहते हैं। आजकल तो मोबाइल में व्हाट्सएप्प, वीडियो कॉलिंग आदि न जाने कितनी सुविधाएँ आ गई हैं, जिनके माध्यम से विदेशों में रह रहे रिश्तेदारों, दोस्तों से बात कर सकते हैं और उन्हें देख भी सकते हैं। मोबाइल के रेट इतने कम हो गए हैं कि एमटीएनएल के फोन को लोग भूल ही गए हैं। गरीब-से-गरीब आदमी भी मोबाइल पर कॉल करने में कंजूसी नहीं करता।

मोबाइल के नुकसान भी बहुत हो गए हैं। आज आदमी को लगता है, जैसे उसके चारों तरफ कैमरे लगे हुए हैं। कहाँ कौन आपका क्या रिकॉर्ड कर रहा है, आपको खुद नहीं मालूम।

जब मैं रेस्टोरेंट में खाना खाने जाता हूँ तो अकसर देखता हूँ कि पूरा परिवार एक साथ खाना खाने आया है। बड़ी खुशी होती है देखकर कि अभी भी संयुक्त परिवार जिंदा हैं। लेकिन थोड़ी देर बाद जब उनकी टेबल की तरफ देखता हूँ तो बेटा-बहू, लड़का-लड़की और माँ-बाप सब अपने-अपने मोबाइल पर व्यस्त हो जाते हैं और पूरा समय सिर उठाकर देखता भी नहीं। बैठे एक ही टेबल पर होते हैं, पर आपस में बात भी नहीं करते। यह सिर्फ मोबाइल के कारण नहीं है। लोग आजकल एक-दूसरे से नजरें चुराने के लिए मोबाइल का इस्तेमाल कर रहे है कि कहीं कोई सवाल न पूछ ले।

सवाल है कि जिंदगी किसके लिए और सुविधाएँ किसके लिए; अगर जीवन में खुशी ही नहीं है। लोगों ने दो-दो, तीन-तीन मोबाइल रखने शुरू कर दिए हैं और एक भी फोन खाली नहीं रहता। इसके अत्यधिक इस्तेमाल से बच्चों में बहरेपन की समस्या आ रही है और आँखों पर मोटे-मोटे चश्मे लग रहे हैं। मोबाइल टावर से निकलनेवाली तरंगें कई तरह की बीमारियाँ पैदा कर रही हैं।

'सेल्फी' एक नई बीमारी हो गई है। कोई हिसाब लगाकर देखे तो देश के लाखों घंटे सेल्फी लेने में बर्बाद हो रहे हैं। देशों के राष्ट्रपति-प्रधानमंत्री तक सेल्फी ले रहे हैं, क्योंकि उन्हें अपना फेसबुक अपडेट करना है।

सोशल मीडिया में आप पलक झपकते जिसको चाहे उखाड़ दो। भद्दी-से-भद्दी गालियाँ दी जा रही हैं। अभद्रता और अश्लीलता से लोगों के फोन भरे हुए हैं। हम फिल्मों के सेंसर की बात कर रहे हैं। मोबाइल सेंसर करने की हिम्मत किसमें है? इस आपाधापी वाली जिंदगी में लोग इतने व्यस्त हो गए हैं कि मोबाइल उनकी मूलभूत जरूरत बन गई है। गलती से मोबाइल घर पर छूट जाए तो जीवन में खालीपन सा लगने लगता है। हाथ में मोबाइल न हो तो ऐसा लगता है कि कुछ मिस कर रहे हैं। जीवन पर मोबाइल का इस तरह से हावी होना हमें कहाँ ले जाएगा?

(नवभारत टाइम्स 15 जुलाई, 2017)

□

पुलिस का दर्द कौन समझेगा

कभी हमने पुलिसकर्मी और उनके परिवार के दर्द को समझने की कोशिश की है कि उनकी क्या कठिनाइयाँ मजबूरियाँ हैं, वे किन परिस्थितियों में काम करते हैं?

पिछले दिनों जब दिल्ली के मुख्यमंत्री अरविंद केजरीवाल ने अपनी ही फोर्स के सिपाहियों को ठुल्ला कह दिया तो मैं अपने आप को लिखने से रोक नहीं पाया कि क्या पुलिस और उसके परिवारवालों के दर्द को कोई समझेगा? क्या उनको गाली निकालकर हम उनसे ईमानदारी से काम करने की उम्मीद कर सकते हैं या आज उन्हें उत्साहित करने की जरूरत है।

एक दिन अपनी बेटी की दोस्त से जब मैंने पूछा कि उसके पिताजी क्या करते हैं, तो उसने संकोचवश बताने में बहुत समय लिया कि उसके पिता पुलिस में इंस्पेक्टर हैं।

एक पब्लिक स्कूल के प्रिंसिपल से मेरी बात हुई तो उन्होंने कहा कि वे पुलिसवालों के बच्चों को दाखिला नहीं देना चाहते। लोग पुलिसवालों के बारे में कहते हैं कि न इनकी दोस्ती अच्छी न दुश्मनी। मैंने देखा है कि जो सम्मान आर्मी के लिए है, वह सम्मान पुलिसवालों के लिए कभी नहीं रहा। जबकि आर्मी से हमारा वास्ता नहीं पड़ता, पर पुलिस हमारी रोजाना की रक्षा का भार उठाती है। हम भाव तो उनके लिए अच्छा नहीं रखते, पर आशा जरूर करते हैं कि उन्हें हमारे पल-पल के खतरे के बारे में पता हो और वे हमारी रक्षा करें। साधारण सी बात है, जब हम उनका मान-सम्मान नहीं करेंगे, तो उनसे अच्छे काम की उम्मीद कैसे कर सकते हैं!

दिल्ली की ढाई करोड़ से अधिक जनसंख्या है और जिसके ऊपर करीब 87,000 पुलिसकर्मी हैं, जिनमें से 25,000 पुलिसकर्मी वीआईपी सिक्योरिटी, यानी दूतावास, जज, नेता, ब्यूरोक्रेट की सेवा में हैं, 10,000 ट्रैफिक पुलिस में हैं, 10,000 थानों में प्रशासनिक काम देख रहे हैं और 10,000 मेडिकल या दूसरे अवकाश पर हैं तो कुल मिलाकर 25-30,000 पुलिसकर्मी ढाई करोड़ की जनसंख्या के ऊपर हैं, यानी एक सिपाही के पास 10,000 लोग हैं।

कभी हमने पुलिस और उनके परिवार के दर्द को समझने की कोशिश की है क्या कि

उनकी क्या कठिनाइयाँ हैं और क्या मजबूरियाँ हैं और किन परिस्थितियों में वे काम कर रहे हैं? उनसे जितनी हमारी अपेक्षाएँ हैं, उतनी सुविधाएँ उनको हम नहीं दे रहे हैं। एक पुलिसकर्मी के काम करने के घंटे आठ नहीं अपितु बारह हैं और एक इंस्पेक्टर चौबीस घंटे का नौकर है। जिस समय हम होली, दीवाली मना रहे होते हैं, उस समय भी हजारों पुलिसवाले ड्यूटी पर तैनात रहते हैं और अपने घर होली, दीवाली मनाने नहीं जाते। पिछले दिनों पार्लियामेंट में भी मैंने यह मामला उठाया था।

बहुत कम लोगों को मालूम होगा कि 87,000 की पुलिस फोर्स में कम-से-कम दस प्रतिशत लोग मानसिक रोग से पीड़ित हैं। सबसे पहले तो आप उन्हें सुविधाएँ मिलने पर नजर डाल लें। आज के अपराधियों के पास हाईटेक तेज वाहन हैं और हमारे पुलिसकर्मियों के पास घिसी-पिटी जिप्सी। पहले रॉयल एन फील्ड थी, जो कई पुलिसवालों से तो स्टैंड पर भी नहीं लगती थी, अब पल्सर दी गई है। एक सिपाही जिसके पास मोटरसाइकिल है, उसको साइकिल अलाउंस मिलता है और वह भी बीस रुपए प्रतिमाह है और जिसके पास कार है, उसे मोटर साइकिल का अलाउंस डेढ़ सौ रुपए प्रतिमाह मिलता है, जिसमें आज दो लीटर पेट्रोल भी नहीं आता। सरकारी यूनिफार्म ऐसी है कि पहनने को मन नहीं करता और अंग्रेजों के जमाने से वही खाकी यूनिफार्म चली आ रही है। पुलिसवाले कहते हैं कि यह गुलामी की प्रतीक है, हमें कुछ कलरफुल यूनिफार्म मिलनी चाहिए। सिपाही से एसएचओ तक को चार साल से जूते नहीं मिले। 87,000 पुलिस मैन में से पाँच प्रतिशत के पास भी मकान नहीं है। किराया बेसिक सैलरी का सिर्फ पंद्रह प्रतिशत है और सब-इंसपेक्टर को 2000 रुपया किराए का मिलता है। इन 2000

रुपयों में आज मकान किराए पर मिलता है क्या? राशन मनी 1500 रुपए महीना है और इन सबके बाद भी हम उम्मीद करते हैं कि ये सिपाही चौबीस घंटे ईमानदार रहकर काम करें, बेशक हम कानून तोड़ते रहें।

मुझे अच्छी तरह से याद है कि कॉलेज के दिनों में जब कोई पुलिस का सिपाही नियम तोड़ने पर हमारा चालान करता था तो मन-ही-मन उसको दुनिया भर की गालियाँ हम दे देते थे और चाहे उसने पैसा न माँगा हो, तब भी हम आरोप जड़ देते थे कि पैसे माँगने के लिए चालान काट रहा है और यह नजारा आज भी सड़कों पर देखते हैं कि पब्लिक ट्रैफिक पुलिस से झगड़ रही होती है। और तो और, जितनी भी फिल्में आती हैं, उनमें पुलिस का जितना मजाक उड़ाया जाता है और जितना भ्रष्ट उनको दिखाया जाता है, मानो पूरी-की-पूरी पुलिस कौम भ्रष्ट और बेईमान हो। आजकल तो फिल्मों में खलनायक की जरूरत ही नहीं रह गई है, उसकी जगह पुलिस को विलेन बना दिया जाता है।

एक पुलिसवाले की छवि कुछ इस कदर दिखाई जाती है, उसके एक हाथ में डंडा पकड़ा दिया जाता है, मोटा सा पेट दिखाया जाता है और उसको एक जोकर की तरह दिखाते हैं। वह भी ऐसा डंडा, जो आप आरटीआई के जमाने में मार नहीं सकते।

मुझे आज तक एक बात समझ में नहीं आई कि किसी भी पुलिस अफसर ने या एसोसिएशन ने फिल्मों के खिलाफ कोई मुकदमा दायर क्यों नहीं किया, जबकि आपने देखा होगा कि धर्म के नाम पर हिंदू, मुसलमान सभी लोगों ने फिल्मों में गलत छवि दिखाए जाने पर मुकदमा दायर किया। और तो और, अपनी-अपनी जातियों के महापुरुषों का वर्णन ठीक प्रकार से न होने पर भी मुकदमे हुए हैं।

आज वाहवाही बटोरने के लिए पुलिस को गाली देना एक आम फैशन की बात हो गई है। मेरा मानना है कि पुलिस में भी उतने ही लोग गलत हैं, जितने लोग लगभग हर प्रोफेशन के अंदर अपने प्रोफेशन को बदनाम कर रहे है। पर आज जरूरत है पुलिसकर्मियों को उत्साहित करके उनको प्रेरणा देकर काम करवाने की।

मजे की बात देखिए, जो छेड़छाड़, बलात्कार कर रहे हैं, जो डकैतियाँ डाल रहे हैं, जो गाड़ियाँ चोरी कर रहे हैं, जो चोरियाँ कर रहे हैं, उनकी जगह उनसे ज्यादा पुलिस को कोसा जाता है कि पुलिस उनको पकड़ क्यों नहीं रही। मानो चप्पे-चप्पे पर पुलिस खड़ी हो। दिल्ली का उदाहरण ले लीजिए। हर साल दिल्ली में लगभग छह लाख लोग बाहर से रोजी-रोटी की तलाश में आते हैं। क्या कोई भी पुलिस फोर्स ऐसी हो सकती है, जो दिल्ली के असंख्य लोगों को सँभाल सके।

हम क्यों तुरंत पुलिस को दोष देना शुरू कर देते हैं। दोष तो इस बात का भी है कि हमें संस्कार कम मिल रहे हैं। दोष तो इस बात का भी है कि जो धर्म हमें अच्छा आचरण करना सिखाता है, उस पर हमने चलना कम कर दिया है। दोष तो इस बात का भी है कि सोसाइटी

मैटिरियलिस्टिक हो गई है और आज लोग थोड़े समय में ज्यादा कमाने के लिए अपराध की ओर बढ़ रहे हैं। दोष इस बात का भी है कि माँ-बाप के पास बच्चों के लिए समय नहीं है और बच्चे बिगड़ रहे हैं। दोष इस बात का भी है कि तेज भागती जिंदगी की आपाधापी के कारण मानसिक तनाव होने से लोगों में शराब और मद्य पदार्थों का सेवन बढ़ गया है। ये सारी चीजें हमें दिखाई नहीं देतीं। जिनके कारण अपराध बढ़ रहे हैं, जिन पर हम ध्यान नहीं दे रहे, और पुलिस को ऐसे दोष देते हैं, मानो पुलिस जादू का डंडा लेकर घूम रही है।

मुझे याद है कि पहले गलियों में बच्चे पुलिसवाले को देखकर नमस्ते करते थे, उन्हें सिखाया जाता था कि पुलिसवाले को देखो तो नमस्ते करके आओ, पर अब न बच्चों को पुलिसवालों को नमस्ते करना सिखाया जा रहा है और न पुलिसवाले सर कहकर बात कर रहे हैं। पुलिसवालों की भी सही ट्रेनिंग नहीं हो रही।

सच बात तो यह है कि हमारी सरकारों ने पुलिस फोर्स के ऊपर ध्यान ही नहीं दिया। एक पुलिसवाला कितनी लोलनी लाइफ बिता रहा है और अपने परिवार से कितना दूर है। इसका परिणाम यह है कि अधिकांश पुलिसवालों के बच्चे बिगड़ जाते हैं। कुछ पुलिसवाले समयाभाव के कारण उन पर ध्यान नहीं दे पाते और कुछ पुलिसवालों के रोब के कारण।

यदि समाज आज पुलिसवालों से अच्छे परिणाम चाहता है और ईमानदारी से काम करने की उम्मीद करता है तो जरूरत है पुलिसकर्मियों के उचित सम्मान व उत्साहित करने की। दूसरी तरफ यह बताने की जरूरत नहीं है कि पुलिस को अगर अपनी छवि सुधारनी है और सम्मान अर्जित करना है तो भ्रष्टाचार में कमी आनी चाहिए और पुलिस भी आम आदमी का सम्मान करना सीखे।

(पंजाब केसरी, 26 अगस्त, 2015)

□

भाषा क्यों नहीं बदलना चाहती पुलिस?

दिल्ली पुलिस की ट्रेनिंग में भी आमतौर पर एफआईआर वगैरह में इस्तेमाल किए जा रहे उर्दू और फारसी के कठिन शब्दों का बहुत ज्यादा इस्तेमाल नहीं किया जाता। ट्रेनिंग खत्म कर जब उन्हें थानों में तैनाती मिलती है, तब वे रुटीन में काम करते हुए इन्हें सीख लेते हैं। मेरी कई पुलिसकर्मियों से इस बारे में बात हुई है। मुझे लगता है कि नई पीढ़ी के पुलिसवाले तो कठिन शब्दों को हटाने के पक्ष में हैं, लेकिन सीनियर पुलिस कर्मचारी ऐसा नहीं चाहते। अजीब बात है कि हम एक ढर्रे पर चलने के इस कदर आदी हो गए हैं कि थोड़ा बदलाव और ऐसा बदलाव, जो वक्त की जरूरत है, करना ही नहीं चाहते।

पिछले दिनों एक दिलचस्प खबर पढ़ने को मिली, तो मैंने सोचा कि हम क्यों बदलना नहीं चाहते? खबर यह थी कि दिल्ली पुलिस कोर्ट में दाखिल एक याचिका का त्रिरोध कर रही है। याचिका में माँग की गई थी कि पुलिस थानों में एफआईआर या दूसरे किस्म की जो रिपोर्ट नियमित तौर पर दर्ज की जाती हैं, उनमें उर्दू और फारसी के शब्दों का इस्तेमाल नहीं किया जाना चाहिए। उन शब्दों का तो हरगिज नहीं, जो आजकल आम बोलचाल में हैं ही नहीं। मुझे भी याचिका में की गई माँग सही ही लगी, क्योंकि अब लोग उस तरह की भाषा का इस्तेमाल नहीं करते हैं। जब पुराने और मुश्किल शब्द चलन में ही नहीं हैं तो फिर एफआईआर या दूसरी रिपोर्टों में आम बोलचाल में आ चुके हिंदी और इंग्लिश के शब्दों का इस्तेमाल क्यों नहीं किया जाना चाहिए?

रिपोर्ट में उदाहरण स्वरूप दिल्ली के एक थाने में दर्ज एफआईआर का हवाला दिया गया था, जिसमें लिखा गया था—'डीओ साहब थाना हौजखास बकार सरकार निवेदन है कि मन एएसआई इमरोज इमरजेंसी ड्यूटी पर मौजूद था कि मन इत्तला मौसूल होने पर मन ट्रोमा

सेंटर पहुँचा, जहाँ पर मजरूब रूपेश जेरे इलाज मिला, जिससे पूछताछ अमल में लाई, जिसने अपना बयान तहरीर कराया जो बयान बाला से हालात से मुलाहजा एमएलसी से सरेदस्त सूरत जुर्म दफा 307 का सरजद होना पाया जाता है, लिहाजा तहरीर हजा बगर्ज कायर्म मुकदमा दर्ज करके इत्तला दी जावे। मन एएसआई मौका पर मसरूफबा तफ्तीश है। वक्त वकुआजाय वकुआ दीगर नकुलात बजरिये डाक अफसरान बाला की खिदमत में अरसाल होंगे।'

अब जरा आप ही बताइए कि आपको क्या पूरी बात समझ में आई? इतना ही समझ में आ रहा है कि दफा 307 का कोई केस है। किसी रूपेश पर जानलेवा हमला हुआ है। अगर यही रिपोर्ट हिंदी और अंग्रेजी के आमतौर पर प्रचलित शब्दों में लिखी जाती, तो हम सभी इसे आसानी से समझ सकते थे। सवाल यह है कि पुलिसवाले जब खुद इस तरह की भाषा का इस्तेमाल रोजमर्रा की जिंदगी में नहीं करते तो फिर पुलिस कोर्ट में इसका इस्तेमाल जारी रखने के पक्ष में क्यों है? एक तो यही बात समझ में आती है कि इंसानी स्वभाव होता है, जो खुद को खास बनाए रखना चाहता है, क्योंकि आम लोग उर्दू और फारसी का उस तरह का इस्तेमाल नहीं करते, जैसा ऊपर थाने में दर्ज एफआईआर में किया गया है, लिहाजा पुलिस को

लगता होगा कि वह आम नहीं है, बल्कि खास है। लेकिन यह दलील मेरे गले से नहीं उतरती।

ब्रिटिश शासनकाल में इंडियन पीनल कोड यानी आईपीसी यानी भारतीय दंड संहिता लागू होने के बाद 31 जनवरी, 1861 को दिल्ली के सदर थाने में पहला केस दर्ज किया गया था। उस एफआईआर में उर्दू और फारसी के शब्दों का बहुतायत में इस्तेमाल किया गया था। उस वक्त यह सही था, क्योंकि तब शासन की भाषा फारसी थी और आम लोग उर्दू और फारसी का ही इस्तेमाल ज्यादा करते थे, लेकिन देश आजाद होने के बाद भी एफआईआर में वही भाषा इस्तेमाल की जाती रही और आज तक जारी है, जबकि लोगों के बोलने के संस्कार पूरी तरह बदल गए हैं। अब लोग अंग्रेजी दां हो गए हैं या फिर हिंदी बोलते हैं। तो फिर ऐसी भाषा का इस्तेमाल पुलिस क्यों कर रही है, जो पूरी तरह समझ में ही नहीं आती?

दिल्ली पुलिस की ट्रेनिंग में भी आमतौर पर एफआईआर वगैरह में इस्तेमाल किए जा रहे उर्दू और फारसी के कठिन शब्दों का बहुत ज्यादा इस्तेमाल नहीं किया जाता। ट्रेनिंग खत्म कर जब उन्हें थानों में तैनाती मिलती है, तब वे रुटीन में काम करते हुए इन्हें सीख लेते हैं। मेरी कई पुलिसकर्मियों से इस बारे में बात हुई है। मुझे लगता है कि नई पीढ़ी के पुलिसवाले तो कठिन शब्दों को हटाने के पक्ष में हैं, लेकिन सीनियर पुलिस कर्मचारी ऐसा नहीं चाहते। अजीब बात है कि हम एक ढर्रे पर चलने के इस कदर आदी हो गए हैं कि थोड़ा बदलाव और ऐसा बदलाव, जो वक्त की जरूरत है, करना ही नहीं चाहते।

मेरे बहुत से मित्र वकील भी हैं, इस बारे में उनकी राय भी मिलीजुली है। जहाँ तक मुझे लगता है कि उर्दू और फारसी के कठिन शब्दों के इस्तेमाल के पक्ष में जो लोग हैं, वे खुद को खास बनाए रखने के लिए ही ऐसा करना चाहते हैं। वे चाहते हैं कि उनके क्लाइंट को लगना चाहिए कि उनके वकील साहब कुछ ऐसा लिख-पढ़ रहे हैं, जो उनके लिए संभव नहीं है। अगर यह मनोवृत्ति है तो फिर यह दुर्भाग्यपूर्ण है। मुझे तो लगता है कि यह पूरी तरह सामंती सोच है, जो खुद को इस तरह खास मानने के लिए इस्तेमाल की जाती है।

एक और रिपोर्ट की तरफ आपका ध्यान खींचना चाहूँगा। एक आधिकारिक रिपोर्ट के मुताबिक अमरीका में भारतीय भाषाओं में से हिंदी सबसे ज्यादा बोली जानेवाली भाषा है। वहाँ साढ़े छह लाख से ज्यादा लोग हिंदी बोलते हैं। जाहिर है कि हिंदी समझनेवालों की संख्या इससे कहीं ज्यादा होगी। हाल ही में अमरीकी जनगणना ब्यूरो ने अमरीकी समुदाय सर्वेक्षण के 2009 से 2013 तक के आँकड़ों के आधार पर जानकारी दी है कि अमरीका में छह करोड़ से ज्यादा लोग घर पर अंग्रेजी नहीं, दूसरी भाषाएँ बोलते हैं।

अमरीका की इस रिपोर्ट का हवाला मैंने इसलिए दिया है, क्योंकि मौजूदा दुनिया के देशों के बीच पर्यटन बढ़ रहा है। दूसरे देशों के सैलानियों के भारत में आने का सिलसिला बढ़ रहा है। यह भी सच है कि सैलानियों को लेकर अपराध और संपर्क में आने वाली दूसरी कई किस्म की दिक्कतें भी बढ़ रही हैं। पुलिस किसी भी समाज का एक भरोसेमंद चेहरा होती

है। जरूरी नहीं है कि अपराध होने की सूरत में ही लोग पुलिस पर भरोसा करते हों। बहुत सी दूसरी परेशानियों के वक्त भी लोग पुलिस वालों से बात करना ज्यादा सही समझते हैं। अजनबी शहर में रास्ता पूछना हो, तो भी लोग पुलिस के जवान पर ही भरोसा करना पसंद करते हैं। ऐसे में अगर लोगों को उर्दू और फारसी के कठिन शब्दों में जवाब मिलने लगेंगे, तो क्या होगा?

कुल मिलाकर मेरा तो मानना यही है कि बदलते दौर के हिसाब से हमें बदलना ही चाहिए। केवल किसी जिद की वजह से या किसी तरह चलन में आ जाने पर होने वाली अव्यावहारिक सहूलियत का हवाला देकर किसी परंपरा को कायम रखा जाना सही नहीं ठहराया जा सकता। पुलिस और समाज की भाषा अलग-अलग नहीं हो तो लोगों को ज्यादा सहूलियत होगी। उन्हें यह पता चल सकेगा कि पुलिस वाले वही लिख रहे हैं, जो वह लिखवाना चाहते हैं। अब कंप्यूटर के जमाने में जब सभी थाने हाईटेक होते जा रहे हैं, तब भाषा का यह दुराग्रह समझ से परे है।

(पंजाब केसरी, 10 फरवरी, 2016)

□

नौजवान हैं, लेकिन प्रेरणा गायब है

आज देश में भले ही नौजवानों की संख्या बहुत ज्यादा है परंतु जरूरत ऊर्जा और प्रेरणा की है। देश के यूथ को उन लोगों को आइकॉन मानना चाहिए, जो उनको प्रेरणा देने का काम करते हैं।

मौजूदा दौर में भारत युवाओं का देश है, यह सच्चाई है। देश में 35 साल की उम्रवालों की संख्या आबादी के 60 फीसदी से ज्यादा है। यह सुनकर अच्छा तो लगता है, लेकिन फिर एक झटके से विचार आता है कि इतनी संख्या में नौजवान होने के बावजूद देश में उसी हिसाब से ऊर्जा क्यों हमें महसूस नहीं होती? मेरा यह विचार किसी को नकारात्मक लग सकता है, लेकिन चिंता की बात यह है कि युवाओं को दिशा देने वाले लोगों की संख्या दिन-ब-दिन घटती जा रही है, यह भी सच्चाई है। यही वजह है कि देश में युवाओं की बड़ी संख्या होने के बावजूद नौजवानों जैसा जोश दिखाई नहीं देता।

हाल ही में 15 अगस्त गुजरा है। प्रधानमंत्री नरेंद्र मोदी ने लाल किले से देश को संबोधित किया। उनके डेढ़ घंटे के भाषण में ऊर्जा-ही-ऊर्जा नजर आई, लेकिन स्वतंत्रता दिवस की उमंग मुझे दिल्ली में उतनी नहीं नजर आई, जितनी तब होती थी, जब हम नौजवान थे। न्यूज टेलीविजन चैनलों में दूसरे राज्यों की तस्वीरें भी निराश करती नजर आईं। ऐसे में सवाल यह है कि हम दिशाहीन भीड़ से देश के विकास की उम्मीद कैसे कर सकते हैं? लिहाजा मेरा मानना है कि नौजवान देश होना गर्व की बात तो है, लेकिन साथ-साथ बड़ी चिंता की बात भी है। अगर 60 फीसदी से ज्यादा आबादी को दिशा देनेवाले, प्रेरणा देनेवाले ही नहीं होंगे, तब सोचिए, धीरे-धीरे ही सही देश का क्या हाल होगा? चिंता तब और बढ़ जाती है, जब हम देख रहे हैं कि जैसे-जैसे देश युवा हो रहा है, उन्हें प्रेरणा देनेवाले कम होते जा रहे हैं।

असीम संभावनाओं से भरी मिट्टी से मनोहारी प्रतिमाएँ या कोई और वस्तु बनाने के लिए हमारे पास अच्छे साँचे होने जरूरी हैं। मिट्टी को गीला करने भर से ही मनचाही आकृतियाँ नहीं

बन जातीं। मनचाही आकृति बनाने के क्रम में मिट्टी तो केवल जरिया होती है या यह भी कह सकते हैं कि मुख्य आधार होती है, लेकिन उसे हम कच्चा माल ही कहेंगे। असल में मनचाही आकृति बनाने के लिए किसी कलाकार के मन में कोई विचार ही होता है। वह सधे हाथों से अपने मन में उकेरी गई प्रतिमा को आकार देता है। सीधे शब्दों में कहें तो मिट्टी के मनचाहे आकार बनाने के लिए प्रेरणा देने का काम कलाकार करता है, परंतु विडंबना यह है कि मिट्टी की प्रतिमाएँ, बर्तन और दूसरे सामान का प्रचलन नए दौर में खत्म होता जा रहा है। न घर में कोई घड़े रखता है, न सुराही और न दूसरी चीजें। इसी तरह नौजवानों को प्रेरणा देनेवाले तबके की पूछ भी खत्म होती जा रही है। जो हैं, उन्होंने खुद को अलग-थलग कर लिया है। चिंता की बात यही है कि जब नौजवानों को देश के सतर्क नागरिकों के लिए जरूरी दीक्षा ही नहीं मिलेगी, तो भविष्य का देश कैसा होगा? जब नींव ही कमजोर होगी तो मकान के स्थायित्व को लेकर क्या गारंटी दी जा सकती है?

आजादी की लड़ाई के दौरान देश में कितने क्षमतावान नेता थे, सब जानते हैं, लेकिन आज क्या हाल है, गौर से सोचिए। आज चुनावों के दौरान आगे करने के लिए पार्टियों के पास नाम नहीं हैं। क्षेत्रीय पार्टियाँ तो प्राइवेट लिमिटेड कंपनियों की तरह चल ही रही हैं, बड़ी पार्टियों के पास भी अच्छी छवि के लोग तो बहुत होंगे, लेकिन जन-साधारण को स्वीकार्य नेताओं की संख्या कितनी है? आज मैं राष्ट्रपति पद के बारे में सोचता हूँ, तो ऐसे पाँच-छह नाम नहीं मिलेंगे,

जिनपर आँख मूँदकर आम सहमति हो पाए। हर किसी के साथ कुछ न कुछ अड़ंगा लगा ही हुआ है। आजादी के सात दशक बाद ही हमारे देश में नेताओं का अकाल पड़ने लगा है।

यह गंभीर बात है। किसी भी देश की अपनी संस्कृति होती है, अपने आचार-विचार होते हैं। आज हमारे देश में 35 साल उम्र के लोगों की संख्या 60 फीसदी से ज्यादा है, तो जाहिर है कि ऐसा हमारी किसी दूरगामी योजना की वजह से नहीं हुआ है। यह स्थिति बहुत सी सामाजिक अवस्थाओं, बढ़ती साक्षरता और स्वास्थ्य के क्षेत्र में हुए सुधारों का ही नतीजा है। जो भी हो, लेकिन यह आज की सबसे बड़ी हकीकत तो है ही।

दुर्भाग्य की बात है कि हम उतनी ही ताकत से प्रेरणा देनेवाले तैयार नहीं कर पाए। यह वैसी ही स्थिति है कि स्कूल में पढ़ने की इच्छा रखनेवाले बच्चे तो हैं, लेकिन पढ़ाने वाले शिक्षक नहीं हैं। अब सवाल यह आता है कि इस स्थिति के लिए जिम्मेदार कौन है? मेरी सियासी चेतना तो यही कहती है कि इसके लिए वही जिम्मेदार है, जिसने देश पर ज्यादातर शासन किया है। विकास करते वक्त हमें दूरगामी योजनाएँ बनानी चाहिए। हमें सोचना चाहिए कि आबादी किस अनुपात में बढ़ रही है। उसी अनुपात में हमें बुनियादी ढाँचे का विकास भी करना चाहिए।

लेकिन ऐसा नहीं किया गया और अनियंत्रित विकास अब बड़ी मुसीबत बनता जा रहा है। यही हालत समाज की भी है। सामाजिक मूल्यों, देश की संस्कृति को बनाए रखने के लिए कुछ नहीं किया गया। लिहाजा समाज विकसित तो हुआ है, लेकिन यह विकास भौतिक आकार में ही है, आध्यात्मिक चिंतन के रूप में बहुत कम।

अपने जीवन और आचरण के जरिए आदर्श प्रस्तुत करने वाले आज कितने हैं। नई पीढ़ी समझदार है और वह जानती है कि भाषणों से आदर्श प्रस्तुत नहीं किए जा सकते। समाज में, सियासी दलों में, साधु-संतों में सभी ओर एक निराशा छा रही है। समारोहों में बुलाने के लिए ऐसे लोग ही नहीं मिलते, जो आदर्श की मिसाल के तौर पर लिये जा सकें।

यही वजह है कि जगह-जगह सामाजिक समारोहों में नेता और अभिनेता ही दिखाई देते हैं। लोग टीवी स्टार्स को बुलाते हैं। ऐसे नेताओं को भी बुलाया जाता है, जिन पर भ्रष्टाचार के गंभीर आरोप लगे हों। चिंता की बात यह है कि लोग आरोपी नेताओं को बुलाकर भी खुद को गौरवान्वित समझते हैं।

मोहल्ले में खुद के रसूखदार होने का ढोल पीटते हैं। मुझे लगता है कि ऐसा नहीं है कि प्रेरणादायी व्यक्तित्व देश में हैं ही नहीं। मैं ऐसे कई महान व्यक्तित्व वाले सज्जनों को जानता हूँ, जो अपना प्रचार-प्रसार करते ही नहीं। वे सिमटकर रहते हैं। यहीं पर देश के मीडिया की भूमिका आती है। मीडिया को ऐसे लोगों को सामने लाना चाहिए, लेकिन ऐसा वह नहीं कर रहा।

(पंजाब केसरी, 16 सितंबर, 2015)

□

देश के बचपन को बचाइए

अब जरूरत है कि माता-पिता को भी नैतिक शिक्षा का पाठ दोबारा पढ़ाया जाए, ताकि वे अपने बच्चों को बिगड़ने से रोक पाएँ। इसके लिए बाकायदा स्कूलों में हफ्ते-दो हफ्ते का कोर्स कराया जा सकता है। क्योंकि यह देश को बनाने और बचाने का अहम मामला है, लिहाजा सरकारों को भी अपनी तरफ से इस ओर पहल करनी चाहिए।

दिल्ली में हुए निर्भया गैंगरेप कांड में नाबालिग अपराधी की भूमिका को लेकर काफी चर्चा हुई। खासकर गंभीर अपराधों के मामले में नाबालिगों को मिलनेवाली सजा पर देश भर में मंथन किया गया। बहुत से लोग इस पक्ष में हैं कि रेप और हत्या जैसे गंभीर अपराधों की सूरत में कठोर सजा के लिए उम्र का दायरा घटाकर 16 साल कर दिया जाना चाहिए। यह बहस का अहम मुद्दा है और कानूनविद् इस पर विमर्श करते ही रहेंगे। अभी हाल ही में कानून में बदलाव किया भी गया है, जिसके तहत जुवेनाइल रेपिस्ट को खास हालात में सजा-ए-मौत भी सुनाई जा सकती है, लेकिन सोचनेवाली बात यह है कि आज शिक्षा, स्वास्थ्य और अवसर के मौके ज्यादा होने के बावजूद हमारे और आपके बच्चे अपराधों की तरफ आकर्षित क्यों हो रहे हैं? आँकड़ों को देखें तो हालत चिंता करने लायक नजर आती है।

बच्चों को जिस उम्र में खेलना-कूदना चाहिए, उस उम्र में वे छेड़छाड़ तो छोड़िए, रेप जैसे गंभीर अपराध करने में भी नहीं चूक रहे। संसद में हाल ही में जुवेनाइल क्राइम यानी बच्चों के जरिए होने वाले अपराधों को लेकर एक रिपोर्ट पेश की गई है। मैंने यह रिपोर्ट पढ़ी, तो चौंक गया। हजारों सवाल मेरे जेहन में कौंधने लगे।

मुझे लगा कि हमारा समाज जैसे-जैसे भौतिक तरक्की की ओर बढ़ रहा है, वैसे-वैसे हमारे बच्चे यानी देश का बचपन संस्कार विहीन होता जा रहा है। संसद में पेश वह रिपोर्ट हमें बता रही है कि अपराध करने वाले बच्चों की संख्या में साल-दर-साल बढ़ोतरी होती जा रही है।

वर्ष 2012 में देश में जुवेनाइल क्राइम के 27 हजार 936 केस दर्ज किए गए। अगले साल यानी 2013 में यह आँकड़ा बढ़कर 31 हजार को पार कर गया और 31,725 केस जुवेनाइल क्राइम के दर्ज किए गए। साल 2014 में 33 हजार 526 जुवेनाइल क्राइम के मामले सामने आए। गौर करने लायक बात यह है कि आमतौर पर नाबालिगों द्वारा किए गए छोटे-मोटे क्राइम के मामले परिवार और समाज के दबाव में दबा दिए जाते हैं या फिर आपसी सहमति से केस पुलिस के पास नहीं ले जाया जाता। कहने का मतलब यह है कि जितने केस बाकायदा दर्ज होते हैं, उनके मुकाबले हकीकत में बाल अपराध के मामले बहुत ज्यादा होते हैं। अब जरा सोचिए कि हम किस दिशा में जा रहे हैं। जिस देश का बचपन दिनोंदिन अपराध की ओर बढ़ रहा हो, उस देश का भविष्य कैसा होगा? अब एक बड़ा सवाल यह है कि क्या कानून को सख्त बनाकर बाल अपराधों पर अंकुश लगाया जा सकता है? मेरा तो मानना है कि कानून में मौत की सजा या दूसरी कड़ी सजाओं के प्रावधान करने से इस मामले में बात नहीं बनेगी। मुझे अपने बचपन की याद है। अव्वल तो हम माता-पिता या शिक्षकों से झूठ बोलने की सोच भी नहीं सकते थे, लेकिन कभी-कभार किसी साथी या भाई-बहन को बचाने के लिए झूठ बोलना भी पड़ता था, तो कितनी हिम्मत जुटानी पड़ती थी और उस दौरान हमारा शारीरिक जुगराफिया भाँपकर झूठ अकसर पकड़ भी लिया जाता था।

लेकिन आज के बच्चे न केवल धड़ल्ले से झूठ बोल रहे हैं, बल्कि इतनी सहजता से बोल रहे हैं कि आप आसानी से उन पर यकीन भी कर रहे हैं। इसका मतलब साफ है कि नैतिक शिक्षा या अंग्रेजी में कहें, तो मोरल एजुकेशन की बेहद कमी होना ही इसकी बड़ी वजह समझ में आती है। यह मोरल एजूकेशन केवल स्कूलों में ही नहीं, बल्कि परिवारों में होनी खत्म सी हो गई है। चकाचौंध भरे इस दौर में माँ-बाप के पास बच्चों को सही बातें सिखाने और लगातार सिखाते रहने का समय ही नहीं है।

ऐसे में नतीजा बिल्कुल वही होगा, जो संसद में पेश रिपोर्ट में दर्ज आँकड़े बता रहे हैं। मैं तो बचपन में झूठ बोलने में ही बुरी तरह काँप जाता था, लेकिन आज हकीकत यह है कि साल 2012 में 1175 बच्चे रेप के आरोपी बनाए गए। रेप के इरादे से हमला करने वाले बच्चों की संख्या रही 613 और 183 केस महिलाओं के साथ छेड़छाड़ के दर्ज किए गए। आप चौंक जाएँगे यह जानकर कि 2012 में 990 बच्चे मर्डर के केस में सुधार-गृहों में भेजे गए और धारा 307 यानी जान से मारने की कोशिश में 876 नाबालिग पकड़े गए। इसी तरह साल 2013 में 1884 नाबालिगों पर रेप का आरोप लगा। रेप के लिए हमला करने के मामलों में इस साल काफी इजाफा हुआ और पिछले साल के 613 केस के मुकाबले 1424 केस 2013 में दर्ज किए गए। इसी तरह छेड़छाड़ के केस भी 183 से बढ़कर 312 हो गए। मर्डर के केस भी 990 के मुकाबले बढ़कर 1007 तक पहुँच गए। साल 2014 में रेप के मामले बढ़कर 1989 हो गए। रेप के इरादे से हमले के केस बढ़कर 1891 हो गए। छेड़छाड़ के केस बढ़कर 432 हो गए, लेकिन मर्डर और

मर्डर की कोशिश के केस घटकर क्रमशः 841 और 728 दर्ज किए गए। यहाँ मैं फिर कह रहा हूँ कि थानों में दर्ज यह आँकड़ा अंतिम नहीं कहा जा सकता, क्योंकि केस बच्चों से जुड़े होते हैं, लिहाजा बहुत से मामले आपस में ही कह-सुनकर निपटा लिये जाते हैं, यह हम सभी जानते हैं।

मुझे तो ये आँकड़े वाकई परेशान कर रहे हैं। समाजशास्त्रियों को भी कर रहे होंगे। लेकिन इस हालत के लिए क्या सरकारें ही जिम्मेदार हैं? क्या हम दिल पर हाथ रखकर कह सकते हैं कि क्योंकि कड़ा कानून नहीं था, इसलिए बच्चे गंभीर अपराध कर रहे थे? मुझे नहीं लगता कि केवल कानून कड़े होने से हालात सुधर सकते हैं। इस सिलसिले में मैंने कई मनोचिकित्सकों से बात की। करीब-करीब सबका मानना है कि यह एक सामाजिक चुनौती है और सामाजिक स्तर पर ही बड़ों को जागरूक कर इस समस्या से निजात पाई जा सकती है। जुवेनाइल माइंड को समझने की सख्त जरूरत है। यह उम्र ऐसी होती है, जिसमें सेक्स के प्रति आकर्षण ज्यादा होता है। ऐसे में अब सही वक्त आ गया है, जब सेक्स एजूकेशन को लेकर साफ-सुथरी नीति बनाई जाए और उसे ईमानदारी के साथ लागू भी किया जाए।

हमें बचपन में जो सुविधाएँ और एक्सपोजर हासिल नहीं था, वह आज के बच्चों को सहज रूप से हासिल है; जैसे रेडियो, टीवी, इंटरनेट और स्मार्ट फोन। ऐसे में इन सभी चीजों के इस्तेमाल में बहुत सावधानी की जरूरत है, क्योंकि बहुत सी चीजों में सही और गलत की सीमारेखा बहुत ही झीनी सी होती है। अंतरराष्ट्रीय महिला दिवस पर एक बहस में एक विदुषी महिला का एक कथन मुझे बड़ा अच्छा लगा। वह कह रही थीं कि आजकल मिडिल क्लास के परिवार खुद को आधुनिक दिखाने के चक्कर में वही जुमले अपनाने लगे हैं, जो कथित अत्याधुनिक लोग अपनाते हैं। मसलन माता-पिता अपने बच्चों को भी 'यार' संबोधन से पुकारने लगे हैं। उन्होंने बिल्कुल सही कहा। हमें बचपन में पता ही नहीं था कि 'यार' क्या होता है। जब थोड़ी समझ आई, तो यही सीखने को मिला कि 'यार' शब्द सही लोग इस्तेमाल नहीं करते। बहरहाल, यह छोटा सा उदाहरण है कि हम बड़े लोग खुद बिगड़कर, आचरण भ्रष्ट होकर बच्चों को किस तरह बिगाड़ रहे हैं। अब जरूरत है कि माता-पिता को भी नैतिक शिक्षा का पाठ दोबारा पढ़ाया जाए, ताकि वे अपने बच्चों को बिगड़ने से रोक पाएँ। इसके लिए बाकायदा स्कूलों में हफ्ते-दो हफ्ते का कोर्स कराया जा सकता है। क्योंकि यह देश को बनाने और बचाने का अहम मामला है, लिहाजा सरकारों को भी अपनी तरफ से इस ओर पहल करनी चाहिए। ऐसा प्रावधान किया जा सकता है कि माता-पिता जब बच्चों के स्कूलों में ओरिएंटेशन कोर्स करने जाएँ, तो सरकारें इसके लिए खासतौर पर छुट्टियाँ दें। अगर हम देश को वाकई महान बनाना चाहते हैं, तो देश के बचपन को गंदगी से बचाना बहुत जरूरी है।

(पंजाब केसरी, 9 मार्च, 2016)

□

आरटीआई को बदनाम मत करो

आरटीआई एक बहुत महत्त्वपूर्ण हथियार जनता के पास है, पर यदि इसका इसी तरह से दुरुपयोग होता रहा तो किसी भी सरकार को इस पर पुनर्विचार करने पर विवश होना पड़ेगा। फिलहाल तो बेमतलब की आरटीआई लगानेवालों पर अंकुश लगाने की जरूरत है, नहीं तो आरटीआई प्रणाली बदनाम हो जाएगी।

कल अखबार में एक खबर देखकर मुझे आश्चर्य और गुस्सा दोनों आ रहा था। खबर यह थी कि सोनिया गांधी का सरकारी बंगला प्रधानमंत्री के निवास से बड़ा है या छोटा है। सोनिया गांधी जी का 15,181 वर्ग मीटर और प्रधानमंत्री का 14,101 वर्ग मीटर। इसके साथ-साथ राष्ट्रपति, उपराष्ट्रपति के बँगले और राहुल गांधी, प्रियंका गांधी इत्यादि के बंगले कितने-कितने बड़े हैं। यह जानकारी एक आरटीआई एक्टिविस्ट ने निकाली, जिसे अखबारों ने प्रमुखता से छापा।

मैं यह सोचने लगा कि कल कोई भी आरटीआई के माध्यम से यह भी पूछ सकता है कि राष्ट्रपति भवन में कितने आम के पेड़ लगे हैं और पिछली बार जो आम लगे थे, उनको बेचा गया, यदि बेचा गया तो कितने में बेचा गया।

आरटीआई का मतलब तो यह है कि केवल वह जानकारी आप ले सकते हैं जो कि सरकारी फाइलों में या जिस भी कार्यालय से आपने जानकारी माँगी है, उसमें वह जानकारी पहले से उपलब्ध हो। न कि आरटीआई माँगने के बाद वह जानकारी इकट्ठी कर फाइलों में लाई जाए, पर इस बात को विभाग देख ही नहीं रहे और अंधाधुंध जानकारी उपलब्ध करवा रहे हैं। आरटीआई में 'क्यों' और उस बात का 'कारण' पूछा नहीं जा सकता, पर अलग-अलग विभाग भी बिना दिमाग लगाए जानकारियाँ दे रहे हैं, जिससे कि नई-नई समस्याएँ पैदा हो रही हैं। आरटीआई पाँच सौ शब्दों की हो सकती है, पर लोग कई-कई पेज काले कर जानकारी माँग रहे हैं।

जिस तरह से आरटीआई का दुरुपयोग हो रहा है, उसको देखकर मन बड़ा चिंतित होता है कि छोटी-छोटी बेमतलब की चीजों पर आरटीआई डाली जा रही हैं और जानकारी मँगवाई जा रही है। जानकारी माँगने वाला यह नहीं समझता कि इससे सरकार का कितना समय बर्बाद हो रहा है, कितने सरकारी अफसर इस समय में कोई और काम कर सकते थे। इसके साथ ही कितनी स्टेशनरी जाया जा रही है। इन फाइलों को छानते-छानते कितने कागज फाइलों से इधर-उधर हो जाते होंगे, इस ओर किसी का ध्यान नहीं है।

एक दस रुपए की आरटीआई लगाकर सरकार के कितने करोड़ों रुपए इस पर अपव्यय हो रहे होंगे, इसका हिसाब लगाया जा सकता है। मैं उन सब आरटीआई वालों की बात कर रहा हूँ, जिनकी आरटीआई से देश और समाज का कुछ भला नहीं होने वाला और जिसके तहत लोग केवल अपने आनंद या अपने स्वार्थ के लिए जानकारी माँग रहे हैं।

कोई दावे के साथ यह नहीं कह सकता कि इस देश में यदि सारे राज्य मिला लिए जाएँ तो आरटीआई की संख्या लाखों में है या करोड़ों में चली गई है। इसका कोई थोड़ा-बहुत हिसाब होगा भी तो वह कार्मिक और प्रशिक्षण विभाग (डीओपीटी) के पास होगा।

आज का मीडिया भी चटपटी खबरों के लिए इस तरह की आरटीआई की जानकारियों को बढ़ावा दे रहा है। कहीं-कहीं तो यह भी सुनने में आता है कि कुछ मीडिया वालों ने आरटीआई एक्टिविस्ट की पोस्ट अपने दफ्तरों में रखी हुई है, जिसका काम केवल आरटीआई से जानकारी निकालना है, ताकि वह समाचार-पत्रों में सुर्खी बन सके। कई बार ये याचिकाएँ आरटीआई

लगाने वाले महज अपने प्रचार के लिए लगाते हैं कि देखिए हमने किस तरह की सनसनीखेज खबर निकाली और फिर उसे अखबारों में छपने के लिए भेज देते हैं।

इससे भी ज्यादा मजे की बात तो यह है कि कई बार व्यक्ति आरटीआई लगाता है और उसके बाद जब उसका लंबा-चौड़ा जवाब आता है तो उसे देखता तक नहीं। जोश में आकर हम आरटीआई लगाकर भूल जाते हैं, और फिर उसे पढ़ने की ज़हमत तक नहीं उठाते।

आरटीआई एक्ट पारित करने के उद्देश्य कुछ और थे। लोगों ने जिस तरह से उसका गलत इस्तेमाल करना शुरू कर दिया है, इसको देखकर क्या यह नहीं लगता कि सरकार को आरटीआई के नियमों पर पुनर्विचार करने की जरूरत है, ताकि लोग आरटीआई का दुरुपयोग न कर सकें। आरटीआई की तरह ही न्यायालयों में भी जनहित याचिकाओं की बाढ़ आई हुई थी। यह देखकर अच्छा लगा कि सुप्रीम कोर्ट ने इसका संज्ञान लिया और तय किया कि यदि जनहित याचिका बिना मतलब के केवल अपने स्वार्थ के लिए पाई गई, तो याचिकाकर्ता पर भी जुर्माना लग सकता है और ऐसे कई तथाकथित समाज के हितों की पैरवी करने वाले याचिकाकर्ताओं पर जुर्माना लगा भी और इन जनहित याचिकाओं में कमी भी आई।

जुर्माना तो नहीं, पर आरटीआई के दुरुपयोग करने पर यानी कि बिना मतलब की कोई जानकारी लेने के लिए लगाई गई आरटीआई पर कई बार कमिश्नर उनके खिलाफ टिप्पणी कर रहे हैं, और वे संबंधित सरकारी विभागों को ऐसी आरटीआई लगानेवालों पर कार्रवाई करने की अनुशंसा भी करते हैं। वे विभाग से इस बात की भी उम्मीद करते हैं कि वे इस बात की जाँच करें कि आरटीआई लगानेवालों का उद्देश्य क्या था, और उनकी क्या पृष्ठभूमि रही है। इसके बावजूद भी ज्यादातर ये विभाग मामले को आगे बढ़ाने के लिए कमिश्नर की अनुशंसाओं पर कोई ध्यान नहीं देते और कहते हैं कि हमने आरटीआई में जानकारी दे दी और हमारा पीछा छूट गया, अब हम दोबारा क्यों इस पचड़े में पड़ें।

अभी बेमतलब की आरटीआई लगानेवाले लोगों पर किसी प्रकार के जुर्माने की व्यवस्था नहीं है। एक बार एक कमिश्नर ने गलती से बेमतलब की आरटीआई लगानेवाले पर पाँच सौ रुपए का जुर्माना ठोक दिया तो उसकी मुसीबत आ गई, क्योंकि आरटीआई वाले ने उसे न्यायालय में घसीट लिया। इसी तरह एक बार मद्रास हाई कोर्ट ने भी बेमतलब की आरटीआई लगाने पर जुर्माना लगा दिया था, पर कुछ ही दिनों में उसको वापस लेना पड़ा, क्योंकि आरटीआई एक्ट में इसका कोई प्रावधान नहीं था।

अब तो झूठी आरटीआई की बाढ़ आई हुई है। लोग अपने नाम से आरटीआई न लगाकर दूसरों के नाम से आरटीआई लगा रहे हैं और तो और प्रसिद्ध आरटीआई एक्टिविस्ट सुभाष अग्रवाल के नाम से ही कम-से-कम पचासों झूठी आरटीआई लगा दी गईं, इसलिए कि इनके नाम से आरटीआई लगाएँगे तो जवाब जल्दी आएँगे और कई बार तो सुभाष अग्रवाल को यह लिखकर बताना पड़ा कि ये आरटीआई उन्होंने नहीं लगाईं, बल्कि उनके नाम से गलत लगाई गई हैं।

हर राज्य में हजारों आरटीआई केवल एक-दूसरे को परेशान करने के लिए लगाई जा रही हैं और व्यक्तिगत दुश्मनी निकाली जा रही है। और तो और पति अपनी कामकाजी पत्नी के खिलाफ आरटीआई लगा रहे हैं और जानकारी निकाल रहे हैं, जिससे सरकार का कोई लेना-देना नहीं है।

आरटीआई के कारण जो ब्लैकमेलिंग हो रही है, वह किसी से छिपी नहीं है। यह पूरा एक व्यवसाय बन गया है। एक उदाहरण देखिए, राशन की दुकान के खिलाफ एक आरटीआई लगती है और फिर उस दुकानदार से सात सौ रुपए लेकर आरटीआई वापस हो जाती है। इसी तरीके से अनधिकृत निर्माणों के खिलाफ आरटीआई लगती है और फिर बिल्डर से पैसे लेकर वापस हो जाती है।

यह सर्वविदित है कि कई बार आरटीआई खुद सरकारी विभाग के कर्मचारी जो उसी विभाग में काम कर रहे हैं, अपने ही दूसरे सहकर्मी को परेशान या नीचा दिखाने के लिए लगवाते हैं और फिर उस आरटीआई की जानकारी पर अपने ही विभाग में नजर भी रखते रहते हैं। यह कई बार ऐसा इसलिए भी होता है कि एक ईमानदार अफसर संदेह के घेरे में आ जाए कि इसके खिलाफ तो आरटीआई लगी हुई है।

हाल ही में प्रधानमंत्री ने दो बातें बहुत ही महत्त्वपूर्ण कही हैं, पहली—सभी कार्यों का डिजिटिलाइजेशन होना चाहिए और दूसरा—ज्यादा-से-ज्यादा जानकारी वेबसाइट पर हो।

यदि ये दो बातें हो जाती हैं तो पहले तो आरटीआई की आवश्यकता ही नहीं पड़ेगी और दूसरे यदि पड़ी भी तो उसका सीधा सा जवाब विभाग द्वारा होगा कि 'यह जानकारी वेबसाइट पर उपलब्ध है।'

यह दु:ख की बात है कि संसद को चलने नहीं दिया जा रहा और संसद में बहुत महत्त्वपूर्ण बिल अटके हुए हैं। यदि सरकार 'सर्विस प्रोवाइडर बिल' को लोकसभा और राज्यसभा में पारित करवाने में सफल हो जाती है, तो इसके अच्छे परिणाम होंगे, क्योंकि इसका सीधा संबंध जनता की समस्याओं से है और इसके कारण सरकार का हर विभाग इस बात के लिए बाध्य हो जाएगा कि उसको जनता की सेवाओं व समस्याओं को समयबद्ध तरीके से हल करना है। इसके पारित होने पर बहुत सारी आरटीआई शायद नहीं लगेंगी, क्योंकि ज्यादातर आरटीआई व्यक्तिगत समस्याओं के कारण लगती हैं।

इसमें कोई दो राय नहीं है कि आरटीआई एक बहुत महत्त्वपूर्ण हथियार जनता के पास है, पर यदि इसका इसी तरह से दुरुपयोग होता रहा तो किसी भी सरकार को इस पर पुनर्विचार करने पर विवश होना पड़ेगा। फिलहाल तो बेमतलब की आरटीआई लगानेवालों पर अंकुश लगाने की जरूरत है, नहीं तो आरटीआई प्रणाली बदनाम हो जाएगी।

(पंजाब केसरी, 6 जनवरी, 2016)

□

इफ्तार क्यों बने राजनीति का अखाड़ा

यह साफ है कि रोजा इफ्तार पार्टियों का आयोजन करने वाले नेता केवल मुस्लिम वोटों को आकर्षित करने के लिए ऐसा करते हैं। यदि ये कार्यक्रम विभिन्न समुदायों के बीच आपसी सद्भाव को बढ़ाने की नीयत से आयोजित हों तो अलग बात है, लेकिन अफसोस कि ऐसा नहीं होता।

बचपन से मैं एक हैरिटेज प्रेमी रहा हूँ। हैरिटेज सिटी होने के कारण चाँदनी चौक से मेरा नाता बचपन से जुड़ा रहा। उसके बाद मुझे वहाँ से दो बार सांसद बनने का मौका मिला। वहाँ रहते हुए मैंने पुरानी दिल्ली की गंगा-जमुनी तहजीब देखी और मुझे हिंदू तीज-त्योहारों के साथ-साथ मुस्लिम त्योहारों को भी नजदीक से देखने का मौका मिला।

जहाँ हिंदुओं में लगभग हर दिन एक त्योहार होता है और पूरे साल होली, दीवाली तथा अन्य त्योहार चलते रहते हैं, वहीं मुस्लिमों और ईसाइयों में दो-तीन ही बड़े त्योहार कहे जा सकते हैं। ईसाइयों में क्रिसमस, गुड फ्राइडे व ईस्टर और मुसलमानों में साल में दो बार ईद व रमजान का महीना, जिसे त्योहार कम उपासना ज्यादा कहा जाना चाहिए। इस्लाम में ईद चाँद को देखकर मनाई जाती है और मैंने देखा कि ईद में भी होली, दीवाली की तरह ही बाजार सजे होते हैं और बच्चे नए-नए कपड़े पहनकर इतराते हुए इस त्योहार को मनाते हैं।

मैंने बचपन से ही पढ़ा था कि इस्लाम में रमजान का महीना बहुत महत्त्वपूर्ण होता है।

ऐसा माना जाता है कि इसी महीने में अल्लाह ने पैगंबर मोहम्मद पर पवित्र कुरान अवतरित की थी। इसलिए इसे खुदा की दया और उदारता का महीना माना जाता है। एक मान्यता यह भी है कि नियमपूर्वक रोजा रखनेवाले मुसलमानों पर अल्लाह की मेहरबानी खुशहाली और संपन्नता के रूप में बरसती है। उनका बड़े से बड़ा गुनाह खुदा माफ कर देता है। एक पक्का मुसलमान पूरे दिन रोजा रखने के बाद इफ्तार खोलने से पहले इबादत करते हुए कहता है कि 'ऐ अल्लाह! मैंने आपके लिए रोजा रखा है, मैं आप में विश्वास रखता हूँ और मैं आपकी मदद से अपना रोजा खोलता हूँ।' मुस्लिम मत के अनुसार इफ्तार अल्लाह में विश्वास रखनेवालों के लिए दो नमाजों के बीच माफी माँगने, आत्मविश्लेषण एवं प्रार्थना करने के लिए होता है।

इसलिए मैं इसको त्योहार न कहकर नवरात्र के व्रतों से भी अधिक कठिन व्रत समझता हूँ। रमजान को मैं बहुत त्याग और तपस्या वाला महीना मानता हूँ। पर आजकल कुछ लोगों ने रमजान में रोजा (व्रत) रखने को धार्मिक कार्य की बजाय राजनीतिक प्रहसन बना दिया है। रमजान के महीने में हर दिन जगह-जगह रोजे के बाद इफ्तार पार्टियाँ होने लगी हैं। चाँदनी चौक से दो बार सांसद रहते हुए मैंने कभी राजनीति के लिए इफ्तार पार्टी नहीं दी, जबकि मेरे ऊपर काफी दबाव था। इसके बावजूद मैं दावे के साथ कह सकता हूँ कि वहाँ के मुसलमान कभी मुझसे नाराज नहीं हुए और आज भी मुझे सबसे अच्छा सांसद मानते हैं, जिसने अपने दोनों कार्यकाल में सभी समुदायों के लिए बराबर और सबसे बढ़िया काम किया। मैंने कभी रोजों को इफ्तार पार्टी करके राजनीति से नहीं जोड़ा। हाँ, मैं ईद मिलन जरूर करता था और पूरे उल्लास से करता था।

यह साफ है कि रोजा इफ्तार पार्टियों का आयोजन करने वाले नेता केवल मुस्लिम वोटों को आकर्षित करने के लिए ऐसा करते हैं। यदि ये कार्यक्रम विभिन्न समुदायों के बीच आपसी सद्भाव को बढ़ाने की नीयत से आयोजित हों तो अलग बात है, लेकिन अफसोस कि ऐसा नहीं होता। रोचक बात यह है कि राजनीति में इफ्तार पार्टी देने की प्रथा पंडित जवाहर लाल नेहरू के प्रधानमंत्री रहते आरंभ हुई, जब वे अखिल भारतीय कांग्रेस समिति के मुख्यालय में इफ्तार पार्टी करते थे और उस वक्त, जब मुस्लिम समुदाय का रोजा खोलने का वक्त होता था। 1970

में उत्तर प्रदेश के मुख्यमंत्री हेमवती नंदन बहुगुणा और फिर पूर्व प्रधानमंत्री इंदिरा गांधी एवं राजीव गांधी ने इफ्तार पार्टियों का राजनीति के लिए इस्तेमाल किया। ये इफ्तार पार्टियाँ एक तरह से दिल्ली के सामाजिक कलेंडर का हिस्सा बन गईं।

अटलजी जब प्रधानमंत्री थे, तब मैं नहीं चाहता था कि यह दिखावा हो। पर लगा कि भाजपा के प्रधानमंत्री आने के बाद यह संदेश न जाए कि किसी समुदाय की उपेक्षा हुई। इतने सालों से राजनीतिक दल ही नहीं, राज्य सरकारें भी इफ्तार पार्टियाँ कर रही हैं, जिसमें जनता का पैसा खर्च होता है। जनता के मन में हमेशा से यह प्रश्न है कि सरकारें एक समुदाय के धार्मिक पवित्र त्योहार को मनाकर क्या संदेश देना चाहती हैं?

सबसे बड़ी बात मेरे मन में यह रही कि व्रत के महीने में पार्टियाँ क्यों हो रही हैं और जिन लोगों ने रोजे नहीं रखे हैं, खासतौर से हिंदू, वे इसमें शामिल क्यों हो रहे हैं? साथ ही जिन मुस्लिमों ने रोजे नहीं रखे, वे भी रोजा खोलने में क्यों शरीक हैं? हिंदुओं का इन व्रतों में आना और खाना तो बिल्कुल समझ नहीं आता। इफ्तार के सिलसिले में धार्मिक निर्देश है कि किसी ऐसे आदमी को इफ्तार की दावत देंगे, जो आपका जानकार हो तो आप महसूस करेंगे कि आपके रिश्ते और मजबूत हो गए हैं। कोशिश करें कि घर के सारे लोग एक साथ मिलकर इफ्तार करें। इसमें घर पर जोर दिया गया है।

इफ्तार पार्टीबाजी, राजनीतिक गठबंधन को बनाने-तोड़ने या शक्ति-प्रदर्शन के लिए नहीं है। यह तो दो प्रार्थनाओं के बीच के समय में आत्म-मंथन करने का सुनहरा मौका देता है। इसीलिए जो लोग इफ्तार पार्टियाँ देकर खुश हो रहे हैं, उसमें खुश होने जैसा कुछ नहीं है। आजकल तो इफ्तार पार्टियों में सभी दलों के नेताओं को आमंत्रित करके अपनी ताकत दिखाने की कोशिश होती है। देश में राष्ट्रपति, उपराष्ट्रपति और प्रधानमंत्री भी इफ्तार पार्टी करते रहे हैं, पर इन बड़े पदों पर बैठे लोगों ने कभी होली और दीवाली मिलन किया हो, ऐसा ध्यान नहीं आता। इफ्तार में गैर-मुस्लिम नेता टोपी और साफा पहनकर अपने को धन्य समझते हैं और कई बार दुआओं के लिए इस तरह हाथ फैलाते हैं, जैसे उन्होंने भी नमाज अता की हो। यह कहाँ जरूरी है कि किसी धर्म के लोगों से मिलने और उनके उत्सव में शामिल हाने के लिए उन जैसा लिबास पहनकर शामिल हुआ जाए?

अच्छी बात यह है कि मोदी सरकार ने राजनीतिक प्रपंच की इस प्रथा पर लगाम लगाई है और मैं नहीं समझता कि मुस्लिम समाज ने इसे अन्यथा लिया होगा। रोजा तो उसी का खुलवाया जाता है, जिसने पूरे दिन रोजा रखा हो। जब किसी ने रोजा ही नहीं रखा तो उसको इफ्तार पार्टी में बुलाकर रोजा खुलवाना उस व्यक्ति व धार्मिक रीति को नीचा दिखाना नहीं तो क्या है? क्योंकि जिसने रोजा नहीं रखा, वह भी ऐसा दिखा रहा है, जैसे उसने रोजा रखा हो। खास तौर से कुछ मुस्लिम नेतागण।

रमजान में रोजा एक अहम इबादत है। इफ्तार पार्टियों में आमंत्रित लोगों में बड़ी संख्या ऐसे लोगों की होती है, जिनका रोजा रखने से कोई लेना-देना नहीं होता और यदि कोई गरीब या यतीम इन इफ्तार पार्टियों में पहुँच जाए तो उसका स्वागत नहीं, बाहर का रास्ता दिखा देंगे। राजनीतिक पार्टियों द्वारा आयोजित इफ्तार पार्टियों में सिर पर टोपी लगाकर स्वयं को मुस्लिम समाज का

साबित करने की खास भावना बलवती नजर आती है। इफ्तार का राजनीति से कोई संबंध नहीं है, लेकिन राजनीति का इफ्तार से संबंध गहरा होता जा रहा है। धर्म को लेकर राजनीतिक अवसरवादिता पर यह शेर सटीक बैठता है—

सियासत में जरूरी है रवादारी समझता है,
वो रोजा तो नहीं रखता पर इफ्तारी समझता है।

हम देख रहे हैं कि कुछ दलों की राजनीति हर तरह की शुचिता से दूर होती जा रही है। ये पार्टियाँ हिंदू और मुसलमानों को दो खेमों में बाँटने की साजिश भी बहुत से स्तरों पर करने में लगी हैं। हालाँकि देश के नागरिक बहुत समझदार हैं, इसलिए वे इनके झाँसे में आने वाले नहीं हैं। लेकिन मुस्लिमों को वोट बैंक समझनेवाली पार्टियाँ जब रमजान जैसे पाक मौके को भी सियासत का हथियार बनाती हैं तो उनकी सोच पर हँसी आती है। उन्हें समझना चाहिए कि परिपक्व लोकतंत्र में वोट मजहबी पार्टियों से नहीं मिलते, विकास और सिर्फ विकास से मिलते हैं।

(जनसत्ता, 11 मई, 2018)

□

संसद बना दी गई रामलीला मंच

राज्यसभा शुरू होने से पहले सब पार्टियों के नेता सदन के चैयरमेन के साथ बैठते हैं, और तय करते हैं कि क्या-क्या एजेंडा पास किया जाएगा और सदन में आज क्या होगा, किंतु जैसे ही वे सदन में आते हैं, वे रामलीला की तरह अपनी-अपनी भूमिका में ढल जाते हैं और यह भूल जाते हैं कि उन्होंने परदे के पीछे क्या-क्या चीजें तय करने, किस-किस विषय पर चर्चा करने का और किस-किस विषय पर कानून को बनाने का संकल्प किया था।

कुछ दिनों पहले मेरे पास एक स्कूल के प्रिंसिपल आए और कहने लगे कि हमारे स्कूल के बच्चे पार्लियामेंट देखना चाहते हैं। मैंने उनसे कहा कि थोड़े दिन बाद आप आ जाना, तो उन्होंने कहा कि हमारे स्कूल में 'मॉक' पार्लियामेंट होने वाली है। यानी कि संसद के अंदर जो कार्रवाई होती है, उसका अभिनय बच्चे स्कूल में करेंगे। उन दिनों संसद में बहुत शोर-शराबा, नारेबाजी और गाली-गलौच हो रही थी।

कुछ दिनों के बाद जब मैं उस स्कूल की मॉक पार्लियामेंट देखने जाता हूँ तो मैं देखता हूँ कि पक्ष और विपक्ष में बैठे हुए बच्चे उसी तरह से नारेबाजी कर रहे हैं और सदन के वैल में आ रहे हैं और कार्रवाई को चलने नहीं दे रहे।

मैं सोचने लगा कि आखिरकार लोकसभा के हम 545 सदस्य और राज्यसभा 242 सदस्य देश के सामने और इन बच्चों के सामने क्या पिक्चर प्रस्तुत कर रहे हैं। करोड़ों नहीं, अरबों रुपए खर्च करके हम लोग चुने जाते हैं और इतने ही रुपए चुनाव आयोग भी खर्च करता है। राजनेताओं की क्या छवि पूरे देश में जा रही है, इसकी चिंता राजनीतिक दलों के नेता क्यों नहीं कर रहे और सही बात तो यह है, जानकर भी अनजान बन रहे हैं। वैसे ही जैसे टीवी चैनलों पर अलग-अलग पार्टियों के नेता लोग एक-दूसरे से लड़ते हुए दिखाई देते हैं, तब उनको देखकर जनता क्या सोचती होगी?

जब देश की संसद के ये दोनों सदन चलते नहीं हैं और टीवी पर लगातार पार्टियों के नेता संसद में चर्चा न करके एक-दूसरे से लड़ते हुए नजर आते हैं, तो आम आदमी हमसे यह प्रश्न करता है कि जिस संसद पर डेढ़ करोड़ रुपया प्रति घंटा खर्च होता है, उस संसद को आपने रामलीला का मंच बना दिया है। जहाँ नेता अपने-अपने पात्रों की भूमिका अदा कर रहे हैं।

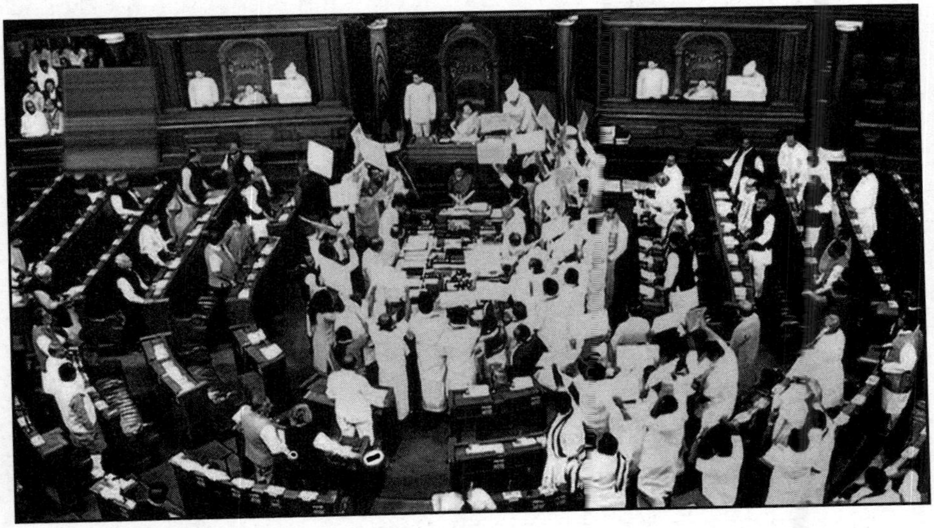

आम जनता को यह मालूम नहीं है कि जिस तरीके से कोई रामलीला होती है, उसके पात्र परदे के पीछे तो अच्छी बातचीत करते हैं, पर मंच पर आते ही वे अपनी-अपनी भूमिका में ढल जाते हैं। ऐसे ही प्रातः ग्यारह बजे लोकसभा, राज्यसभा शुरू होने से पहले सब पार्टियों के नेता सदन के चैयरमेन के साथ बैठते हैं, और तय करते हैं कि क्या-क्या एजेंडा पास किया जाएगा और सदन में आज क्या होगा, किंतु जैसे ही वे सदन में आते हैं, वे रामलीला की तरह अपनी-अपनी भूमिका में ढल जाते हैं और यह भूल जाते हैं कि उन्होंने परदे के पीछे क्या-क्या चीजें तय करने, किस-किस विषय पर चर्चा करने का और किस-किस विषय पर कानून को बनाने का संकल्प किया था। आजकल तो यह बेईमानी भी हो जाती है कि विपक्ष के लोग सदन चलाने के नाम पर अपनी बात को तो रख देते हैं, पर जब सरकार का नंबर आता है तो हो-हल्ला शुरू कर देते हैं। अलग-अलग पार्टी के नेता जब सेंट्रल हॉल में मिलते हैं, तब भी अच्छी तरह से चर्चा करते हैं। मीडिया और टेलीविजन में भी चर्चा पूरी होती है, केवल सदन में ही, जो कि चर्चा के लिए ही बना है, उसी में चर्चा नहीं होती।

मुझे यह समझ नहीं आता कि संसद में यह नियन क्यों नहीं बन जाता कि जो भी सांसद सदन के अंदर परचे लेकर आएगा या पोस्टर लहराएगा, या वैल (कुएँ) में आएगा, वह स्वतः

ही निश्चित दिनों के लिए सस्पेंड हो जाएगा। पर विडंबना यह है कि लोकसभा में यह नियम 374ए पारित भी है कि जो व्यक्ति वैल में आता है या जान-बूझकर सदन की कार्रवाई को नारे लगाकर या किसी अन्य तरीके से बाधित करता है और स्पीकर यदि उसे नामांकित कर देता है तो वह स्वतः ही सस्पेंड हो जाएगा। पर शायद कई बार लोकसभा स्पीकर ऐसा इसलिए नहीं करते कि विपक्ष की पूरी पार्टी ही उसके निलंबन के विरोध में न खड़ी हो जाए और सदन कई दिनों के लिए बुरी तरह से बाधित न हो जाए। पर इस डर से हमको निकलना होगा।

सरकार यदि चर्चा न कराना चाहे और विपक्ष चर्चा कराने के लिए शोर मचाए तो बात समझ आती है, पर सरकार यदि हर मुद्दे पर चर्चा कराने के लिए तैयार हो और विपक्ष किसी मुद्दे पर केवल नारे लगाए और चर्चा न करना चाहे तो यह बात समझ में नहीं आती।

यह भी बड़ा आश्चर्य है कि विपक्ष बार-बार यह तर्क देता है कि संसद चलाना सरकार का काम है और हमारा काम विरोध करना है। मानो विपक्ष के सदस्यों को जनता ने चुनकर न भेजा हो और उनकी जनता के प्रति कोई जवाबदेही न हो। इस शोर-शराबे के कारण जो गंभीर सदस्य हैं, उनका भी मोह संसद से भंग होता जा रहा है और वे सोचते हैं कि अपना ध्यान संसद के बदले वे अपने संसदीय क्षेत्र में लगाए, जहाँ पर वे जनता की समस्याओं को हल करके चुनकर आ सकते हैं। इसका सबसे बड़ा सबूत यह है कि यदि आप संसद की लाइब्रेरी में जाएँ तो वहाँ पिछले वर्षों की तुलना में बहुत ही कम सदस्य आपको पढ़ते-लिखते नजर आएँगे।

संसद और जनता के प्रति अपनी जवाबदेही न रखते हुए अलग-अलग पार्टियों के सांसद अब अपने नेताओं के प्रति जवाबदेह रह गए हैं और उनके इशारों पर ही बैठते-उठते तथा जवाब देते हैं, जो कि लोकतंत्र के लिए ठीक नहीं है। सड़कों की राजनीति अब संसद के अंदर प्रवेश कर गई है, जिसमें न्यायालयों के मुद्दे, जिनका राजनीति से कोई संबंध नहीं है, उस पर भी संसद बाधित होने लग गई है।

1952 में पहली बार संसद के दोनों सदनों की बैठक हुई थी। अब साठ साल के बाद भी संसद चलाने के वही तौर-तरीके हैं, पर समय के साथ सांसदों की समझ और कार्य करने के तरीकों में बदलाव आ गया है। पहले अन्य पार्टी के नेताओं को दूसरी पार्टी के सांसद बड़ी गंभीरता से सुनते थे और जब खासतौर से पार्टी के बड़े-बड़े नेता बोलते थे, तो उन्हें शांति से सुना जाता था, पर अब अपने नेता के बोलने के बाद दूसरी पार्टी का नेता बोलता है, तब व्यवधान उत्पन्न कर देते हैं। जिस संसद को देश के लिए कानून बनाने हैं, उसके सदस्य अगर खुद कानून तोड़ने लग जाएँगे तो जनता गुहार किससे करेगी?

अभी राज्यसभा का ही उदाहरण ले लीजिए, जिसमें इस सत्र में लगभग 17 बिल पास होने थे और मुश्किल से 4-6 बिल ही पास हो पाएँगे। बहुत छोटे-छोटे मुद्दों पर सदन की कार्रवाई को बाधित किया जाना शुरू हो गया है।

मेरा सुझाव है कि संसद की कार्रवाई चलाने के तौर-तरीकों पर भी एक कमेटी पुनः बननी

चाहिए, जो इस बात को देखे कि संसद अनुशासन से चले और उसमें ज्यादा-से-ज्यादा लोग भाग कैसे ले सकते हैं। अभी देखें तो लोकसभा और राज्यसभा के 700 से ज्यादा सदस्यों में से कितनों ने कार्रवाई में भाग लिया तो ये पाएँगे कि मुश्किल से बहुत कम सदस्य ऐसे हैं जो सदन की सक्रिय काररवाइयों में भाग लेते हैं। जैसे सदन में जो एक घंटा शून्यकाल का होता है, उसमें यह एक अच्छा नियम बाद में बनाया गया कि एक सांसद को तीन मिनट में ही अपनी बात रखनी होगी। उसी तरह से एक या दो दिन ऐसे होने चाहिए, जिसमें दो मिनट में सांसद अपने क्षेत्र की बात संसद में रख सके और हर सांसद को इसका मौका मिलना चाहिए।

संसद की काररवाइयों में बदलाव लाने की जरूरत है। पिछले साठ साल से वही सम्मन, वही बुलेटिन, वही डिजाइन और वही प्रिंटिंग कुछ भी तो बदलाव नहीं आया।

दुनिया रंगीन हो गई, पर संसद की सामग्री आज भी ब्लैक एंड व्हाइट है। एक रोचक किस्सा बताता हूँ, जब पहली बार मैं लोकसभा का सदस्य बना था, नया-नया चुनकर आया था, तब मैंने लोकसभा स्पीकर को एक पत्र लिखा कि हम सांसदों को जब लोकसभा आरंभ होती है तो सम्मन भेजकर क्यों बुलाया जाता है? सम्मन तो अपराधियों को भेजे जाते हैं। दो महीने तक जब मुझे मेरे पत्र का जवाब नहीं मिला, तो मैंने महासचिव से पूछा कि आपने मेरे पत्र का जवाब नहीं दिया। उन्होंने कहा कि आपका पत्र हमने विश्व के सभी प्रमुख देशों की पार्लियामेंट में भेजा है, इस बारे में उनके यहाँ क्या प्रथा है। इन देशों से जवाब आए, उनसे मेरी बात की पुष्टि हुई कि विश्व की किसी भी पार्लियामेंट में इस तरह के सम्मन नहीं भेजे जाते। पर हमारी आचार समिति ने आज तक इस पर कोई फैसला नहीं लिया।

जब मैं पहली बार चुना गया तो किसी ने पूछा कि लोकसभा में आपका अनुभव कैसा रहा, तो मैंने कहा कि लोकसभा, लॉटरी, दौड़ और अनुरोध का खेल है। आपका महत्त्वपूर्ण-से-महत्त्वपूर्ण प्रश्न लॉटरी में नहीं निकला तो आप बैठे रह जाएँगे और कम-से-कम महत्त्वपूर्ण प्रश्न लॉटरी में आ जाएगा तो आपकी लॉटरी निकल गई। इसी तरीके से आपको समय से पहले दौड़कर शून्यकाल के लिए अपना मुद्दा डालना है। जो पहले डालेगा, उस पर पहले विचार होगा और फिर आप 'मिस्टर स्पीकर, मिस्टर स्पीकर' कहकर अपना अनुरोध करते जाएँगे तो आपको बोलने का मौका मिल जाता है।

अब समय आ गया है कि एक बार दोबारा बैठकर इस बात पर पुन: विचार हो कि संसद के दोनों सदनों का एजेंडा किस तरह से रखा जाए, जिससे कि और अधिक अच्छे तरीके से ज्यादा-से-ज्यादा सदस्य अपनी बात को रख सकें, न कि केवल हम साठ साल से चली आ रही परंपराओं को निभाने के लकीर के फकीर बन चलते रहें।

जनता को हमसे बहुत आशाएँ हैं, पहले ही जब से सांसद निधि की प्रथा आरंभ हुई है, तब से जिस सांसद को संसद में कानून बनाने का काम करना था, और संसद को ज्यादा-से-ज्यादा समय देना था, अब उसका काफी समय सांसद निधि से अपने क्षेत्र में काम करवाने में लग

जाता है, जबकि वास्तव में यह काम नगर पालिकाओं और राज्य सरकार के विधायकों का है। आज जरूरत है कि संसद को सुचारू रूप से चलाने की। प्रधानमंत्री नरेंद्र मोदी के पास इस देश के लिए एक सपना है और वे उसको कार्यान्वित करने में भी लगे हैं। जरूरत है, हम सब एक साथ चलकर अपने और अपनी पार्टी से पहले हम देश की सोचें। जनता को भी चाहिए कि जो लोग अनावश्यक संसद को बाधित कर रहे हैं, उनको सबक सिखाए।

(पंजाब केसरी, 23 दिसंबर, 2015)

□

सरलता ही हिंदी को आगे ले जाएगी

पाँचवीं कक्षा तक अपनी मातृभाषा के माध्यम से पढ़ाई हो। उसके बाद आगे की पढ़ाई में किसी और माध्यम के प्रयोग की छूट हो।

हिंदी के भविष्य को लेकर अकसर मेरे मन में बहुत से सवाल उठते हैं। आज चारों ओर यह माहौल बनता जा रहा है कि अंग्रेजी के बिना काम नहीं चल सकता। कुछ लोग कहने लगे हैं कि अंग्रेजी न जानने के कारण बच्चे समाज में पिछड़ जाएँगे, सरकारी स्कूल भी बच्चों को अंग्रेजी माध्यम से क्यों नहीं पढ़ा रहे ? अभी का वातावरण देखते हुए कभी-कभी ये बातें सच लगने लगती हैं।

आज अंग्रेजी माध्यम के स्कूलों की भरमार हो रही है। हिंदी माध्यम के कारण लोग अपने बच्चों को सरकारी स्कूलों में पढ़ाने में झिझक रहे हैं। वे अपने बच्चे को टूटे-फूटे इंग्लिश वाले पब्लिक स्कूलों में ही पढ़ाना बेहतर समझने लगे हैं।

जब मैं पहली बार 1996 में सांसद बना था, तब से यह देखता आया हूँ कि संसद का काम, संसदीय समितियों का काम और दोनों सदनों में ज्यादातर भाषण अंग्रेजी में होते हैं। अंग्रेजी में ही प्रश्न पूछे और उत्तर दिए जाते हैं। ऐसा करने वालों में बड़ी संख्या में उन सांसदों की है, जो हिंदी में ही भाषण देकर चुनाव जीतते हैं। मैंने पूरे देश में आज तक किसी को भी अंग्रेजी में भाषण देकर संसद या विधानसभा में आते नहीं देखा।

समाज का चलन

जब मैं मंत्री बना और मंत्रिमंडल की बैठक में पहुँचा तो यह देखकर एक सुखद आश्चर्य हुआ कि वहाँ पूरी कार्रवाई हिंदी में हो रही है। यहाँ तक कि प्रधानमंत्री द्वारा बुलाई गई बड़े-से-बड़े अधिकारियों और प्रतिनिधियों की बैठकों में भी पूरी कार्रवाई हिंदी में होती है। कई बार

राष्ट्रीय स्वपरायणता, प्रमस्तिष्क घात, मानसिक मंदता और बहु-नि:शक्तताग्रस्त व्यक्ति कल्याण न्यास (संशोधन) विधेयक, 2018

उद्देश्यों और कारणों का कथन

राष्ट्रीय स्वपरायणता, प्रमस्तिष्क घात, मानिसक मंदता और बहु-नि:शक्तताग्रस्त व्यक्ति कल्याण न्यास अधिनियम, 1999 (उक्त अधिनियम) स्वपरायणता, प्रमस्तिष्क घात, मानसिक मंदता और बहु-नि:शक्तताग्रस्त व्यक्तियों के कल्याण के लिए राष्ट्रीय स्तर पर एक निकाय का गठन करने और उससे संबंधित या उसके आनुषंगिक विषयों का उपबंध करने के लिए अधिनियमित किया गया था।

2 अधिनियम की धारा 4 की उपधारा (1) में, अन्य बातों के साथ-साथ, यह उपबंधित है कि राष्ट्रीय स्वपरायणता, प्रमस्तिष्क घात, मानसिक मंदता और बहु-नि:शक्तताग्रस्त व्यक्ति कल्याण न्यास बोर्ड का अध्यक्ष और सदस्य अपनी नियुक्ति की तारीख से तीन वर्ष की अव धि के लिए या अपना पदोत्तरवर्ती सम्यक् रूप से नियुक्त किए जाने के लिए, इसमें से जो भी दीर्घतर हो, पद धारण करेगा।

कौन समझेगा इतनी शुद्ध सरकारी हिंदीं?

प्रधानमंत्री ने इस बात के लिए भी टोका है कि दक्षिण से आए हुए अफसर भी हिंदी में बोलने की कोशिश क्यों न करें। संसद में जो व्यक्ति जिस भाषा में चुनाव जीतकर आता है, उसको उसी भाषा में अपनी बात रखनी चाहिए। इसी तरह से संसद की स्थायी समिति और परामर्शदात्री समिति के सदस्यों से भी बैठक में पहले पूछा जाना चाहिए कि अधिकांश सांसद कौन-सी भाषा में कार्रवाई चाहते हैं—अंग्रेजी में या हिंदी में? फिर उसी हिसाब से समिति की बैठक की कार्रवाई चलनी चाहिए।

लेकिन अकसर मैंने देखा है कि मंत्रालयों के अधिकारी आते हैं और अपना प्रस्तुतीकरण सीधे अंग्रेजी में शुरू कर देते हैं। बहुमत में बैठे हुए हिंदी भाषी सांसद शरमाशर्मी में उनसे यह नहीं कह पाते कि आप हिंदी में अपना प्रस्तुतीकरण क्यों नहीं करते। अंग्रेजी आज स्टेटस सिंबल बन गई है, इसलिए कोई बताना और जताना नहीं चाहता कि उसको अंग्रेजी में असुविधा है। पूरा देश इसी तरह से चल रहा है। ठीक तरह से अंग्रेजी न आने के कारण लोग अपने आपको छोटा समझते हैं। समाज का चलन भी यही है कि वह अंग्रेजी न जानने वालों को छोटा करके देखता है।

सरकार के तीनों अंग कार्यपालिका, न्यायपालिका और विधायिका में हिंदी की लगातार अवहेलना हो रही है। न्यायपालिका की स्थिति तो और खराब है। कभी-कभी हालत ऐसी हो जाती है कि मुकदमा करने वाला (वादी) और जिस पर मुकदमा चल रहा है (प्रतिवादी) दोनों

को ही अंग्रेजी नहीं आती, पर जिरह अंग्रेजी में हो रही है। अनुच्छेद 343(1) में हिंदी को संघ की भाषा बनाया गया है। इसे गति देने के लिए राजभाषा अधिनियम 1963 बनाया गया, पर इससे भी हिंदी का घोड़ा दौड़ नहीं पा रहा।

मंत्रालय में मेरे पास हिंदी में पत्र बनाकर लाने वाले अधिकारी ऐसी क्लिष्ट भाषा में पत्र लिखते हैं, जिसे देखकर मेरे जैसा हिंदी प्रेमी और हिंदी का अच्छा जानकार भी मन-ही-मन यह सोचता है कि इससे तो अंग्रेजी में लिखा पत्र ही ठीक है। हिंदी में उनको इतना रटाया और पकाया गया है कि वे 'लकीर के फकीर' बन गए हैं। सरकार और पूरी संसद के कामकाज में ऐसी ही भाषा का प्रयोग हो रहा है, जबकि ऐसा नहीं होना चाहिए। हिंदी को बढ़ावा सरल हिंदी के प्रयोग से ही मिलेगा।

शर्म से सिर तब झुक जाता है, जब हम मंत्रालयों में हिंदी पखवाड़ा और हिंदी दिवस मनाते हैं। यह बिल्कुल वैसा ही है, जैसा वर्ष में एक बार गणतंत्र दिवस या स्वतंत्रता दिवस या फिर किसी महापुरुष के मरने पर उसकी जयंती मनाई जाती है। ऐसा लगता है, जैसे हिंदी भी मर रही है, इसलिए साल में एक बार उसकी रस्म अदायगी 'हिंदी दिवस' के रूप में कर दी जाए। आजादी के 70 वर्ष के बाद हिंदी अनुवाद की भाषा बनकर रह गई है। किसी ने ठीक कहा है कि "हिंदी को फुटपाथ पर गुजर-बसर करना पड़ रहा है, जबकि अंग्रेजी पाँच सितारा होटलों में ऐश कर रही है।"

हिंदी को पूरे देश की भाषा बनाकर देश को जोड़े रखने के लिए मैं हिंदी सिनेमा के सामने नतमस्तक हूँ। बॉलीवुड वाले इतनी अच्छी फिल्में बनाते हैं कि भारतवासी चाहे वे उत्तर के हों या दक्षिण के, हिंदी सिनेमा देखना चाहते हैं। यहाँ तक कि चीन में 'दंगल' फिल्म ने अपार सफलता प्राप्त की। डब होने के बावजूद चीन तक हिंदी तो पहुँच ही गई।

मातृभाषा में पढ़ाई

मुझे शिकायत यह नहीं है कि अंग्रेजी क्यों पढ़ाई जा रही है। अंग्रेजी से भी हमारा ज्ञान बढ़ता है और हमें देश-विदेश के लोगों से संवाद करने का मौका मिलता है। पर जब केवल अंग्रेजी बढ़ रही हो और हिंदी की दुर्दशा हो रही हो तो ग्लानि होती है।

आज मैं यह सोचने को मजबूर हूँ कि यदि देश में एक ही भाषा केवल हिंदी होती तो जो आईएएस अधिकारियों का समूह आज उच्च स्थानों पर बैठा है, उसकी जगह दूसरा समूह होता। हिंदी को बढ़ाने का एक रास्ता यह भी है कि पाँचवीं कक्षा तक अपनी मातृभाषा के माध्यम से पढ़ाई हो। उसके बाद आगे की पढ़ाई में किसी और माध्यम के प्रयोग की छूट हो, इससे बच्चों का मानसिक और शारीरिक विकास ज्यादा बेहतर होगा।

(नवभारत टाइम्स, 14 सितंबर, 2017)

□

सरकारी स्कूलों में खुले नर्सरी

हर वर्ष लगभग दो लाख माता-पिता अपने बच्चे का दाखिला करवाना चाहते हैं। लेकिन दाखिला वे दिल्ली के सौ ही नामी स्कूलों में चाहते हैं। वे ऐसा न चाहें तो दिल्ली में इतने छोटे-बड़े स्कूल जरूर हैं कि उन्हें कहीं-न-कहीं दाखिला जरूर मिल जाएगा।

सरकारी स्कूलों के हालात पर एक कमेटी बनानी चाहिए, जो देखे कि माता-पिता अपने बच्चों को सरकारी स्कूलों में क्यों नहीं पढ़ाना चाहते, जबकि मेधावी नौजवान सरकारी स्कूलों में ही टीचर बनना चाहते हैं। इसलिए कि वहाँ पढ़ाना नहीं पड़ेगा। वहाँ कोई जवाबदेही नहीं है।

नर्सरी के दाखिलों को लेकर दिल्ली में आपाधापी मची हुई है और यह इस साल ही नहीं, पिछले कई सालों से चल रही है। कल मुझे पार्क में घूमते हुए आरडब्ल्यूई के कुछ पदाधिकारी मिले। उन्होंने कहा कि समस्या यह नहीं है कि पब्लिक स्कूल क्या मनमानी करने में लगे हैं। समस्या यह है कि नर्सरी स्कूलों में सीटें कम हैं और दाखिला लेने वाले ज्यादा। सीटें इसलिए कम हैं कि दिल्ली की सरकार चाहे किसी की रही हो, उसने इस बात पर ध्यान ही नहीं दिया कि सरकारी स्कूलों में नर्सरी स्कूल क्यों नहीं खोले जाएँ। उन्हें तो निजी स्कूलों का धन्यवाद करना चाहिए कि इतने पब्लिक स्कूल नहीं बनते तो लाखों बच्चे किन स्कूलों में पढ़ते। शायद इसीलिए सरकार इसके लिए सोसाइटियों को जमीन आवंटित करती है।

हर वर्ष लगभग दो लाख माता–पिता अपने बच्चे का दाखिला करवाना चाहते हैं। लेकिन दाखिला वे केवल दिल्ली के सौ ही नामी स्कूलों में चाहते हैं। अगर वे ऐसा न चाहें तो दिल्ली में इतने छोटे–बड़े स्कूल जरूर हैं कि उन्हें कहीं–न–कहीं दाखिला जरूर मिल जाएगा, पर मैंने आज तक नहीं सुना कि सरकार कोई ऐसी योजना लाई हो कि दाखिलों की समस्या से निपटने के लिए हम नए नर्सरी स्कूल खोलने जा रहे हैं, या इतनी और जमीनें हम नए नर्सरी स्कूल

खोलने के लिए अलॉट करेंगे। सरकार यह नहीं सोचती कि एक रिक्शेवाला भी आज अपने बच्चे को पब्लिक स्कूल में क्यों दाखिल कराना चाहता है? कहीं-न-कहीं सरकारी स्कूलों का स्तर इतना गिर चुका है कि उन्हें लगता है कि सरकारी स्कूल में दाखिल कराना सोसाइटी की नजरों में गिरने जैसा है।

मुझे याद है कि हमारे परिवार के लोग सरकारी स्कूलों में पढ़े और मेरी बड़ी बहन का तो बोर्ड की परीक्षा में मैरिट लिस्ट में नाम आया था। उन दिनों सरकारी स्कूलों का स्तर बहुत ही अच्छा था। आज हालत यह है कि दिल्ली में सरकार किसी की भी रही हो, उसने अपने सरकारी स्कूलों पर कभी ध्यान नहीं दिया, पर हाँ, उसने अपने सारे के सारे इंस्पेक्टर पब्लिक स्कूलों के लिए जरूर छोड़ रखें हैं, जबकि होना तो यह चाहिए कि दिल्ली सरकार के शिक्षा विभाग के अफसर, इंस्पेक्टरों व कर्मचारियों का ध्यान केवल सरकारी स्कूलों पर होना चाहिए कि उनका स्तर कैसे ऊँचा किया जाए। बदलते समय के साथ स्कूलों की माँग बढ़ गई है। बच्चा पैदा बाद में होता है, पहले उसके दाखिले की चिंता शुरू हो जाती है। मनोवैज्ञानिक और शिक्षाविद् का तो कहना है कि बच्चे को स्कूल पाँच साल से पहले नहीं भेजा जाना चाहिए। एक रिपोर्ट के अनुसार जो बच्चे पाँच साल तक घर पर रहकर सीखते हैं, उनकी बढ़ोतरी उन बच्चों से बेहतर होती है, जो तीन साल में नर्सरी स्कूल में जाना शुरू कर देते हैं। कारण है कि छोटे बच्चे घर से बाहर स्कूल में अपने आपको सुरक्षित महसूस नहीं करते। दूसरा, यह भी कारण है कि स्कूलों में बच्चों पर किताबी दबाव बहुत होता है। विकास का मतलब केवल पढ़ाई नहीं होता, बल्कि आत्मविश्वास, शिक्षा, खेलकूद यह सब कुछ मिलाकर होता है।

मैं ईडब्ल्यूएस के बच्चों को प्राथमिकता देने का पक्षधर हूँ, पर कभी इस बात का पक्षधर नहीं रहा कि ईडब्ल्यूएस कोटे में आने वाले बच्चों को दूसरे बच्चों के साथ एक क्लास में पढ़ाया जाए। उसके पीछे मेरा तर्क यह है कि एक तो उन बच्चों में हीन भावना आती है, दूसरा ये बच्चे ज्यादातर उन माँ-बाप के हैं, जो पढ़े-लिखे नहीं हैं, या मेहनत-मजदूरी करके उनका पालन-पोषण कर रहे हैं। इस कारण अपने बच्चों को प्रतिदिन पढ़ा नहीं सकते। इनका कंपीटिशन उन बच्चों से हो रहा है, जिनके माता-पिता पढ़े-लिखे हैं और जो जरूरत पड़ने पर ट्यूशन रखने में भी समर्थ हैं। ऐसी स्थिति में कमजोर वर्ग के बच्चे स्कूल में पिछड़ते चले जाते हैं।

सरकारी स्कूलों के हालात को देखते हुए सरकार को एक कमेटी जरूर बना देनी चाहिए, जो यह देखे कि माता-पिता अपने बच्चों को सरकारी स्कूलों में क्यों नहीं पढ़ाना चाहते, जबकि आज सबसे ज्यादा योग्य नौजवान सरकारी स्कूलों में ही टीचर लगना चाहते हैं, कारण सिर्फ एक है कि वहाँ पढ़ाना नहीं पड़ेगा। जवाबदेही नहीं है। मजे की बात यह है कि जिन सरकारी स्कूलों में कोई फीस नहीं है, मिड डे मील मुफ्त मिल रहा है, वर्दी मिल रही है, कॉपी-किताबें मिल रही हैं, सरकार ने कभी सोचा है, उनमें दाखिला लेने की होड़ क्यों नहीं है? आज दिल्ली के नर्सरी स्कूलों में दाखिला लेना ऐसा लगता है, जैसे एक एमबीबीएस या इंजीनियरिंग कॉलेज

में दाखिला लेना हो। इन सबका कारण दिल्ली में घनी आबादी, गाँव-देहात व पुनर्वास बस्तियों में अच्छे स्कूलों का न होना है, जिससे वहाँ के लोग अच्छे स्कूलों में दाखिले के लिए मारा-मारी करने पर मजबूर हैं।

दूसरी तरफ, अब मिडिल क्लास लोग भी मजबूर होकर दिल्ली के स्कूलों में दाखिले के लिए दलालों का शिकार हो जाते हैं, या फिर ये दिल्ली के आस-पास के राज्यों में बच्चों को दाखिल कराने के लिए मजबूर होते हैं। गुड़गाँव, फरीदाबाद, नोएडा, इंदिरापुरम्, कुंडली, सोनीपत जैसे क्षेत्र हैं, जो निश्चित रूप से उन छोटे-छोटे बच्चों के साथ गुनाह है, जिन्हें कई-कई किलोमीटर बसों में सफर करके जाना पड़ता है। इन बच्चों को माँ-बाप सुबह पाँच बजे उठाकर साढ़े छह बजे तक बसों में बैठा देते हैं, जो शाम करीब चार बजे तक घर लौटते हैं। कुल मिलाकर शिक्षा की इस अंधी दौड़ में सरकार द्वारा योजनाओं की कमी के कारण हम अपने मासूम बच्चों का बचपन छीनकर उन्हें अपनी इच्छाओं के नीचे दबा देते हैं। नर्सरी स्कूलों में दाखिले की समस्या 2004 से शुरू हुई। उस समय डीडीए से आवंटित जमीनों पर लीज डीड की शर्तों के अनुसार पब्लिक स्कूलों को पाँच से पच्चीस प्रतिशत सीटें कमजोर वर्गों के लिए रिजर्व करनी जरूरी थीं। इसी मुद्दे पर तीन साल तक मारामारी चलती रही। फिर केस उच्च न्यायालय में पहुँच गया। अदालत ने 2007 में सीबीएसई के चैयरमेन अशोक गांगुली के नेतृत्व में एक कमेटी का गठन किया। कमेटी ने दिल्ली में सौ नंबरों के ग्रुप में अलग-अलग विशेष वर्ग को वरीयता देते हुए नियम बनाए, जैसे कि स्कूल के पूर्व छात्र-छात्राओं के बच्चों को, भाई-बहनों को, घर से स्कूल की दूरी को वरीयता के अंक देने की बात कही गई। यह प्रणाली भी करीब तीन साल तक चली।

शिक्षा का अधिकार कानून आने के बाद, जिसके तहत दिल्ली के हर मान्यता प्राप्त स्कूल में 25 फीसद सीटें ईडब्ल्यूएस के लिए आरक्षित करनी जरूरी थीं, उससे समस्या और उलझती चली गई। हर साल सरकार नियम बनाती रही, अभिभावक और स्कूल मैनेजमेंट कमेटियाँ उसे अदालत में चुनौती देते रहे। 2014 में जब दिल्ली में सरकार न होने के कारण उपराज्यपाल ने नर्सरी दाखिले का बिना मैनेजमेंट कोटे के नोटिफिकेशन जारी किया तो उस समय पब्लिक स्कूल प्रबंधन उच्च न्यायालय की सिंगल बेंच से अपने पक्ष में फैसला करवाने में कामयाब रहे, जिसको उपराज्यपाल ने फिर डबल बेंच में चुनौती दे डाली। डबल बेंच ने इस पर कोई स्टे न देते हुए स्कूलों को निजी दाखिला प्रक्रिया व मैनेजमेंट कोटे की छूट दी। अब नई सरकार ने उसके ऊपर उस समय सवाल खड़ा करके, जबकि नर्सरी दाखिला प्रक्रिया आरंभ हो चुकी थी, नई समस्याएँ खड़ी कर दी हैं। ऐसे में यह प्रक्रिया एक बार फिर अधर में लटकती नजर आ रही है। अभिभावक दुविधा में हैं कि कहीं इस बार भी पिछले वर्ष की तरह दाखिले की प्रक्रिया मार्च माह पार न कर जाए।

(राष्ट्रीय सहारा, 3 फरवरी, 2016)

□

तमाशे में बदलकर रह गई है शादी

फिल्म स्टार विवाह समारोह में परफॉरमेंस ही नहीं देते, बल्कि वे ऐसे शामिल होते हैं, जैसे दूल्हा या दुल्हन के परिवारवालों से उनका बहुत अच्छा परिचय हो।

पिछले दिनों मीडिया घराने से जुड़े एक बड़े उद्योगपति के यहाँ विवाह समारोह में जाने का मौका मिला। लगा कि यह विवाह शायद कुछ अलग होगा, पर मैंने देखा कि विवाह की वही सब रस्में थीं, जो वर्षों से चली आ रही हैं। सब कुछ उतना ही नाटकीय। यह बात मैं रस्मों के लिए नहीं, रस्मों में प्रयोग होने वाली वेशभूषा के लिए कर रहा हूँ। जैसे घोड़ी पर बैठना, मुकुट लगा लेना, पगड़ी पहनना, तलवार लटकाना, काजल लगवाना, रंगीन अचकन पहनना और उसके बाद बैंड बाजा लेकर सड़क के बीचोबीच बाजार से निकलना। इन पर न उनका प्रयोग करने वाले को आश्चर्य होता है, न देखनेवाले को।

एक बार मैंने एक मिलन समारोह में कुछ लोगों से कहा कि आप राजस्थानी पगड़ी पहन लीजिए। लोगों को लगा, जैसे मैं कोई अजीबोगरीब बात कर रहा हूँ। शादी के लिए जो अचकन हम सिलवाते हैं, वह विवाह के एक दिन बाद अलमारी में लटकी की लटकी रह जाती है। फिर किसी दूसरे के विवाह पर भी हम उसे पहनने के लिए तैयार नहीं होते। क्यों न इन अचकनों और पगड़ियों का एक म्यूजियम बनाया दिया जाए, जिसमें लोग अपनी अचकन और पगड़ी रख दें, बाकायदा उस पर शादी की तिथि डालकर! मैं सोचता था, आधुनिक युग में धीरे-धीरे शादी की नाटकीय रस्में समाप्त हो जाएँगी, लेकिन विवाह पर होने वाली रस्में और बढ़ती ही जा रही हैं। दहेज प्रथा कम हुई है, लेकिन इसके बदले लोगों ने शादी में भव्य इंतजाम या कहें कि दिखावा बढ़ा दिया है।

पहले विवाह समारोह हफ्ता भर होते रहते थे। धीरे-धीरे ये औपचारिक हो गए। अब फिर से लोगों ने डेस्टिनेशन शादी का रूप देकर इनको चार-चार दिन का बना दिया। पिछले दिनों

दो मित्रों के यहाँ विवाह समारोह में गया। वहाँ मैंने देखा कि एक नई प्रथा और शुरू हो गई है। शादी से पहले ही दोस्त-मित्र होने वाले दूल्हा-दुल्हन को बुलाकर पार्टियाँ करने लगते हैं। पहले किसी समय में लड़का-लड़की हल्दी लगने के बाद शादी के दिन तक एक-दूसरे से मिल नहीं सकते थे। पर अब शादी से पहले होने वाली ये पार्टियाँ शादी के खर्चों को और बढ़ा रही हैं। पहले इस तरह की पार्टियाँ शादी के बाद ही होती थीं।

अभी लोगों की प्रवृत्ति यह हो चली है कि शादी पर कैसे ज्यादा-से-ज्यादा खर्च कर स्टेटस बनाया जाए। शादी के कार्ड भी अब हैसियत दिखाने का जरिया बन गए हैं। भव्य कार्डों के साथ मेवे, बड़े-बड़े गिफ्ट और वाइन भेजी जाती है, जबकि शादी की मिठाई के नाम पर सिर्फ मिठाई के चंद टुकड़े होते हैं। मजे की बात यह है कि गिफ्ट के डिब्बे गिफ्ट से ज्यादा महँगे होते हैं, हालाँकि वे किसी काम नहीं आते। विवाहों का हाल यह हो गया है कि बुलानेवाला भी दुखी और जानेवाला और ज्यादा दुखी। पहले लोग अपने घर के पास ही टैंट लगाकर विवाह समारोह करते थे। निमंत्रण आस-पड़ोस और रिश्तेदारों को ही भेजते हैं और उनको असुविधा न हो इसलिए घर पर सुंदर लाइट और बाहर टैंट लगा दिए जाते थे। फिर ये टैंट पड़ोस के पार्कों में पहुँच गए। पार्कों से होटल, होटल से बैक्विट हॉल और वहाँ से फार्म हाउस में आ गए।

अब यह किस्सा डेस्टीनेशन शादी तक पहुँच गया है। लोग अपने बच्चों की शादी उदयपुर और जयपुर जैसे शाही शान-शौकत वाले शहरों में जाकर करते हैं। कुछ लोग विदेशों में भी डेस्टीनेशन शादियाँ कर रहे हैं। शादी की रस्मों को देखें तो उनमें पहले रिश्तेदारों को महत्त्व दिया जाता था। शादी के समय मिलनी होती है, लड़की के पिता की लड़के के पिता से, चाचा

की चाचा से, ताऊ की ताऊ से। अब शादी में उपस्थिति के मायने बदल गए हैं। कई बार लोग पैसे देकर नामी अतिथियों को बुलाते हैं। फिल्म स्टार विवाह समारोह में परफॉरमेंस ही नहीं देते, बल्कि वे ऐसे शामिल होते हैं जैसे दूल्हे या दुल्हन के परिवारवालों से उनका बहुत अच्छा परिचय हो।

लोगों ने रिश्ते करवाने को भी एक व्यवसाय बना लिया है। शादियों में इवेंट मैनेजमेंट की भूमिका बढ़ गई है। पहले ही पूछ लिया जाता है कि कितने करोड़ की शादी होगी। इसमें जो रिश्ता करवाने वाला होता है, उसका वर और वधू पक्ष यानी कि दोनों तरफ से दो-दो प्रतिशत कमीशन होता है। लड़का-लड़की के प्री-वेडिंग शूट्स भी हो जाते हैं, जिसमें वे हैरिटेज बैकग्राउंड में प्यार-मोहब्बत करते हुए दिखाए जाते हैं और फिर जिस समय शादी होती है, तब वह फिल्म दिखाते हैं, जिसमें दोनों हीरो-हीरोइन की तरह एक्ट कर रहे होते हैं। मैं लोदी गार्डन सैर के लिए जाता हूँ। हर रोज 8 से 10 लड़के-लड़कियाँ प्री-वेडिंग शूट करते नजर आते हैं।

कुल मिलाकर विवाह जो एक बहुत ही पवित्र रस्म हुआ करती थी, उसको नाटकीय, बेहद खर्चीला और दिखावेवाला बना दिया गया। हालाँकि शादी के कुछ रीति-रिवाजों में सकारात्मक बदलाव भी हुआ है। पहले सामान्य शादी का उत्सव भी तीन-चार दिन चलता था। अब ज्यादातर जगहों पर यह घटकर एक दिन रह गया है इसके अलावा पहले से ज्यादा शादियाँ दिन में होने लगी हैं, जिससे लाइटिंग और आतिशबाजी का खर्चा बचता है। सामूहिक विवाह और मंदिरों में शादी के प्रति भी लोगों की रुचि बढ़ी है। इससे भी शादियों के खर्चे में कमी आई है। सरकारें सामूहिक विवाह को बढ़ावा दे रही हैं। गुरुद्वारों की तरफ से भी पहलकदमी हुई है। उन्होंने लोगों से दिन में सादगी के साथ शादी करने को कहा है। आप भी शादी में झूठी शान दिखाने की बजाय इसके कुल बजट का एक हिस्सा समाज कल्याण पर खर्च करें तो आपका नाम होगा और समाज का भला होगा।

(नवभारत टाइम्स, 7 अप्रैल, 2018)

□

नौकरों को स्नेह और सम्मान दें

बड़े-बड़े घरों में अकेले रहने वाले करोड़पति माँ-बाप अपने उन नालायक बच्चों को, जो उनसे मुँह मोड़ लेते हैं, करोड़ों रुपए देकर जाते हैं, पर जो नौकर दिन-रात उनकी सेवा करते हैं, उनके वेतन के सिवा एक धेला तक नहीं देते।

'नौकर' शब्द आम बोलचाल में अच्छा नहीं समझा जाता। क्यों नहीं अच्छा समझा जाता, यह मेरी समझ से बाहर है। देश में जिनके पास सबसे ज्यादा अधिकार हैं, उन्हें गवर्नमेंट सर्वेंट यानी कि सरकारी नौकर कहा जाता है। इसके लिए मैंने उन्हें कभी बुरा मानते हुए नहीं देखा। यह अलग बात है कि ये सरकारी नौकर अब जनता के बॉस हो गए हैं।

बहरहाल ये पंक्तियाँ सरकारी नौकरों के लिए नहीं, बल्कि उन नौकरों को ध्यान में रखकर लिखी जा रही हैं, जो घरों में हम सबके यहाँ सब तरह के काम करते हैं, जैसे कपड़े धोना, बर्तन माँजना, सफाई करना, खाना पकाना वगैरह। या फिर उनके लिए, जो दफ्तरों में साफ-सफाई, पानी पिलाना, फाइल रखना, सामान एक से दूसरी जगह ले जाना जैसे काम करते हैं। ये नौकर वे हैं, जिन्हें हमारे घर और दफ्तर के अंदर तक का पूरा हाल मालूम रहता है। इनमें ड्राईवर, चपरासी, सफाई कर्मचारी सब आ जाते हैं, जो हमारे जीवन और हमारी दिनचर्या में लगभग पूरे समय हमारे आस-पास उपस्थित रहते हैं।

चीन का तजुर्बा

हमारे जीवन में इनके महत्त्वपूर्ण योगदान के बावजूद इन लोगों का वह मान-सम्मान नहीं है, जो होना चाहिए। पिछले दिनों जब मैं चीन गया तो मैंने एक कार किराए पर ली। मुझे मेरे वहाँ के मित्र ने कहा कि गोयल साहब, जब आप रेस्तराँ में लंच करेंगे तो ये जो ड्राईवर है, वह भी आपके साथ मेज पर बैठकर लंच करेगा। मुझे पहले तो बड़ा अटपटा लगा, फिर अहसास

हुआ कि यहाँ ड्राईवर का कितना सम्मान है। भारत में इस तरह का सम्मान अभी भी गाँवों में तो है, पर शहरों में देखने को नहीं मिलता। गाँवों में जब आप, किसी के यहाँ जाते हैं तो वह आपके साथ गए कर्मचारियों के खानपान का खयाल रखता है। दुर्भाग्य से घरों में काम करने वाले नौकरों को हेय दृष्टि से देखा जाता है।

मुझे याद है, जब मैं छोटा था, मेरी माँ घर के सारे काम चूल्हा-चौका, बर्तन, कपड़े व झाड़ू-पोंछा स्वयं करती थी और कभी उसको यह काम करने में छोटापन दिखाई नहीं दिया। उस समय घर में कोई आता था, तो हम बहुत सहज रूप में उसे बताते थे कि माँ उस समय क्या काम कर रही है। माँ तुरंत हाथ धोकर मेहमाननवाजी के लिए आ जाती थी।

आज माँओं, बहनों, बेटियों ने ये काम करने छोड़ दिए हैं। मुझे बड़ा अजीब लगता है, जब औरतें अपनी फिटनेस के लिए जिम में जाती हैं। पहले तो घर में महिलाओं की झाड़ू-पोंछा करते-करते पूरी एक्सरसाइज हो जाती थी और उन्हें जिम जाने की जरूरत ही नहीं पड़ती थी। आजकल पुरुषों और महिलाओं, दोनों ने घर का काम करना छोड़ दिया है और ज्यादा-से-ज्यादा नौकरों पर आश्रित होते जा रहे हैं। विदेशों में ऐसा नहीं है। अमेरिका में एक बार मैं वहाँ के एक दंपती के यहाँ डिनर पर गया। उन्होंने हमें खाना खिलाया और खाना खिलाने के बाद अमेरिकन गृहिणी हमारे साथ बैठ गई। उनका पति नजर नहीं आया। अंदर जाकर देखा तो पति बर्तन धो रहा था, जो अभी-अभी हमने खाकर छोड़े थे। यहाँ भारत में जिसके पास जरा सा पैसा है, वह नौकरों के दम पर राजाओं की तरह रहते हैं।

वैसे नौकर रखना अब लोगों की मजबूरी हो गई है। यह मजबूरी हमने खुद ही पैदा की है। हम बच्चों को घर के काम नहीं बताते और न वे करना चाहते हैं। अपने बच्चों को तो हम खुद ही अपने से अलग कर रहे हैं। उन्हें विदेशों में ऊँची डिग्री लेने के लिए भेजते हैं। बच्चे धीरे-धीरे वहीं सेटल हो जाते हैं और माँ-बाप बेचारे अकेले रह जाते हैं। ऐसे लोगों के साथ कई वारदात हुई हैं। उनके नौकर उन्हें लूट लेते हैं। नौकरों की इस अपराधवृत्ति का कारण स्पष्ट है। लोग खुद पर सौ रुपये खर्च करने को तैयार हैं, लेकिन नौकरों पर एक रुपया खर्च करते हुए भी संकोच होता है। इसीलिए आए दिन नौकरों द्वारा अपराध की घटनाएँ बढ़ती जा रही हैं। करोड़पति माँ-बाप अपने उन नालायक बच्चों को, जो उनसे मुँह मोड़ लेते हैं, करोड़ों रुपए देकर जाते हैं पर जो नौकर दिन-रात उनकी सेवा करते हैं, उन्हें वेतन के सिवा धेला तक नहीं देते। कैसी विडंबना है कि तीस-चालीस सालों से काम कर रहे कर्मचारी के परिवारों को न हम जाते हैं, न पहचानते हैं। हम चाहते हैं कि वे बस मशीन की तरह हमारा काम करते रहें। ऐसा नहीं हो सकता। आखिर वे भी इंसान हैं।

परिवार का सदस्य

आज जरूरत इस बात की है कि नौकरों को अपने परिवार के सदस्य की तरह रखा जाए। आपका नौकर अच्छे कपड़े पहनेगा और साफ-सुथरा रहेगा तो आपका ही मान बढ़ेगा। उनके प्रति आपका प्यार कोई गलत खयाल आने से पहले उनकी आँखों में शर्म पैदा कर सकता है। कल वे आपके खिलाफ कोई अपराध करने से पहले सौ बार सोचेंगे। उनके परिवार के बारे में भी हमें पूछना चाहिए और फिर यह भी जानना चाहिए कि उन्हें परिवार चलाने में क्या-क्या कठिनाइयाँ आ रही हैं।

आप उनकी निजी जिंदगी में रुचि लेंगे तो वे आपका काम अधिक उत्साह और लगन से करेंगे। कभी-कभार आप अपने कामों में उनकी सलाह लें तो उन्हें न सिर्फ अच्छा लगेगा, बल्कि आपको फायदा भी होगा और काम में उनकी रुचि बढ़ जाएगी। अब वह जमाना गया जब आप चिल्लाकर या डाँटकर किसी से काम करवा लेते थे। आपकी चिल्लाहट और डाँट कब आपको क्या नुकसान पहुँचा जाएगी, इसकी कल्पना मुश्किल नहीं है। नौकरों का सम्मान करना सीखिए। इससे आपका भी सम्मान बढ़ेगा।

(नवभारत टाइम्स, 7 जुलाई, 2016)

□

अनिवार्य मतदान पर हो बहस

सवाल है की जब लोक पर इतना ध्यान है, तब उसके विकास, उसकी सुरक्षा, उसकी समृद्धि के मानक तय करने वाली प्रणाली में उसकी शत-प्रतिशत भागीदारी के लिए कानून क्यों नहीं होना चाहिए? चुनाव आयोग को ऐसा क्यों नहीं लगता है कि अनिवार्य का प्रावधान व्यावहारिक नहीं है? इस वक्त भी बहुत सी खामियाँ चुनाव प्रणाली में हैं। लेकिन ये खामियाँ प्रणाली में नहीं, उसके प्रबंधन में हैं।

चुनाव सुधार के लिए देश में माहौल बनाने की सख्त जरूरत है। हर साल चुनावी साल हो गया है। 1967 के बाद से देश में अभी तक 280 चुनाव हो चुके हैं। इसके अलावा स्थानीय निकायों के भी चुनाव होते हैं। इसमें अरबों-खरबों रुपए और श्रम बर्बाद होता है। अब वक्त आ गया है, जब चुनाव साथ-साथ कराने की जुगत निकाली जाए। एक साथ नहीं, तो चुनाव दो बार में हो जाएँ, जैसी कि एक संसदीय समिति ने भी अपनी रिपोर्ट में सुझाव दिया है। सुझाव के मुताबिक राज्यों के दो समूह बनाए जाएँ। एक ग्रुप के राज्यों के चुनाव साल 2016 के अंत में और दूसरे समूह के चुनाव जून, 2019 में लोकसभा चुनाव के साथ कराए जाएँ। चुनाव सुधार से जुड़ा एक और अहम मुद्दा है—अनिवार्य वोटिंग का। हम अनिवार्य वोटिंग की तरफ अभी तक क्यों नहीं बढ़ पा रहे हैं, यह अहम सवाल है। वैसे इस मामले में गुजरात में पहल हो चुकी है, लेकिन गुजरात हाईकोर्ट ने इस पर स्टे लगा दिया।

दरअसल संविधान में वोट नहीं देने पर सजा जैसा कोई प्रावधान नहीं है। लेकिन संविधान में जो है, अगर वही अंतिम सत्य होता, तो अभी तक 120 से ज्यादा संशोधन नहीं होते। संविधान में नागरिक के मूल अधिकारों में मतदान के अधिकार का जिक्र सीधे-सीधे नहीं किया गया है, लेकिन यह मूल अधिकारों के तहत ही है। मतदान को कर्तव्य बतौर मान्यता नहीं दी गई है। संभव है कि मौजूदा सामाजिक-आर्थिक पहलुओं के हिसाब से आज की राजनैतिक

परिस्थितियों की तस्वीर संविधान निर्माताओं के जेहन में नहीं उभरी हो। आज सियासत जिस तरह सांप्रदायिक, जातीय, आर्थिक और पारिवारिक खानों में बँट चुकी है, उसकी कल्पना आजादी के वक्त नहीं की जा सकी हो, तो ताज्जुब नहीं किया जाना चाहिए। चुनाव आयोग के कुछ बड़े अधिकारी कहते रहे हैं कि अनिवार्य वोटिंग व्यावहारिक नहीं होगा, लेकिन वह गुजरात के कानून पर दिलचस्पी से नजर रखे हुए हैं। पूर्व मुख्य चुनाव आयुक्त नवीन चावला का मानना था कि करीब 80 करोड़ मतदाताओं के लिए अनिवार्य वोटिंग लागू करना व्यावहारिक नहीं है। तो क्या इलेक्ट्रॉनिक दौर में भी असंभव है? ऑनलाइन वोटिंग जैसे बहुत से विकल्प हैं।

दुनिया भर में अर्जेंटीना, आस्ट्रिया, इटली, यूनान, स्विट्जरलैंड, टर्की, ब्राजील, चिली, कांगो, इक्वाडोर, फिजी, पेरू, सिंगापुर, थाईलैंड, फिलीपींस, बोलीविया, उरुग्वे, दक्षिण अफ्रीका, इजिप्ट और बेल्जियम समेत 30 से ज्यादा देशों में अनिवार्य मतदान का कानून है। हालाँकि 32 में से 19 में ही यह कानून ठीक तरह से लागू किया जा सका है। बेल्जियम जैसे एकाध देश में वोट नहीं डालनेवाले व्यक्ति के लिए नौकरी पाना मुश्किल है। अगर कोई चार चुनावों में वोट नहीं डाले तो अगले दस साल तक उससे मताधिकार छिन जाता है। आस्ट्रिया में मतदान केंद्र पर उपस्थिति दर्ज नहीं कराने पर 20 से 50 डॉलर का जुर्माना किया जाता है। लेकिन अलग कोई मतदान केंद्र पर जाकर हाजिरी लगा देता है तो जरूरी नहीं है कि उसे वोट डालना ही पड़े। बोलीविया में मतदान करने पर विशेष पहचान-पत्र मिलता है, जिसके आधार पर ही बैंक से लेन-देन की सुविधा मिलती है। यूनान में वोट नहीं डालने पर ड्राइविंग लाइसेंस और पासपोर्ट नहीं बनाया जाता। हालाँकि बेल्जियम और यूनान को छोड़कर बाकी देशों में

मिलनेवाली सजाएँ ऐसी हैं, जिन्हें बहुत कड़ी नहीं कहा जा सकता।

लेकिन केवल यह दलील देकर हम अपने देश में ऐसा कोई प्रावधान नहीं करें, जो हमारी सामाजिक तरक्की के लिए जरूरी हो, तो यह ठीक नहीं। भारत दुनिया का सबसे अच्छा और मजबूत लोकतंत्र है, लिहाजा हम अगर अनिवार्य वोटिंग की व्यवस्था लागू करेंगे तो इसके अच्छे परिणाम आने में देर नहीं लगेगी। अभी हमारे देश में नोटा यानी किसी उम्मीदवार को वोट नहीं देने का प्रावधान है। लेकिन इसके लिए मतदान केंद्र तक तो जाना ही पड़ता है। हम मतदान जरूर करना चाहते हैं, लेकिन आलस्य या किसी वजह से केंद्र तक पहुँचते ही नहीं। अगर कानूनन वहाँ जाना जरूरी होगा, तो किसी-न-किसी तरह पहुँचेंगे ही। अगर पहुँच गए, तो या तो किसी को मत देंगे या नहीं देने के हक का इस्तेमाल करेंगे। दोनों सूरत में हम अपने लोकतंत्र का भला कर रहे होंगे। अगर सभी लोग मतदान करने लगें तो सियासी माहौल में पैदा हो चुकी जातिवाद, नस्लवाद, धर्मवाद की सड़ाँध दूर होते देर नहीं लगेगी। मौजूदा लोकतंत्र को वास्तव में आम आदमी के तंत्र की गरिमा मिलेगी। अनिवार्य मतदान एक ऐसी जड़ता, उदासीनता और तटस्थता का अंत कर सकता है, जिसकी वजह से विकास में हर आदमी की दोतरफा भागीदारी नहीं हो पा रही है। जिसकी वजह से उच्च-मध्य वर्ग में भ्रष्टाचार की जोंकें पनप रही हैं। सक्रिय जन-भागीदारी जिम्मेदारी की भावनाएँ जगाती है।

लोकतंत्र का अर्थ है सत्ता में लोक की भागीदारी और लोक कल्याण। देश में आत्मरक्षा के उपाय नहीं करना भी दंडनीय अपराध माने जाते हैं। वाहन चलाते वक्त हेलमेट नहीं पहनने, सीट बेल्ट नहीं बाँधने या मोबाइल फोन पर बात करने जैसी लापरवाहियों पर दंड का प्रावधान है। इन कानूनी प्रावधानों का मतलब है कि लोकतंत्र में लोक को स्वेच्छाचारी होने नहीं दिया जा सकता। सवाल है की जब लोक पर इतना ध्यान है, तब उसके विकास, उसकी सुरक्षा, उसकी समृद्धि के मानक तय करने वाली प्रणाली में उसकी शत-प्रतिशत भागीदारी के लिए कानून क्यों नहीं होना चाहिए? चुनाव आयोग को ऐसा क्यों नहीं लगता है कि अनिवार्य का प्रावधान व्यावहारिक नहीं है? इस वक्त भी बहुत सी खामियाँ चुनाव प्रणाली में हैं। लेकिन ये खामियाँ प्रणाली में नहीं, उसके प्रबंधन में हैं। मतदाता सूचियों में बड़े पैमाने पर गड़बड़ियाँ हैं। वोट हर हाल में डालने के लिए नागरिक बाध्य नहीं हैं। इसलिए वे इस बात पर हो-हल्ला नहीं करते कि उनका नाम मतदाता सूची में नहीं है या पता गलत छपा है या पूरे परिवार का नाम नहीं है। जब यह जरूरी हो जाएगा तो मतदाता सूचियाँ भी सुधर जाएँगी।

(राष्ट्रीय सहारा, 9 अप्रैल, 2016)

□

हर रोज होंगे चुनाव, तो विकास कैसे होगा

व्यावहारिक बात की जाए, केंद्र या राज्यों के चुनाव के वक्त आदर्श आचार संहिता लागू रहती है। यानी चुनाव की अधिसूचना जारी होने के बाद चुनाव संपन्न हो जाने तक केंद्र के मामले में पूरे देश में और राज्य के मामले में किसी प्रदेश में विकास के काम कराने पर रोक रहती है। दूसरी बात यह कि साम, दाम, दंड, भेद, यानी हर हाल में जीत के इरादे से ही लड़े जाने वाले चुनाव बेहद खर्चीले हो गए हैं।

चुनावों को लेकर एक बहस काफी वक्त से चल रही है। पिछले दिनों दिसंबर में संसद की एक स्थायी समिति ने जो रिपोर्ट सदन में रखी, उसे पढ़कर मैं भी सोचने को मजबूर हो गया कि देश के विकास के लिए, देश के लोगों की खुशहाली के लिए चुनाव की जो लोकतांत्रिक प्रणाली हमने अपने संविधान के जरिए 1950 में अपनाई थी, वह अब करीब सात दशक में हमें दु:ख देने लगी है। हर साल कई राज्यों की विधानसभाओं के चुनाव होने लगे हैं। इससे न केवल विकास के कामों, बल्कि बड़े पैमाने पर श्रमशक्ति और धन की बर्बादी होने लगी है। मैं इस मसले को लेकर डॉ. मनमोहन सिंह से मिला था। प्रधानमंत्री नरेंद्र मोदी से भी मिलकर इस स्थिति पर समय-समय पर मैं चिंता जताता रहा हूँ।

पिछले साल मई के आखिर में नरेंद्र भाई मोदी की अगुवाई में केंद्र की एनडीए सरकार बनने के बाद डेढ़ साल से थोड़ा ज्यादा ही वक्त गुजरा है, लेकिन इतने समय में ही हरियाणा, महाराष्ट्र, बिहार, झारखंड, दिल्ली और अरुणाचल प्रदेश विधानसभाओं के चुनाव हो चुके हैं। इस साल यानी 2016 में तमिलनाडु, पश्चिम बंगाल, केरल, पुडुचेरी और असम में चुनाव होने हैं। अगले साल उत्तर प्रदेश, उत्तराखंड, पंजाब और मणिपुर में चुनाव होंगे। इसी तरह 2018 में गुजरात समेत सात छोटे-बड़े राज्यों में विधानसभा चुनावों के लिए वोट डाले जाने हैं। चुनाव जीतना क्योंकि हर बड़ी राष्ट्रीय और इलाकाई पार्टी के लिए नाक की बड़ी लड़ाई होती है, लिहाजा वे अपनी पूरी

ताकत चुनाव में झौंकते हैं। अब जरा सोचिए कि जिसे पूरा देश चलाना है, उस प्रधानमंत्री को हर साल महीनों का वक्त चुनाव वाले राज्यों में प्रचार में ही लगाना पड़े, तो क्या होगा? प्रधानमंत्री ही क्या, केंद्र में सत्तारूढ़ किसी भी पार्टी के सारे बड़े नेताओं को चुनाव प्रचार में जुटना होता है।

सवाल उठता है कि ऐसे में नेता देश के विकास को नई राह दिखाएँगे या चुनाव प्रचार में ही अपनी सारी ताकत झौंकते रहेंगे? यही बात राज्यों की सियासी पार्टियों पर लागू होती है।

अब जरा देश में लोकतांत्रिक चुनावों के इतिहास पर नजर डाल लें। 15 अगस्त, 1947 को आजादी मिलने के बाद देश में पहले आम चुनाव 1952 में हुए। 17 अप्रैल, 1952 को पहली लोकसभा का गठन हुआ। उसी साल 22 विधानसभाओं के चुनाव भी हुए। चार आम चुनावों तक यानी 1967 तक देश में लोकसभा और विधानसभा चुनाव करीब-करीब साथ-साथ होते रहे। पहले तीन चुनाव तक कमोबेश कांग्रेस का ही दबदबा कायम रहा। देश को आजादी दिलाने का श्रेय कांग्रेस के नेताओं ने गलत प्रचार कर-करके लिया और उन्हें जनता का भरोसा भी हासिल होता रहा, लेकिन 1967 के चौथे चुनाव में कुछ राज्यों में कांग्रेस का वर्चस्व घट गया। कांग्रेस तीन बार तो काठ की हाँड़ी चूल्हे पर चढ़ाने में कामयाब रही, लेकिन आखिरकार सच्चाई सामने आनी ही थी। यहीं से यानी साठ के दशक के आखिरी दौर से देश में अस्थिर सरकारों का सिलसिला शुरू हो गया। असल सियासी गड़बड़ी 1971 में हुई। चौथी लोकसभा एक साल पहले ही भंग कर मध्यावधि चुनाव करा दिए गए। यह कारनामा कर इंदिरा गांधी नई ताकत के तौर पर उभर तो गईं, लेकिन तब से ही लोकसभा और विधानसभा चुनाव एक साथ होने का सिलसिला बुरी तरह लड़खड़ा गया। मेरा साफ तौर पर मानना है कि इस गड़बड़झाले का नतीजा यह हुआ है कि जिस देश को विकास की तमाम ऊँचाइयाँ छू लेनी चाहिए थीं, वह चुनावों के मकड़जाल में ही फँसकर रह गया है। जिस आम आदमी की जिंदगी में खुशहाली के बादल बरसने चाहिए थे, वह सियासी पार्टियों का वोटबैंक बनकर रह गया है। जिस दबे-कुचले वर्ग को समाज में सम्मान मिलना चाहिए था, वह भेदभाव और वोटबैंक की राजनीति की वजह से समाज के उसी सबसे निचले पायदान पर बैठा है, जिससे ऊपर आने के लिए उसने देश की आजादी की लड़ाई में बढ़-चढ़कर हिस्सा लिया था, खून बहाया था, जेल गया था, यानी अंग्रेजों का प्रतिकार कर यातनाएँ सही थीं। हर साल कहीं-न-कहीं चुनाव होने के बहुत से दुष्परिणाम देश का आम आदमी झेल रहा है। जिस सियासत को विकासोन्मुखी होना चाहिए, वह महज जीत-हार का अखाड़ा बनकर रह गई है। जिस पार्टी या गठबंधन की सरकार केंद्र में बन जाती, वह राज्यों में अपना दबदबा कायम करना चाहती है। मैं सियासी आदमी हूँ, लेकिन सच्चाई को ठोक-बजाकर कहना अपना धर्म समझता हूँ। इसी तरह बड़े राज्यों में सत्तारूढ़ पार्टियाँ या गठबंधन केंद्र की सत्ता हथियाने के लिए हर सही योजना के भी विरोध की राजनीति करने लगते हैं। जैसा कि दिल्ली, बिहार और यूपी में हो रहा है। राजनीति के इस बदले हुए स्वरूप में पिसता है देश का आम आदमी। उसके विकास की प्राथमिकता कहीं पीछे छूट जाती है। नेता और अधिकारी विकास की योजनाओं पर अमल करने के अलावा वह

सब कुछ पूरी निरंकुशता के साथ करते रहते हैं, जो उन्हें सोचना भी नहीं चाहिए।

व्यावहारिक बात की जाए, तो केंद्र या राज्यों के चुनाव के वक्त आदर्श आचार संहिता लागू रहती है। यानी चुनाव की अधिसूचना जारी होने के बाद चुनाव संपन्न हो जाने तक केंद्र के मामले में पूरे देश में और राज्य के मामले में किसी प्रदेश में विकास के काम कराने पर रोक रहती है। दूसरी बात यह कि साम, दाम, दंड, भेद यानी हर हाल में जीत के इरादे से ही लड़े जाने वाले चुनाव बेहद खर्चीले हो गए हैं। पार्टियाँ और उम्मीदवार पैसा पानी की तरह बहाते हैं। काले धन का जमकर इस्तेमाल होता है। विकास के बहुत से वादे जीतने वाली और हारने वाली, दोनों पार्टियाँ करती हैं। जीत के बाद वादों पर अमल या तो नहीं होता या फिर बेहद धीमी गति से होता है या फिर केंद्र और राज्यों की खींचतान में कहीं उलझकर रह जाता है। इससे नई पीढ़ी में कुंठा बढ़ती है और वह लोकतांत्रिक व्यवस्था को मजाक मानकर चलने लगती है। युवाओं का भरोसा टूटना देश का बहुत बड़ा नुकसान है। इसके अलावा बड़े पैमाने पर संसाधनों की बर्बादी होती है। चुनाव आयोग की देखरेख में लाखों कर्मचारी चुनाव ड्यूटी के नाम पर दर-बदर होते हैं।

सुरक्षाबलों की तैनाती भी बड़े पैमाने पर होती है। आवागमन पर पेट्रोल और डीजल के रूप में हम बड़े पैमाने पर ऊर्जा खर्च कर देते हैं। अगर इस समस्या का कोई समाधान निकाला जा सके, तो देश की वह ऊर्जा बड़े पैमाने पर बचेगी, जो चुनाव जीते जाने के बाद विकास के लिए जरूरी है। इस विषय पर अपने विचार संसद में रखने वाली संसदीय समिति ने सुझाव दिया है कि देश के हर तरह के संसाधनों की बर्बादी रोकने के लिए राज्यों को दो समूहों में बाँटा जाना चाहिए। एक ग्रुप में ऐसे राज्य हों, जहाँ चुनाव 2016 के आखिर में कराए जा सकें। दूसरा समूह ऐसे राज्यों का हो, जहाँ चुनाव जून, 2019 में लोकसभा चुनावों के साथ कराए जाएँ। इससे राज्यों और केंद्र के शासनकाल पर थोड़ा-बहुत असर पड़ेगा। लेकिन तब दो बार में ही पूरे देश में चुनाव संपन्न हो सकेंगे और पैसे व संसाधनों की बचत बड़े पैमाने पर होगी।

अब देश में सभी सियासी पार्टियों को इस पर मंथन शुरू करना होगा। सियासी पार्टियाँ और संसद अगर ठान लें, तो क्या नहीं हो सकता? चुनाव आयोग ने चुनाव प्रणाली में बहुत सुधार किए हैं। क्या चुनाव आयोग अब इस समस्या के व्यावहारिक हल की दिशा में भी पहल करेगा? इससे देश का बहुत भला होगा।

(पंजाब केसरी, 27 जनवरी, 2016)

□

दीवाली अब एक तनाव भरा त्योहार

पहले हम लोग घर में घी-तेल के दीये जलाते थे। वातावरण शुद्ध रहता था। अब बिजली की लड़ियाँ आ गई हैं। दीये तैयार करने और बातियों को जलाकर मुँड़ेरों पर रखने में जो आनंद था, वह भी खत्म हो गया है। रोशनी तो हो रही है, लेकिन हम मानसिक रूप से दीपावली से दूर हो गए हैं। एक परंपरा है, जिसे निभा रहे हैं।

दीवाली का त्योहार मुझे बचपन से बहुत पसंद रहा है, क्योंकि इस दिन हम नए कपड़े पहनते, शाम को पूजन होता और दीवाली से कई दिन पहले पूरे घर की सफाई होती थी। शायद ही कोई ऐसा त्योहार हो जो स्वच्छता का इतना बड़ा संदेश लेकर मनाया जाता हो। दीवाली पर घर का कोना-कोना साफ किया जाता, सफेदी कराई जाती और दीवाली तक घर को पूरी तरह से सजा दिया जाता। अब जब प्रधानमंत्री नरेंद्र मोदी स्वच्छता अभियान की बात करते हैं तो उसकी जरूरत इसलिए पड़ी कि हम दीवाली का संदेश भूल गए।

भारत में हम देखें तो हर त्योहार कोई-न-कोई संदेश लिए हुए है। हर त्योहार जहाँ एक ओर अपने पीछे एक कहानी लिये हुए है, वहीं दूसरी ओर कोई-न-कोई सामाज्कि संदेश लिये हुए होता है। हमारे पूर्वजों ने समाज में अच्छे काम करने के लिए उसके साथ कोई-न-कोई पर्व जोड़ दिया है। जब लोग पूरे साल नहीं मिलते, तब वे दीवाली पर जरूर मिल लेते हैं और उनमें पूरे साल न मिलने की झाक भी टूट जाती है। मैं विश्वास के साथ कह सकता हूँ कि यदि रक्षाबंधन का त्योहार नहीं होता तो कई भाई अपनी बहन से सालों-साल नहीं मिलते, पर इस त्योहार के कारण रो-पीटकर भाई अपनी बहन तक साल में एक बार तो पहुँच ही जाता है।

हमारे इन त्योहारों की वास्तविकता और चमक-दमक को आधुनिक जीवन ने हम से छीन लिया है, ये महज रीति-रिवाज और गले की फाँस बनते जा रहे हैं। लोग यह भूल गए कि एसएमएस, फेसबुक और ईमेल से आप अपने फर्ज की इतिश्री तो कर सकते हैं, पर संबंधों में

प्रगाढ़ता और मधुरता नहीं बनाए रख सकते। वैसे ही जैसे एसएमएस और सोशल मीडिया के माध्यम से बिना पब्लिक के बीच गए, आप वोट नहीं ले सकते।

दीवाली का त्योहार आधे से ज्यादा तो गिफ्ट के आदान-प्रदान का त्योहार रह गया है। इस त्योहार से कुछ दिन पहले तक ऐसा लगता है कि लोग अपने अच्छे-भले परिवारों को छोड़ घरों से सड़कों पर ट्रैफिक जाम में उतर आए हैं। मैं जिसके घर गिफ्ट देने जा रहा हूँ, वह मुझे घर पर नहीं मिलता और जो मेरे घर गिफ्ट लेकर आ रहा है मैं उसे नहीं मिल पाता और अब उपहार भी रिश्तेदारों व नजदीकियों को नहीं, बल्कि व्यापार से जुड़ गए हैं। लोग उनको उपहार दे रहे हैं, जिनसे उन्हें काम है या भविष्य में काम पड़नेवाला है। उपहार लिए-दिए ही नहीं जा रहे हैं, बल्कि उनका वजन भी तौला जा रहा है कि जो हमारे घर उपहार छोड़कर गया, वह कितना महँगा है और किसी ने छोटा उपहार दे दिया तो मानो गाली दे दी हो। धीरे-धीरे ये सब चीजें दीवाली में तनाव लेकर आती जा रही हैं। कौन मिलने आया और कौन हमसे मिलने नहीं आया, उसका हिसाब रखना शुरू हो जाता है।

पहले बच्चे माँ-बाप के साथ बाजार में जाया करते थे और मनपसंद दीये, लक्ष्मी-गणेश, हटड़ी, सजाने का सामान खरीदते थे और खुद घर में खड़े होकर पूरा परिवार फूल-हार से घर को सजाता था, उसका आनंद ही कुछ और था। धीरे-धीरे यही चीजें नौकरों के हाथ से मँगाई जाने लगीं और अब तो ऑनलाइन ये सारे काम हो रहे हैं। चीज तो आ जाती है, पर वह आनंद कहाँ!

मुझे कई बार आश्चर्य होता है कि मिठाई खाता तो कोई नहीं, पर बिकती व बँटती पूरी

है तो आखिरकार यह जाती कहाँ है, तो किसी ने कहा कि अंत में ये मिठाई नीचे की श्रेणी के लोगों में जाती है। अमीर लोग तो अब डायबटिज और अन्य बीमारियों के कारण मिटाई खाते ही नहीं हैं।

मुझे लगता है कि इस माहौल के पीछे बड़ी वजह है कि बदलते वक्त के साथ त्योहारों के स्वरूप का नहीं बदलना। आदमी आम जिंदगी में भी बदलाव चाहता है। रोज-रोज आप वही खाना नहीं खा सकते, वही कपड़े नहीं पहन सकते। तो फिर त्योहारों के मामले में हम रूढ़ियों को क्यों नहीं तोड़ रहे हैं। हमारा समाज तेजी से आधुनिकता की ओर दौड़ लगा रहा है, तब क्यों हमें अपने त्योहार मनाने के तौर-तरीके बदलने नहीं चाहिए? जिसे हमारी नई पीढ़ी सुविधा से कर ले और संस्कार भी न छोड़े। पूजा-पाठ कराने की जिम्मेदारी समाज के बड़े लोगों और धर्म गुरुओं की है। वे लोग नई पद्धतियाँ यानी सिस्टम ईजाद करने के बारे में नहीं सोच रहे हैं। आखिरकार तो पटाखे और आतिशबाजी जलाने का मतलब उत्सव मनाना है, अपनी खुशी को जाहिर करना है। पटाखों के प्रदूषण की तो हम बात करते हैं, पर कोई यह पूछे कि वाहनों व फैक्टरियों के प्रदूषण पर हम कितना संजीदा हैं।

एक मजेदार बात यह है कि अब लोगों से पटाखे भी नहीं चलते, इसलिए वे एक-एक पटाखा न जलाकर एक पूरी लड़ी में आग लगाते हैं और इसी तरह से एक-एक आतिशबाजी न जलाकर 140 आतिशबाजी का डिब्बा लेते हैं, जो खुद-ब-खुद चलती रहती है। इससे अच्छा तो यह है कि क्यों न सरकार ही दीवाली पर आतिशबाजी का बड़ा कार्यक्रम करें, जिसको देखने सब लोग आएँ। ऐसा कई देशों में नए वर्ष पर होता भी है। हमारे देश के लिए नए वर्ष से ज्यादा दीवाली महत्त्वपूर्ण है।

मुझे यह कहने में कोई संकोच नहीं है कि दीपावली का त्योहार संस्कृति से बहुत दूर हो गया है। यह त्योहार अब केवल बाजार के हवाले होकर रह गया है। आखिर में मैं दीपावली से जुड़ी एक और बुराई का जिक्र करना चाहता हूँ, वह है जुआ। दीपावली पर बहुत से घरों में जुआ खेलने की परंपरा इसका सांस्कृतिक स्वरूप पूरी तरह खो चुकी है। देशभर में त्योहार के नाम पर बड़े पैमाने पर जुआ क्यों खेला जाता है, यह मेरी समझ से परे है। जो शौक के तौर पर जुआ खेलें भी, उसे कृपया दीवाली के साथ न जोड़ें।

अंत में मैं यही कहूँगा कि पहले हम लोग घर में घी-तेल के दीये जलाते थे। वातावरण शुद्ध रहता था। अब बिजली की लड़ियाँ आ गई हैं। दीये तैयार करने और बातियों को जलाकर मुँडेरों पर रखने में जो आनंद था, वह भी खत्म हो गया है। रोशनी तो हो रही है, लेकिन हम मानसिक रूप से दीपावली से दूर हो गए हैं। एक परंपरा है, जिसे निभा रहे हैं।

(पंजाब केसरी, नवंबर 2015)

□

हिंदी को फिर बनाइए माथे की बिंदी

हिंदी को कुछ लोगों ने इतना कठिन बना दिया है कि कोई हिंदी में काम करना भी चाहे, तो उसकी हिम्मत जवाब दे जाती है।

दिल्ली में डिजिटल इंडिया वीक के उद्घाटन पर मेदांता हॉस्पिटल के डॉ. अनिल अग्रवाल ने हिंदी में बोलना शुरू किया तो स्टेडियम तालियों से गूँज उठा। इससे पहले मुकेश अंबानी, अनिल अंबानी, साइरस मिस्त्री, सुनील मित्तल, आदित्य बिड़ला और अजीम प्रेमजी जैसे बहुत से बड़े उद्योगपतियों ने अंग्रेजी में विचार रखे। डॉ. अनिल अग्रवाल के हिंदी में भाषण का स्वागत जिस तरह हुआ, उसने मुझे सोचने को मजबूर किया। अंग्रेजी में बोलनेवालों को क्या हिंदी आती नहीं? या फिर वे सोचते हैं कि हिंदी में बोलेंगे तो श्रोता समझेंगे नहीं या फिर उनके दिल में हीन भावना है कि हिंदी बोलेंगे, तो कोई उन्हें बड़ा आदमी नहीं समझेगा?

किसकी कितनी साख

बहरहाल मैं काफी वक्त तक मानता रहा कि अंग्रेजी बोलने वालों को देश के लोग श्रेष्ठ मानते होंगे। मेरी पार्टी के कई वरिष्ठ नेता भी अंग्रेजी बोलने वालों को बुद्धिजीवी समझते हैं। बाद में साफ हुआ कि अंग्रेजी बोलनेवाले नेताओं की साख लोगों के बीच है ही नहीं। वे कितने लोकप्रिय हैं, इसका पता तब चलता, जब वे कभी चुनाव लड़ते। हम इस बात को इस तरह समझ सकते हैं कि जय प्रकाश नारायण, अटल बिहारी वाजपेयी और नरेंद्र मोदी—ये सभी नेता हिंदी बोलकर ही लोकप्रिय हुए हैं।

इसमें दो राय नहीं कि अंग्रेजी अच्छी भाषा है। ग्लोबलाइजेशन के मौजूदा दौर में दुनिया भर में समझी जाती है। लिहाजा तरक्की के लिए, रोजगार पाने के लिए नौजवानों को अंग्रेजी सीखना बहुत जरूरी है। लेकिन अपने ही देश में अगर हम अंग्रेजी को हिंदी के सिर पर बैठाएँगे तो हमारी अस्मिता, हमारा वजूद खत्म होने में देर नहीं लगेगी।

अभी मैं संसद की कई अहम कमेटियों का सदस्य हूँ। इन कमेटियों की बैठकों में अफसर अकसर हिंदी जानते हुए भी अंग्रेजी में राय रखते हैं। कमेटियों के कई सांसद अंग्रेजी नहीं जानते, फिर भी उनमें अफसरों को टोकने का साहस नहीं होता। कमेटी की कारवाई ज्यादातर अंग्रेजी में चलती रहती है। इसके पीछे दलील यह होती है कि संसद में दक्षिण भाषी सांसद भी होते हैं, लिहाजा अंग्रेजी बोलना ही सही होता है। लेकिन यहाँ सवाल उत्तर और दक्षिण भारतीय सांसदों का नहीं, बल्कि भाषा की समझ का है। ज्यादातर दक्षिण भारतीय सांसद हिंदी बोल भले ही न पाएँ, लेकिन वे हिंदी समझते हैं। फिर अफसरों को हिंदी में बोलने में दिक्कत क्यों होनी चाहिए?

उत्तर से लेकर दक्षिण तक हिंदी को फैलाने का काम हिंदी फिल्मों ने बखूबी किया है। इसके लिए बॉलीवुड को बड़े-से-बड़ा सम्मान मिलना चाहिए। लेकिन यहाँ भी एक विडंबना है। हिंदी सिनेमा के हीरो-हीरोइन फिल्मों में अच्छी हिंदी में जोरदार और सही उच्चारण के साथ डायलॉग बोलते हैं, लेकिन इंटरव्यू या फिर अवॉर्ड लेते वक्त अंग्रेजी में ही बोलते हैं। यानी फिल्मों के बाहर वे अंग्रेजी में बोलना शान समझते हैं। जो भाषा आपको देश-विदेश में सम्मान दिलाए, अगर उसे बोलना शान की बात नहीं है तो माफ कीजिएगा, मेरे विचार से वह देश का अपमान है।

अभी मुझे हिंदी सलाहकार समिति में शामिल किया गया। हर साल हमारी सरकारें और सरकारी विभाग हिंदी सप्ताह या पखवाड़ा मनाते हैं। आजादी के इतने साल बाद भी हिंदी पखवाड़े की जरूरत अगर पड़ रही है तो यह शर्म की बात है। ऐसा लगता है कि हम भारत में 'फ्रेंच वीक' या और किसी विदेशी भाषा का हफ्ता या पखवाड़ा मना रहे हैं। दरअसल अंग्रेजियत आज की पीढ़ी के पूरे वजूद पर हावी है। यही वजह है कि वह हिंदी बोलना अपनी तौहीन समझने लगी है। अब के बच्चों को बताओ कि ताश के बावन पत्ते होते हैं, तो उन्हें बताना पड़ता है कि बावन यानी फिफ्टी टू। एक जमाना था जब, देवकीनंदन खत्रीजी के

उपन्यासों की सीरीज 'चंद्रकांता संतति' पढ़ने के लिए पूरी दुनिया के लोगों ने हिंदी सीखी थी। मैंने स्कूल के दिनों में ही चंद्रकांता संतति के अलावा भूतनाथ समेत कई उपन्यास पढ़ लिए थे। मुझे तो अपने हिंदी भाषी होने पर गर्व है।

सरकारी हिंदी

वैसे हिंदी के साथ एक वास्तविक समस्या है। कुछ लकीर के फकीर लोगों ने हिंदी को इतना कठिन बना दिया है कि पूछिए मत। अगर कोई सरकारी अफसर हिंदी में काम करना भी चाहे, तो उसकी हिम्मत जवाब दे जाती है। संसद में भी जो परिपत्र हिंदी में आते हैं, उन्हें समझने में मुझ जैसे हिंदी प्रेमी को एड़ी-चोटी का जोर लगाना पड़ता है। सरकारी हिंदी को जन-साधारण की हिंदी से बहुत अलग कर दिया गया है। एक समय सारिका, दिनमान, धर्मयुग, साप्ताहिक हिंदुस्तान, नंदन, पराग, हंस, कथादेश, ज्ञानोदय, पहल जैसी बहुत सी हिंदी पत्रिकाओं का बोलबाला था। पढ़े-लिखे परिवारों के ड्राइंग-रूम में इनकी मौजूदगी स्टेटस सिंबल मानी जाती थी।

आज इसका उल्टा हो गया है। बहुत सी पत्रिकाओं का प्रकाशन बंद हो गया, फिर अंग्रेजियत हमारे स्वभाव में पता नहीं किस साजिश के तहत घोल दी गई है। बहुत से मिडिल और अपर-मिडिल क्लास माता-पिता ही अपने बच्चों को हिंदी से दूर होने का संदेश देते हैं। लेकिन मैं पूरी शिद्दत से कहना चाहता हूँ—अंग्रेजी पढ़ो, जरूरत हो गढ़ो, लेकिन हिंदी के ऊपर मत मढ़ो। भारतेंदु का सूत्र वाक्य मानो—'निज भाषा उन्नति अहै सब उन्नति कौ मूल'।

(नवभारत टाइम्स, 15 जुलाई, 2015)

□

राजनेता किसे बताएँ अपने दुख-दर्द

नौकरशाही की चिरौरी करके ही एक नेता जनता के काम करवा सकता है। आज ही 70 फीसद से ज्यादा नेता गरीब हैं।

पॉलिटिक्स को मलाईदार पेशा मान लिया गया है, पर सच्चाई के कुछ और आयाम भी हैं, जब मैं पहली बार सांसद बना, तब मैंने अटल बिहारी वाजपेयीजी से पूछा था कि आप संसद में इतने वर्षों से बार-बार कुछ ही चीजें देखते आ रहे हैं, क्या आपको अजीब नहीं लगता? उनका जवाब था, जिन उद्देश्यों के लिए मुझे यहाँ भेजा गया है, उनमें ये सब बातें ज्यादा मायने नहीं रखतीं। पर साथ ही उन्होंने अपने चिर-परिचित अंदाज में यह भी कहा कि राजनीति छोड़ अब और करूँ क्या! उनका साफ-सच्चा जवाब मुझे अच्छा लगा। मुझे लगता है कि लगभग सभी राजनेताओं की स्थिति एक समय के बाद यही हो जाती है कि वे चाहें भी तो राजनीति नहीं छोड़ सकते। कुछ और काम करने में उन्हें समस्याएँ आती हैं या वे किसी लायक ही नहीं रहते। अगर अकेले घूमें तो जनता तपाक से कहती है—'अरे! क्या बात है, अकेले घूम रहे हैं?'

छवि का दबाव

आज मान लिया गया है एक राजनेता मतलब धूर्त, बेईमान इंसान। क्या यही सच है? राजनीति में सक्रिय इस जमात को, जो 24 घंटे अपना घर-बार छोड़कर काम कर रही है, क्या समाज ठीक से जानता भी है? क्या लोगों को पता है कि वास्तव में राजनेताओं की क्या हालत है? मैं उन राजनेताओं की बात नहीं कर रहा, जो संपन्न परिवारों से आते हैं या जिन्होंने सियासत में आने से पहले अपना व्यवसाय खड़ा कर लिया। आज भी ऐसे लोग मुट्ठी भर ही हैं। प्रधानमंत्री कार्यालय में मंत्री बनने से पहले मैंने अपने बेटे से पूछा था कि मैं अटलजी की सरकार में मंत्री बनूँ तो तुम्हें कैसा लगेगा? उसके चेहरे पर अवसाद था, उसने कहा, 'मैं ऐसा

नहीं चाहता।' मेरा बेटा मेरी तरक्की नहीं चाहता था, क्योंकि मैंने उससे उसका बचपन छीन लिया था। उसे समय ही नहीं दे पाया, अपनी राजनीतिक व्यस्तता के कारण।

दूसरी तरफ लोग राजनेताओं को अभी भी स्वतंत्रता सेनानी मानते हैं। सोचते हैं कि ये लोग केवल त्याग ही त्याग करें, मानो उनकी कोई इच्छा ही न हो। पहले के समय में जो लीडर थे, उनमें लोग श्रद्धा रखते थे और उनके काम करने में तत्पर रहते थे। पर अब केवल उनसे काम करवाना चाहते हैं। लीडरों के पास ब्यूरोक्रेसी की तरह अपनी कोई पावर नहीं है। नौकरशाही की चिरौरी करके ही एक नेता जनता के काम करवा सकता है। आज भी 70 फीसदी से ज्यादा नेता जैसे-तैसे अपना गुजारा करते हैं। बहुत कम एमपी हैं, जो दिल्ली में गाड़ी का खर्चा उठा सकते हैं। नॉर्थ या साउथ एवेन्यू जाकर उनके घरों की हालत देखिए। उनमें भी सांसद खुद नहीं रहते, वे उनके क्षेत्र के लोगों का बसेरा बन गए हैं। पिछले दिनों आपने सुना होगा कि करिया मुंडाजी की बेटी सड़क पर आम बेच रही थी।

एक सर्वे क्यों नहीं होना चाहिए कि जो लोग कभी राजनीति में रहे, आज उनकी आर्थिक स्थिति कैसी है ? बड़े आराम से लोग कह देते हैं कि इतने एमपी करोड़पति हैं। जिसके पास एक छोटा-सा मकान था, उसकी भी आज मार्केट वैल्यू एक करोड़ हो गई। आप उसे करोड़पति कहेंगे क्या ? चुने हुए प्रतिनिधि 24 घंटे काम करते हैं। आपने किसी सेक्रेटरी, जॉइंट सेक्रेटरी को इतना काम करते देखा है ? क्या आपने कभी किसी भ्रष्ट जज या घूसखोर सरकारी अफसर के खिलाफ उसके घर या दफ्तर के बाहर कोई प्रदर्शन होते देखा है ? वहीं किसी राजनेता के

खिलाफ झूठा आरोप लगने पर भी अगले दिन उसके घर के बाहर प्रदर्शन हो जाता है। क्या कोई आदमी अपना काम करवाने के लिए एक जेई से लेकर सेक्रेटरी लेवल के अफसर के घर पर जा सकता है? नहीं। पर राजनेता के घर आधी रात को भी जा सकता है। बिजनेसमैन अपने बेटे को अपने पेशे में लाता है। डॉक्टर का बेटा डॉक्टर, टीचर का बेटा टीचर और वकील का बेटा वकील बनता है, पर हम अपने बेटे को राजनीति में लाना चाहें तो लोग कहते हैं, परिवारवाद को बढ़ावा दे रहे हैं।

सांसदों की तनख्वाह और पेंशन थोड़ी भी बढ़ जाए तो शोर मच जाता है। कभी आपने सोचा है कि एक पूर्व एमपी का गुजारा कैसे होता होगा? जब एक राजनेता सांसद होता है तो उसके पचास तरह के खर्चे होते हैं। जब वह सांसद नहीं रहता तो क्या लोग उनसे काम करवाने बंद कर देते हैं? बिल्कुल नहीं। उसके कंप्यूटर, ड्राइवर, चाय-पानी, ऑफिस स्टाफ पर खर्चे जारी रहते हैं। अगर एक एमपी या मंत्री 100 वोट से भी चुनाव हार जाए तो उसकी क्या गत बनती है, देखने वाली बात है। क्वार्टर का टेलीफोन कनेक्शन काट दिया जाता है, तत्काल क्वार्टर खाली करने का दबाव पड़ता है, सारी सुविधाएँ झटके में बंद हो जाती हैं।

अपनों से दूर

राजनेताओं के रिश्तेदार उनसे दूर होते जाते हैं, क्योंकि लीडर उनका कोई काम नहीं करते। इस भय से कि मीडिया में कहीं कोई स्टोरी न बन जाए। किसी भी एमपी, एमएलए या पॉलिटिक्स करने वाले के घर चले जाइए। उसके परिवार वाले, बेटा-बेटी भी उससे खुश न होंगे। कुल मिलाकर एक राजनेता अकेला पड़ता जाता है। जरूरत इस बात की है कि समाज बनी-बनाई धारणा से बाहर निकले और तटस्थ होकर राजनेताओं का मूल्यांकन करें!

(नवभारत टाइम्स, 13 अगस्त, 2015)

□

बातें नहीं, चाँदनी चौक के लिए कुछ करने की जरूरत

मुसीबत यह है कि शाहजहानाबाद डेवलपमेंट बोर्ड भी केवल नाम का है। इसमें जो लोग हैं, एक-आध को छोड़ उनकी कोई इच्छाशक्ति नहीं है कि इस पुरानी दिल्ली को ठीक किया जाए। मैं इसके लिए किसी एक को दोषी नहीं मानता, सभी दोषी हैं।

पिछले दिनों दिल्ली के चाँदनी चौक की चुन्नामल हवेली में बड़े प्रमुख, बुद्धिजीवी लोग जो पर्यटन, विरासत, संरक्षण से जुड़े हैं, इकट्ठे हुए। मुझे नहीं मालूम उस मीटिंग में क्या तय हुआ और उसके क्या परिणाम निकलने वाले हैं। हम केवल जुबानी जमा खर्च कर रहे या इसके परिणाम भी निकल रहे हैं।

हमारे देश में हैरिटेज पर्यटन एक फैशन हो गया है। बुद्धिजीवियों के लिए हैरिटेज एक स्टेटस सिंबल बनता जा रहा है। लोग हैरिटेज की बात तो करते हैं, किंतु उसके लिए कुछ करने के लिए तैयार नहीं हैं। वे उसकी तारीफ तो करते हैं, किंतु उसको बचाने के लिए आगे नहीं आते। धीरे-धीरे जब ये सब हवेलियाँ, स्मारक और पुरातत्त्व महत्त्व की चीजें ढह जाएँगी तब तो बात करना भी बंद हो जाएगा। हम केवल उनको फोटो में ही देख पाएँगे।

और लोग क्या कर रहे हैं, मुझे पता नहीं, किंतु मैं पिछले कुछ सालों से एक पुरातत्त्व महत्त्व की हवेली को संरक्षित करने में लगा हूँ, उसके संरक्षण में मेरे पसीने छूट रहे हैं, क्योंकि कहीं से न तो कोई मदद और न ही कोई जानकारी मिलती है और इसके साथ-साथ गलियाँ बनाने के काम में तो काफी परेशानियाँ आ रही हैं, क्योंकि विभिन्न विभागों से काम लेना कोई आसान बात नहीं है। सरकार के विभिन्न विभागों दिल्ली सरकार, ए.एस.आइ, एम.सी.डी., डी.डी.ए., हैरिटेज कनवर्जन कमेटी में समन्वय नहीं है।

चाँदनी चौक में करीब 525 हवेलियाँ हैं, जो 20वीं शताब्दी में बनी थीं। चाँदनी चौक

पर हिंदू, मुगल, ब्रिटिश सभी की संस्कृति का प्रभाव पड़ा है। चाँदनी चौक में बहुत सी ऐसी अच्छी पुरानी हवेलियाँ हैं, जो जर्जर अवस्था में हैं, जिनको मरम्मत की जरूरत है। धर्मशालाओं, हवेलियों में गोदाम खुल गए हैं। हवेलियाँ टूट-टूटकर मार्किट की शेप ले रही हैं।

दो दिन पहले जब मैंने चाँदनी चौक में मार्च निकाला, 'चाँदनी चौक बचाओ, पर्यटन बढ़ाओ' तब मैं देखकर हैरान हो गया कि कई आकर्षक भवनों को मॉडर्न तरीके से ज्वेलरों के शीशे के बड़े-बड़े शोरूम में तब्दील कर दिया गया है, जो एक गहरा धब्बा-सा चाँदनी चौक की विरासत के ऊपर दिखाई देता है। अवैध निर्माण होने के बाद भी भ्रष्टाचार के कारण उनको रोका नहीं गया। बात तो बहुत हुई, किंतु थोक व्यापार वालों को बाहर गोदाम नही दिए गए और यहाँ से थोक व्यापार हटाया नहीं, जिसके कारण यहाँ के दुकानदार भी दुःखी हैं और यहाँ आने वाले भी दुःखी हैं।

चाँदनी चौक को लेकर मैं बहुत निराश हूँ। सबसे अच्छी व बड़ी जो हवेलियाँ हैं, वे एक के बाद एक लालची बिल्डरों द्वारा तोड़ी जा रही हैं या यों कहिए, गिनती की हवेलियाँ बची हैं। दिल्ली सरकार व एमसीडी अपनी हैरिटेज की लिस्ट को लेकर घूम रही है। उनको मालूम नहीं है कि इस हैरिटेज लिस्ट में केवल दस प्रतिशत ही स्मारक और हवेलियाँ बची हैं, बाकी या तो खँडहर हो गई हैं या जिनका जीर्णोद्धार भी होना संभव नहीं है या फिर वे बदलकर भद्दे ढाँचों में तब्दील कर दी गई हैं। आज जरूरत है बची हुई हवेलियों पर ध्यान देने की।

पुरानी दिल्ली में तो अब केवल दो तरह के लोग रहते हैं। ज्यादातर वे, जिनके पास यहाँ से निकलकर बाहर रहने का कोई आशियाना नहीं है या वे लोग, जो वर्षों-वर्ष रहते हुए अब चाँदनी चौक को छोड़ना नहीं चाहते। आबादी निरंतर घट रही है और इसका डेमोग्राफिक बैलेंस भी बिगड़ता जा रहा है। मुसलमानों को ये जगह ज्यादा सुरक्षित लगती है। हिंदुओं को चाव नहीं

रहा। आगे आने वाली पीढ़ी की हैरिटेज और हमारी विरासत के अंदर कितनी रुचि रहेगी, कहा नहीं जा सकता है।

सवाल यह है कि बची-खुची पुरातत्त्व महत्त्व की ये हवेलियाँ कैसे बचेंगी? सरकार को चाहिए कि इन हवेलियों के भारी रख-रखाव के लिए इनके मालिकों को अच्छा फंड दे, क्योंकि अब एक हवेली में दस-दस किराएदार रहते हैं। किराएदार कहता है कि हम क्यों पैसा खर्च करें हमारी बिल्डिंग नहीं है और मकान मालिक कहता है, मैं क्यों खर्चा करूँ, मैं तो यहाँ रहता नहीं हूँ। दूसरे, इन हवेलियों को रेस्तराँ, खान-पान, मिठाई, बुटिक, गेस्ट हाउस, होटल, ज्वेलरी, गिफ्टस, स्पा, ब्यूटी सेंटर, इसी प्रकार डांस, ड्रामा, म्यूजिक के सांस्कृतिक केंद्र के लिए खोल देना चाहिए और कानून इतने नरम होने चाहिए कि किसी को इजाजत लेने की भी जरूरत न पड़े, तभी इनका उपयोग व रख-रखाव हो पाएगा।

हैरिटेज हवेलियों में यह रोक लगनी चाहिए कि उनमें गोदाम, ज्वलनशील पदार्थ इत्यादि का कोई काम न हो। पिछले दिनों दिल्ली नगर निगम से लड़-लड़कर पुरातत्त्व महत्त्व की बिल्डिंग्स पर किसी प्रकार का कोई संपत्ति कर न लगे, इसको बड़ी कोशिश करके मैंने पास करवाया था।

यह बड़े आश्चर्य की बात है कि सरकार इन प्राइवेट हवेलियों एवं स्थानों पर दुनिया भर के कानून तो बना देती है, पर उनको मदद कुछ भी नहीं देती। जब आप इनके लिए कुछ कर या दे नहीं रहे तो कानून बनाने का आपके पास क्या अधिकार है। इन हवेलियों के रख-रखाव के लिए अनुदान के साथ-साथ इसमें जो लोग कुछ गतिविधि करना चाहें, उनको ब्याज रहित लोन भी दिया जाना चाहिए।

दिल्ली सरकार, दिल्ली नगर निगम, केंद्र सरकार इन तीनों में पर्यटन व हैरिटेज संरक्षण के लिए कोई समन्वय नहीं है और ये सब केवल घोषणाएँ करते रहते हैं, जैसे जो आता है, कहता है, चाँदनी चौक में ट्राम चला देंगे, चाँदनी चौक में रिक्शों के लिए तो जगह है नहीं, ट्राम कैसे चलाएँगे। कोई घंटाघर दोबारा बनाने की बात करता है तो कोई मोनो रेल चलाने की। ये सब लोग बड़ी-बड़ी बातें करते हैं, उनको चाँदनी चौक के बारे में कुछ मालूम नहीं है। मुझे याद है कि लाल किले के बाहर 33 एकड़ का पार्क बनाने के लिए हमें कितने पापड़ बेलने पड़े थे, तब जाकर आज वहाँ हरियाली नजर आती है।

चाँदनी चौक एक बहुत बड़ा कूड़ाघर बनाता जा रहा है, जिसमें ट्रक, मोटर, रिक्शा, टैंपो, बैटरी रिक्शा, ऑटो, ठेला, प्राइवेट वाहन, सब चल रहे हैं; पैदल चलनेवालों के लिए जगह ही नहीं है। पुरानी दिल्ली रेलवे स्टेशन का तो यह हाल है कि यहाँ व्यक्ति समय पर पहुँच भी जाए तो स्टेशन के अंदर जाने तक में ही उसकी ट्रेन छूट जाती है।

सच मानिए तो किसी ने चाँदनी चौक को अब तक एक्सप्लोर ही नहीं किया। अकेले ऐसे खूबसूरत-खूबसूरत पचास से अधिक जैन मंदिर हैं, जिन्हें देखकर लोग दाँतों तले अंगुली

दबा लें, जो ताजमहल का मुकाबला करते हैं। आठ फुट की गली में आप कल्पना भी नहीं कर सकेंगे कि 3000 गज के अंदर विशाल जैन मंदिर सोने से मढ़े शिखर खड़े हुए हैं। मंदिर ज्यादा हैं, इनमें आने वाले जैन लोग कम हो गए हैं। अभी तो दिल्लीवालों ने ही चाँदनी चौक को पूरा नहीं देखा, बाहर का टूरिस्ट क्या देखेगा?

बहुत सारे स्मारक, हवेलियाँ ऐसे हैं, जिन तक पहुँचना नामुमकिन है। न तो चाँदनी चौक में कोई टूरिस्ट ऑफिस है और न कोई साइनेज है, और न ही कोई बताने वाला। पुराने शहर के लोग जितनी मदद कर दें, उतना ही टूरिस्ट को पता चलता है। रही-सही कसर चाँदनी चौक की भीड़भाड़, ऊल-जलूल इमारतें, बेतरतीब बने मकान, अव्यवस्थित सड़कें, गलियाँ और ट्रैफिक आदमी को बार-बार सोचने पर मजबूर कर देते हैं कि मैं जाऊँ या न जाऊँ। छोटे-मोटे रेस्टोरेंट को छोड़ दिया जाए तो कहीं बैठने का स्थान तक नहीं है। जो हवेलियाँ, धर्मस्थान और जो स्मारक बचे भी हैं, उनकी देख-रेख ऐसे मैनेजर या चौकीदार कर रहे हैं, जिनको न तो आर्किटेक्टचर का पता है और न सँवारने का। अच्छी इमारतों को लाल-नीले बेकार रंगों से पोता जा रहा है। फव्वारों का शहर टॉयलेट्स का शहर बनता जा रहा है।

दिल्ली का यह शहर ओल्ड सिटी नहीं, गोल्ड सिटी है, पर इसको बिजली की लटकती मोटी-मोटी तारों के गुच्छों ने बर्बाद कर दिया है। गोरे आते हैं तो आश्चर्य करते हैं कि देश की राजधानी की पुरानी दिल्ली में इतना बुरा हाल, जिसे हमें 'वर्ल्ड हैरिटेज सिटी' का नाम देने की बात करते हैं। कभी ट्राम पुरानी दिल्ली की शान थी, अब मेट्रो शान है। मेट्रो के कारण लोगों में चाँदनी चौक के लिए आकर्षण और बढ़ा है।

मुसीबत यह है कि शाहजहानाबाद डवलपमेंट बोर्ड भी केवल नाम का है। इसमें जो लोग हैं, एक-आध को छोड़ उनकी कोई इच्छाशक्ति नहीं है कि इस पुरानी दिल्ली को ठीक किया जाए। मैं इसके लिए किसी एक को दोषी नहीं मानता, सभी दोषी हैं।

इन हवेलियों और स्मारकों के बारे में विस्तृत जानकारी फोटो और वीडियो के साथ इकट्ठी की जानी चाहिए और एक-एक को कैसे संरक्षित किया जाएगा, इस पर योजना बनानी चाहिए। शाहजहानाबाद विकास बोर्ड को शक्तिशाली करके ही कोई योजना बनाई जा सकती है। पर सवाल यह है कि कोई सपने तो देखे और फिर उनको पूरा करने की कोशिश करे।

(पंजाब केसरी, 30 सितंबर, 2015)

□

संसद को बंधक बनाने से आखिर फायदा किसका?

चाहे वह प्रश्नकाल हो, विधेयकों पर चर्चा हो या फिर गैर-सरकारी कामकाज। बैठकों की संख्या घटने के कारण सदन में कई विधेयकों को बिना पर्याप्त चर्चा के पारित कर दिया गया। संसद की एक दिन की कार्रवाई के संचालन में लगभग 1.57 करोड़ रुपए खर्च होते हैं। इस हिसाब से भी संसद को बाधित करना बड़ा अपराध ही कहा जाएगा।

अपने चार दशक से ज्यादा के राजनीतिक जीवन में मैंने संसद का इतना अनुत्पादक सत्र कभी नहीं देखा, जितना 5 मार्च से 6 अप्रैल, 2018 तक चला बजट सत्र रहा। 22 दिन का यह सत्र विपक्षी दलों और खासकर कांग्रेस के हंगामे के कारण बेकार चला गया। वह भी तब जबकि बजट सत्र संसद का सबसे महत्त्वपूर्ण सत्र माना जाता है। मुझे चिंता इस बात की है कि आखिर सारे देश की जनता के प्रति उत्तरदायी संसद सदस्य इस प्रकार संसद को बंधक बनाकर क्या हासिल करना चाहते हैं। कांग्रेस के ऐसे अस्वीकार्य और अस्तरीय विरोध से दुनिया में क्या भारत की छवि बनेगी, जिसे दुनिया के सबसे बड़े लोकतंत्र के रूप में पहचाना जाता है। कांग्रेस के इस रवैये से संसद ही नहीं, सारा देश अपमानित हुआ है। क्या कांग्रेस यह सच स्वीकार करने का साहस करेगी और देश की जनता से माफी माँगेगी?

संसद का वेल अखाड़े में बदला

संसद जनता के पैसे से चलती है और जनता के लिए चलती है। इसका मूल उद्‌देश्य देश भर से चुने गए जन प्रतिनिधियों के माध्यम से देश के हर गरीब, वंचित, शोषित और हर वर्ग का सर्वांगीण विकास तथा कल्याण है। यह हर सांसद का मूल दायित्व है। लेकिन कांग्रेस द्वारा भारी

हंगामे के कारण बजट सत्र का दूसरा भाग पूरी तरह से बेकार चला गया। इस दौरान 22 कार्य दिवसों में रत्ती भर काम नहीं हुआ। भारतीय संसद के उच्च सदन ने इस तरह का सत्र शायद ही कभी देखा हो, जिसमें देश के हर नागरिक और हर क्षेत्र के हित के लिए काम करने का संकल्प लेकर आने वाले सांसद क्षेत्रीय, निजी और स्वार्थपूर्ण राजनीति भरे मुद्दों पर लगातार खेल को अखाड़ा बनाकर संसद ठप्प कर रहे थे।

यदि कांग्रेस चाहती तो मुख्य विपक्षी दल के तौर पर सदन चलने में सरकार को सहयोग कर सकती थी, जिससे क्षेत्रीय मुद्दों पर संसद ठप करने वाली पार्टियाँ अलग दिखाई दें। उसने आरोप लगाया कि एआईएडीएमके जैसे दल एनडीए के सहयोगी हैं, जबकि उनके सांसदों के हंगामे में पूरा साथ कांग्रेस ने ही दिया। इस दौरान राज्यसभा में ही जनहित से जुड़े 9 महत्त्वपूर्ण बिल धरे-के-धरे रह गए। इसमें मुस्लिम महिलाओं को तीन तलाक के अन्याय से बचाने, सड़क दुर्घटना के पीड़ितों के मुआवजे को 10 लाख रुपए तक बढ़ाने, भ्रष्टाचार को सामने लाने वाले व्हिसिल ब्लोअर्स को संरक्षण देने और राष्ट्रीय पिछड़ा वर्ग आयोग को संवैधानिक दर्जा देने जैसे महत्त्वपूर्ण बिल थे, जो देश की बड़ी आबादी पर सकारात्मक प्रभाव डालने वाले हैं। इस दौरान कांग्रेस ने सिर्फ पेमेंट ऑफ ग्रैच्युटी (संशोधन) बिल, 2018 पास होने दिया। वह चाहती तो अन्य बिल भी पास हो सकते थे, लेकिन वह इसमें भी वोट बैंक की राजनीति करती रही। कांग्रेस ने भ्रष्टाचार निरोधक (संशोधन) बिल, 2018 को 13 दिन तक कार्यसूची में रहने के बाद भी पास नहीं होने दिया। क्या वह देश में भ्रष्टाचार के खिलाफ जारी जंग के खिलाफ है?

लगातार घट रही है संसद की उत्पादकता

मैं चार बार सांसद रहा हूँ और पक्ष व विपक्ष दोनों में रहा हूँ। एनडीए सरकार में दूसरी

बार मंत्रीपद का दायित्व सँभाल रहा हूँ। विपक्ष में रहते हुए भी मैंने कभी वेल में जाकर विरोध नहीं किया। मेरे राजनीतिक संस्कार ऐसे हैं।

संसदीय कार्य मंत्रालय के प्रभार का यह मेरा दूसरा अवसर है, पर बड़ा अवसर है, क्योंकि मुझे मुख्यत: राज्यसभा के कामकाज को ही देखना था और राज्यसभा में ही हमारी पार्टी का बहुमत नहीं है। मैं प्रधानमंत्री का शुक्रगुजार हूँ कि उन्होंने मुझे यह महत्त्वपूर्ण जिम्मेदारी दी। मेरे संस्कारों में हमेशा से यह रहा कि राजनीति विचारधारा की होती है। आपस में संबंध अच्छे हों तो इससे दूसरी पार्टियों से सहयोग मिलता है। कार्यभार सँभालने के बाद शीतकालीन सत्र 15 दिसंबर, 2017 से 5 जनवरी तक चला, जिसमें 13 बैठकें हुईं। इस दौरान राज्यसभा की उत्पादकता 56 प्रतिशत और लोकसभा की 92 प्रतिशत रही, जो ठीकठाक थी। राज्यसभा में 9 बिल पास हुए और लोकसभा में 13 बिल पास हुए। दोनों सदनों में संयुक्त रूप से 13 बिल पास किए। इसके बाद दो चरण में हुए बजट सत्र का पहला चरण भी अच्छा रहा और सभी दलों में मेरे व्यक्तिगत संबंधों का लाभ मुझे मिला। इसके लिए मैंने सभी दलों के नेताओं से मिलकर उन्हें धन्यवाद दिया। बजट सत्र का पहला चरण भी बहुत अच्छा चला, लेकिन बजट सत्र का दूसरा चरण पूरी तरह से बेकार चला गया।

संसद के बजट सत्र के पहले चरण में लोकसभा में सदन की 7 और राज्यसभा में 8 बैठकें हुई थीं। इस सत्र में लोकसभा की बैठकों की उत्पादकता आशातीत ढंग से 134.61 प्रतिशत रही, जबकि राज्यसभा की उत्पादकता आशा के अनुरूप 96.31 प्रतिशत रही। सामान्यत: दोनों सदनों में शाम 6 बजे तक ही काम होता है, लेकिन इस दौरान लोकसभा के सांसदों ने 3 दिन देर रात तक काम किया, तो राज्यसभा सांसदों ने भी 5 दिन देर रात तक बैठकर राष्ट्रहित के विषयों पर चर्चा और बहस करके कई बिल पास किए। पहले सत्र की उत्पादकता देखकर संसदीय कार्य राज्य मंत्री के तौर पर मुझे बेहद आत्मसंतोष हुआ और मैंने इसके लिए सभी दलों को धन्यवाद भी दिया। लेकिन पहला सत्र दिन के उजियारे जैसा बीतने के बाद दूसरा सत्र विपक्ष के हंगामे के बाद काली रात में बदल गया। दूसरे सत्र में राज्यसभा के कुल 120 में से करीब 117 कार्य घंटे बर्बाद हो गए। इस दौरान लोकसभा की उत्पादकता सिर्फ 4 प्रतिशत और राज्यसभा की 8 प्रतिशत रही।

बजट सत्र के दूसरे चरण में 22 दिन जब धुल गए तो सरकार ने विपक्ष और विपक्ष ने सरकार, दोनों ने एक-दूसरे पर आरोप लगाए कि सदन को किसी ने चलने नहीं दिया। जनता के सामने यह बड़ी कठिन समस्या थी कि भरोसा किस पर किया जाए। यह ठीक है कि सरकार का काम है संसद को चलाना, लेकिन अगर विपक्ष अड़ ही जाए कि सदन चलने नहीं देंगे, नारे लगाए, प्ले कार्ड दिखाए, धरने पर बैठ जाए तो सरकार भी कैसे संसद चला पाएगी। 5 मार्च को जब सदन शुरू हुआ तो कांग्रेस की तरफ से नियम 267 के अंतर्गत कार्य स्थगित करने के लिए नोटिस दिया गया। सरकार बैंकिंग क्षेत्र के मुद्दों, कावेरी विवाद और आंध्र प्रदेश को

विशेष दर्जा सहित सभी मुद्दों पर चर्चा के लिए तैयार थी, लेकिन विपक्ष खुद चर्चा से भागकर हंगामा करता रहा।

लोकसभा और राज्यसभा की कार्रवाई का सीधा प्रसारण देखकर जनता फैसला कर सकती है कि सदन को कौन सी पार्टी चलने नहीं दे रही, कौन सी पार्टी के सदस्य वेल में पहुँचे हुए हैं और कौन नारेबाजी तथा हंगामा कर रहे हैं। शायद विपक्ष को लगता है कि उनकी बात मीडिया के माध्यम से सदन के बाहर भी रखी जा सकती है, लेकिन समाधान तो सदन में चर्चा से ही निकलता है, न्यूज चैनल के स्टूडियो में बैठकर नहीं।

संसद में घटता कार्य, बढ़ता खर्च

आँकड़ों की तुलना करें तो पता चलता है कि 1952 से लेकर 1967 तक प्रत्येक तीन लोकसभाओं की औसतन 600 दिन बैठकें हुईं। लेकिन 15वीं लोकसभा (2009 से 2013) तक मात्र 365 दिन बैठक हुई। पहली लोकसभा में सदन के कामकाज के कुल समय में से 49 फीसदी समय विधेयकों पर चर्चा में लगाया गया था। यह आँकड़ा दूसरी लोकसभा में नीचे गिरकर 28 फीसदी पर आ गया और अब 15वीं लोकसभा में मात्र 23 फीसदी समय विधेयकों पर चर्चा में दिया गया। बैठकों और कामकाज के लिहाज से 14वीं और 15वीं लोकसभा का कार्यकाल सबसे कमजोर कहा जा सकता है। पहली और 15वीं लोकसभा के 61 साल के सफर को बानगी के तौर पर लें तो दिखेगा कि न केवल बैठकों की संख्या और काम के घंटों में, बल्कि करीब हर कामकाज में गिरावट आई है। चाहे वह प्रश्नकाल हो, विधेयकों पर चर्चा हो या फिर गैर-सरकारी कामकाज। बैठकों की संख्या घटने के कारण सदन में कई विधेयकों को बिना पर्याप्त चर्चा के पारित कर दिया गया। संसद की एक दिन की कार्रवाई के संचालन में लगभग 1.57 करोड़ रुपए खर्च होते हैं। इस हिसाब से भी संसद को बाधित करना बड़ा अपराध ही कहा जाएगा।

सदन में चर्चा के सिवा कोई रास्ता नहीं

संसदीय कार्रवाई के नियम 255 और 256 के जान-बूझकर सदन के कामकाज में गंभीर और लगातार बाधा डालनेवाले सदस्य को एक दिन से लेकर पूरे सत्र के लिए निलंबित किया जा सकता है। ऐसा कई मौकों पर हो भी चुका है।

(पंजाब केसरी, 17 अप्रैल, 2018)

□

सवाल सांसदों के वेतन का

लोग भूल रहे हैं की अब 69 साल हो गए हैं और जो लोग आज राजनीति में हैं, वे कोई स्वतंत्रता की लड़ाई नहीं लड़ रहे। उनसे उसी त्याग की उम्मीद ज्यादती होगी।

कुछ समय पहले संसदीय समिति ने सांसदों का वेतन दोगुना करने की सिफारिश की जो कि 6 साल से नहीं बढ़ा है। इस सिफारिश के सामने आते ही एक बहस शुरू हो गई। बार–बार पूछा जाने लगा कि सांसदों को इतनी तनख्वाह मिलती है तो उनकी जवाबदेही क्या है ? वे काम क्या कर रहे हैं ? उनके काम का आकलन कैसे होता है ? इन सवालों के सिलसिले में यह ध्यान रहे कि एक सांसद की हर पाँच साल में परीक्षा होती है। अगर वह काम नहीं करेगा तो दोबारा चुनकर नहीं आ सकता। इस तरह वह पार्टी और जनता के प्रति जवाबदेह है। जब से यह पाँच करोड़ की सांसद निधि कोष सांसदों को क्षेत्र के विकास कार्यों के लिए दिया जाने लगी है, तब से तो वह एक तरह से कॉर्पोरेटर बनकर रह गया है। उसे नाली, खड़ंजा, सड़क, सीवर, बिजली, पानी के काम भी कराने पड़ रहे हैं। इतने बड़े देश में सांसदों का वेतन उतना बड़ा मुद्दा नहीं बनना चाहिए, जितना भ्रष्टाचार को समाप्त करना। सांसदों की भूमिका भ्रष्टाचार को समाप्त करने और जनहित में नए प्रभावी कानून बनाने में ज्यादा होनी चाहिए। दरअसल सांसदों के वेतन को नहीं, उनके काम को देखने की जरूरत है। मैं सांसदों की जवाबदेही के पक्ष में हूँ। जिस दिन संसद न चले, उस दिन का भत्ता सांसद को नहीं मिलना चाहिए। लोग कहते हैं कि सांसदों को टेलीफोन, घर, हवाई जहाज, रेल की सुविधा मिलती है। 90 प्रतिशत सांसदों का दिल्ली का घर तो उनके समर्थक या क्षेत्र की जनता इस्तेमाल करती है। सांसद के पास इतना फालतू समय नहीं कि वह इस कारण यात्राएँ करता फिरे कि वे निशुल्क हैं।

जब भी सांसदों और विधायकों के वेतन बढ़ाने की बात आती है तो लोगों के मन में यह धारणा बनती है कि ये सांसद और विधायक एक तरफ तो देश को लूट रहे हैं और दूसरी तरफ

अपनी तनख्वाह बढ़ाने की माँग कर रहे हैं। 1947 के बाद भी लोगों ने नेताओं को जनप्रतिनिधि नहीं, बल्कि स्वतंत्रता सेनानी ही माना। लोग भूल रहे हैं कि अब 69 साल हो गए हैं और जो लोग आज राजनीति में हैं, वे कोई स्वतंत्रता की लड़ाई नहीं लड़ रहे। आप उनसे उसी त्याग की उम्मीद करें, यह ज्यादती होगी। 1947 से पहले आजादी के लिए कांग्रेस के झंडे के नीचे जो आंदोलन हुआ, वह जन-आंदोलन था और इसी कारण महात्मा गांधी ने यह कहा था कि कांग्रेस को भंग कर देना चाहिए, ताकि कांग्रेस से संबंधित नेता अपने आपको स्वतंत्रता सेनानी बताते हुए उसका गलत लाभ न उठाएँ। कांग्रेस में उस समय काम करने वाले नेताओं को लगा कि हम ये अवसर क्यों छोड़ें और उन्होंने महात्मा गांधी की सलाह मानने से मना कर दिया। कांग्रेस को भंग नहीं किया गया और जनता नेताओं के त्याग को ध्यान में रखते हुए उन्हें बार-बार जिताती रही। समय बीतने के साथ त्याग की जगह ले ली, सुविधा और भ्रष्टाचार ने।

1954 के बाद से सांसदों को वेतन-भत्ते के तौर पर 400-500 रुपए मिलने शुरू हुए। यह उस समय के हिसाब से ठीक था। चूँकि उस समय समाज सेवा का जज्बा भी था, इसलिए कम तनख्वाह पर भी लोग सेवा करने के लिए तैयार थे। जरूरतें भी कम थीं।

धीरे-धीरे लोगों की चुने हुए प्रतिनिधियों से अपेक्षा बढ़ने लगी। लोग उनसे उम्मीद करने लगे कि वे 24 घंटे सेवा में हाजिर रहें। हम भूल जाते हैं, जो सांसद 24 घंटे काम कर रहे हैं, उनके पास आय के स्रोत हैं भी या नहीं? उसे अपने काम के लिए आने-जाने, चाय-पानी आदि पर कितना खर्च करना पड़ता है।

आज जो लोग राजनीति में हैं, वे राजनीति को एक तरह से अन्य कार्यों की तरह लेते हैं, जैसे—डॉक्टर, इंजीनियर, प्रोफेसर आदि। समाज में जितनी गिरावट अन्य क्षेत्रों में आई, उतनी ही राजनीति के क्षेत्र में भी। ये लोग भी तो समाज से ही चुनकर आते हैं। फिल्मों में नेताओं

और पुलिसवालों की जब पिटाई या बुराई होती है तो जनता बहुत ताली बजाती है, क्योंकि जनता ने उनकी एक छवि बना रखी है, लेकिन मैं विश्वास के साथ कह सकता हूँ कि राजनीति में मुश्किल से 10 प्रतिशत लोग ही ऐसे होंगे, जो भ्रष्टाचार में लिप्त होंगे, अन्यथा तो जितना समय एक सांसद अपने लोगों और अपने संसदीय क्षेत्र के लिए देता है, उतना शायद ही एक नौकरशाह या कोई अन्य देता होगा।

ब्रिटेन और अमेरिका में एक लाख से कम लोगों के ऊपर एक सांसद होता है, जबकि हमारे देश में करीब 17–18 लाख लोगों पर एक सांसद होता है। अब इतना बड़ा संसदीय क्षेत्र एक आदमी कैसे सँभाल सकता है ? जितना बड़ा संसदीय क्षेत्र होगा, उतना ज्यादा काम, उतनी ज्यादा बैठकें, उतना ज्यादा आना-जाना और उतना ज्यादा खर्चा होगा। इसके बावजदू सांसदों को अपनी तनख्वाह स्वयं नहीं बढ़ानी चाहिए, उसके लिए कोई स्वतंत्र आयोग गठित होना चाहिए, जो निश्चित मानदंडों के हिसाब से उनका वेतन तय करे।

यह भी नहीं होना चाहिए कि 10–10 साल में वेतन बढ़ाएँ, ताकि एकदम से जब ज्यादा वेतन बढ़े तो लोगों को चुभे नहीं। 2010 में सांसदों का वेतन 50,000 रुपए तय किया गया। इसके अलावा 45,000 रुपए संसदीय क्षेत्र के भत्ते के रूप में मिलते हैं। 15,000 रुपए कार्यालय खर्च और 30,000 रुपए सचिव के लिए। इसके अतिरिक्त प्रतिदिन संसद भवन में बैठक में उपस्थित होने पर दो हजार रुपए मिलते हैं।

अमेरिका में सांसदों को एक साल में एक करोड़ वेतन मिलता है। ब्रिटेन में 57 लाख और भारत में एक साल में केवल 6 लाख रुपए। ब्रिटेन में एक सांसद 18 कर्मचारी रखता है, जिसका खर्च साल का 1.02 करोड़ रुपए के बराबर बैठता है, जबकि भारत में ऑफिस का खर्च मिलाकर भी मात्र साढ़े पाँच लाख रुपए है और केवल एक कर्मचारी का स्टाफ। भारत में राष्ट्रपति का वेतन डेढ़ लाख, उप-राष्ट्रपति का सवा लाख, प्रधानमंत्री का एक लाख साठ हजार और राज्यपाल का एक लाख दस हजार रुपए है। सांसदों को सरकार के नियमित कर्मचारियों की भाँति नहीं देखा जाना चाहिए।

(पंजाब केसरी, 16 मई, 2016)

□

न्यायपालिका की गरिमा रखनी होगी

नोटिस में कोई तथ्य ऐसा नहीं है, जिससे जस्टिस दीपक मिश्रा के खिलाफ लगाए गए किसी भी आरोप की पुष्टि होती हो।

केंद्र में बीजेपी सरकार बनने के बाद से ही उसे लेकर आक्रामक रुख अपनाए हुए है। इस वजह से सत्ता पक्ष के साथ अपॉजिशन की दूरी बढ़ गई है। भारत के मुख्य न्यायाधीश न्यायमूर्ति दीपक मिश्रा के खिलाफ विपक्षी दलों के स्टैंड से उनकी मंशा का पता चलता है। जस्टिस मिश्रा के खिलाफ लाया गया 'नोटिस ऑफ मोशन फॉर रिमूवल', यानी जज को हटाने का नोटिस दरअसल अपने अस्तित्व को बचाने को लेकर विपक्ष की जद्दोजहद को दर्शाता है। यह नोटिस देश की पारदर्शी न्याय व्यवस्था पर कांग्रेस और उसके सहयोगियों का ऐसा हमला है, जिसका करारा जवाब जनता देगी। वर्षों केंद्र की सत्ता में रही कांग्रेस की सोच ने न केवल देश के लोगों को निराश किया है, बल्कि विदेश में भी देश की छवि खराब की है। बहरहाल, कांग्रेस समेत सात विपक्षी दलों ने सुप्रीम कोर्ट के मुख्य न्यायाधीश को हटाने का जो नोटिस दिया, उसे राज्यसभा के चेयरमैन और उपराष्ट्रपति एम. वेंकैया नायडू ने खारिज कर दिया।

आग में घी

संविधान के अनुच्छेद 124(4) के तहत सुप्रीम कोर्ट के जज को उसके पद से हटाने के लिए लोकसभा के 100 या राज्यसभा के कम-से-कम 50 सदस्यों के हस्ताक्षर होने जरूरी हैं। यह प्रस्ताव स्वीकार होने के बाद अंत में सदन के कुल सदस्यों के आधे और प्रस्ताव के समय उपस्थित सदस्यों के दो-तिहाई सदस्यों द्वारा प्रस्ताव पारित किया जाना अनिवार्य है। आज एक ओर विपक्ष संविधान की कसमें खा रहा है, उसकी दुहाई दे रहा है, पर उसी संविधान की आड़ में ओछी राजनीति कर रहा है। यदि संविधान में निहित प्रावधानों का दुरुपयोग होने लगे तो फिर हमें कुछ संवैधानिक बदलावों की भी जरूरत महसूस होने लगेगी। 545 सदस्यों की लोकसभा

और 245 की राज्य में कांग्रेस के दोनों सदनों में 40 से 50 सदस्य हैं, पर महाभियोग के नाम से प्रस्ताव ऐसे दिया जा रहा, जैसे बहुमत कांग्रेस के साथ है। कांग्रेसियों को अच्छी तरह पता है कि चेयरमैन प्रस्ताव को स्वीकार भी कर लेते तो दोनों सदनों में बहुमत की कमी के कारण यह टिकने वाला नहीं था।

कांग्रेस कुछ समय से सुप्रीम कोर्ट और खास तौर से चीफ जस्टिस ऑफ इंडिया के फैसलों से असहमति जताती रही है। जज लोया के केस की एसआईटी जाँच की माँग ठुकराए जाने ने आग में घी का काम किया और कांग्रेस ने बिना सोचे-विचारे हताशा-निराशा में चीफ जस्टिस के खिलाफ राज्यसभा के सभापति को नोटिस भेज दिया। हालाँकि स्वयं कांग्रेस पार्टी इस पर एकमत नहीं है। जनता जानती है कि राम मंदिर मामले की सुनवाई कर रही तीन जजों की पीठ के मुखिया जस्टिस दीपक मिश्रा ही हैं। ऐसे में कांग्रेस का उनके खिलाफ महाभियोग का नोटिस किस इरादे से लाया गया, यह समझा जा सकता है। संविधान निर्माताओं ने जब संविधान की रचना की, तब उन्होंने ऐसे प्रावधान नहीं किए, जिससे कोई विदेशी मूल का व्यक्ति भारत का सांसद और प्रधानमंत्री न बन सके। उन्होंने कल्पना भी नहीं की होगी कि एक दिन ऐसा भी आएगा, जब एक पार्टी एक विदेशी मूल के व्यक्ति को प्रधानमंत्री बनाना स्वीकार कर लेगी।

ऐसे ही जब राष्ट्रपति, सुप्रीम कोर्ट एवं हाईकोर्ट के जजों को हटाने के लिए संविधान में प्रावधान किया गया तो उसका मतलब यह नहीं था कि एक या दो पार्टी के सांसद यह जानते हुए भी कि संख्या बल उनके पक्ष में नहीं है, इस पर नोटिस मूव कर सुर्खियाँ बटोरें। उसके पीछे भावना यह थी कि यदि कभी ऐसा समय आ जाए, जब शीर्ष संवैधानिक पदों पर आसीन लोग मर्यादा से बाहर जाकर सत्ता का मनमाना दुरुपयोग करने लगें, तब जनता द्वारा प्रत्यक्ष

या अप्रत्यक्ष रूप से चुने गए सांसद आम सहमति से या कम-से-कम दो-तिहाई बहुमत से इन्हें हटा सकें। यह सही है कि राज्यसभा के सभापति को 'जजेस इन्क्वायरी एक्ट, 1968' के सेक्शन 3(1)(इ) के तहत नोटिस को स्वीकारने या अस्वीकारने का अधिकार दिया गया है, लेकिन इस संदर्भ में केवल यही नहीं देखा जाना चाहिए कि आरोप बेबुनियाद या निराधार हैं या अक्षमता और दुर्व्यवहार के अंतर्गत आते हैं या नहीं, बल्कि यह भी देखा जाना चाहिए कि सदन और जनता में इन जजों के लेकर ओपिनियन क्या है। संविधान के अनुसार तो आप सदन में 50 सदस्य की गिनती करवाकर लोकसभा में भी अविश्वास प्रस्ताव ला सकते हैं। पर ऐसा अविश्वास प्रस्ताव केवल नाटकीय होगा, जिसमें सबको पता है कि आप सत्तारूढ़ दल की तुलना में संख्या बल में बहुत ही पीछे हैं।

दुविधा में विपक्ष

राज्यसभा सांसदों के लिए हैंडबुक के प्रावधानों के अनुसार जब तक सभापति किसी नोटिस पर निर्णय नहीं कर लेते हैं, तब तक उसका प्रचार और प्रसार नहीं किया जा सकता है। लेकिन कांग्रेस ने इस मुद्दे पर प्रेस कॉन्फ्रेंस करके इसके पीछे की राजनीतिक मंशा साफ कर दी। साथ ही नियमों का उल्लंघन भी किया। नोटिस में कोई तथ्य ऐसा नहीं है, जिससे जस्टिस दीपक मिश्रा के खिलाफ लगाए गए किसी भी आरोप की पुष्टि होती हो।

कांग्रेस ने ऐलान किया है कि वह 'संविधान बचाओ दिवस' मनाएगी और चेयरमैन के निर्णय के खिलाफ सुप्रीम कोर्ट का दरवाजा खटखटाएगी। उसी सुप्रीम कोर्ट का दरवाजा, जिसके मुख्य न्यायाधीश पर उसने 5 गंभीर आरोप लगाए हैं।

न्यायपालिका पर हमला करने वाले विपक्षी दल एक और दुविधा में फँस गए हैं। आगे यदि सुप्रीम कोर्ट का कोई भी निर्णय उनके मन मुताबिक नहीं आया तब उन्हें यही लगता रहेगा कि मुख्य न्यायाधीश के खिलाफ उनके आरोप पत्र के कारण ऐसा फैसला आया है। कांग्रेस और उसके कुछ गिने-चुने साथी अपनी निराशा को संविधान की आड़ देकर संवैधानिक संस्थाओं को कमजोर न करें।

(नवभारत टाइम्स, 25 अप्रैल, 2018)

□

नई पीढ़ी को आपातकाल के बारे में बताना जरूरी है

यह सच है कि अब देश में वे हालात कभी नहीं आएँगे, लेकिन आज भी एक सवाल बार-बार जेहन में कौंध रहा है कि देश के लोकतंत्र पर इमरजेंसी जैसा भयानक प्रहार करने वाली कांग्रेस क्या आज तक अपने उस दुष्कृत्य के लिए शर्मिंदा हुई? जिन हालात में तत्कालीन कांग्रेस नेताओं ने देश पर इमरजेंसी थोपी, क्या कांग्रेस की नई पीढ़ी वैसे हालात से बचने की कोशिश कर रही है? जिस तरह से तत्कालीन कांग्रेस नेताओं ने देश के संविधान की हत्या की थी और तमाम विपक्ष ने एकजुट होकर उसे बचाने का संघर्ष किया था, क्या कांग्रेस की नई पीढ़ी उस संघर्ष का सम्मान करने को तैयार है?

इमरजेंसी ऐसी ही एक घटना है, जिससे न सिर्फ सबक लिया जाए बल्कि आने वाली पीढ़ी को आगाह किया जाए कि सत्ता का मद कितना ही ज्यादा क्यों न हो, कभी जनता की आवाज को दबा नहीं सकता। हालाँकि इन चार दशकों में गंगा में न जाने कितना पानी बह गया होगा, लेकिन उन दुश्वारियों का दर्द आज भी हमारी पीढ़ी के लोगों के जेहन में जिंदा है।

हाल ही में पुरानी फाइलों को छाँटते वक्त आपातकाल के दौरान किया गया पत्राचार और साहित्य जब आँखों के सामने से गुजरा तो आपातकाल की यादें न सिर्फ ताजा हो गईं, बल्कि वे जख्म भी ताजा हो गए, जो तत्कालीन कांग्रेस सरकार ने देश के लोकतंत्र को दिए थे। चालीस साल कोई छोटा समय नहीं होता है, इतने में करीब पूरी–की–पूरी पीढ़ी ही बदल जाती है। लेकिन यह बहुत जरूरी है कि इतिहास की घटनाओं को न सिर्फ जेहन में ताजा रखा जाए, बल्कि उन्हें सबक के तौर पर भी लिया जाए। खासतौर से नई पीढ़ी को आपातकाल के बारे में बताना बहुत जरूरी है, ताकि वह समझ सके कि किस तरह से आपातकाल लगा था, मानवाधिकार छीन लिये गए थे, जिनकी वे कल्पना भी नहीं कर सकते।

मुझे आज भी 25 जून, 1975 की वह रात याद है, जब मेरे पिता श्री चरती लाल गोयल को अन्य बड़े नेताओं के साथ पहले ही दिन गिरफ्तार कर लिया गया। क्योंकि देश में जयप्रकाश नारायण का संपूर्ण क्रांति आंदोलन चल रहा था, इसलिए यह गिरफ्तारी बड़ी ही सामान्य लगी। परिवार को उम्मीद थी कि पिताजी जल्दी ही वापस आ जाएँगे। अगले दिन कोई अखबार छपा ही नहीं। हमें ही नहीं, बल्कि दुनिया को भी बीबीसी के माध्यम से पता चला कि भारत में इमरजेंसी लग गई है। तब इमरजेंसी (आपातकाल) क्या और कितनी भयानक होगी, यह किसी को नहीं पता था।

मैं उन दिनों श्रीराम कॉलेज ऑफ कॉमर्स का छात्र था। तब दिल्ली छात्रसंघ के अध्यक्ष हमारे आज के कैबिनेट के सहयोगी और वित्तमंत्री अरुण जेटली थे। विद्यार्थी परिषद् ने यह तय किया कि आपातकाल और सरकारी ज्यादतियों के खिलाफ परिसर में जुलूस निकालेंगे। आपातकाल के विरोध में हुआ वह पहला प्रदर्शन था। अरुण जेटली को तुरंत ही गिरफ्तार कर लिया गया। हम और रजत इमरजेंसी का विरोध करने के लिए भूमिगत गतिविधियों में सक्रिय हो गए। कुछ दिनों का इंतजार कैसे कुछ हफ्तों में और फिर महीनों में तब्दील हो गया, पता ही नहीं चला। आपातकाल लगने के आठ दिन बाद आरएसएस समेत देश भर के छब्बीस संगठनों पर प्रतिबंध थोप दिया गया और शुरू हो गया देश के लोकतंत्र को हर तरह से रौंदने का सिलसिला। तत्कालीन प्रधानमंत्री इंदिरा गांधी और उनके पुत्र संजय गांधी अपने कथित पाँच और इक्कीस सूत्री कार्यक्रम को जबरदस्ती लागू करवाने में जुट गए।

उस समय कांग्रेस-विरोधी जो नेता इक्कीस सूत्री कार्यक्रम का समर्थन कर देते थे, वे जेल जाने से बच जाते थे। यदि कुछ उदाहरणों को छोड़ दें तो देश की कार्यपालिका, न्यायपालिका और प्रेस, सभी सरकार के आगे नतमस्तक हो गए। लेकिन विरोध की ज्वाला धीरे-धीरे जनांदोलन में तब्दील हो गई। इधर दिल्ली पुलिस तमाम कोशिशों के बावजूद मुझे और मेरे साथियों को गिरफ्तार नहीं कर पाई, तब मैंने साथियों के साथ गिरफ्तारी देने का निर्णय लिया और दिल्ली विश्वविद्यालय के विधि संकाय के कॉफी हाउस की छत पर काफी विषम परिस्थितियों में सत्याग्रह कर गिरफ्तारी दी। पिताजी जेल में थे, पर उसके बाद भी मुझे घरवालों का पूरा समर्थन प्राप्त था। तब आरएसएस और विद्यार्थी परिषद् की योजना से सत्याग्रहों का सिलसिला शुरू हुआ और बड़ी संख्या में नौजवानों ने सत्याग्रह कर गिरफ्तारियाँ देनी शुरू कीं। हमारे अंदर 1947 से पहले के स्वतंत्रता आंदोलन जैसा जज्बा था।

शायद व्यक्तिगत स्वतंत्रता का महत्त्व उस तानाशाही के कठिन दुश्चक्र के बाद ही समझ आया। हम तमाम लोग जो इस लड़ाई में साथ लड़े, भले ही विचारधारा के स्तर पर हम लोगों में कई विरोधाभास थे, लेकिन एक चीज जो हमें जोड़ती थी, वह थी देश के संविधान की रक्षा और जनता की व्यक्तिगत स्वतंत्रता के सम्मान का जज्बा, जिसे कुचलने के लिए तत्कालीन कांग्रेस सरकार एड़ी-चोटी का जोर लगा रही थी।

यह सच है कि अब देश में वे हालात कभी नहीं आएँगे, लेकिन आज भी एक सवाल

REGD. NO. H/SD-23

INDIAN HERALD

NATIONAL ENGLISH DAILY

Founder & Editor : THAKUR V. HARI PRASAD

SPECIAL SUPPLEMENT

2 Pages — HYDERABAD, Thursday, June 26, 1975 — PRICE 15 Paise

EMERGENCY DECLARED JP, Morarji, Advani, Asoka Mehta & Vajpayee arrested

NEW DELHI June 26: The President has declared a state of emergency threatening the security of India "due to internal disturbances".

The emergency declared in 1971 and still in force relates to threat to the security of India from external aggression.

The President signed the order declaring the emergency at about seven this morning.

Earlier the Cabinet met at six a.m and considered the situation and approved the recommendation to the President for the declaration of emergency.

NEW DELHI: Mr Jayaprakash Narayan was taken into police custody early this morning from the Gandhi Peace Foundation where he ... morning flight.

According to the Superintendent of the central district police Mr R K Ohri Mr Narayan was detained under the Maintenance of Internal Security Act (MISA) warrants for his arrest were issued by the Deputy Commissioner of Delhi Mr Sushil Kumar It is learnt that warrants for arrest against many leaders of non-CPI opposition parties have also been issued.

NEW DELHI June 26: Mr Morarji Desai was allowed to have his bath and perform "puja" before police officers took him into custody shortly after 2 a.m. His clothes were packed in advance and kept in a waiting taxi.

When the police party reached his house and informed him that he was being taken into custody under the Maintenance of Internal Security Act Mr Desai said he would like to go to toilet and have his bath. The police party agreed and later Mr Desai performed his prayers before boarding the waiting taxi.

Mr Asoka Mehta President of Congress (O) has also been arrested. He was picked up from his house at 6-45 a.m according to a member of his household.

BANGALORE: Mr L K Ad- ... a meeting of the Parliamentary Consultative Committee.

According to reports from various Haryana districts the State police swing into action in the small hours of this morning and arrested a number of Opposition leaders including two Jana Sangh MLA's.

CHANDIGARH: Over 35 top Opposition leaders most of them belonging to the Jana Sangh and the Socialist Party were arrested early today by the Punjab police from throughout the State under the MISA according to an official source here.

The Haryana Government this morning arrested 'Daily Tribune's' staff correspondent in Hissar Mr M L Kak under the MISA.

Raj Narain, Mody & Chandra Sekhar held

NEW DELHI June 26: Mr ...

बार-बार जेहन में कौंध रहा है कि देश के लोकतंत्र पर इमरजेंसी जैसा भयानक प्रहार करने वाली कांग्रेस क्या आज तक अपने उस दुष्कृत्य के लिए शर्मिंदा हुई? जिन हालात में तत्कालीन कांग्रेस नेताओं ने देश पर इमरजेंसी थोपी, क्या कांग्रेस की नई पीढ़ी वैसे हालात से बचने की कोशिश कर रही है? जिस तरह से तत्कालीन कांग्रेस नेताओं ने देश के संविधान की हत्या की थी और तमाम विपक्ष ने एकजुट होकर उसे बचाने का संघर्ष किया था, क्या कांग्रेस की नई पीढ़ी उस संघर्ष का सम्मान करने को तैयार है? यह सवाल जेहन में इसलिए भी कौंधा, क्योंकि वर्तमान हालात में ऐसा लगता नहीं कि कांग्रेस की वर्तमान पीढ़ी ने इमरजेंसी के अपने काले इतिहास से कोई सबक लिया है।

कांग्रेस पार्टी के नेता अपने व्यक्तिगत हित के लिए कभी भी किसी भी तरह के लोकतंत्र की हत्या करने से नहीं चूके। यहाँ बात देश के लोकतंत्र की ही नहीं हो रही, बल्कि कांग्रेस पार्टी के आंतरिक लोकतंत्र की भी हो रही है। मुझे याद है कि उस वक्त भी पार्टी के आंतरिक लोकतंत्र के वही हालात थे, जो आज हैं। उस वक्त भी माँ-बेटे की आवाज के आगे हर आवाज बौनी थी, आज भी माँ-बेटे की आवाज के आगे हर आवाज दबी हुई है। हाल में अपने राष्ट्रीय अध्यक्ष के चुनाव के वक्त अपने आंतरिक लोकतंत्र के साथ जैसा मजाक कांग्रेस ने किया, वैसे निम्नस्तरीय उदाहरण भारतीय राजनीति के इतिहास में बेहद कम होंगे। आपातकाल के चार दशक बीत

जाने के बाद भी कांग्रेस उस मानसिकता से उबर नहीं पाई है। बेहद छोटे-छोटे स्वार्थों के लिए संविधान और संवैधानिक संस्थाओं के अपमान तथा उनको अस्वीकार करने की प्रवृत्ति कांग्रेस में आज भी दिखाई देती है। यही कारण है कि एक समय पूरे देश पर राज करने वाली कांग्रेस एक पार्टी के तौर पर खत्म होने के कगार पर है। यह दुर्भाग्यपूर्ण ही है कि जिन मुद्दों को लेकर हमने उस दौर में सत्ता और सत्ताधारी कांग्रेस के साथ संघर्ष किया था, कांग्रेस की उस शैली में आज भी कोई बड़ा बदलाव देखने को नहीं मिलता है।

हालाँकि यह तुलना अतार्किक लग सकती है, फिर भी यदि आधी सदी के कांग्रेस राज और मोदी सरकार के राज की तुलना की जाए तो यह साफ होता है कि भाजपा गरीबी हटाओ जैसे चुनावी नारे देने के बजाय गरीबी को जड़ से मिटाने में यकीन करती है। पिछले चार सालों में मोदी सरकार की योजनाओं के तहत बुनियादी ढाँचे का जिस तरह से विकास किया गया है, वह गांधीजी के 'अंतिम व्यक्ति' के कल्याण के सिद्धांत के अनुरूप है। यह इसलिए संभव हो पाया, क्योंकि भाजपा के डीएनए में संविधान और उसकी संस्थाओं के प्रति अटूट विश्वास है। यही वजह है कि इन चार सालों में 'सबका साथ सबका विकास' जैसे उद्देश्य को पूरा करने के लिए मोदी सरकार ने एड़ी-चोटी का जोर लगा दिया। आपातकाल की 43वीं वर्षगाँठ पर भाजपा देश के सभी लोकतांत्रिक दलों और जनता का आह्वान करती है कि वे हमेशा कांग्रेस जैसी तानाशाही प्रवृत्ति वाली पार्टियों से सतर्क रहें। विशेषकर युवा पीढ़ी, जिसने आपातकाल को देखा और भुगता नहीं, उस पीढ़ी को आपातकाल के बारे में खासतौर पर बताया जाए, ताकि लोकतंत्र पर काले बादल न मँडराएँ।

आज भी आपातकाल लगानेवाली कांग्रेस पार्टी संवैधानिक संस्थाओं में विश्वास नहीं रखती और उनको अपमानित करने में लगी हुई है, चाहे वह न्यायपालिका हो, चुनाव आयोग हो या फिर संसद हो। आपातकाल को काले दिवस के रूप में मनाना इसलिए भी जरूरी है कि लोकतंत्र पर जो काला धब्बा है, यह दोबारा न लग पाए और कोई भी पार्टी या शासक विश्व के सबसे बड़े लोकतंत्र पर दोबारा कुठाराघात न कर सके। मेरे पिताजी आज नहीं हैं, पर उन आपातकाल के दिनों की याद करके आँखें आज भी नम हो जाती हैं कि कैसे हम पिता-पुत्र जेल में थे और हमारे पाँच भाई-बहन का परिवार चट्टान की तरह हमारे पीछे खड़ा हुआ था। आए दिन हमें जो मुसीबतें झेलनी पड़ती थीं, उनका सामना हम मजबूती से करते थे। यह केवल मेरे परिवार की कहानी नहीं है, पूरे देश में जो एक लाख चालीस हजार लोग गिरफ्तार कर जेल में डाल दिए गए थे, यह उन सबके परिवारों की कहानी है। राजनीति कई बार कितना घिनौना रूप ले लेगी, इस पर सहज विश्वास नहीं होता। आशा है, आपातकाल की उन कड़वी यादों से सीखकर हम सकारात्मक सोच की तरफ बढ़ेंगे।

(जनसत्ता, 26 जुलाई, 2018)

□

तू-तू, मैं-मैं कब छोड़ेंगे

महिलाओं के इबादतगाहों में जाने का मसला हो, तीन तलाक, महिला काजी जैसे मसले हों या फिर मांसाहार का मामला या फिर धार्मिक मामले, लेकिन इन्हें तय करने के लिए देश की न्यायपालिका पर अकसर काफी दबाव रहता है। तब इस तरह के मामले अदालतों तक नहीं जाएँ, यही मुनासिब होगा।

अकसर मैं सोचता हूँ कि आजादी के 70 साल बाद भी हम कैसे-कैसे मुद्दों पर सियासत करने को मजबूर हैं। हम संविधान के हिसाब से देश चला रहे हैं। संविधान निर्माताओं के सामने जो हालात नहीं थे, उनके बनने पर हम संविधान में सवा सौ के करीब संशोधन भी कर चुके हैं। फिर भी बहुत से मुद्दे ऐसे हैं, जिन पर अगर लोकतंत्र की बहुत सी ऊर्जा दो तिहाई सदी गुजर जाने के बाद भी खर्च हो रही है, तो अफसोस की बात है।

असल परेशानी की बात यह है कि ये ऐसे मुद्दे हैं, जो संवैधानिक स्तर पर पेंचीदा हरगिज नहीं हैं, बल्कि रोजमर्रा के हमारे खान-पान, पहनावे, बोल-चाल, तीज-त्योहार, पूजा-पाठ यानी हमारे सामाजिक बर्ताव से ही जुड़े हैं। ऐसा क्यों नहीं हो सकता कि सभी राजनीतिक पार्टियाँ संसद के अंदर या बाहर एक बार मिल-बैठकर इनका स्थायी समाधान निकाल लें, एक सीमा-रेखा खींच लें और फिर बार-बार होने वाले बवाल से बच-बचाकर देश के विकास की सियासत करें।

पिछले दिनों महिलाओं के मंदिर में प्रवेश का मुद्दा छाया रहा। सभी धर्मों के विद्वान् इस मसले पर एक साथ बैठकर विचार क्यों नहीं कर सकते ? वैसे मेरी राय में तो यह मसला विचार किए जाने लायक भी नहीं है। जब पूरी दुनिया महिलाओं को बराबरी का दर्जा दे रही है, और हमारे देश में भी पढ़े-लिखे समाज का नजरिया भी यही है, तो फिर दिक्कत क्या है ?

महिलाएँ मंदिरों या कहूँ कि तमाम धर्मों के पूजा-स्थलों, इबादतगाहों में क्यों नहीं जा सकतीं ? मुस्लिम समाज में तीन तलाक पर भी एक बार देशव्यापी बहस हो जाए और फिर जो मौजूदा समाज के लिए सही है, वह तय कर लिया जाए।

मुस्लिम महिलाओं के काजी बनने के मसले पर भी इसी तरह फैसला कर लिया जाए। इसी साल फरवरी में राजस्थान में अफरोज बेगम और जहाँआरा के काजी बनने के ऐलान पर मुस्लिम संगठनों ने विरोध जताया था। दोनों महिलाओं ने मुंबई के दारुल उलूम निस्वान से काजी बनने का दो साल का प्रशिक्षण बाकायदा हासिल किया है, लेकिन कुछ मुस्लिम संगठनों का कहना है कि कोर्स करना तो सही है, लेकिन वे काजी की भूमिका नहीं निभा सकती। उन्हें निकाह और मस्जिद में नमाज पढ़ाने का हक नहीं है। इसी तरह का एक मसला पिछले दिनों उत्तर प्रदेश की राजधानी लखनऊ में सामने आया था।

एक शिया महिला काजी ने एक सुन्नी जोड़े का निकाह पढ़ाकर नई मिसाल तो पेश कर दी, लेकिन कुछ मुस्लिम धर्मगुरुओं के गले ये बात नहीं उतरी। महिला काजी डॉ. सईद हमीद ने महिला अधिकारों के लिए काम करने वाली नाइश हसन का निकाह दिल्ली के एक एनजीओ में काम करने वाले इमरान नईम से कराया था। लेकिन सुन्नी धर्मगुरु इसके खिलाफ हैं और इसे शरीयत के खलाफ करार दे रहे हैं।

मेरा मानना है कि इसी तरह के तमाम मसले शिया-सुन्नी धर्मगुरु एक मंच पर बैठकर प्रोग्रेसिव नजरिए से तय क्यों नहीं कर लेते? पहले हम लंबे समय से चले आ रहे मसलों पर एक राय बना लें और फिर जब नए मसले आएँ, तो फिर मिल-बैठकर एक कोई हल निकाल लिया जाए।

इसी तरह पिछले दिनों गौमांस और बीफ को लेकर काफी बवाल देश में एक बार फिर हो चुका है। उस दौरान तमाम पहलुओं पर सरकार, विपक्ष, हिंदू-मुस्लिम-सिख-ईसाई समुदायों के नजरिए सामने आए थे, लेकिन संविधान और भारतीय दंड संहिता यानी आईपीसी में सब कुछ साफ-साफ लिखा होने के बावजूद सामाजिक स्तर पर कोई एक राय देश के सामने नहीं

आई। अब भी ऐसे कई मामले अदालतों में हैं। छह मई को ही बॉम्बे हाई कोर्ट ने महाराष्ट्र में गौमांस और बीफ को लेकर अहम फैसला सुनाया है। इसके तहत हाईकोर्ट ने राज्य में गौवंश के वध पर पाबंदी को तो सही ठहराया है, लेकिन राज्य के बाहर से लाए गए बीफ के सेवन को गैर-कानूनी नहीं माना है। हाईकोर्ट ने तो फैसला सुना दिया है, लेकिन बीफ डीलर एसोसिएशन ने इसे सुप्रीम कोर्ट में चुनौती देने का मन बनाया है।

महिलाओं के इबादतगाहों में जाने का मसला हो, तीन तलाक, महिला काजी जैसे मसले हों या फिर मांसाहार का मामला या फिर धार्मिक आयोजनों में पशु-बलि का मुद्दा, ये सब हैं तो सामाजिक या धार्मिक मामले, लेकिन इन्हें तय करने के लिए देश की न्यायपालिका पर अकसर काफी दबाव रहता है। ऐसे में जबकि अदालतों पर बढ़ते बोझ और जजों की कमी का जिक्र करते हुए सुप्रीम कोर्ट के मुख्य न्यायाधीश की आँखें डबडबा जाती हों, तब कम-से-कम इस तरह के मामले अदालतों तक नहीं जाएँ, यही मुनासिब होगा।

मगर इसके लिए सामाजिक स्तर पर माहौल बनेगा कैसे, यह बड़ा सवाल है। जिस दिन बॉम्बे हाईकोर्ट ने बीफ को लेकर फैसला सुनाया है, उसी दिन इत्तेफाक से वॉशिंगटन से एक शोध रिपोर्ट मांसाहार को लेकर जारी हुई है।

प्रसंगवश, इसका जिक्र करना जरूरी लग रहा है। रिपोर्ट कहती है कि रोजाना मांसाहार जिंदगी को कम कर देता है। मायो क्लीनिक के शोधकर्ताओं ने 15 लाख मांसाहारी और शाकाहारी लोगों पर सर्वे किया। जर्नल ऑफ द अमेरिकन ऑस्टियोपैथिक एसोसिएशन में प्रकाशित सर्वे के नतीजों के मुताबिक 17 साल तक शाकाहारी भोजन लगातार किया जाए, तो व्यक्ति की उम्र में साढ़े तीन साल का इजाफा हो जाता है।

बहरहाल, मैं यहाँ शाकाहार के पक्ष या मांसाहार के खिलाफ कोई टिप्पणी नहीं करना चाहता। किंतु यह जरूर चाहता हूँ कि किसी भी तरह तमाम उन सामाजिक मसलों पर कोई आम राय बननी चाहिए, जो बार-बार सामने आते हैं और कई बार तो हिंसक रूप में। देश में सामाजिक मसलों पर कोर्ट-कचहरियों के मुकाबले धर्मगुरुओं की राय का ज्यादा सम्मान होता रहा है। देश में अगली जनगणना वर्ष 2021 में हो सकती है। जिसके आधार पर 2024 में लोकसभा सीटें बढ़ने की संभावना है।

अगली जनगणना में हर धर्म में महिला अधिकारों, सामाजिक स्तर पर उठनेवाली कुछ समस्याओं को लेकर देश के लोगों की राय जुटा सकते हैं। वह राय भले ही हमारे संवैधानिक ढाँचे के तहत बाध्यकारी नहीं हो सकती, लेकिन धर्म और समाज के ठेकेदारों पर दबाव तो बना ही सकती है। हमारे संसदीय लोकतंत्र की आँखें तो खोल ही सकती है।

(राष्ट्रीय सहारा, 23 मई, 2016)

□

हमारी भी तो है जवाबदेही

अजीब हाल है। सरकार अगर बेहतरी के लिए किसी सरकारी व्यवस्था के निजीकरण की बात करती है, तो तत्काल बड़े पैमाने पर विरोध शुरू कर दिया जाता है। सरकारी अधिकारी, कर्मचारी अगर सही तरीके से काम कर रहे होते, तो निजीकरण की नौबत ही क्यों आती? यह सही है कि सरकारी विभागों का मूल मकसद केवल मुनाफा कमाना नहीं है। उनका काम मुनाफे के साथ-साथ समाज निर्माण का भी है, लेकिन ऐसा सात दशक में अभी तक क्यों नहीं हुआ?

कांग्रेस के शासन में लोग भ्रष्टाचार और महँगाई से इतने त्रस्त और ग्रस्त थे कि कहते थे कि मनमोहन सिंह की सरकार चली जाए, चाहे कोई भी आ जाए। इस पर जब लोगों को एक बेहद ईमानदार और विकास पुरुष के रूप में नरेंद्र मोदी मिले तो सोने पर सुहागा हो गया।

यह विश्वास हममें से किसी को भी नहीं था, शायद स्वयं नरेंद्र मोदी को भी नहीं कि इतना बहुमत आएगा। इसलिए उन्होंने अपना पाँच साल का विजन जनता के सामने रख दिया, ताकि उसको देखकर जनता उनको प्रचंड बहुमत दे और हुआ भी यही, किंतु लोगों ने उस विजन को पाँच साल का न मानकर एक साल का मान लिया कि वे सारे काम एक साल में हो जाने चाहिए, इसलिए लोगों की बेचैनी बढ़ गई और बहुतों ने ऐसे ही आलोचना करना शुरू कर दी जैसा क्रिकेट के मैदान में सचिन तेंदुलकर जब खेल रहे होते हैं तो दर्शक उसे समझाते हैं कि गेंद को कैसे खेलना है। हम यह भूल जाते हैं कि जैसे सरकार चुनने में हम मदद करते हैं, वैसे ही हमें सरकार चलाने में भी मदद करनी है।

हम सभी सोचते हैं कि सरकार हमारे लिए सब कुछ कर दे और हमें कुछ नहीं करना पड़े, तो यह गलत है। अगर सरकार की जवाबदेही हमारे लिए है, तो हमारी जवाबदेही भी खुद के

लिए और देश के लिए है। जब हम केवल अपनी सहूलियतों के बारे में ही सोचते हैं, तब चिंता होना लाजिमी है। आज अच्छा या बुरा, जैसा भी हो, मोरल रिएक्शन दिखाई नहीं देता। बहुत सीधा उदाहरण है कि हम खुद पर तो नैतिक मूल्य लागू करने का जिम्मा नहीं डालते, लेकिन दूसरों से उम्मीद करते हैं कि वे अपनी जिम्मेदारियाँ ईमानदारी से निभाएँ। दूसरों को नसीहत देना और खुद अच्छा आचरण अमल में नहीं लाना आज हमारा चरित्र हो गया है।

बारिश के मौसम में थोड़ी देर अच्छी बारिश हो जाए तो दिल्ली से लेकर मुंबई, दक्षिण और पूर्व के सुदूर इलाकों तक में गली-गली गले-गले पानी भरने की तस्वीरें आम हैं। देश के न्यूज चैनल कई-कई दिन तक सड़कों पर पानी भर जाने की तस्वीरें दिखाते रहते हैं। टीवी चैनल, अखबार और लोग चीख-चीखकर सरकारों, जिला प्रशासनों, नगर निकायों को कोसने लगते हैं,

लेकिन कोई क्या यह सोचता है कि अपने घर के बाहर पानी की निकासी के लिए छोड़ी गई नाली पर उसने रैंप बनवा रखा है, इससे भी समस्या पैदा होती है। ऐसे में अगर नगर निकाय या कोई दूसरी व्यवस्था अपना काम कर भी दे, तो कोई फायदा नहीं होने वाला। रिहायशी इलाकों में पानी जमा होगा ही। अगर कोई अतिक्रमण हटाओ दस्ता हमारी कॉलोनी में रैंप तोड़ने आ जाए, तो फिर तो हमारे नागरिकीय अधिकारों की गरिमा इतनी ओजस्वी हो जाती है कि हम पथराव करने लगते हैं। बिजली की कमी के विरोध में हम हिंसक हो जाएँगे, लेकिन आस-पास हो रही बिजली की चोरी की शिकायत दर्ज कराना हमें अपनी जिम्मेदारी नहीं लगती। किसी भ्रष्ट कर्मचारी को कुछ रिश्वत थमाकर हम तय लोड से ज्यादा बिजली खर्च करेंगे, लेकिन जब बिजली कटौती होगी तो बिजलीघर में आग लगा आएँगे। बिजली कर्मचारियों को बंधक बना लेंगे।

दरअसल आजादी के बाद राष्ट्र-निर्माण की प्रक्रिया पर बिल्कुल ध्यान नहीं दिया गया। वैचारिक स्तर पर इसके लिए पहले मजबूत ढाँचा तैयार करने पर ध्यान नहीं दिया गया।

होना तो यह चाहिए था कि उस वक्त के गर्म माहौल को मनमाफिक आकार में ढालने का काम किया जाता, लेकिन जर्जर राजनीतिक सोच ने उस गर्म माहौल पर ढेर सारा ठंडा पानी डाल दिया। अब ऐसा सोच-समझकर किया गया, ऐसा तो नहीं लगता। हाँ, यह जरूर

साबित होता है कि उस वक्त की सियासी समझ ही कमजोर थी। आजादी की लड़ाई तो देश के नागरिकों के अदम्य सहयोग से जीत ली गई, लेकिन स्वतंत्र देश का नेतृत्व आजाद हुई जमीन पर विकास और समाज-निर्माण का कोई दूरदर्शी खाका नहीं खींच पाया।

आज अजीब हालत है। लोकतंत्र के नाम पर वह सब कुछ धड़ल्ले से हो रहा है, जो बिल्कुल नहीं होना चाहिए। देश के नागरिक वोट बैंक में बदल गए हैं। देश को चलानेवाली संसद की तस्वीरें देखकर चिंता होने लगी है। लोगों के जेहन में नागरिक बोध खत्म सा हो गया है। सोच नकारात्मक होती जा रही है। वह आलोचना तो करता रहता है, लेकिन भागीदारी की कोई भावना उसमें नहीं होती।

अजीब हाल है। सरकार अगर बेहतरी के लिए किसी सरकारी व्यवस्था के निजीकरण की बात करती है तो तत्काल बड़े पैमाने पर विरोध शुरू कर दिया जाता है। सरकारी अधिकारी, कर्मचारी अगर सही तरीके से काम कर रहे होते तो निजीकरण की नौबत ही क्यों आती? यह सही है कि सरकारी विभागों का मूल मकसद केवल मुनाफा कमाना नहीं है। उनका काम मुनाफे के साथ-साथ समाज निर्माण का भी है, लेकिन ऐसा सात दशक में अभी तक क्यों नहीं हुआ? इस निठल्लेपन की वजह राष्ट्रीय सोच का विकास न होना ही है। तो फिर निजीकरण से डर कैसा?

उदाहरण के लिए रेलवे और किसी प्रदेश के रोडवेज सिस्टम को ले सकते हैं। आप रेलवे में नौकरी करते हैं तो आपको वेतन समेत सारी सुविधाएँ मिलनी चाहिए लेकिन जो काम आपको करना है, यूनियनों की धौंस जमाकर वह नहीं करेंगे, यात्री जाएँ भाड़ में। उदाहरण के तौर पर सरकारी और निजी बैंकों को भी ले सकते हैं।

दूसरा पहलू यह है कि देश के आम नागरिक की अवधारणाएँ भी बदल गई हैं। घाटा कम करने के लिए अगर रेलवे दस रुपए किराए में बढ़ा दे तो इतना हल्ला होता है कि संसद क्या, सड़कें तक ठहर जाती हैं, लेकिन वही यात्री, जिसे लगता है दस रुपए बढ़ाकर सरकार ने उसकी जेब काट ली है, जब स्टेशन के बाहर निकलता है तो ऑटो रिक्शा वालों की मनमानी का विरोध नहीं करता। पचास रुपए की बजाय दो सौ रुपए भी चुपचाप दे देता है। गौर से सोचा जाए तो ऑटो रिक्शावाला भी तो देश का नागरिक है, लेकिन उसमें भी राष्ट्रीय चेतना नहीं है।

वह अपने साथी नागरिक की मजबूरी का फायदा उठाने से नहीं चूकता। विदेशी सैलानियों के मामले में हम अकसर देखते हैं कि चाहे वाहन वाले हों या गाइड या फिर होटल वाले, सभी देश का बदनाम चेहरा विदेश भेजते हैं, लेकिन सभी ऐसे हों, यह भी सही नहीं है। दिक्कत यह है कि अच्छे लोगों की संख्या बहुत ज्यादा नहीं है।

भारत में इस वक्त 35 साल से कम उम्र वाले 60 फीसदी से ज्यादा हैं। हम युवा देश हैं, लेकिन क्या युवाओं में राष्ट्रीयता की भावना है? नौजवान बुरी तरह नकारात्मक विचारों से घिरे हैं। पुराने जमाने में विश्व बिरादरी पर हमारे देश का दबदबा रहा है तो फिर से ऐसा जरूर हो सकता

है, लेकिन इसके लिए बड़े पैमाने पर रोडमैप तैयार करना होगा। मैं मानता हूँ कि केंद्र की नरेंद्र मोदी सरकार इस तरफ गंभीरता से काम कर रही है, जिसके नतीजे एक-दो साल में दिखने लगेंगे।

भारत को कृषि प्रधान देश कहा जाता है, लेकिन क्या वाकई ऐसा है? चौंकाने वाला आँकड़ा है कि पिछले बीस साल में करीब तीन लाख किसान खुदकुशी कर चुके हैं। ये छोटे और मझोले किसान हैं। अब बड़ा सवाल यह है कि इन किसानों की रीढ़ एक तो प्रतिकूल मौसमों में ही क्यों टूट जाती है कि नौबत खुदकुशी की आ जाती है? जवाब बहुत सीधा सा है कि आजादी के बाद देश पर शासन करने वाली सरकारों ने छोटे-मझोले किसानों को उभरने नहीं दिया।

वर्ष 1951 में पहली जनगणना में पता चला कि देश की आधी आबादी खेती पर निर्भर है। उसके बाद 2011 में जनगणना का आँकड़ा बेहद चौंकाने वाला है। साठ साल बाद देश में किसानों की संख्या घटकर करीब आधी से भी कम रह गई। आज देश में खेती करने वाले और खेतों में मजदूरी करने वालों की संख्या महज 26 करोड़ है। इनमें से खुद की जमीनों पर खेती करने वाले किसानों की संख्या तो 12 करोड़ ही है। सवाल यह है कि किसानों की संख्या में इतनी कमी क्यों आ गई?

जाहिर है कि खेती मुनाफे का सौदा नहीं रहा, इसलिए बहुत से लोगों ने खेती छोड़ दी। सवाल यह है कि खेती फायदे का सौदा क्यों नहीं रहा? क्योंकि आजादी के बाद से अभी तक की सरकारों ने किसानों के विकास के लिए उचित नीतियाँ नहीं बनाईं।

अब केंद्र में नरेंद्र मोदी सरकार जो कदम उठा रही है, उनके नतीजे आने में कुछ वक्त लगेगा और तभी उनकी विवेचना व मीमांसा भी की जा सकती है।

आजादी के बाद से ज्यादातर वक्त तक देश पर शासन करने वालों और उनका साथ देने वालों ने किसानों की नहीं, बिचौलियों की ही मदद की। यही वजह है कि किसान और बदहाल होते गए और भ्रष्टाचार की खुली छूट पाकर बिचौलिए और धनवान, साधनवान होते गए। इस वजह से उस बहुत बड़े तबके में राष्ट्रवादी सोच विकसित ही नहीं हुई, जिसने आजादी की लड़ाई में बाकायदा बढ़-चढ़कर हिस्सा लिया था, लेकिन ऐसा नहीं है कि ये हालात बदल नहीं सकते। मैं युवाओं और किसानों पर ध्यान देने की वकालत इसलिए कर रहा हूँ, क्योंकि ये दो तबके राष्ट्रवादी सोचवाले हो जाएँ तो देश को मजबूत और समृद्ध राष्ट्र बनाने का काम बहुत आसान हो सकता है, लेकिन यह भी ध्यान में रखना होगा कि खाली पेट किसी को सदाचरण की बातें नहीं सिखाई जा सकती हैं। मेरा मानना है कि केंद्र सरकार तो जिम्मेदारी निभाने में लगी है। अभी करीब डेढ़ साल ही हुए हैं, नतीजे आने में थोड़ा वक्त लगेगा, लेकिन हम सभी लोग जरा सोचें कि हम अपनी जिम्मेदारी कितनी निभा रहे हैं।

(पंजाब केसरी, 4 नवंबर, 2015)

□

हर कोई करे पृथ्वी को बचाने का काम

पुराने घरों में गौरेया घोंसले बना लेती थीं, तो घरवाले उन्हें उड़ाते नहीं थे। छतों पर हरे-हरे तोतों के झुंड नजर आते थे।

घर-परिवार में किसी बच्चे को जरा सा भी बुखार आ जाए तो माता-पिता सारे काम छोड़कर उसे डॉक्टर के पास लेकर दौड़ते हैं। कीमत कुछ भी हो, डॉक्टर की लिखी दवाएँ लेते हैं और बताए गए दूसरे उपाय भी करते हैं। लेकिन हैरत की बात यह है कि हम इस तरफ से आँखें मूँदे बैठे हैं कि हमारी धरती और हमारा पर्यावरण धीरे-धीरे मरता जा रहा है। धरती पर जीवन की संभावना ही खत्म होती जाएगी, तो हमारी भौतिक चमक-दमक का क्या होगा? यह सवाल पता नहीं दुनिया के सभी बाशिंदों को परेशान क्यों नहीं करता? हर साल पाँच जून को पूरी दुनिया में पर्यावरण दिवस मनाया जाता है और इस दिन बहुत से औपचारिक कार्यक्रम आयोजित किए जाते हैं। दुनिया भर की सरकारें संकल्प लेती हैं, कार्यक्रम घोषित किए जाते हैं, लेकिन ज्यादातर लोगों को लगता है कि इससे उनका कोई सरोकार नहीं है। सच्चाई यही है कि वैश्विक भूमंडल तब तक सेहतमंद नहीं रह सकता, जब तक धरती पर रहने वाले सारे मनुष्य अपनी नागरिकीय जिम्मेदारी निभाना शुरू नहीं करते।

दुनिया की सेहत

पर्यावरण और अन्य गंभीर विषयों पर शोधपरक सामग्री छापनेवाली पत्रिका 'नेचर' के विशेषांक में वैज्ञानिकों ने चेतावनी दी है कि धरती पर इंसानी जीवन खत्म होने की तरफ बढ़ रहा है। ऐसा पहली-दूसरी नहीं, बल्कि छठी बार होने जा रहा है। चेतावनी यह भी दी गई है कि धरती पर रहने वाले स्तनधारियों तथा पानी और हवा में जीवन व्यतीत करने वाले जीवों के अस्तित्व पर संकट इस बार पिछली पाँच बार के मुकाबले ज्यादा तेजी से नजदीक आ रहा है। वैज्ञानिकों के अनुसार ऑस्ट्रेलिया में 50 हजार साल पहले, उत्तरी और दक्षिणी अमेरिका में 10

से 11 हजार साल पहले और यूरोप में तीन हजार से 12 हजार साल पहले इंसानी छेड़छाड़, शिकार, दूसरी कुदरती आपदाओं और जलवायु में बदलाव की वजह से बड़े पैमाने पर जीवन विलुप्त हुआ है।

तीन हजार साल पहले तक दुनिया में मौजूद स्तनधारी प्रजातियों में से करीब आधी समूल नष्ट हो चुकी हैं। धरती पर पिछले 50 साल के दौरान इंसानों की आबादी में 130 फीसदी की बढ़ोतरी हुई है। वर्ष 2060 तक दुनिया की आबादी 10 अरब से ज्यादा होने का अनुमान है। दुनिया की आबादी बढ़ने के साथ ही लोगों की आवश्यकताएँ पूरी करने के लिए हर स्तर पर संसाधनों में कमी आ रही है। खेती की जमीन लगातार कम होती जा रही है। जमीन के नीचे मौजूद पानी का स्तर लगातार नीचे गिर रहा है। जैविक संसाधनों का दोहन बहुत ज्यादा होने लगा है। खाद्यान्न के उत्पादन में असंतुलन आता जा रहा है। इस बारे में वैश्विक स्तर पर संकल्प नहीं किए गए, तो कुदरत से मिलने वाले सभी लाभों में भारी कमी हो जाएगी।

ऐसा नहीं है कि लोगों ने इस तरफ सोचना और उस पर अमल करना शुरू नहीं किया है, लेकिन जितना काम होना चाहिए, उतना नहीं हो रहा है। इसके लिए हममें से हरेक नागरिक को अपने स्तर पर काम शुरू करना होगा। बहुत छोटे-छोटे काम करके, बहुत छोटे-छोटे फैसले कर हम धरती को बचाने का दायित्व निभा सकते हैं। सप्ताह में एक दिन व्रत रखें, एक दिन क्यारियों को न सींचें, एक दिन कूलरों में पानी न डालें, एक दिन सार्वजनिक वाहनों से ही चलने का संकल्प लें, एक दिन या कुछ घंटे ए.सी. न चलाएँ, आसपास कूड़ा-कचरा न खुद जलाएँ और न किसी को जलाने दें, ऐसे बहुत से काम हैं, जो आसानी से किए जा सकते हैं और इन्हें करने के लिए आपको किसी की मदद भी नहीं लेनी होगी।

हमारे समाज में एक और प्रवृत्ति घर करती जा रही है कि हम जरूरत से ज्यादा खाद्य सामग्री बना लेते हैं और अगले दिन उसे कूड़े में फेंक देते हैं। होटलों, रेस्टोरेंटों में भी बड़े पैमाने पर खाने की सामग्री की बर्बादी की जाती है। अभी बहुत सी संस्थाएँ इस बेकार हो चुके खाने का इस्तेमाल रोटी बैंक या अन्य तरीकों से समाज के भूखे लोगों को खिलाने के लिए करने लगी हैं, लेकिन अगर हम घर पर ही स्वयं को संयत कर लें, तो बहुत सा खाना बचाया जा सकता है। खाना ज्यादा नहीं बनेगा, तो हो सकता है कि हम हफ्ते में एक दिन फ्रिज भी बंद रख सकें। ये ऐसे उपाय हैं, जिन्हें अपनाकर हम दुनिया की सेहत सुधारने में योगदान दे सकते हैं। सोचेंगे तो और भी बहुत से उपाय आपके जेहन में आएँगे।

कहाँ हैं पक्षी

लोगों को लगता है कि पर्यावरण दिवस का संदेश केवल वृक्षारोपण है। वृक्ष तो लगने ही चाहिए, लेकिन और भी बहुत कुछ करना होगा। सरकारें तो अपने स्तर पर कोशिशें करती ही हैं, लोग भी अगर अपनी जिम्मेदारी समझेंगे, तभी असली मकसद हासिल किया जा सकता है। गौर कीजिए, अपने घर के आसपास, मुँड़ेर पर, पेड़ों पर आपने किसी पक्षी की आवाज कितने दिनों से नहीं सुनी है? पहले तो पक्षियों के मुँड़ेर पर बोलने को लेकर कहावतें भी थीं, लेकिन अब कहावतें छोड़िए, पक्षी ही दिखाई नहीं देते। पितृ पक्ष में कौवों को भोजन कराने का रिवाज है, लेकिन वे आसपास से गायब हो चुके हैं। पुराने घरों में गौरेया घोंसले बना लेती थीं, तो घरवाले उन्हें उड़ाते नहीं थे। छतों पर हरे-हरे तोतों के झुंड नजर आते थे। लेकिन अब यह सब बदलता जा रहा है। अगर हमें अपने इस घर यानी दुनिया को बचाना है, तो बहुत कुछ सोचना और करना होगा। चलिए आज से ही नई शुरूआत करते हैं।

(नवभारत टाइम्स 6 जून, 2017)

□

संस्कृति का डिजिटल होना

रामचरितमानस केवल एक धार्मिक ग्रंथ भर नहीं हैं, कम-से-कम उत्तर भारत के लोगों के लिए यह ऐसा ग्रंथ है, जो जीवनचर्या में बाकायदा शामिल है। प्रधानमंत्री मोदी मानते हैं कि रामचरितमानस भारत का सार है तो यह बिल्कुल सही है रामचरितमानस में नायक और खलनायक का द्वंद्व इतना प्रखर है कि जमाना चाहे कोई भी हो, उसका प्रतिबिंब उसमे मिल जाएगा। आदर्श नायक, आदर्श राज्य व्यवस्था कैसी होनी चाहिए, यह हमें रामचरितमानस बताती है।

अच्छी खबर है कि देश के प्रधानमंत्री नरेंद्र मोदी ने तुलसीदास के महान ग्रंथ रामचरितमानस का डिजिटल संस्करण जारी कर दिया है। रामचरितमानस केवल एक महाकाव्य भर नहीं है, बल्कि हिंदुओं के जीवन का अभिन्न हिस्सा है। यह ऐसा साहित्य है, जो घर-घर में मौजूद है।

मौजूदा दौर में पठन-पाठन की परंपरा भले ही ध्वस्त होती जा रही हो, लेकिन रामचरितमानस का पठन-पाठन आज भी ज्यादातर हिंदू समाज में होता है। यह केवल एक धार्मिक ग्रंथ भर नहीं है, कम-से-कम उत्तर भारत के लोगों के लिए यह ऐसा ग्रंथ है, जो जीवनचर्या में बाकायदा शामिल है। प्रधानमंत्री मोदी मानते हैं कि रामचरितमानस भारत का सार है, तो यह बिल्कुल सही है। रामचरितमानस में नायक और खलनायक का द्वंद्व इतना प्रखर है कि जमाना चाहे कोई भी हो, उसका प्रतिबिंब उसमें मिल जाएगा। आदर्श नायक, आदर्श राज्य व्यवस्था कैसी होनी चाहिए, यह हमें रामचरितमानस बताती है।

दरअसल रामचरितमानस को हम भले ही धार्मिक ग्रंथ मानें, लेकिन जिस वक्त यह लिखी गई, उस वक्त देश के माहौल को जरूर याद रखना चाहिए। भक्ति परंपरा के महान कवि तुलसीदास ने शैवों के गढ़ रहे काशी में रहकर विष्णु के अवतार राम को महानायक

का दर्जा दिलवा दिया, तो यह उस वक्त के सामाजिक द्वंद्व को दर्शाता है। रामचरितमानस की पांडुलिपियों की सुरक्षा के लिए तुलसीदास ने गाँव-गाँव में अखाड़ा परंपरा को नया जीवन दिया। मानस की पांडुलिपियाँ युवा लठैतों की सुरक्षा में रहती थीं। तुलसीदास ने भक्ति और श्रद्धा पर मजबूती से पड़े संस्कृत भाषा के मकड़जाल को तोड़ा, पंडों की साजिशों का पर्दाफाश किया। भक्ति साहित्य को आम आदमी की भाषा सिखाई, तो यह बड़ा सामाजिक काम था। रूढ़ियों को तोड़ना सबके बस की बात नहीं होती, इस लिहाज से तुलसीदास केवल धार्मिक कवि थे, यह कहना सही नहीं होगा। तुलसीदास की ऊर्जा समाज को नई दिशा देनेवाली साबित हुई, यह मानने में किसी को कोई संकोच नहीं होना चाहिए।

रामचरितमानस का डिजिटल संस्करण जारी करते हुए प्रधानमंत्री मोदी ने कहा है कि कलाकारों की इस पेशकश ने न सिर्फ संगीत साधना की है, बल्कि संस्कृति और संस्कार साधना भी की है। रामचरित मानस के एक और महान योगदान का उल्लेख मोदीजी ने किया। उनके मुताबिक मॉरीशस जैसे बहुत से देशों में भारतीय मूल के लोगों ने अपने स्थायी डेरे बसाए, तो रामचरितमानस ही थी, जिसके जरिए वे लोग भारत के संपर्क में रहे।

प्रसंगवश एक बुरी खबर भी जेहन में आ रही है। हमारे देश में धार्मिक और सामाजिक

साहित्य के प्रचार-प्रसार करने वाली गीता प्रेस, गोरखपुर का नाम किसने नहीं सुना होगा! अपनी तरह का साहित्य घर-घर तक पहुँचानेवाली गीता प्रेस आज बंद पड़ी है। निश्चित ही सत्साहित्य में दिलचस्पी रखनेवालों के लिए यह बुरी खबर है। सबको याद होगा कि गीता प्रेस ने किस तरह पिछले दौर की नई पीढ़ियों में संस्कार भरने का काम किया। कितना अच्छा कंटेंट और कितनी कम कीमत! हालाँकि आज जमाना डिजिटल का है, लेकिन किताबों की भूमिका किसी भी दौर में कम करके नहीं आँकी जा सकती। लिहाजा अच्छा यही होगा कि गीता प्रेस, गोरखपुर के छापेखाने में दोबारा से हलचल शुरू हो। इसके लिए सरकार को भी अगर दखल करना पड़े, तो ऐसा तुरंत किया जाना चाहिए।

आकाशवाणी ने रामचरितमानस का डिजिटल संस्करण तैयार किया है। यह बताना यहाँ अहम होगा कि आकाशवाणी के पास देश के हर हिस्से के दिग्गज कलाकारों की नौ लाख से ज्यादा घंटों की रिकॉर्डिंग्स हैं। प्रधानमंत्री मोदी चाहते हैं कि इस अमूल्य खजाने का डॉक्यूमेंटेशन विस्तार से होना चाहिए। इसी तरह दूरदर्शन की बात करें, तो उसके पास भी साहित्य, विज्ञान, कला, संस्कृति से जुड़ा अकूत खजाना टेपों में भरा पड़ा है। ऐसे में क्या यह सवाल नहीं उठता कि ऐसे खजाने को हम देश की युवा पीढ़ी में संस्कार भरने के लिए इस्तेमाल क्यों नहीं कर पा रहे हैं?

अभी मैं राजस्थान से राज्यसभा का सदस्य हूँ। राजस्थान की ऐतिहासिक, सांस्कृतिक पहचान से पूरी दुनिया वाकिफ है। पूरी दुनिया जानती है कि अगर ऐतिहासिक, सामाजिक और सांस्कृतिक समृद्ध की बात की जाए तो राजस्थान का जिक्र आए बिना वह पूरी नहीं हो सकती। इस सिलसिले में मैं राजस्थान की राजधानी जयपुर में स्थापित 'जवाहर कला केंद्र' का जिक्र करना चाहूँगा। दो-ढाई दशक पहले जवाहर कला केंद्र के प्रशासन ने पूरे राज्य में एक सर्वे कराया था। इस सर्वे में गाँव-गाँव से जुड़े शिक्षकों और दूसरे सरकारी कर्मचारियों की मदद ली गई थी। सर्वे में गाँव-गाँव, ढाणी-ढाणी से यह जानकारी जुटाई गई थी कि वहाँ कोई ऐतिहासिक स्मृति चिह्न हैं या नहीं। ऐतिहासिक स्मृति चिह्न यानी पुरानी बावड़ी, मंदिर, किले या हवेलियाँ या उनके भग्नावशेष वगैरह। सर्वे के नतीजों को बाकायदा किताब का रूप दिया गया था। उस वक्त तो काम अच्छा हुआ, लेकिन बाद में हमने उस जानकारी का क्या इस्तेमाल किया, यह मुझे पता नहीं। लेकिन इतना जरूर कह सकता हूँ कि उस सर्वे के नतीजों के आधार पर पर्यटन को बढ़ावा देने की कोई ईमानदार कोशिश किसी राज्य सरकार ने नहीं की।

जवाहर कला केंद्र में राजस्थान की कलाओं, लोकनृत्यों, लोकनाट्यों और दूसरी सांस्कृतिक विधाओं का अपार खजाना मौजूद है। बहुत बड़ा सवाल यह है कि आज के राजस्थान के लिए यह खजाना कितना मायने रखता है? कोई भी खजाना जुटाने का मकसद होता है कि जरूरत पड़ने पर उसे खर्च कर जीवन बचाया जा सके।

आज जब नई पीढ़ी संस्कृति से दूर होती जा रही है, तब क्या इस खजाने का सटीक

इस्तेमाल हमें नहीं करना चाहिए? हमारी समृद्ध सांस्कृतिक धरोहरें आखिर कब हमारे काम आएँगी? सांस्कृतिक विधाओं के संरक्षण के नाम पर करोड़ों रुपए हर साल खर्च किए जाते हैं, तो उस तमाम डॉक्यूमेंटेशन का इस्तेमाल देश के बच्चों के जेहन में अच्छे भाव, देश प्रेम, समाज प्रेम की भावनाएँ बचपन से ही भरने के लिए क्यों नहीं किया जा सकता? एक दिक्कत तो होती है कि हमारे पास साधन ही नहीं हों। लेकिन अगर साधन भरपूर मात्रा में हों, तब तो कोई बहानेबाजी नहीं की जा सकती। असल दिक्कत है तालमेल के साथ काम नहीं करने की।

शिक्षा प्रणाली अगर ऐसे संस्थानों से सीधे-सीधे जोड़ दी जाए, तो दोहरा फायदा होगा। कलाओं के डॉक्यूमेंटेशन का एक मकसद भी होगा और नई पीढ़ी को हम अपनी जड़ों यानी संस्कृति और संस्कार से परिचित भी करा पाएँगे।

रामचरितमानस के डिजिटल संस्करण के बहाने मैंने प्रसंगवश सोचा तो विचार मन में आया कि ऐसा किया जा सकता है। बात केवल जयपुर के जवाहर कला केंद्र की नहीं है। मध्य प्रदेश की राजधानी भोपाल में भी ऐसा ही केंद्र है—भारत भवन। देश की राजधानी दिल्ली के साथ-साथ इस तरह के केंद्र करीब-करीब सभी राज्यों में हैं। लेकिन इनकी मौजूदगी के अलावा इनकी सार्थकता क्या है? यह भी हकीकत है कि जवाहर कला केंद्र या भारत भवन जैसे केंद्रों में अच्छा-खासा काम हो भी रहा है, जिस पर अच्छा-खासा बजट भी खर्च हो रहा है। तो फिर क्या यह केवल सामाजिक कलाओं के डॉक्यूमेंटेशन के लिए ही हो रहा है? इसका इस्तेमाल समाज को बनाने और आगे बढ़ाने में क्यों नहीं किया जाना चाहिए?

मैं चाहता हूँ कि आकाशवाणी, दूरदर्शन नेशनल और दूरदर्शन के सभी क्षेत्रीय केंद्रों के साथ-साथ देश भर के तमाम साहित्यिक, सांस्कृतिक संस्थान तालमेल के साथ काम करें और इसे शुरुआती शिक्षा के साथ भी जोड़ा जाए। स्कूलों में आधे घंटे की डिजिटल कक्षाएँ चलाई जाएँ। बच्चों को महान लोगों के ऑडियो-वीडियो सुनाए जाएँ। देश की महान सांस्कृतिक परंपराओं को डिजिटल फॉर्मेट में दिखाया जाए तो नई पीढ़ी पर इसका बेहद सकारात्मक असर पड़ेगा। ऐसा किया गया तो आने वाली युवा पीढ़ियाँ अंदर से मजबूत होंगी। हमारा देश इस समय युवाओं का देश है। 35 साल से कम उम्र के लोगों की संख्या पूरी आबादी की 60 फीसदी से ज्यादा है। लेकिन अफसोस होता है कि इतनी बड़ी आबादी अपने मूल सांस्कृतिक आधार से कटी हुई दिखाई देती है। ज्यादातर नौजवानों में हताशा-निराशा ही दिखाई देती है। ऐसे में अगर हम अपनी तमाम समृद्ध परंपराओं के डिजिटल संस्करण तैयार कर यानी परंपरा को विज्ञान से जोड़कर युवाओं के सामने परोसेंगे, तो इससे देश और ताकतवर होगा, इसमें कम-से-कम मुझे तो शक नहीं है।

(पंजाब केसरी, 2 सितंबर, 2015)

□

नकारात्मकता इतनी गहरा गई है कि इंद्रधनुष भी काला दिखने लगा है

अच्छी चीजों की तारीफ करना सीखें

अनहोनी की आशंका घेरे रहती है, घबराहट-सी बनी रहती है कि कुछ गलत न हो जाए, कोई मुसीबत न आ जाए।

आजकल अकसर हमारे दिन की शुरुआत ही निगेटिविटी से होती है। सवेरे-सवेरे अखबार उठाओ तो हर पन्ने पर नेगेटिव खबरें ही पढ़ने को मिलती हैं—यहाँ हत्या हो गई, वहाँ बलात्कार हो गया, यहाँ चोरी हो गई, वहाँ दुर्घटना हो गई। राजनीतिक खबरों में भी सकारात्मक कम और नकारात्मक ज्यादा रहती हैं। खासकर नेताओं द्वारा एक-दूसरे पर कीचड़ उछालने की खबरें। पॉजीटिव खबरें देखने को मन तरस जाता है। दूसरी तरफ मीडिया की भी मजबूरी है। अखबार के पन्ने भरने हैं, चौबीस घंटे चैनल चलाना है, इसलिए तिल भर की खबर को भी ताड़ की तरह पेश करना जरूरी है। कितनी शांति थी तब, जब दूरदर्शन दो घंटे आता था। फिर आठ घंटे आने लगा, तो ब्लैक एंड व्हाइट से ही मन खुश हो जाता था। आज चौबीस घंटे के ये चैनल लगातार नेगेटिव खबरें देते रहते हैं, मानो इन्होंने लोगों को डराने का जिम्मा ले रखा हो। कोई पॉजीटिव खबर हो तो उसे भी नकारात्मक बनाकर प्रस्तुत करते हैं—'जो बिकेगा, वो दिखेगा' के नारे के साथ।

घर से बाहर तक निगेटिविटी इतनी बढ़ गई है कि हम डर-डर कर जी रहे हैं। घर से निकलो, दुर्घटना का डर। कोई फोन आ जाए तो किसी अनहोनी की आशंका से घिर जाते हैं। अजीब सी घबराहट बनी रहती है कि कहीं कुछ गलत न हो जाए, कोई मुसीबत न आ जाए। ये नेगेटिविटी बाहर ही नहीं, घर में भी है। पति शाम को घर लौटता है तो पत्नी आते ही वैसी बातें शुरू कर देती है। तुम अब तक कहाँ थे, इतनी देर से क्यों आए, बच्चों ने ये-ये शरारतें कीं, नौकर कहना नहीं मानते, ड्राइवर ये नहीं कर रहा आदि-आदि। पति-पत्नी को एक-दूसरे को कोई पॉजीटिव खबर सुनाए एक-एक साल हो जाता है। यही नहीं, माँ-बाप बच्चों की बुराइयाँ कर

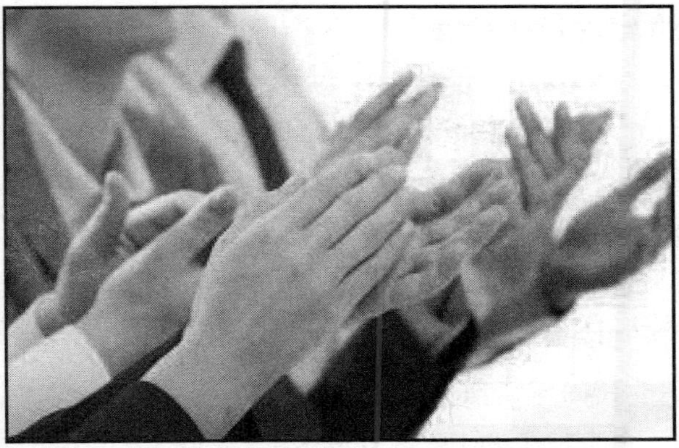

रहे होते हैं, बच्चे माँ-बाप की बुराइयाँ कर रहे होते हैं, बच्चे जानते हैं कि माँ-बाप से ज्यादा अजीज उनका कोई नहीं है, पर उनके बोलने को गलत रूप में लेते हैं। तीन दोस्त बैठते हैं तो वे और दूसरे तीन की बुराइयाँ करते हैं। यहाँ तक कि सवेरे पार्क में, ठंडी हवा का आनंद लेने जाओ तो वहाँ भी एक-दूसरे की बुराई चल रही होती है, प्रशंसा कम ही लोग कर रहे होते हैं। दो आदमी सैर कर रहे हों और सामने से कोई तीसरा आदमी आता दिखाई दे जाए तो वे दोनों उसकी बुराई करना शुरू कर देते हैं। ऐसा देखने को नहीं मिलता कि हम तीसरे आदमी की प्रशंसा कर रहे हों। मैं तो जब भी घर जाता हूँ, कहता हूँ कि कभी तो मुझे कोई अच्छी खबर सुनाया करो। सच्ची नहीं हो तो झूठी ही सही, जिससे मन प्रसन्न हो। पर कहने के बावजूद हम ऐसा नहीं कर पाते। मान लो, पॉजीटिव खबर नहीं है तो कम-से-कम खाने की टेबल पर जब बैठो तो परिवार का प्रत्येक सदस्य एक-एक चुटकुला ही सुनाए। कुछ तो वातावरण हँसी-मजाक का हो पार्कों में 'लॉफिंग क्लब' इसलिए बनाए गए हैं।

कुछ दिन पहले जब मैं दिल्ली यूनिवर्सिटी के एक पूर्व उपकुलपति के साथ हवाई जहाज में सफर कर रहा तो मैंने उनसे पूछा कि वे आजकल क्या कर रहे हैं। उन्होंने बताया कि वे कॉलेज में लैक्चर देते हैं, स्टडी करते हैं और कई कंपनियों के बोर्ड मैंबर हैं। मैंने उनसे कहा कि आप जैसे लोग एक क्लब क्यों नहीं बनाते, जिसका काम यह हो कि सरकार चाहे किसी की भी हो, वे उसके पॉजीटिव कामों की चर्चा करेंगे। जिंदगी में संगीत भी कम होता जा रहा है। आपाधापी मची हुई है। बहुत सी बीमारियों के नए-नए इलाज आ गए हैं और उतनी ही नई-नई बीमारियाँ भी आ रही हैं। इन सबके कारण असहिष्णुता बढ़ती जा रही है।

हम जानते हैं कि आज देश में ऐसा प्रधानमंत्री है, जो चौबीस घंटे देश के लिए सोच रहा है और काम कर रहा है। पर लोग उसकी आलोचना में यों लगे हैं, जैसे देश का प्रधानमंत्री बनकर उसने कोई बहुत बड़ी गलती कर दी हो, जैसे यह पद आलोचकों को मिल जाए तो वे ज्यादा बढ़िया देश चलाएँगे। पिछली सरकार के भ्रष्टाचार और महँगाई से निजात पाने के लिए हमने खुद उन्हें चुना और डेढ़ साल भी कोई समय होता है किसी सरकार के कामकाज को नापने का? यह भी इस देश में बड़ी अजीब बात है कि विरोधी दलों का काम केवल विरोध करना, निंदा करना, धरने देना रह गया है। क्यों भाई, विरोधी दलों का काम देश के निर्माण और विकास में सहयोग करना नहीं है क्या? क्या जनता ने उनको किसी और काम के लिए चुनकर भेजा है?

बने पॉजीटिव क्लब

देश भर में पॉजीटिव क्लब खुलने चाहिए, ताकि ज्यादा-से-ज्यादा पॉजीटिव बातों का जिक्र हो। एक-दूसरे की तारीफें होनी चाहिए। मुझे खुशी होती है यह देखकर कि आज भी पॉजीटिव सोचवाले लोगों को समाज में पसंद किया जाता है। यह अलग बात है कि ऐसे लोग बहुत कम हैं। खासतौर से समाज के हर क्षेत्र के प्रबुद्ध वर्ग को इस पर जरूर विचार करना चाहिए कि समाज में सकारात्मकता कैसे लाई जाए। आपने देखा है कि कई ग्रुप आजकल शांति के लिए 'चैटिंग' और 'रामनाम' करते हैं। उन्हें इससे सुकून मिलता है। लेकिन दूसरों के अच्छे काम की प्रशंसा करना सबसे बड़ी चैटिंग और रामनाम है।

नेगेटिविटी का हम पर इतना प्रभाव है कि हम भयभीत जीवन जी रहे हैं। घर से निकलो, दुर्घटना का डर। पुलिस आपकी तरफ आए, आपने कुछ गलत नहीं भी किया है, फिर भी डर। किसी का फोन आ जाए तो हम किसी अनहोनी आशंका से डरते हैं। व्यापार कर रहे हैं तो इनकम टैक्स, सेल्स टैक्स से डरते हैं। बिजली चली जाए, पानी न आए तो हम डरते हैं। काम में थोड़ी सी रुकावट आने पर भी हम घबराने लगते हैं। नेगेटिविटी ने हमारा धैर्य, विश्वास, संबंध सब खो दिया। एक अजीब सी घबराहट बनी रहती है कि कहीं कुछ गलत न हो जाए, कोई मुसीबत न आ जाए।

मैं एक चैनल के अवार्ड फंक्शन में गया, उसमें उन अनजान लोगों को सम्मानित किया गया, जिन्होंने समाज में अद्‌भुत काम अपने बलबूते पर कर दिखाए। जो रुकावटों के बाद भी बढ़ते गए और अपनी मंजिल को चूमा। बड़ा उत्साह मिला मुझे उस कार्यक्रम में। वैसे ही जैसे गीता प्रेस गोरखपुर की किताबों, 'वीर बालक, वीर बालिकाओं' या 'स्वेट मार्टिन' की किताबें पढ़कर बचपन में मिलता था।

हम अकसर देखते हैं कि पेज 3 की अमीरों की पार्टियाँ देर रात तक चलती हैं, जिसमें नेता, अभिनेता, बिजनेसमैन, मीडिया, सेलिब्रेटी सब शामिल होते हैं, ताश के बावन पत्तों की तरह इन पार्टियों में केवल और केवल नेगेटिव बातों के पत्ते चलते हैं। ही-ही, हो-हो होती है। जिसकी पार्टी में आए हुए होते हैं, उसके मुँह पर झूठी प्रशंसा करते हैं और उसके पीठ फिरते ही उसकी आलोचना करते हैं। कुछ लोगों ने तो यह समझ लिया है कि उनका काम निंदा, आलोचना, नेगेटिव खबरें फैलाना ही है।

देश, समाज, परिवार और खुद को बचाना है तो पॉजीटिव सोच रखो, पॉजीटिव बातें करो। चौबीस घंटे आलोचना मत करो, जिसकी आलोचना जिस कारण कर रहे हो, उसकी परिस्थितियों को समझो। सरकार के अच्छे कामों को सपोर्ट दो, घर में पॉजीटिव खबरों का आदान-प्रदान करो, न कि नेगेटिव का। खुशियाँ-ही-खुशियाँ फैलाओ। देखो, जीवन कितना महकने लगेगा।

(नवभारत टाइम्स, 12 फरवरी, 2016)

□

भारत के सच्चे रत्न हैं अटल बिहारी वाजपेयी

अटलजी जब भी संसद में बोलते थे, पूरा सदन उन्हें एकाग्र होकर सुनने के लिए आतुर रहता था। सब जानते हैं कि खुद पूर्व प्रधानमंत्री उनकी बड़ी प्रशंसक थीं। जब उन्होंने पहली बार संसद में भाषण दिया तो तत्कालीन प्रधानमंत्री जवाहर लाल नेहरू ने कहा था कि वे एक दिन देश के प्रधानमंत्री अवश्य बनेंगे। मैं विनम्रता से कहना चाहता हूँ कि उन्हें सर्वश्रेष्ठ सांसद और फिर 'भारत रत्न' का सम्मान मिलना खुद इन सम्मानों का ही सम्मान बढ़ा। अटलजी देश के उन महान नेताओं में से हैं, जिनका विपक्ष ने भी सदा सम्मान किया है।

अटलजी के व्यक्तित्व को शब्दों में बाँधना आकाश को आँखों में समेटने के समान है। उनके बारे में जितना कहा जाए, कम है। उनकी विराट जीवनयात्रा का हर पड़ाव इतिहास की एक करवट है। 25 दिसंबर, 1924 को ग्वालियर के एक निम्न-मध्यमवर्गीय परिवार में जन्मे वाजपेयी का राष्ट्र के प्रति समर्पण भाव शुरू से अनन्य था। इसी के चलते वे राष्ट्रवादी संगठन राष्ट्रीय स्वयंसेवक संघ से जुड़े। उसी के माध्यम से राष्ट्रसेवा में जीवन समर्पित कर दिया। इसी कड़ी में वे 21 अक्तूबर, 1951 में डॉ. श्यामा प्रसाद मुखर्जी द्वारा स्थापित भारतीय जनसंघ से जुड़े।

1957 में भारतीय जनसंघ के चार सांसदों में से एक थे। तब से लेकर देश के प्रधानमंत्री बनने तक अटलजी ने सामाजिक और राजनीतिक जीवन के असंख्य उतार-चढ़ाव देखे। देश और विदेश में रहने वाले करोड़ों भारतवासियों और भारतवंशियों से मिलकर उन्होंने भारत की आत्मा को गहराई से समझा। यह समझ उनके हर कार्य

में दिखाई देती थी। नेहरू-गांधी परिवार के प्रधानमंत्रियों के बाद अटल बिहारी वाजपेयी भारतीय इतिहास में उन चुनिंदा नेताओं में से हैं, जिन्होंने सिर्फ अपने नाम, व्यक्तित्व और करिश्मे के दम पर केंद्र में सरकार बनाई।

अटलजी का साहित्य-जगत् भी अपने आप में संपूर्ण था। मानव-मन से लेकर समाज के हर मुद्दे पर उनका मौलिक चिंतन तो था ही, उसके प्रति समाधान की दृष्टि भी उनके पास थी।

मेरा सौभाग्य रहा कि बाकी मंत्रालयों की जिम्मेदारी के अलावा प्रधानमंत्री कार्यालय में राज्य मंत्री के तौर पर मुझे अटलजी को और भी करीब से देखने का सौभाग्य मिला। वे विषम-से-विषम परिस्थितियों में भी शांतचित्त और दृढ़ रहते थे। उन्हें हर समय देश की चिंता रहती थी। भारत के सामर्थ्य, शक्ति और गौरव को बढ़ाने के लिए वे हमेशा तत्पर रहते थे, लेकिन सिद्धांतों से समझौता उन्हें कतई मंजूर नही था। जब 1996 में एनडीए सरकार की पहली सरकार सिर्फ 13 दिन चली तो उन्होंने इस पर कोई अफसोस नहीं किया। प्रधानमंत्री बनने का अवसर आम राजनीतिक व्यक्ति को जीवन में बमुश्किल एक बार मिल जाए तो बहुत बड़ी बात है, लेकिन अटलजी ने राजनीतिक जोड़-तोड़ की बजाय प्रधानमंत्री पद छोड़ना बेहतर समझा।

मुझे 27 मई, 1996 को संसद में दिया उनका ऐतिहासिक भाषण याद आता है, जिसमें उन्होंने भारत की जनता पर भरोसा जताते हुए सिद्धांतों से समझौता करने से मना कर दिया। उन्होंने कहा कि हम फिर सत्ता में लौटेंगे और वे लौटे भी। फिर से प्रधानमंत्री बनकर लौटे और पूरे पाँच साल सरकार चलाकर देश को सुशासन का नया मॉडल दिया।

देश के राजनीतिक इतिहास में यह किसी करिश्मे से कम नहीं था। इससे पहले की सभी गैर-कांग्रेसी सरकारें कांग्रेस की बैसाखियों पर थीं; आखिरकार उसके षड्यंत्रों का शिकार होकर असमय ही गिर गईं। राष्ट्रीय जनतांत्रिक गठबंधन की सरकार को गिराने की भी भरपूर कोशिशें हुईं। उस समय के हमारे सहयोगी दलों को भरमाया गया, ललचाया गया, लेकिन अटलजी के विनम्र और सबको साथ लेकर चलने के स्वभाव के कारण विपक्ष की तमाम कोशिशें नाकाम हो गईं। खुद राजनीतिक पंडित इस बात से

हैरान थे कि कैसे कोई गैर-कांग्रेसी सरकार पाँच साल चल सकती है।

अटलजी जब भी संसद में बोलते थे, पूरा सदन उन्हें एकाग्र होकर सुनने के लिए आतुर रहता था। सब जानते हैं कि खुद पूर्व प्रधानमंत्री उनकी बड़ी प्रशंसक थीं। जब उन्होंने पहली बार संसद में भाषण दिया तो तत्कालीन प्रधानमंत्री जवाहर लाल नेहरू ने कहा था कि वे एक दिन देश के प्रधानमंत्री अवश्य बनेंगे। मैं विनम्रता से कहना चाहता हूँ कि उन्हें सर्वश्रेष्ठ सांसद और फिर 'भारत रत्न' का सम्मान मिलना खुद इन सम्मानों का ही सम्मान बढ़ा। अटलजी देश के उन महान नेताओं में से हैं, जिनका विपक्ष ने भी सदा सम्मान किया है। संयुक्त राष्ट्र में अपने भाषण से उन्होंने दो बार विश्व पटल पर हिंदी का परचम लहराया।

आज प्रधानमंत्री नरेंद्र मोदी की सरकार अटलजी के बताए सुशासन के रास्ते पर सबको साथ लेकर चल रही है। अटल जिस जनसंघ के आधार-स्तंभ रहे और जो बाद में भारतीय जनता पार्टी की शक्ल में आई, उसका चुनाव-चिह्न दीपक था। अटलजी मेरे तो पितृपुरुष हैं ही, वे राजनीति, समाज, साहित्य, पत्रकारिता, देश सेवा जैसे विभिन्न क्षेत्रों के लोगों के लिए भी अनंत प्रकाश देनेवाले दीपक हैं। मेरी कामना है कि उनका आशीर्वाद हम सब पर सदा बना रहे। जब भी निराशा मुझे घेरने की कोशिश करती है, अटलजी की कविताएँ मुझे नया हौसला देती हैं। उनकी कविता के इस अंश के साथ मैं यह लेख पूर्ण करना चाहता हूँ—

बाधाएँ आती हैं आएँ
घिरें प्रलय की घोर घटाएँ,
पाँवों के नीचे अँगारे,
सिर पर बरसें यदि ज्वालाएँ,
निज हाथों में हँसते-हँसते,
आग लगाकर जलना होगा
कदम मिलाकर चलना होगा।

(पंजाब केसरी, 25 दिसंबर, 2017)

□

ऑनलाइन बाजार का नफा-नुकसान

ग्राहकों को खरीदारी का कौन सा विकल्प पसंद है, इसका फैसला बाजार के तथाकथित ठेकेदारों की बजाय उपभोक्ता पर ही छोड़ देना चाहिए।

देश के खुदरा कारोबार में विदेशी कंपनियों को मंच मुहैया कराने का मुद्दा लंबे समय से गर्मा रहा है। खुदरा बाजार में एफडीआई के नफा–नुकसान को लेकर गाँवों की चौपालों से लेकर संसद के गलियारों तक लंबी बहस हो चुकी है। हर सिक्के के दो पहलू होते हैं। जाहिर है, खुदरा कारोबार में एफडीआई का फायदा और नुकसान, दोनों ही हो सकते हैं। लेकिन फिलहाल इससे भी बड़ी चर्चा का मुद्दा ऑनलाइन कारोबार का है। भागमभाग वाली जिंदगी में वक्त की कमी में लोग भीड़भाड़ वाले मॉल और बाजारों से दूरी बना रहे हैं। खासकर बड़े शहरों में इंटरनेट के जरिए खरीदारी का क्रेज लगातार बढ़ता जा रहा है। ई–कॉमर्स से जुड़ी कंपनियाँ अपनी वेबसाइट के जरिए पैन से लेकर लग्जरी मकानों तक की बिक्री कर रही हैं।

अब वेबसाइट के जरिए किसान के खेत से सब्जी खरीदकर सीधे लोगों के घर तक पहुँचाई जा रही है। इसके भुगतान के लिए ऑनलाइन या डिलीवरी के समय भुगतान का विकल्प चुन सकते हैं। खास बात यह है कि सामान पसंद न आने पर ग्राहक को उसे वापस करने का विकल्प भी दिया जा रहा है। सर्च इंजन गूगल के एक सर्वे के मुताबिक इस साल के अंत तक देश में ऑनलाइन खरीदारों की संख्या दस करोड़ के पार पहुँच जाएगी। ई–कॉमर्स की क्रांति में स्मार्टफोन का बढ़ता इस्तेमाल ईंधन का काम करेगा। ऐसे में सबसे बड़ा सवाल यह है कि ऑनलाइन खरीदारी का कारोबार किसके हित में है ?

अतीत में झाँककर देखें तो अर्थव्यवस्था की संरचना में जब भी बदलाव आया है, उसका हमेशा विरोध हुआ है। जबकि आगे चलकर वह उपभोक्ताओं के लिए फायदेमंद साबित हुआ है। नब्बे के दशक के बाद देश में जब कंप्यूटर का इस्तेमाल बढ़ा, तो तमाम संगठनों ने एक

सुर में विरोध करते हुए दलील दी कि इससे बेरोजगारी बढ़ेगी। इस मुद्दे पर खूब राजनीतिक रोटियाँ सेंकी गईं, लेकिन अब यही कंप्यूटर रोजगार के मौके बढ़ाने में अहम भूमिका निभा रहा है। जो लोग इसका विरोध कर रहे थे, अब वही इसको बढ़ावा दे रहे हैं। यह जग-जाहिर हो चुका है कि सॉफ्टवेयर और हार्डवयर के कारोबार का अब देश की अर्थव्यवस्था में उल्लेखनीय योगदान है। क्या अब कंप्यूटर के बिना हमारा कामकाज चल पाना संभव है? बहरहाल, खुदरा क्षेत्र में एफडीआई के विरोध की सबसे बड़ी वजह यही है कि इससे छोटे दुकानदारों के पेट पर लात पड़ेगी। इससे इनका कारोबार चौपट हो जाएगा। ई-कॉमर्स को लेकर भी कुछ इसी तरह की आशंकाएँ हैं कि फ्लिपकार्ट और अमेजन जैसी कंपनियाँ सीधे सामान बनाने वालों से सामान खरीदकर लोगों को मुहैया करा रही हैं। इससे दुकानदारों और डिस्ट्रीब्यूटरों को भारी नुकसान हो रहा है। बड़े-बड़े मॉल में शोरूमों पर ग्राहकों की संख्या घटती जा रही है। इसमें कोई दो राय नहीं कि घर बैठे इंटरनेट के जरिए अपनी जरूरत का सामान मँगाने पर दुकानदारों को नुकसान हो रहा है, लेकिन हमें यह भी नहीं भूलना चाहिए कि इससे ग्राहकों को भारी फायदा पहुँच रहा है। ऑनलाइन खरीदारी का विकल्प मिलने से लोगों को अब ज्यादा च्वॉइस मिल रही है। सामान खरीदने से पहले अब वह उससे मिलते-जुलते ब्रांडों की खूबियों के बारे में घर बैठे ही एक क्लिक के जरिए ही तुलना कर लेता है। उसके लिए क्या सही है और क्या गलत है, इस पर वह आसानी से फैसला कर लेता है। सबसे बड़े फायदे की बात तो यह है कि ऑनलाइन खरीदारी करने से पैसे की भारी बचत हो रही है। कंपनियाँ डिस्ट्रीब्यूशन और मार्केटिंग पर जो भारी-भरकम रकम खर्च कर रही थीं, अब वह उसमें एक बड़े हिस्सा का फायदा ग्राहक को दे रही हैं। जब ग्राहक को अपनी पसंद की कोई चीज बाजार के मुकाबले 40 से 50 फीसद तक सस्ती मिल रही है, तो वह ई-कॉमर्स की ओर आखिर क्यों नहीं खिंचेगा?

अगर ई-कॉमर्स के दूसरे पहलू की बात करें तो कुछ कंपनियाँ ग्राहकों के साथ धोखाधड़ी भी कर रही हैं। पिछले दिनों एक व्यक्ति ने मोबाइल फोन ऑनलाइन बुक कराया, तो उसे पुराना फोन डिलीवर कर दिया गया। जब इस बारे में संबंधित कंपनी से शिकायत की गई, तो

बताया गया कि उसके यहाँ से वह फोन भेजा ही नहीं गया है। आखिर यह गड़बड़ी कहाँ से हुई? इसकी जवाबदेही किसकी बनती है, भविष्य में इस तरह की धोखाधड़ी न हो, इस पर रोक कैसे लगेगी? इसी तरह टैक्स के मामलों में हेराफेरी की शिकायतें आ रही हैं, जिनसे सरकारी रेवेन्यू का नुकसान हो रहा है। लेकिन इन आशंकाओं की वजह से देश के एक विशाल संभावित उद्योग का जवान होने से पहले दम नहीं घोंटा जाना चाहिए। बाजार में जब भी कोई नई व्यवस्था शुरू होती है, तो उसमें कुछ खामियाँ भी बेशक होती हैं, जिनका विरोध भी होता है। ऐसे में हमें ई-कॉमर्स के बारे में फैली आशंकाओं को दूर करने की जरूरत है।

दूसरे व्यवसायों की तरह सरकार इसके लिए मानक तय कर सकती है। धोखाधड़ी रोकने के लिए रेगुलेटर बनाया जा सकता है। अगर यह व्यवस्था ग्राहकों के हित में है, तो इस कारोबार को विकसित करने की पूरी कोशिश की जानी चाहिए। वैसे भी भारत में अब खुली अर्थव्यवस्था है। विदेशी कंपनियाँ यहाँ लंबे समय से कारोबार कर रही हैं। विदेशों में बनी चीजें अब महानगरों से बाहर निकलकर छोटे-छोटे शहरों में भी खूब बिक रही हैं। इंडियन प्रोडक्ट्स की विदेशी बाजारों में खूब धूम मची हुई है। ऐसे में अब घरेलू बाजार पर ज्यादा दिनों तक बंदिशें नहीं लगाई जा सकतीं। ग्राहकों को खरीदारी का कौन सा विकल्प पसंद है, इसका फैसला बाजार के तथाकथित ठेकेदारों की बजाय उपभोक्ता पर ही छोड़ देना चाहिए। हमारे यहाँ कोई व्यक्ति 50 रुपए रोजाना कमाता है, तो किसी की आमदनी रोज दो हजार रुपए या दो लाख रुपए भी है। कोई व्यक्ति कौन सी चीज कहाँ से और किस रेंज में खरीदना चाहता है, यह फैसला वह अपनी जेब के हिसाब से करता है। जाहिर है, 50 रुपए रोजाना कमानेवाला व्यक्ति मॉल से या ऑनलाइन खरीदारी नहीं कर सकता। वह अपनी जरूरतों की पूर्ति छोटे-छोटे बाजारों और फुटपाथों की दुकानों से ही करता है। अगर ऐसा नहीं होता तो गली-मोहल्लों में लगनेवाले साप्ताहिक बाजार कब के बंद हो चुके होते। ऐसे में बाजार को ई-कॉमर्स का सामना करने के लिए तैयार रहना चाहिए।

(दैनिक जागरण, 22 अगस्त, 2015)

□

भारतमाता पर विवाद काहे?

वोट बैंक की राजनीति के चक्कर में ज्यादातर मुस्लिम नेताओं ने गलत माहौल बना दिया है। मुस्लिम नेता ही नहीं, मुस्लिम वोटों के सहारे राजनीति चमकानेवाले बहुत से हिंदू नेता और पार्टियाँ भी इस जमात में शामिल हैं। भारत माता की जय को किसी को भी विवाद नहीं बनाना चाहिए। यह धरती सबकी माँ है, इसलिए तो 'भारत माता' और 'मादरे वतन' ये शब्द हैं।

यह खबर पढ़-सुनकर बहुत अच्छा लगा कि सऊदी अरब के रियाद शहर में मुस्लिम महिलाओं ने प्रधानमंत्री नरेंद्र मोदी की मौजूदगी में 'भारत माता की जय' के नारे लगाए। इससे पहले आरएसएस प्रमुख मोहन भागवत ने हाल ही में कहा था कि 'भारतमाता की जय' का नारा पूरी दुनिया में गूँजना चाहिए। वे भारतमाता की जय का नारा किसी पर थोपना नहीं चाहते, बल्कि ऐसा भारत बनाना चाहते हैं कि लोग खुद ही यह नारा लगाएँ। भारत एकमात्र ऐसा देश है, जहाँ सबसे पुरानी हिंदू परंपरा आज भी जीवित है। यह हिंदू परंपरा की महानता ही है कि हमने जीवन देनेवाले तत्त्वों और जीवन को बनाए रखनेवाले घटकों को ईश्वर का नाम दिया। हिंदुओं ने ऐसा इसलिए किया, ताकि कुदरत के प्रति आदर बना रहे। हमने नदियों को पूजा, पेड़-पौधों को पूजा, हवा को पूजा, आकाश को पूजा, धरती को पूजा, सूरज को पूजा, तो इसके पीछे कोई दकियानूसी सोच नहीं थी, बल्कि वैज्ञानिक सोच रही है।

हिंदू जीवन जीने की पद्धति है, जिसे बाद में संकीर्णतावादी लोगों ने जातियों या समूहों तक सीमित कर बाहर से आए हमलावरों, लुटेरों की नजरों की किरकिरी बनाकर रख दिया। अब तो देश में ऐसा माहौल बना दिया गया है कि खुद को खुलेआम हिंदू कहने में लोग दस बार सोचते हैं। उन्हें लगने लगा है कि अगर उन्होंने खुद को सार्वजनिक तौर पर हिंदू कहा तो कथित सेकुलर उन्हें दकियानूस समझ लेंगे। सरकारें भी इस सोच से अछूती नहीं हैं। सालों पहले रेल के सफर में सवेरे-सवेरे भजन बजाय जाते थे। लेकिन कुछ लोगों ने हिंदू-मुस्लिम की दलील

देकर इन भजनों को बंद करा दिया, फिल्मी गानों की धुनें चल रही हैं। कथित धर्म निरपेक्षता का छद्म विचार इस कदर कैसे हावी हो गया?

समाजशास्त्रियों को इसके कारण तलाशने चाहिए। मुझे तो लगता है कि दुनिया के करीब आने पर भौतिक चकाचौंध की चमक और हमारे देश में लोकतांत्रिक व्यवस्था का सही तरीके से लागू नहीं होना ही इसकी मुख्य वजह है। लोकतंत्र की आखिरी इकाई आप किसे कहेंगे? अगर व्यक्ति को कहेंगे तो फिर परिवार नामक व्यवस्था का क्या होगा? अब मेरी पीढ़ी और मेरे बुजुर्गों के लिए यह सवाल बहुत अहम है कि हमने लोकतंत्र को लागू करते समय भारतीय समाज की आखिरी इकाई परिवार को क्यों नहीं माना? ऐसा कैसे हो सकता है कि एक घर या तय भौगोलिक सीमा में रहने वाले कुछ खून के रिश्ते वाले लोग वहाँ तो एक अनुशासन में रहेंगे, लेकिन जब बाहर निकलेंगे, तो समाज के प्रति अनुशासन की कोई निजी परिभाषा तय करेंगे? भारतीय समाज में पारिवारिक व्यवस्था और देश की राजनैतिक लोकतांत्रिक व्यवस्था का यही अंतर्विरोध खत्म किया जाना चाहिए। लेकिन यह कैसे होगा? राष्ट्रीय स्वयंसेवक संघ यानी आरएसएस अगर इस ओर काम कर रहा है, तो इसका स्वागत होना चाहिए। अब तो यह फैशन सा हो गया है कि देश के महान मूल्यों का मजाक उड़ाइए और खुद को प्रोग्रेसिव कहिए।

इतिहास गवाह है कि बादशाह औरंगजेब समेत कई शासकों ने गौहत्या पर उस समय भी कभी-न-कभी पाबंदी लगाई थी; किंतु अब अगर ऐसा किया जा रहा है तो उसका विरोध किया जा रहा है। गाय को अलग रखें, तो हिंदुओं ने तो सामाजिक जीवन में बहुत उपयोगी पशु-पक्षियों को देवी-देवताओं से जोड़ा था कि लोगों की धर्म में आस्था है, इस कारण से वे उन सबका सम्मान करने को तैयार हैं। जिनका कहीं-न-कहीं धर्म में उल्लेख आ गया है। बहुत सारे पशु-पक्षियों को देवताओं के साथ जोड़ा गया। अब कहनेवाले उन पशु-पक्षियों को भी हिंदू करार दे सकते हैं। ऑल इंडिया मजलिस-ए-इत्तेहादुल मुस्लमीन के नेता असदुद्दीन ओवैसी अगर कह रहे हैं कि वे भारत माता की जय नहीं बोलेंगे, तो मुझे कोई एतराज नहीं है। लेकिन अगर उनका इरादा वाकई दुष्टतापूर्ण नहीं होता, तो उन्हें कहना चाहिए था कि उन्हें भारत माता की जय के नारे से एतराज नहीं है, लेकिन यह नारा ही किसी की देशभक्ति का पैमाना नहीं हो सकता। तब बात समझ में आ सकती थी। यह तो ऐसी ही बात है कि हिंदू गंगा को भी माँ का दर्जा देते हैं, इसलिए हम गंगा मइया नहीं बोलेंगे। गंगा हिंदुओं की पवित्र नदी है, इसलिए हम मुस्लिमों के नेता होने के नाते गंगा सफाई अभियान में शामिल नहीं होंगे, लेकिन पीने के लिए गंगाजल पर बराबर का हक जताएँगे, क्योंकि भारतीय नागरिक होने के नाते यह हमारा अधिकार है। तो यह दोहरा रवैया नहीं चल सकता। मैंने ईद हमेशा मनाई है, लेकिन दिखावे के लिए रमजान में रोजा-इफ्तार कभी नहीं रखे। चाँदनी चौक में आज भी चले जाइए, वहाँ स्कूलों में गीता का पाठ होता है और हिंदू-मुस्लिम सब बच्चे मिलकर उसको गाते हैं। रामलीलाओं के माहौल में आप देश भर में सर्वे करा लीजिए। मुख्य किरदार निभानेवाले कई मुस्लिम कलाकार मिल जाएँगे।

ऐसा भी नहीं मिलेगा कि उनके परिवार इस बात के खिलाफ हों। हिंदुओं की अमरनाथ की यात्रा ने जम्मू-कश्मीर के मुसलमानों को भारी रोजगार दे रखा है, यहाँ तक कि वहाँ प्रसाद भी स्थानीय मुस्लिम किसी दूसरे को बेचने नहीं देते। माता वैष्णो देवी में हिंदू तीर्थयात्रियों के समान और बच्चों को ऊपर भवन तक चढ़ानेवाले पिट्ठू माँ के मंदिर तक चले जाते हैं।

मुस्लिम समाज की पढ़ाई-लिखाई, रोजगार और दूसरे बुनियादी मसलों की वकालत के बजाय वोट बैंक की राजनीति की जा रही है। वोट बैंक की राजनीति के चक्कर में ज्यादातर मुस्लिम नेताओं ने गलत माहौल बना दिया है। मुस्लिम नेता ही नहीं, मुस्लिम वोटों के सहारे राजनीति चमकानेवाले बहुत से हिंदू नेता और पार्टियाँ भी इस जमात में शामिल हैं। भारत माता की जय को किसी को भी विवाद नहीं बनाना चाहिए। यह धरती सबकी माँ है, इसलिए तो 'भारत माता' और 'मादरे वतन' ये शब्द हैं।

(पंजाब केसरी, 25 दिसंबर, 2017)

□

भारत रत्न पर राजनीति क्यों?

अगले साल की शुरुआत में उत्तर प्रदेश में विधानसभा चुनाव होने हैं। सत्तारूढ़ समाजवादी पार्टी समेत सभी दल इसके लिए कमर कसकर मैदान में हैं। ऐसे में बहुजन समाज पार्टी अगर कांशीराम को भारत रत्न देने की बात उठाती है, तो इसे आसानी से समझ सकते हैं।

बाबा साहेब ने कहा था कि संविधान कितना भी अच्छा क्यों न हो, वह आखिरी तौर पर बुरा ही साबित होना है, अगर उसका इस्तेमाल करने वाले लोग बुरे होंगे। दलित सियासत करने वाले नेता और पार्टियाँ क्या अंबेडकर के इस कथन की अंतरात्मा में झांकेंगे।

आजकल मेरे मन में एक सवाल शिद्दत से कौंध रहा है कि क्या कोई महापुरुष किसी एक पार्टी, परिवार या व्यक्ति की बपौती हो सकता है? क्या किसी महापुरुष के विचार किसी खास विचारधारा से जुड़े हुए कहे जा सकते हैं? किसी महान व्यक्तित्व से जुड़ी बातों पर क्या कोई व्यक्ति विशेष या पार्टी विशेष कॉपी राइट का दावा कर सकती है?

हमारा देश, हमारा समाज विभिन्न सकारात्मक विचारधाराओं का संगम है, क्या कोई इससे इनकार कर सकता है? जिस तरह से हमारे खाने में विभिन्न किस्म के व्यंजन होते हैं, लेकिन वह आखिरी तौर पर एक थाली ही कही जाती है, ठीक उसी तरह समाज के निर्माण और उसके विकास की बात करने वाली सभी विचारधाराएँ सही होती हैं। ऐसे में मेरा तो मानना है कि किसी महापुरुष के विचार किसी पार्टी विशेष या संप्रदाय विशेष के नहीं कहे जा सकते।

गत 15 मार्च को दलितों के उत्थान के प्रबल समर्थक मान्यवर कांशीरामजी का जन्मदिन था। उत्तर प्रदेश में अहम सियासी भूमिका निभानेवाली बहुजन समाज पार्टी ने इस मौके पर उन्हें भारत रत्न से सम्मानित करने का मुद्दा उछाला, तो मुझे कोई ताज्जुब नहीं हुआ। आजकल

देश में हर साल कई राज्यों में विधानसभा चुनाव होते हैं। हर चुनाव से पहले संबंधित राज्यों से जुड़े राजनीतिक मुद्दे उछलते हैं। क्योंकि अगले साल की शुरुआत में उत्तर प्रदेश में विधानसभा चुनाव होने हैं। सत्तारूढ़ समाजवादी पार्टी समेत सभी दल इसके लिए कमर कसकर मैदान में हैं। ऐसे में बहुजन समाज पार्टी अगर कांशीराम को भारत रत्न सम्मान देने की बात उठाती है, तो इसे थोड़ी भी सियासी समझ रखनेवाले लोग आसानी से समझ सकते हैं। बिहार विधानसभा चुनावों से पहले राष्ट्रकवि रामधारी सिंह 'दिनकर' को भी भारत रत्न सम्मान देने की माँग उठाई गई थी। यह बात अलग है कि उस वक्त वह माँग भारतीय जनता पार्टी की बिहार इकाई की तरफ से उठी थी, पर अब यह माँग ठंडे बस्ते में पड़ी है। हालाँकि यह तय करना केंद्र सरकारों का काम है कि किस हस्ती को कौन सा सम्मान दिया जाए या किसे नहीं दिया जाए, लेकिन यह जरूर कहा जा सकता है कि देश आजाद होने के बाद से अभी तक दिए जाने वाले नागरिक सम्मानों को लेकर सियासत होती रही है। हर बार सम्मानों को लेकर विवाद खड़े होते हैं और फिर कुछ दिनों तक उड़नेवाली विवादों की धूल बैठ जाती है। यहाँ बिहार चुनाव से पहले असहिष्णुता जैसे मनगढ़ंत मुद्दे के जरिए बीजेपी के खलाफ देश भर में माहौल बनाने की कोशिश का जिक्र करना भी गलत नहीं होगा। चंद कथित बुद्धिजीवियों ने जिस तरह देश में असहनशीलता बढ़ने का भ्रामक माहौल बनाकर साहित्य अकादमी पुरस्कार लौटाने का सिलसिला शुरू किया था, उसका नतीजा आखिर क्या निकला? यह सही है कि इससे बीजेपी के खिलाफ थोड़ा-बहुत माहौल बना और बिहार विधानसभा चुनाव में उसका असर दिखाई भी दिया, लेकिन फिर क्या हुआ? बाद में उनमें से बहुत से लेखकों को लगा कि देश में असहनशीलता का जो जिन्न उन्हें उस वक्त महसूस हुआ था, असल में वैसा था नहीं। पुरस्कार लौटाने वाले बहुत से लेखक और बुद्धिजीवी पुरस्कार वापस लेने को राजी भी हो गए। मैं मानता हूँ कि बाबा साहेब अंबेडकर और कांशीराम जैसी महान हस्तियाँ किसी

पार्टी की बपौती नहीं कही जा सकतीं। इन हस्तियों को केवल दलित समाज का भगवान बनाए नहीं रखा जा सकता। ऐसी हस्तियों के विचारों पर पूरे देश का हक है। जो पार्टियाँ ऐसा कर वोट बैंक की राजनीति कर रही हैं, असल में वे उन्हें बहुत छोटा बनाकर देश के समाज के सामने पेश कर रही हैं, मगर अब दलित समाज समझने लगा है। असल बात यह है कि चाहे अंबेडकर हों या कांशीराम, उन जैसे महापुरुषों को भारत रत्न होने के लिए किसी सरकारी ठप्पे की जरूरत है ही नहीं। वे ऐसे भारत रत्न हैं, जिन्होंने भारतीय समाज की कमजोरियों को दूर करने, कमजोरों को साथ लेने और उन्हें मजबूत कर समाज की मुख्यधारा में लाने के लिए अपना पूरा जीवन लगा दिया। लिहाजा मैं अपील करता हूँ कि महापुरुषों को स्वार्थों के दायरों तक सीमित रखने का घटिया काम नहीं किया जाना चाहिए। यूपी में चुनाव होने हैं, तो वहाँ सक्रिय हर पार्टी अपना दबदबा बनाना चाहेगी ही, किंतु इस तरह हम महापुरुषों का अपमान न करें तो अच्छा है।

यह मौकापरस्ती है। पिछले दिनों दलित समाज के लिए जीवन होम कर देनेवाली दो हस्तियों ज्योतिबा फुले की पुण्यतिथि और बाबा साहेब भीमराव अंबेडकर की जन्मतिथि के सवा सौ साल पूरे हुए।

क्या किसी को याद है कि देश में दलित राजनीति का परचम लहराने के नाम पर सियासत करने वाली किसी पार्टी ने उन्हें सही तरह से याद भी किया? असल में हो यह रहा है कि दलितों के नाम पर हो-हल्ला मचाकर सत्ता ले लो और फिर उन्हें भूल जाओ। क्या यह सही नहीं है कि आजादी के सात दशक बाद भी आरक्षण जैसी संवैधानिक व्यवस्था अभी तक लागू होने और सिर्फ दलितों की भलाई के लिए सियासत करने वाली एक्सक्लूसिव पार्टियाँ उभरने के बावजूद दलितों का उतना उत्थान नहीं हुआ, जितना हो जाना चाहिए था? बड़ा सवाल यह है कि यूपी जैसे बड़े राज्य में दलित समर्थक पार्टी के कई बार सरकार में रहने के बावजूद वहाँ दलित मुख्यधारा में क्यों नहीं आ पाए? मैं कहना चाहता हूँ कि दलितों का विकास हो, यही असल काम है। यूपी में चुनावों से ठीक पहले कांशीराम के जन्मदिन पर उन्हें भारत रत्न जैसा सम्मान दिलाने की सियासी माँग उठाने भर से कुछ नहीं होगा। देश में बहुत दिनों से दलित महिला आयोग बनाने जैसी माँग उठ रही है, लेकिन बड़े अफसोस के साथ कहना पड़ता है कि देश को चलानेवाली सियासी पार्टी या उसका गठबंधन तो छोड़िए, दलितों के विकास की राजनीति करने वाली किसी दल ने भी इसके लिए माहौल नहीं बनाया। जवाब सीधा सा है कि दलितों के नाम पर राजनीति कर-कर के नेता अपने और अपनी पीढ़ियों के लिए महल खड़े कर रहे हैं और चुनाव खत्म होते ही ऐसे मसले भुला दिए जाते हैं।

दलित समाज के ज्यादातर लोगों को आजाद झोंपड़ी भी मुहैया नहीं है। केंद्र की नरेंद्र मोदी सरकार अब इस दिशा में ठोस कदम उठा रही है। केंद्र सरकार दलित और गरीबों के लिए बहुत सी कल्याणकारी योजनाएँ लेकर आई है, जिनके नतीजे कुछ दिनों में दिखाई देने

लगेंगे। इससे दलित सियासत करने वाली पार्टियों में खलबली है, जिस वजह से वे कांशीरामजी को भारत रत्न दिए जाने जैसे मुद्दे उछालकर समुदाय का ध्यान बँटाने का काम कर रही हैं। बाबा साहेब ने कहा था कि संविधान कितना भी अच्छा क्यों न हो, वह आखिरी तौर पर बुरा ही साबित होगा, अगर उसका इस्तेमाल करने वाले लोग बुरे होंगे। दलित सियासत करने वाले नेता और पार्टियाँ क्या अंबेडकर के इस कथन की अंतरात्मा में झाँकेंगे? उन्होंने यह भी कहा कि संविधान कितना भी बुरा क्यों न हो, अच्छा ही साबित होगा, अगर उसके जरिए शासन करने वाले लोग अच्छे होंगे। अब कौन बुरा है और कौन अच्छा, इसका विश्लेषण मैं दलित समाज के लोगों पर छोड़ता हूँ।

(राष्ट्रीय सहारा, 23 मार्च, 2016)

□

आइए 'आजाद' को करें याद

इस सवाल का जवाब तो समाजशास्त्रियों को तलाशना ही होगा। मुझे पता है कि चंद्रशेखर आजाद जब आजादी की लड़ाई में कूदे, तो उनमें कोई उन्माद नहीं था, क्रोध नहीं था, बदले की भावना नहीं थी, बल्कि उनकी सोच राजनीतिक स्तर पर पूरी तरह परिपक्व थी। एक बात और भी है कि चंद्रशेखर किसी क्रांतिकारी खानदान से नहीं, बल्कि आम परिवार से थे।

आज देशभक्ति पर विचार और देश के खिलाफ आग उगलने का सिलसिला चल रहा है। सुकून की बात यह है कि देशभक्ति की भावना के पक्ष में विचार करने वाले करोड़ों नागरिक हैं और देश को तोड़ने की बात करने वाले मुट्ठी भर गुमराह लोग ही हैं। ऐसे दौर में देश को मिली आजादी के एक महानायक को याद करना बेहद जरूरी है। रस्मन भी और मौजूदा वक्त की नजाकत को देखते हुए भी। रस्मन इसलिए कि अभी 27 फरवरी को उनका बलिदान दिवस था। अंग्रेजों के खिलाफ आजादी की लड़ाई के महानायक थे पंडित चंद्रशेखर आजाद। आज से 75 साल पहले 27 फरवरी, 1931 को यूपी में इलाहाबाद के अल्फ्रेड पार्क में आजाद मन में देश की आजादी का सपना सँजोए हमेशा-हमेशा के लिए आजाद हो गए। वे जीते जी अंग्रेज एसपी नॉट बाबर के हाथ नहीं लगे। जब आखिरी गोली बची तो उन्होंने अपने नाम को सार्थक करते हुए वह अपनी कनपटी पर दाग ली।

आज जब देश के कुछ गुमराह नौजवान देश को तोड़ने की बात कर रहे हैं, तब चंद्रशेखर आजाद को याद करने और उनकी शहादत को नए सिरे से प्रचारित करने की जरूरत है। जो चंद गुमराह लोग नारे लगाते हैं कि उन्हें कश्मीर, केरल और बंगाल की आजादी चाहिए, मैं उन्हें सलाह देता हूँ कि वे देश की आजादी की लड़ाई के महानायकों से सीखें कि देश क्या होता है, गुलामी क्या होती है, उनसे सीखें कि अपने देश की आजादी की माँग करने वालों को अंग्रेज किस तरह की बर्बर सजाएँ देते थे। अब जब लाखों स्वतंत्रता सेनानियों की कुर्बानी से

देश आजाद है और हमें बोलने की आजादी हासिल है, तब देश को तोड़ने की बात कहना तो दूर, सोचना भी आजादी की लड़ाई का सबसे बड़ा अपमान है।

कुल मिलाकर मैं समझता हूँ कि चंद्रशेखर आजाद की 75वीं वर्षगाँठ पूरे देश में धूमधाम के साथ मनाई जानी चाहिए थी, लेकिन ऐसा नहीं हुआ। हाँ, सोशल मीडिया पर देशभक्तों ने जमकर उन्हें याद किया, यह अच्छी बात है। मैंने बचपन में चंद्रशेखर आजाद के बारे में खूब पढ़ा था। मेरे प्रेरणा पुरुषों में वे भी शामिल थे। बचपन में उनके बारे में पढ़कर हमें गौरव का अनुभव होता था। उनके कई किस्से मेरे मन में कुलबुलाते रहते हैं। मेरा उद्देश्य यह नहीं है कि इस मौके पर मैं महान शहीद पंडित चंद्रशेखर आजाद का जीवन परिचय आपसे कराऊँ। मैं जानता हूँ कि मेरी पीढ़ी के सभी लोगों ने आजाद के बारे में बचपन में उस उम्र में ही बहुत कुछ पढ़ा है, जिस उम्र में उनके मन में आजादी की लड़ाई के अंकुर फूटे थे। दरअसल, हमें लगता था कि काश! हम भी चंद्रशेखर के साथी होते तो मजा आ जाता। अब इस उम्र में जब अपने बचपन की याद मुझे इस बहाने आती है, तब भी हर बार रोमांच का अनुभव वैसा ही होता है, जैसा बचपन में होता था। मेरा उद्देश्य मात्र इतना है कि आजादी की लड़ाई के महान सेनानियों को हरगिज भुलाना नहीं चाहिए। जन्मदिन और शहादत दिवसों के बहाने ही देश भर में बड़े पैमाने पर सरकारों और समाज को आयोजन करने चाहिए। दूसरी बात यह है कि आज के विघटनवादी सोच के दौर में तो ऐसे महापुरुषों की शिक्षाओं और देश के प्रति उनके समर्पण का परिचय बच्चे-बच्चे से कराया जाना बेहद जरूरी है। आज जिस एक और बात से मेरी चिंता बढ़ जाती है, वह है देश के ज्यादातर युवाओं में राजनीतिक चेतना का नहीं होना। चंद्रशेखर आजाद का जीवन हमें बताता है कि आजादी की लड़ाई के वक्त इस नौजवान के मन में राजनीतिक चेतना किस हद तक घर कर चुकी थी। इस सवाल का जवाब तो समाजशास्त्रियों को तलाशना ही होगा। मुझे पता है कि चंद्रशेखर आजाद जब आजादी की लड़ाई में कूदे, तो उनमें कोई उन्माद

नहीं था, क्रोध नहीं था, बदले की भावना नहीं थी, बल्कि उनकी सोच राजनीतिक स्तर पर पूरी तरह परिपक्व थी। एक बात और भी है कि चंद्रशेखर किसी क्रांतिकारी खानदान से नहीं, बल्कि आम परिवार से थे। वर्ष 1922 में चौराचौरी कांड के बाद जब गांधीजी ने असहयोग आंदोलन अचानक वापस ले लिया, तो चंद्रशेखर जैसे बहुत से नौजवानों की विचारधारा में बड़ा बदलाव आया। आज भी मुझे यह सोचकर हैरत होती है कि मात्र 17–18 साल की उम्र में 'हिंदोस्तान रिपब्लिकन एसोसिएशन' जैसे क्रांतिकारियों के संगठन से सक्रिय तौर पर जुड़ गए थे। साल 1927 में रामप्रसाद बिस्मिल समेत चार साथियों के बलिदान के बाद आजाद ने उत्तर भारत की सभी क्रांतिकारी पार्टियों को जोड़कर हिंदोस्तान सोशलिस्ट रिपब्लिकन एसोसिएशन का गठन किया था। रामप्रसाद बिस्मिल आजाद के चंचल स्वभाव की वजह से उन्हें 'क्विक सिल्वर' के कूट नाम से बुलाते थे। काकोरी में आजाद और उनके साथियों ने ट्रेन से अंग्रेजों का खजाना लूट लिया। बाद में साइमन कमीशन का विरोध कर रहे लाला लाजपत राय पर लाठियों से हुए जानलेवा हमले के विरोध में उन्होंने भगत सिंह और राजगुरु के साथ सांडर्स की हत्या कर दी। चंद्रशेखर की अगुवाई में ही भगत सिंह, राजगुरु और सुखदेव ने 8 अप्रैल, 1929 को दिल्ली की केंद्रीय असेंबली में बम विस्फोट किया। तीनों पकड़े गए, लेकिन चंद्रशेखर आजाद अपने वचन के मुताबिक जिंदा अंग्रेजों के हत्थे नहीं चढ़े और 27 फरवरी, 1931 के दिन करीब 25 साल की उम्र में इलाहाबाद के अल्फ्रेड पार्क में उन्होंने शहादत दे दी।

(पंजाब केसरी, 1 मार्च, 2016)

□

पटाखों पर बैन से नहीं बनेगी बात

कम-से-कम इस वर्ष पटाखों पर यह चेतावनी छापी जा सकती थी कि 'पटाखे जलाने से प्रदूषण होता है, जो स्वास्थ्य के लिए हानिकारक है।'

कुछ वर्ष पहले जब मैं अपने बच्चों को लेकर पटाखों की दुकानों पर गया तो उन्होंने पटाखे लेने से साफ मना कर दिया। बताया कि उनकी टीचर ने कहा है कि पटाखे जलाने से प्रदूषण होता है। मैं हैरान रह गया और थोड़ी-बहुत फुलझड़ी लेकर आ गया। सुप्रीम कोर्ट के 9 अक्तूबर के फैसले ने मुझे उस घटना की याद दिला दी और यह सोचने पर मजबूर कर दिया कि जो काम हम स्कूलों के माध्यम से और जन-जागरण से कर सकते थे, उसके लिए सुप्रीम कोर्ट को आगे आना पड़ा। हम जनता को बदलाव के लिए तैयार नहीं करते, उसे आदेशों और जुर्मानों से बाध्य करना चाहते हैं।

सच कहूँ तो बम-पटाखों, आतिशबाजी पर सुप्रीम कोर्ट द्वारा प्रतिबंध की खबर ने मुझ जैसे कइयों को झकझोर दिया। मैं जामा मस्जिद के क्षेत्र के सौंदर्यकरण के लिए काम कर रहा हूँ। हमारी पुश्तैनी हवेली के रास्ते में पटाखों की कई दुकानें हैं। दीवाली आने से पहले इन दुकानदारों के चेहरों पर अजीब सी खुशी होती है। वे दीवाली का बेसब्री से इंतजार करते हैं। यही ऐसा समय होता है, जब छोटे से छोटा व्यक्ति भी सामान लगाकर साल भर का घर खर्च निकाल लेता है। पटाखों के ये दुकानदार इस बार खुश थे कि उनको टाईम पर लाइसेंस मिल गए हैं। जीएसीटी के कारण थोड़ी परेशानियाँ थीं, पर फिर भी उन्होंने पटाखों के स्टॉक पर अच्छा पैसा लगा लिया था।

आदेश का असर

कोर्ट के आदेश के बाद दुकानदार कह रहे हैं—लाइसेंस मिल गया, स्टॉक खरीद लिया,

पटाखे सजा लिये, अब इस माल को लेकर कहाँ जाएँ, हमारी दीवाली तो काली हो गई। उनकी बात एक हद तक ठीक है। सुप्रीम कोर्ट कहता है, पटाखों से प्रदूषण फैलता है, जो स्वास्थ्य के लिए हानिकारक है। इस तरह तो शराब-सिगरेट भी स्वास्थ्य के लिए हानिकारक है, उन पर कभी कोई प्रतिबंध नहीं लगाया बल्कि चेतावनी 'सिगरेट पीना स्वास्थ्य के लिए हानिकारक है' छापकर उन्हें खुले में बेचने की इजाजत होती है। जैसे चेतावनी या जुर्माने के बाद वही चीज स्वास्थ्य के लिए ठीक हो जाती हो। यही बात 2000 सीसी ईंजन की बड़ी डीजल कारों को लेकर भी हुई। सुप्रीम कोर्ट ने उन पर पहले प्रदूषण के नाम पर प्रतिबंध लगा दिया था, फिर ग्रीन टैक्स लगाकर पाबंदी हटा ली। कम-से-कम इस वर्ष तो पटाखों-आतिशबाजी पर भी यही चेतावनी छापी जा सकती थी कि 'पटाखे जलाने से प्रदूषण होता है, जो स्वास्थ्य के लिए हानिकारक है।'

मैं प्रदूषण का घोर विरोधी हूँ, पर इसके के नाम पर दिखावटी (कॉस्मेटिक) उपायों के खिलाफ हूँ, जो कई बार सस्ती लोकप्रियता लेने के लिए किए जाते हैं। जब केजरीवाल सरकार ने ऑड-ईवन लागू किया था, तो मैं पहला व्यक्ति था, जिसने इसका विरोध करने के लिए अपनी गाड़ी लेकर चालान कटवाया और बताया कि यह केवल नाटक है। न तो इसे लागू करने से पहले इसकी ठीक से स्टडी की गई, न ही इससे कोई प्रदूषण कम होना था। बाद में जितनी भी रिपोर्टें आईं, वे मेरी बात की पुष्टि करती थीं। ऑड-ईवन के बाद प्रदूषण कम होने की बजाय बढ़ गया था।

पटाखों पर सुप्रीम कोर्ट के इस आदेश को लेकर लोग इसलिए भी हैरान हैं कि आप पटाखे

बेच तो नहीं सकते, पर चला सकते हैं। अगर आपके घर में पुराने पटाखे पड़े हैं तो आप शौक से उन्हें चला सकते हैं। दिल्ली की बजाय अगर किसी पड़ोसी राज्य से लेकर आएँ हैं तो भी कोई दिक्कत नहीं। पटाखेवाले दुकान से नहीं, पर घर से पटाखें मुफ्त दें तो भी चला सकते हैं। शायद सुप्रीम कोर्ट ने पहले ही मान लिया था कि लोगों को पटाखे चलाने से रोका नहीं जा सकता। हाँ, व्यापारियों को बेचने से तो रोका जा सकता है। लोगों के मन में सवाल है कि जब कोर्ट को पता था कि दीवाली पटाखा मुक्त नहीं होने वाली और लोग पटाखे चलाएँगे ही तो फिर आनन-फानन में निर्णय लेने की क्या आवश्यकता थी?

लोग यह भी पूछ रहे हैं कि यह प्रतिबंध केवल दीवाली के त्योहार के लिए है या सभी त्योहारों नववर्ष, क्रिसमस, ईद, गुरुपर्व, शादी-ब्याह, क्रिकेट मैच इत्यादि पर भी लगेगा? इन प्रश्नों को हल्के में नहीं लिया जा सकता।

इस पर विचार किया जाना चाहिए कि प्रदूषण केवल दीवाली के पटाखों से ही फैल रहा है या इसकी और भी वजहें हैं? पर्यावरण विशेषज्ञ बताते हैं कि दिल्ली में सबसे ज्यादा वायु प्रदूषण औद्योगिक इकाइयों के कारण फैल रहा है। उसके बाद वाहन प्रदूषण फैला रहे हैं। सड़कों पर धूल के कारण भी बहुत प्रदूषण है। और भी कई कारण हैं। अगर हम सभी कारणों को समाप्त करेंगे तो क्या लोगों के पास रोजगार रह पाएगा और प्रदूषण इसी तरह से फैलता रहा तो क्या लोग रह पाएँगे? फिर सवाल यह है कि केवल एक दिन के पटाखों से ज्यादा प्रदूषण होता है या साल भर सड़कों की धूल, वाहनों और औद्योगिक इकाइयों के धुएँ से।

फीकी न हो खुशी

प्रदूषण के सभी स्रोतों पर एकमुश्त विचार होना चाहिए, चाहे इसमें जितना वक्त लगे। पटाखों समेत किस-किस चीज से प्रदूषण फैल रहा है, इस पर बाकायदा रिसर्च हो और उसकी रिपोर्ट सार्वजनिक हो। फिर सारे स्टेकहोल्डर्स और सभी राजनीतिक दलों के प्रतिनिधि बैठकर विचार करें कि इसे विभिन्न चरणों में कम करके कैसे खत्म किया जा सकता है। इसके साथ ही लोगों को जागरूक बनाने का काम भी जारी रखना होगा। प्रदूषण खत्म करने के लिए एक झटके में किसी पर्व को फीका कर देना ठीक नहीं। दीवाली की परंपरा सदियों से चली आ रही है। इसके कई धार्मिक-सामाजिक संदेश हैं। त्योहारों की खुशियाँ कम होने का न सिर्फ मनोवैज्ञानिक बल्कि सामाजिक असर भी पड़ सकता है।

(नवभारत टाइम्स, 18 अक्तूबर, 2017)

□

सिनेमा हॉल का मजा टीवी पर कहाँ

आजकल सिनेमाहाल की बुरी हालत हो गई है। एक जमाने की बहुत कमाऊ इंडस्ट्री अब आखिरी साँसे गिनती नजर आ रही है।

जिस बड़े पर्दे ने रातोरात फिल्म-कलाकारों को स्टार बना दिया, आज उन परदों यानी कि सिनेमाघरों का क्या हाल है, आज उनके हाल पर कोई विचार नहीं कर रहा। ये सिनेमा हॉल फिल्म देखने की ही नहीं, बल्कि एक तरह से पारिवारिक उत्सव मनाने की जगह होते थे, जहाँ पहले परिवार इकट्ठे होकर, नए कपड़े पहन बड़े उत्साह के साथ फिल्मों का आनंद उठाने पहुँचते थे। हमारे बचपन में सिनेमा हॉल के बाहर हीरो-हीरोइनों के बड़े-बड़े रंगीन पोस्टर लगे होते थे। उन्हें देखकर बड़ा रोमांच होता था। तब टिकट मिलना आसान न था।

'एक के दो, एक के दो' कहते हुए सिनेमा हॉल के बाहर टिकट ब्लैक करते ब्लैकिए मिल जाते थे। तब काउंटर या ब्लैकियों से टिकट पा लेना जैसे कोई किला फतह करना ही था। खिड़कियों पर टिकट खरीदने के लिए लंबी-लंबी लाइनें होती थीं। आज फिल्म स्टार्स का क्रेज तो वही है, पर सिनेमा हॉल खाली पड़े रहते हैं।

उस जमाने में फिल्म शुरू होने से पहले डॉक्यूमेंटरी चला करती थी। प्रधानमंत्री पं. नेहरू को देखने का लोगों में खूब उत्साह रहता था। लगता था कि सरकार बड़े-बड़े काम कर रही है। फिल्म समाप्त होने पर राष्ट्रगान बजता था। फिल्में आम जीवन पर ऐसा प्रभाव छोड़ती थीं कि पूछिए मत। संयुक्त परिवार एक साथ फिल्में देखने जाते थे। वे टूटने लगे तो फिर इकट्ठे फिल्म कैसे देखें। भीड़भाड़ के डर से लोगों ने सिनेमा देखने का अपना मिजाज ही बदल दिया। अब वे टीवी या होम थियेटर पर ही फिल्म देखने लगे। रंगीन टीवी, वीसीआर, सेटैलाइट टी.वी., टाटा स्काई और इंटरनेट के बाद 3जी-4जी और उसके साथ ही पायरेसी का जाल बिछा तो सीन और बदल गया। फिल्म रिलीज होने से पहले ही उसकी पायरेटिड डीवीडी आ जाती है। उधर इंटरनेट से ही जब फिल्म डाउनलोड हो जाए तो दर्शक सिनेमा हॉल क्यों जाएँगे!

लेकिन टी.वी. पर फिल्म देखना भी कोई फिल्म देखना है! दर्शक चैनल ही बदलता रहता है। एक सिटिंग में दो-दो फिल्में देखता है। गाना आते ही वह चैनल बदल देता है। लेकिन टी.वी. में फिल्म देखने और सिनेमा हॉल में फिल्म देखने में जमीन-आसमान का अंतर है। टेलीविजन पर फिल्म देखने का मतलब है, फिल्म का मजा किरकिरा हो जाना। दिल्ली में 1960 के दशक में 75 सिनेमा हॉल थे। प्राय: एक-एक सिनेमा हॉल एक-एक हजार की कैपेसिटी का था। आज वे हॉल घटकर करीब 38 रह गए हैं और उनमें भी पीवीआर में तो सौ-डेढ़ सौ के ही बैठने की जगह है। मालिक भी अब सिनेमा हॉल को सजाने और उन पर खर्च करने को तैयार नहीं हैं। कॉलेज के दिनों में एक बार मैं जयपुर गया था। वहाँ एक सिनेमा हॉल देखा—'राज मंदिर'। वह इतना सुंदर था कि वह एक टूरिस्ट स्पॉट ही बन गया था। दिल्ली में 'डिलाइट' मेरा प्रिय हॉल रहा है। उसे स्व. बृजमोहन लाल रायजादा ने बहुत मन से बनवाया था। कलकत्ता में एक सिनेमा हॉल देखकर उनकी इच्छा हुई कि वे भी दिल्ली में एक ऐसा हॉल बनवाएँ। 1950 की बात है, जब दिल्ली इंप्रूवमेंट ट्रस्ट ने आसफ अली रोड, नई दिल्ली-2 बनाया। यह पं. नेहरू का सपना था। अंगेजों ने कनॉट प्लेस, न्यू डेल्ही बनाया था। आसफ अली रोड और शाहजहानाबाद के बीच में एक पूरी दीवार थी, जो पुराने शहर को नए शहर से अलग करती थी। उसे तोड़कर आसफ अली रोड बनाया गया।

1721 गज के इस प्लॉट की नीलामी 1950 में हुई। तब इसका दाम 6 लाख 21 हजार रुपए था। रायजादा ने इसे खरीदा तो यह हिंदुस्तान की सबसे महँगी जमीन मानी गई थी। यहाँ सिनेमा हॉल बनाते-बनाते उनकी हालत खस्ता हो गई थी। इस प्लॉट पर बना सिनेमा हॉल उस समय का

आधुनिकतम और पहला वातानुकूलित सिनेमाघर था। इसका साउंड सिस्टम रेडियो कॉर्पोरेशन ऑफ अमेरिका से मँगाया गया था। 1954 में करीब 30 लाख रुपए इस बिल्डिंग में लगे थे। इस हॉल का पर्दा मुंबई से आया था। उद्घाटन वाले दिन तक वह ट्रांसपोर्ट कंपनी के पास ही पड़ा था। रायजादा के पास उस वक्त 60 रुपए भी नहीं थे कि उसे ट्रांसपोर्ट से छुड़ाकर ला सकें। उन्हें बहन से उधार माँगना पड़ा।

यहाँ बड़े-बड़े एक्टर आए और उनकी फिल्मों के प्रीमियर भी हुए। इसके मंच पर पृथ्वी थियेटर के नाटक हुए, जिनमें खुद पृथ्वीराज और राज कपूर ने अभिनय किया। दर्शकों में पं. नेहरू, राजेंद्र प्रसाद, राधाकृष्णन, जाकिर हुसैन, ललिता शास्त्री, कृष्ण मेनन, शेख अब्दुला, अटल बिहारी वाजपेयी, लालकृष्ण आडवाणी सहित कई बड़ी शख्सियतें होती थीं।

धीरे-धीरे दिल्ली के अनेक सिनेमा हॉल बंद हो गए। एक समय इनसे अच्छी-खासी कमाई होती थी। हॉल का मालिक होना गर्व की बात थी। पर अब सिनेमा हॉल की बुरी हालत है। एक जमाने की बहुत कमाऊ इंडस्ट्री अब आखिरी साँसें गिनती लगती है। इसके बावजूद सरकार सिनेमाघरों पर दुनिया भर के टैक्स और इंस्पेक्टर राज लादे हुए है। दिल्ली सरकार ने भी सिनेमा हॉल में इंटरटेनमेंट टैक्स सीधे 20 से 40 प्रतिशत कर दिया है। शायद सरकार को लगता है सिनेमा हॉल में बहुत कमाई हो रही है। ऐसा होता तो दिल्ली में इतने हॉल बंद क्यों हो जाते। सिनेमा हॉल को समाज से जोड़ने का साधन समझना चाहिए। आप ही सोचिए, टीवी या होम थियेटर पर अकेले बैठ फिल्म देखने में वो मजा कहाँ, जो कभी हॉल में आया करता था।

(नवभारत टाइम्स, 27 फरवरी, 2016)

□

दाँव पर देश की सेहत

देश में डिब्बाबंद खाद्य पदार्थों के मामले में मानक कागजों पर भले ही बन गए हों, व्यावहारिक तौर पर उनकी निगरानी का इंतजाम नहीं के बराबर है।

नेस्ले की मैगी को लेकर देश भर में विवाद ने कई ऐसे गंभीर सवाल फिर से उभार दिए हैं, जिन पर चर्चा की सख्त जरूरत है। सवाल क्योंकि नागरिकों की सेहत से जुड़े हैं, लिहाजा इनसे अब और बचना पूरे देश के लिए हितकर नहीं होगा। बच्चे-बच्चे को रटाया जाता है कि 'हेल्थ इज वेल्थ' यानी सेहत ही संपत्ति है। लेकिन इस तरफ कोई ठोस पहल न तो समाज करता है और न ही सरकारें। वर्ष 2006 में भारतीय खाद्य और मानक अधिनियम के तहत एक प्राधिकरण एफएसएसएआई बना था, लेकिन वह कितना असरदार है, यह साबित करने की जरूरत नहीं है।

नेस्ले की मैगी का स्वाद एक-दो महीने से नहीं, कई साल से आम भारतीय की जुबान पर चढ़ा है, लेकिन इसमें खतरनाक रसायन की बात सामने आने में इतने साल क्यों लगे हैं? जवाब बहुत सीधा है कि देश में डिब्बाबंद खाद्य पदार्थों के मामले में मानक कागज पर भले ही बन गए हों, व्यावहारिक तौर पर उनकी निगरानी के इंतजाम नहीं के बराबर हैं। आज मीडिया की सक्रियता की वजह से मैगी का मसला सुर्खियों में आ गया, लेकिन ऐसे बहुत से उत्पाद हैं, जिनकी कभी ढंग से जाँच ही नहीं की जाती। मैगी से पहले इतने बड़े स्तर पर जिस खाद्य या पेय के खिलाफ माहौल बना था, वह था कोका कोला। वर्ष 1977 में तत्कालीन केंद्र सरकार ने कोका कोला पर पाबंदी लगाई थी, लेकिन वह फिर बाजार में आ गया। हालाँकि करीब दस साल पहले एक एनजीओ ने अपने स्तर पर जाँच कराकर कोका कोला में मिलावट का आरोप लगाया था। बाद में पता चला कि यह देश के पानी में प्रदूषण की वजह से था, लेकिन अब कोक की क्या स्थिति है, सभी जानते हैं। यानी गुणवत्ता के आधार पर दो मिनट वाली मैगी पर बैन लगा है, लेकिन सही मानकों के साथ वह फिर बाजार में आ ही सकती है।

एक बड़ा सवाल यह भी है कि हमारे देश में खाद्य पदार्थों की गुणवत्ता की जाँच के लिए जो लैब हैं, वे कितने सक्षम हैं? मैगी मामले को ही लें। इसकी शुरुआत करीब 16 महीने पहले यूपी के बाराबंकी से हुई। सैंपल जाँच के लिए गोरखपुर भेजे गए और वहाँ से कोलकाता। अब जाकर नतीजा आया कि मैगी में सेहत के लिए खतरनाक तत्त्वों की मिलावट है। साफ है कि केंद्र और राज्य सरकारों के सक्षम विभाग न तो समय-समय पर जरूरी जाँच में दिलचस्पी लेते हैं और न ही देश में सैंपलों के सही और त्वरित जाँच के पुख्ता इंतजाम हैं। उदाहरण के लिए राजस्थान को ले लीजिए। राज्य सरकार की लैब में मैगी जैसी मिलावट की जाँच की सुविधा ही नहीं है। वहाँ इस किस्म की जाँच निजी लैब के भरोसे है।

एक बात और ध्यान देने लायक है। शहरों में ज्यादातर मझोले स्तर के कामगार क्या, उच्च मध्यम वर्ग के भी बहुत से लोग सड़क किनारे खड़े ठेलों पर ही सुबह-शाम खाते हैं। जो पेट भरने के लिए नहीं खाते, वे जीभ का स्वाद बदलने के लिए अकसर चाट-पकौड़ी खाते हैं। क्या इस तरह के खान-पान के लिए कोई मानक हैं? जो मानक हैं भी, क्या उनकी जाँच के लिए हम कोई सरकारी तंत्र खड़ा कर सके हैं? अगर कोई ठेलेवाला ईमानदारी से खाने-पीने का सामान शुद्ध बनाना चाहे, तो क्या उसके पास विकल्प हैं? आटा-मैदा और मसालों की बात तो छोड़िए, उसके पास शुद्ध पानी तक नहीं है। फिर प्रदूषित पानी की सिंचाई से पैदा हुई सब्जियों का विकल्प वह कहाँ से लाएगा? सवाल है कि इसके लिए कौन जिम्मेदार है? सामाजिक चेतना या सरकारें या दोनों?

मैगी को फिलहाल बाजार ने बाय-बाय कह दिया है, तो जाहिर है कि फास्ट फूड के आदी लोग अब उसके विकल्प चुनेंगे। सवाल यह है कि मैगी के सभी विकल्पों की जाँच के लिए क्या कोई मुहिम चलाई जाएगी? मेरा मानना तो यह है कि ऐसा अभियान जरूर चलाया जाना चाहिए और नियमित तौर पर इसका इंतजाम होना चाहिए, लेकिन जितना हौवा मैगी को लेकर खड़ा हो गया है, उसकी जरूरत नहीं है। संबंधित विभागों, प्रयोगशालाओं और मीडिया को ऐसा माहौल नहीं बनाना चाहिए, जिससे देश के लोग सभी चीजों को शक की नजर से देखने लगें। हाँ, वे जागरूक रहें, इसके लिए तंत्र विकसित करने की जरूरत तो है।

देश में करीब 80 हजार छोटी-बड़ी कंपनियाँ डिब्बाबंद खाद्य पदार्थ के धंधे में हैं। लगता

नहीं है कि इन कंपनियों के उत्पादों की नियमित जाँच होती है। यह बाजार 30 फीसद की दर से बढ़ रहा है। फिलहाल देश में यह कारोबार करीब दो लाख करोड़ रुपए का है। लिहाजा मैगी के बहाने जो बात सामने आई है, वह असल में देश की सेहत के लिए कितनी खतरनाक है, यह समझना मुश्किल नहीं है। खुद फूड सेफ्टी एंड स्टैंडर्ड्स अथॉरिटी ऑफ इंडिया यानी एफएसएसएआई मानती है कि देश भर में 30 फीसद फूड सैंपल जाँच में फेल साबित हो रहे हैं। पिछले साल एफएसएसएआई ने देश भर से महज 28 हजार सैंपल जाँच के लिए भेजे। इनमें 60 फीसद नमूने पानी और दूध से बने प्रोडक्ट के थे। जबकि 80 हजार कंपनियाँ कितने फूड प्रोडक्ट बना रही हैं, इसका अंदाजा लगाना आसान है, फिर इतनी कम सैंपलिंग से क्या होगा? सवाल यह भी है कि ज्यादा सैंपलिंग कर भी ली जाए, तो क्या जाँच कम समय में संभव है? जब तक जाँच नहीं होगी, मिलावट का पता नहीं चलेगा।

जब इसमें कई साल लगेंगे, तब तक तो मिलावटी सामान बाजार में आता ही रहेगा। जाहिर है, हालात बहुत पेचीदा हैं। ऐसे में अब देश के लोगों को सोचना है कि उन्हें अपनी सेहत के लिए खान-पान की आदतें बदलनी हैं या नहीं। कंपनियों को सोचना है कि उन्हें देश की सेहत से वाकई प्यार है या नहीं। सरकारें कड़े नियम बनाकर भी ऐसे मामलों में समाज की मदद के बिना ज्यादा कुछ नहीं कर सकतीं।

(दैनिक जागरण, 10 जून 2015)

□

कौन बचाएगा दिल्ली की हवेलियाँ

चाँदनी चौक में 19वीं-20वीं सदी में बनी कोई 525 हवेलियाँ हैं। इन पर हिंदू, मुस्लिम और ब्रिटिश कला की छाप है।

पिछले दिनों पता चला कि दिल्ली सरकार चाँदनी चौक समेत राजधानी की कुल 225 हवेलियों को 'हैरिटेज लिस्ट' में सम्मिलित करने जा रही है। मतलब यह है कि इस हवेली के मेहराब, जाली, छज्जे, खिड़की, दरवाजों की मरम्मत भी करनी हो, तो सरकार से इजाजत लेनी होगी। अपने बच्चों की शादी में लोग अपनी हवेली में पार्टीशन की एक दीवार तक नहीं लगा सकते कि एक कमरे के दो कमरे कर लें। आमतौर पर इन चीजों के लिए गवर्नमेंट अनुमति नहीं देती। मैं पूछता हूँ कि जब सरकार इन भवनों और हवेलियों के लिए कोई मदद नहीं देती तो फिर वह इन्हें हैरिटेज लिस्ट में शामिल ही क्यों करती है?

जुबानी जमा खर्च

चाँदनी चौक की एक हवेली धर्मपुरा को मैंने पिछले छह साल के घोर परिश्रम से संरक्षित किया तो उस दौरान मुझे कई तल्ख सच्चाइयों का पता चला। सरकार हमसे यह अपेक्षा करती है कि जिसकी भी हवेली हैरिटेज लिस्ट में है, वह पहले हैरिटेज कंजर्वेशन कमेटी (जो कि अर्बन आर्ट कमीशन के अंतर्गत आती है और जिसका मुखिया शहरी विकास मंत्रालय का अतिरिक्त सचिव है) के पास हवेली में मरम्मत कराने के लिए अनुमति लेने जाए। इजाजत देने से पहले कमेटी आपके प्रोजेक्ट की जाँच करेगी, जिसमें महीनों लगेंगे। कोई मदद नहीं करेगी, रोड़े जरूर अटकाएगी। इजाजत मिल भी गई तो सारी सिरदर्दी आपकी होगी। उसके पहले आपसे लंबे-चौड़े फॉर्म भरवाएँगे, फोटो और अन्य दस्तावेज लेंगे और देंगे कुछ नहीं।

ऐसे ही मैं जब इनटेक (इंडियन नेशनल ट्रस्ट फॉर आर्ट एंड कल्चर) जैसी संस्था के पास गया, जो इस क्षेत्र में भारत में ही नहीं पूरे विश्व में प्रसिद्ध है, तो उसके लोगों ने उस हवेली को देखने की जहमत तक नहीं उठाई, न किसी प्रकार की जानकारी ली। उनके अनुसार उनके पास

न इतना फंड है और न इतना स्टाफ है कि किसी भवन या हवेली के उद्धार या मदद कर सकें। बहरहाल, उनके चेयरमैन ने इतनी मेहरबानी जरूर की कि उसकी एक रिपोर्ट तैयार करवा दी कि हवेली किस स्थिति में है और उस पर कितना खर्च आएगा। लेकिन एक हवेली पर करोड़ों कोई कहाँ से खर्च करेगा? करेगा भी तो यह उम्मीद रखेगा कि किसी-न-किसी व्यावसायिक गतिविधि के जरिए अपने खर्च की भरपाई करे।

नगर निगम का एक सेक्शन 23 यह भी कहता है कि किसी भी हैरिटेज हवेली में रेस्टोरेंट, बार, बुटिक इत्यादि आप चला सकते हैं, पर क्या यह कारगर है? यदि आपको इसमें होटल खोलना है तो दमकल लाइसेंस लेना होगा। फिर दिल्ली नगर निगम से स्ट्रक्चर सेफ्टी सर्टिफिकेट और इटिंग, गेस्ट हाउस के लिए लाइसेंस लेने होंगे। उसके बाद दिल्ली ट्रैफिक पुलिस से लाइसेंस लेना होगा और अगर आपको उसमें बार खोलना है तो उसके लिए अलग से लाइसेंस चाहिए। इसके बाद भी न जाने कितने-कितने लाइसेंस लेने होंगे। सरकार इसके लिए कोई स्पेशल कार पार्किंग नहीं देती। फिर लोग इन हवेलियों को देखने कैसे आएँगे?

शाहजहानाबाद चाँदनी चौक को ही ले लीजिए, करीब 525 हवेलियाँ हैं, जो कि 19वीं-20वीं शताब्दी में बनी थीं, इन पर हिंदू, मुस्लिम, ब्रिटिश कला की छाप है। ये सौ गज से लेकर एक हजार गज तक की हैं। कई हवेलियाँ बड़ी जर्जर हैं। ज्यादातर किराएदार, मकान मालिकों के झगड़ों के बीच में फँसी हुई हैं। इनके कई-कई दावेदार हो गए हैं। बहुत सी हवेलियाँ गोदामों और दुकानों की तरह इस्तेमाल की जा रही हैं। पुरानी दिल्ली की जिन गलियों में घर बने हुए हैं, वे अब रहने लायक नहीं बची, क्योंकि जगह-जगह पर अवैध मार्किट और दुकानें बनती जा रही हैं। कई हवेलियों को तो तोड़कर छोटे-छोटे फ्लैट बन रहे हैं। थोक का व्यपार बढ़ने के कारण इनकी जमीनों की कीमत बढ़ गई है, क्योंकि लालची बिल्डर मार्किट बनाने में लगे हुए

हैं। इन हवेलियों में ऐसी गतिविधियों को प्रोत्साहित किया जाना चाहिए, जिससे उनके मालिक इन्हें ठीक कराने के लिए प्रेरित हों। वे उनमें ऐसा कारोबार करें, जिससे उनका हैरिटेज भी बना रहे और व्यावसायिक लाभ भी हो।

सरकार यदि कुछ ठोस करना चाहती है, तो सबसे पहले इन हवेलियों को श्रेणीबद्ध करे, जितनी अच्छी हवेलियाँ हैं, उनको खाली करवाए। जैसे झुग्गी-झोंपड़ीवालों से जमीन खाली करवाने के लिए उनको जगह देती है, वैसे ही इनमें रहने वाले किराएदारों को जगह दे और मकान-मालिकों से बात करे। उनमें रेस्तराँ, गेस्ट हाउस, होटल, बार, हैरिटेज होम, सांस्कृतिक कार्यक्रम, लाइब्रेरी, म्यूजियम, आर्ट गैलरी और चैरिटेबल गतिविधियाँ करने की इजाजत होनी चाहिए। इसके साथ-साथ चिह्नित हवेलियों में जूलरी, गिफ्ट आइटम, हैंडीक्राफ्ट, स्टेशनरी, डांस-ड्रामा, म्यूजिक और अन्य गतिविधियों की इजाजत दी जाए। दूसरी तरफ ज्वलनशील पदार्थ, प्रिंटिंग प्रेस, बिल्डिंग मैटेरियल, कबाड़ी सामान और छोटे कारखानों की अनुमति नहीं होनी चाहिए। कोई ऐसा करे, तो उस पर मोटा जुर्माना लगना चाहिए।

बची रहे रौनक

हैरिटेज घोषित हवेलियों में अनुमोदित व्यावसायिक गतिविधियों के लिए प्रोपर्टी टैक्स, सर्विस टैक्स आदि में छूट होनी चाहिए। इनके क्रय-विक्रय में स्टैंप ड्यूटी भी माफ होनी चाहिए। बिजली, पानी में भी रियायत होनी चाहिए। इन हवेलियों के रख-रखाव के लिए अनुदान देने की व्यवस्था करनी चाहिए। इन हवेलियों के मालिकों को बिना ब्याज के लोन देने की व्यवस्था होनी चाहिए। हैरिटेज इंडिया फाउंडेशन इस प्रयास में लगा है कि मरते हुए चाँदनी चौक को वह किसी तरह बचा ले। जरूरत इस बात की है कि इसके लिए ऐसे लोग सामने आएँ, जो हैरिटेज पर बातें ही न करते हों, कुछ ठोस काम भी करना चाहते हों।

(नवभारत टाइम्स 20 अप्रैल, 2016)

□

पर्यटन पर नए नजरिए की जरूरत

आगरा में ताजमहल देखने हर साल लाखों देशी-विदेशी पर्यटक पहुँचते हैं। ऐसे और भी बहुत से पर्यटन स्थल हैं। दिल्ली से आगरा तक रेलवे लाइन के दोनों तरफ पर्यटन को बढ़ावा देने और राजस्व में वृद्धि करने के लिए सजावट की जा सकती है। ऐसे और रेल रूटों पर भी यह व्यवस्था की जा सकती है। होटलों के अलावा सैलानियों को ठहराने के लिए पूरे देश में घरों को चिह्नित किया जा सकता है।

हाल ही में दिल्ली के महरौली के आर्कियोलॉजिकल पार्क जाना हुआ, तो वहाँ की हालत देखकर अफसोस हुआ। पार्क की मस्जिद के पास अतिक्रमण हो गया है। पर्यटन के लिहाज से महत्त्वपूर्ण दूसरी जगहों पर भी यही हालत है। वहाँ खंभों पर जो लिखा है, पढ़ने में नहीं आता। उस जगह का ऐतिहासिक महत्त्व वहाँ जाने वाले समझ ही नहीं पाते, तो फायदा क्या है ? अगर किसी पर्यटक को किसी जगह का महत्त्व समझ में आएगा, तभी वह उस स्थान के प्रति संवेदनशील होगा, आदर भाव जागेगा। देश के ऐसे बहुत से ऐतिहासिक स्थान हैं, जो देख-रेख और सही नजरिए के अभाव में नशा करने वालों के अड्डों में बदल गए हैं। अगर उन्हें विकसित किया जाए, तो ऐसी जगहें बड़ी आमदनी और स्थानीय लोगों के लिए गौरव बोध का जरिया साबित हो सकती हैं।

भारत में पर्यटन की अपार संभावनाएँ हैं। लेकिन हम दुनिया भर से उतने सैलानियों को आकर्षित नहीं कर पा रहे हैं, जितने होने चाहिए। देश के कई हिस्सों में आतंकी वारदात होने, महिलाओं के प्रति अपराध और जातीय हिंसा की वजह से भी पर्यटक चाहते हुए भी भारत का रुख नहीं कर पाते। फिर भी भारत की भौगोलिक स्थिति ऐसी है, जो हर मौसम में सैलानियों को लुभाती है। हमारे यहाँ सभी मौसम आते हैं। मनोहारी पर्वतीय स्थल, नदियाँ हैं, खूबसूरत समुद्री

तट हैं। जंगल हैं। देश की सांस्कृतिक विविधता विदेशी सैलानियों को खींचती है, तो खान-पान की अपार शैलियाँ हैं। ललित कलाओं के मामले में देश समृद्ध है। पौराणिक परंपराओं और वैज्ञानिक विकास के मामले में हम दुनिया में अग्रणी हैं। गाँवों की संस्कृति अब भी पूरी तरह विकसित है। भारतीय आयुर्वेदिक संस्कृति दुनिया की सिरमौर है। पूजा-पाठ की विभिन्न समाजों की अलग-अलग पद्धतियाँ हमें प्रकृति और इंसानों से प्यार करने का संदेश देती हैं।

हमारी सरकार ने पर्यटन की ओर विशेष ध्यान दिया है। कई कानून बनाकर विकास और परिवहन की सुविधाओं में आने वाले रोड़े दूर किए हैं। हम पर्यटन के प्रति नया नजरिया अपनाकर न केवल विदेशी सैलानियों की संख्या बढ़ा सकते हैं, बल्कि अपने नागरिकों को भी देशाटन की अच्छी सुविधाएँ दे सकते हैं। इससे न केवल अर्थव्यवस्था मजबूत होगी, बल्कि स्थानीय स्तर पर रोजगार के मौके भी बढ़ेंगे। प्रधानमंत्री के स्वच्छता मिशन को भी बल मिलेगा। सही मायनों में 'अतिथि देवो भव' की हमारी मान्यता को ठोस आकार मिल सकेगा।

मुझे लगता है कि हमारी सामाजिक संपन्नता और समृद्धि को विदेशियों के लिए शोकेस करना चाहिए। पश्चिमी देशों में पारिवारिक मूल्य लड़खड़ा रहे हैं या टूट-फूट रहे हैं, इससे वहाँ के समाज में कुंठा बढ़ती जा रही है। हालाँकि भारत में एकल परिवारों की संख्या तेजी से बढ़ रही है, लेकिन देश में आज भी संयुक्त परिवार प्रणाली जीवित है। एक ऐसी प्रणाली, जिससे परिवार और समाज सकारात्मक तौर पर एक-दूसरे के सुख-दुख से बँधे रहते हैं। हमें अपनी सामाजिक संतुष्टि की भावना को भी शोकेस करना चाहिए। आज भी हमारे गाँवों के लोग बहुत से भौतिक साधनों के बिना पूरी तरह संतुष्ट जीवन बिता रहे हैं। जिस तरह हमने योग को पूरी दुनिया में शोकेस किया है, उसी तरह भारतीय जीवन-पद्धति के दूसरे सकारात्मक मूल्यों के जरिए विदेशी पर्यटकों को आकर्षित किया जाना चाहिए।

ऐसे गाँव चिह्नित हों, जहाँ हैरिटेज टूरिज्म के साधन हों, संयुक्त परिवार चिह्नित हों, वहाँ

सैलानियों को ले जाया जाए, तो यकीनन हम पर्यटन के प्रति नए नजरिए का विकास करेंगे।

हमें देश के ऐतिहासिक स्थलों को लोगों के लिए उदारता के साथ खोल देना चाहिए सभी जानते हैं कि कोई चीज तब तक ही कारगर रहती है, जब तक कि उसे इस्तेमाल में लिया जाए। नई कार को अगर एक जगह पर खड़ी कर दें, तो कुछ महीने बाद ही वह बेकार हो जाएगी। इसी तरह किसी इमारत का इस्तेमाल नहीं होने की स्थिति में धीरे-धीरे वह खँडहर में जाएगी। आज देश में ऐसी बहुत सी इमारतें और हवेलियाँ हैं, जिनमें कोई नहीं रहता, फलस्वरूप वे जीर्ण-शीर्ण अवस्था में पहुँच गई हैं। बहुत सी बावड़ियाँ हैं, जो मरती जा रही हैं या मर चुकी हैं। ऐसे सभी मॉन्यूमेंट्स में सार्वजनिक गतिविधियाँ शुरू होनी चाहिए। क्यों नहीं हम बावड़ियों को स्वीमिंग पूल में बदल सकते? क्यों नहीं दिल्ली के पुराने किले जैसी देश की सभी जगहों पर अच्छे रेस्तराँ का विकास किया जा सकता? इससे सरकारी खजाने में भी बढ़ोतरी होगी और लोगों के मन में भी वहाँ जाने का आकर्षण बढ़ेगा।

मैं तो चाहता हूँ कि दिल्ली के लालकिले में शादियों की इजाजत दी जानी चाहिए। ऐसी एक ईवेंट के धनवान लोग करोड़ों रुपए की फीस भरने को तैयार हो जाएँगे। इस तरह की ईवेंट प्रतिष्ठित कंपनियों के माध्यम से कराई जा सकती हैं। इसके लिए दीवान-ए-खास, दीवान-ए-आम और बारादरियों जैसी संरक्षित जगहों को छोड़कर, मैदानों का इस्तेमाल करने में क्या हर्ज है? खाली मैदान में मुगल-राजपूती या दूसरी शैलियों में शामियाने लगाए जाएँ। फर्नीचर पर भी वही छाप हो। दूल्हे हाथी या घोड़े पर बैंड-बाजे और खासतौर पर सजे-धजे बारातियों के साथ लाल किले के प्रवेश द्वार से अंदर जाएँ, तो समाँ देखने लायक होगा। देश में बहुत से धनवान हैं, जो इस तरह के वैन्यू को हाथोंहाथ लेंगे। क्योंकि ऐसी शादियों या दूसरे समारोहों में बड़े और प्रतिष्ठित लोग ही शामिल होंगे, लिहाजा किले की ऐतिहासिकता को कोई नुकसान पहुँचने की आशंका नहीं है। समारोह क्योंकि मैदानों में होंगे, तो इससे ऐतिहासिक जगहों को भी नुकसान नहीं पहुँचेगा। कभी दिल्ली के मेयर खास लोगों का सम्मान लाल किले में करते थे। अब क्यों ऐसा नहीं होता? लाल किले में सांस्कृतिक आयोजन अब क्यों नहीं होते, विदेश से आने वाली हस्तियों को किले का भ्रमण क्यों नहीं कराया जाता, अगर इमारतों की हालत खराब होने की दलील पर ऐसा नहीं होता, तो क्या बिना गतिविधियाँ चलाए हालत खराब नहीं हो रही है? क्यों नहीं लाल किले के चारों तरफ बनी खाई का विकास कर वहाँ बोटिंग कराई जाती?

आगरा में ताजमहल देखने हर साल लाखों देशी-विदेशी पर्यटक पहुँचते हैं। ऐसे और भी बहुत से पर्यटन स्थल हैं। दिल्ली से आगरा तक रेलवे लाइन के दोनों तरफ पर्यटन को बढ़ावा देने और राजस्व में वृद्धि करने के लिए सजावट की जा सकती है। ऐसे और रेल रूटों पर भी यह व्यवस्था की जा सकती है। होटलों के अलावा सैलानियों को ठहराने के लिए पूरे देश में घरों को चिह्नित किया जा सकता है। हमारी सरकार की कोशिशों का ही नतीजा है कि 2016 में विदेशी पर्यटकों की संख्या 10.7 प्रतिशत बढ़ी और 88.9 लाख सैलानी भारत आए। वर्ष 2015

में 80.3 लाख विदेशी भारत आए थे। पिछले वर्ष पर्यटन से विदेशी मुद्रा 15.1 प्रतिशत बढ़कर 155656 करोड़ रुपए रही। 2015 में विदेशी सैलानियों की वृद्धि दर में 4.5 का इजाफा हुआ। 2014 में 76.8 लाख विदेशी आए। यूएस डॉलर में पर्यटन से विदेशी मुद्रा आय वर्ष 2014 की तुलना में वर्ष 2015 में 4.1 फीसदी की वृद्धि के साथ 21071 मिलियन यूएस डॉलर रही, जो 2016 में 9.8 फीसदी बढ़कर 23146 मिलियन यूएस डॉलर हो गई। घरेलू पर्यटकों की संख्या भी बढ़ी है। उनकी संख्या 2014 में 1282.8 मिलियन थी, जो 2015 में 11.63 फीसदी बढ़कर 1432 मिलियन रही। देश के जीडीपी में पर्यटन का योगदान 2012–13 में बढ़कर 6.88 प्रतिशत रहा, तो इसी वर्ष रोजगार में योगदान बढ़कर 12.36 प्रतिशत हो गया। आगे के आँकड़ों की अभी गणना चल रही है। अगर हम देश की धरोहरों को खोलेंगे और जनता पर भरोसा करेंगे, तो इन आँकड़ों में अभूतपूर्व वृद्धि निश्चित है। दिल्ली मेट्रो की चमक-दमक लोगों पर भरोसे का ही नतीजा है।

(पंजाब केसरी, 18 जुलाई, 2017)

□

प्रशंसा से उत्साह का माहौल बनाएँ

पार्टियों में हजारों-लाखों कार्यकर्ता काम करते हैं, जो काम के बदले थोड़ी प्रशंसा चाहते हैं। विरले ही नेता होंगे, जो इनकी पीठ थपथपाते होंगे।

अगर माँ-बाप बच्चों का हौसला न बढ़ाएँ, टीचर विद्यार्थियों की पीठ न थपथपाएँ, अधिकारी अपने कर्मचारियों की सराहना न करें और नेता अपने कार्यकर्ता की तारीफ न करें, तो समाज में उत्साह कहाँ से आएगा? प्रशंसा ही सबसे बड़ा इनाम है। यह एक मनोवैज्ञानिक तथ्य है कि तारीफ से इंसान के भीतर सकारात्मक ऊर्जा पैदा होती है और जो पूरे जोश के साथ अपने काम में जुट जाता है। लेकिन आज समाज की विचित्र स्थिति हो गई है। लोग अपनी प्रशंसा तो सुनना चाहते हैं, पर किसी और की करना नहीं चाहते। दूसरे को अच्छे काम के लिए प्रेरित करने वाले कम, ईर्ष्या करने वाले ज्यादा हैं। आजकल तो कई बार उत्साह में आने के लिए खुद ही अपने अच्छे काम का जिक्र लोगों से करना पड़ता है, ताकि उन्हें प्रशंसा करनी पड़े, चाहे मजबूर होकर ही क्यों न करें। बालपन से लेकर मरने तक हम केवल दूसरे में कमियाँ-ही-कमियाँ ढूँढ़ते हैं, गुण नहीं। बच्चे के थोड़ा बड़ा होते ही, हम उसे अपने बराबर का समझकर वैसा ही व्यवहार करते हैं, मानो वह हमारे जितना बड़ा है, हमारे जितना ही समझदार है। हमारे मेहमानों के सामने अगर वह अंग्रेजी की कविता ठीक से नहीं सुनाता, तो हम झल्ला उठते हैं। अगर नर्सरी में उसका दाखिला न हो, तो हम उसी को जिम्मेदार ठहराते हैं और कोसने लगते हैं।

अपने में सिमटे

पर जब वह नई-नई खोज, खेल या गतिविधियाँ करता है और हमारा ध्यान उस ओर आकर्षित करना चाहता है, तो हम एक फीकी हँसी हँसकर रह जाते हैं, सोचते हैं कि अब

क्यों ये हमारा दिमाग खा रहा है। बच्चों को आज हम समय न देकर केवल महँगे खिलौने थमाकर प्यार का इजहार करना चाहते हैं।

प्रोत्साहन के नाम पर हमने देशभर के लिए मुट्ठी भर अवॉर्ड घोषित कर रखे हैं, मानो इसी से प्रेरित होकर सारा देश काम में लग जाएगा। ये पुरस्कार और सम्मान वर्षों पहले अपना महत्त्व खो चुके हैं। चाहे वह पद्‌म सम्मान हो या फिल्म अवॉर्ड। 'क्वीन' फिल्म के लिए अवॉर्ड जीतने वाली अभिनेत्री कंगना रनौत समेत कई लोगों ने समय-समय पर साफ कहा कि फिल्म अवार्ड अब स्पॉन्सर्ड और मैनेज होते हैं। पद्‌म अवार्ड के बारे में अखबार में पढ़ रहा था कि कभी-कभी तो पाँच लाख में भी ये मिल जाते हैं। हम सब गर्व से कहते हैं कि हमारे देश की 42 प्रतिशत जनसंख्या 35 वर्ष से कम उम्र के युवाओं की है।

हमारा देश सबसे युवा है, पर इन युवाओं को प्रेरित कैसे करें, यह कोई नहीं सोचता। इनमें प्रेरणा भरने के लिए इन्हें महापुरुषों, वीरों, देशभक्तों की कहानियाँ सुनाना हमने छोड़ दिया है। पहले भगवानों और महापुरुषों के चित्र हर घर में देखने को मिल जाते थे, अब किंगफिशर की मॉडल्स के कलेंडर लगने लगे हैं। युवाओं के रोल मॉडल खत्म हो गए हैं। राजनीतिक पार्टियों में हजारों-लाखों कार्यकर्ता काम करते हैं, जो अपने काम के बदले थोड़ी प्रशंसा चाहते हैं। विरले ही कोई नेता होंगे, जो इनकी पीठ थपथपाते होंगे या सवेरे अखबार में किसी कार्यकर्ता का सामाजिक अच्छा काम देखकर उसे फोन करते होंगे कि आपने बहुत अच्छा कार्य किया है। इसी तरह करते रहो, आगे बढ़ते नेताओं को डर है कि कहीं यह मुझसे आगे न निकल जाए।

तारीफ नहीं होने की वजह से ही राजनीतिक पार्टियों में काम की जगह कब पब्लिक रिलेशन ने ले ली, पता ही नहीं चला। एक कार्यकर्ता 40 साल तक काम करे, उसकी प्रशंसा तो नहीं की जाती, पर एक गलती कर दे, तो सब मिलकर उसको हतोत्साहित जरूर करते

हैं। पहले यह होता था कि काम आप करते थे, श्रेय अपने कार्यकर्ता को देते थे। अब आप कार्यकर्ता का श्रेय भी खुद लेना चाहते हैं। हमें अटल बिहारी वाजपेयीजी जैसा हर वह नेता अच्छा लगता है, जो अपनी मुसकराहट से ही थपथपा देता है। मैं एक ही बात कहूँगा कि हर दिन एक व्यक्ति की प्रशंसा करो, दिल से न निकले, तो झूठी ही करो। इससे समाज में एकता और समरसता आएगी। प्रोत्साहन का स्थान आज पुरस्कारों की बड़ी-बड़ी राशियों ने ले लिया है। ओलंपिक जैसे खेलों में पदक विजेताओं को दिए जाने वाले इनाम की राशि करोड़ों तक पहुँच गई है, मानो जीतना कोई सम्मान ही नहीं, केवल रुपए कमाना है। हमें याद है कि अपने स्कूल के दिनों में मात्र एक सर्टिफिकेट लेने के लिए हम दौड़ा करते थे और उसके साथ अकसर मेडल या राशि नहीं लगी होती थी। बच्चों, युवाओं को उनकी प्रशंसा या प्रोत्साहन रूपी सर्टिफिकेट और मेडल भी दें तो भी उनमें एक नया उत्साह आता है।

खुशी का सर्टिफिकेट

पिछले दिनों मैंने प्रोत्साहन देने के लिए दिल्ली में स्लम दौड़ों का आयोजन किया। 12 दौड़ों में 40,000 बच्चों ने भाग लिया। हर बच्चे को हमने एक मेडल और भारत सरकार के खेल मंत्रालय का एक सर्टिफिकेट दिया। आप सोचिए, जिस समय वे बच्चे सवेरे छह बजे उठते होंगे, तो उनके माता-पिता को कितना अच्छा लगता होगा कि कोई तो है, जो मेरे बच्चे को सवेरे उठाकर दौड़ने की प्रेरणा दे रहा है। आखिर मेरा बच्चा भी किसी प्रतियोगिता में पहली बार भाग लेने जा रहा है। सात बजे बच्चे मैदान में होते थे। मैंने देखा कि जो सर्टिफिकेट उन्हें मिला, उसे उन्होंने फ्रेम करवा लिया और मेडल अपनी पूरी कॉलोनी में दिखाया। बच्चों-युवाओं को उत्साहित करने के लिए बड़े-बड़े इवेंट्स की जगह छोटे-छोटे आयोजन गाँव स्तर तक हर आयु वर्ग के लिए होने चाहिए। पर सरकारें और संगठन आज अपने आपको चमकाने और दिखाने के लिए बड़े आयोजनों में पूरी ताकत लगा रहे हैं। इससे सीमित लोग ही इन आयोजनों में भाग लेते हैं और बहुत ही कम लोग उत्साहित हो पाते हैं। इसलिए आइए, संकल्प लें कि यथासंभव रोज किसी-न-किसी की प्रशंसा हम जरूर करेंगे।

(नवभारत टाइम्स, 14 नवंबर, 2017)

□

चेहरे पर कभी शिकन नहीं देखी

हिंदी से अटलजी का विशेष प्रेम रहा है। उनका मानना था की मातृभाषा में आदमी अपने को मौलिक रूप में प्रकट कर सकता है।

बीती 25 तारीख को पूर्व प्रधानमंत्री अटल बिहारी वाजपेयी 92 साल के हो गए। उनकी तुलना मैं 'हरि' से नहीं कर रहा हूँ, पर कबीरदास का यह दोहा उन पर पूरी तरह चरितार्थ होता है—'सात समुंद की मसि करूँ, लेखनि सब बनराय। धरती सब कागज करूँ, हरि गुण लिखा न जाय।' वह बहुआयामी व्यक्तित्व के धनी रहे हैं। मँझे हुए राजनीतिज्ञ, कुशल प्रशासक, साहित्यकार, दृढ़ व्यक्तित्व के धनी, विकास के पुरोधा, जन-जन के नायक, और भी बहुत कुछ। जब वाजपेयीजी से अपने संबंध के बारे में सोचता हूँ तो स्कूल के दिनों की याद आती है। तब वे भारतीय जनसंघ के नेता थे और मेरे पिता श्री चरती लाल गोयल के कारण घर पर आते थे।

कविता, फिल्म, व्यंजन

वाजपेयीजी मुझे शुरू से ही अच्छे लगते थे। इतने अच्छे कि हम लोग घर से पैदल रामलीला मैदान तक उनका भाषण सुनने चले जाते थे। उन दिनों रामलीला मैदान में कुर्सियाँ नहीं, दरियाँ होती थीं। असंख्य लोगों के साथ मैं भी बैठे-बैठे उनके भाषण का आनंद लेता था। उनकी भाषण-शैली ऐसी थी कि जब चाहे हँसा देते थे और गंभीर होते थे तो हमारी आँखों में आँसू आ जाते थे।

तब से लेकर आज तक मैंने उनके भाषण सैकड़ों बार, कभी जमीन पर तो कभी मंचों पर सुने हैं। इमरजेंसी के बाद दिल्ली विश्वविद्यालय छात्रसंघ का अध्यक्ष बनकर मैं वाजपेयीजी से मिलने पहुँचा तो मेरे प्रति उनका प्रेम ही आँसू के रूप में छलक आया था।

हम और अन्य लोग उनको कार्यक्रमों में बुलाया करते थे और वाजपेयीजी अकसर न-न

करते थे, किंतु मैं उनसे हाँ कहकर चला आता था। बाद में वे मुझ पर गुस्सा करते थे, पर आते जरूर थे। वह घटना मुझे कभी भूलती नहीं है, जब छात्रसंघ का अध्यक्ष व सचिव होते हुए दिल्ली यूनिवर्सिटी ने मुझे व रजत शर्मा को गलत तरीके से निष्कासित कर दिया। तब हम वाजपेयीजी के पास गए, उस समय वे विदेश मंत्री थे।

वाजपेयीजी ने आडवाणीजी (तत्कालीन सूचना प्रसारण मंत्री) थे, सिकंदर बख्तजी, कंवर लाल गुप्ताजी और विजय कुमार मल्होत्राजी से कहा कि चलो राष्ट्रपति के पास चलते हैं, हमारे लड़के को निष्कासित कैसे कर दिया गया। सबसे आगे वाजपेयीजी की कार थी, फिर इन नेताओं की गाड़ियाँ और सबसे पीछे हमारा स्कूटर। अगले दिन समाचार-पत्रों में यह खबर सुर्खियों में छपी कि दिल्ली विश्वविद्यालय को निष्कासन वापस लेना पड़ा।

अटलजी की कविताओं, संगीत, फिल्म और नाटकों में गहरी दिलचस्पी रही है देवदास, बंदिनी और तीसरी कसम उनकी पसंदीदा फिल्में हैं। एस.डी. बर्मन उनके पसंदीदा संगीतकार और 'ओ रे माझी... और कभी-कभी मेरे दिल' उनके पसंदीदा गाने रहे हैं। लाल किले के कवि-सम्मेलन में तो वह छकड़ा बैलगाड़ी और ताँगे में चले जाया करते थे। मुझे यद है, एक बार मैं उनको '1942 अ लव स्टोरी' फिल्म दिखाने लिए ले गया था और इसी तरह न-न करते हुए वे एक नाटक 'कोर्ट मार्शल' देखने भी गए। एक बार एक फिल्मस्टार नाइट में भी गए थे, जिसमें सलमा आगा को गाना था। उनको खाना बनाने और खाने दोनों का शौक रहा।

जब वे प्रधानमंत्री थे, तब घरवाले इस बात का ध्यान रखते थे कि वे ज्यादा न खाएँ। चाँदनी चौक की पराँठे वाली गली के पराँठे, जलेबी, चाट, मालपुआ, खिचड़ी, मछली, चाइनीज उनके पसंदीदा व्यंजन रहे हैं। उनके प्रिय खेल हॉकी और फुटबॉल थे। अटलजी की कोशिश होती थी कि साल में एक बार मनाली जरूर हो आएँ। उस पर उन्होंने कविता भी लिखी थी। हिंदी भाषा से उनका विशेष प्रेम रहा है। उनका मानना था कि अपनी मातृभाषा में ही आदमी अपने को मौलिक रूप में प्रकट कर सकता है। उनका सबसे खुशी का दिन वह था, जब उन्होंने संयुक्त राष्ट्र महासभा में हिंदी में भाषण दिया था।

वाजपेयीजी के अंदर धैर्य गजब का था। वे कभी जल्दबाजी में नहीं रहे। बहुत से लोगों ने उस समय बहुत बातें कहीं, जब लोगों को लग रहा था कि लाल कृष्ण आडवाणी को उनकी जगह विपक्ष का नेता क्यों बनाया गया। पर पार्टी के निर्णयों को वे एक आम कार्यकर्ता की तरह लेते थे। उनके चेहरे पर मैंने कभी शिकन तक नहीं देखी। उनके जीवन में बहुत उतार-चढ़ाव आए और वे स्वयं लिखते हैं कि कई बार पद छोड़ने का विचार उनके मन में आया, जिसका साक्षी मैं स्वयं रहा हूँ। अपने विचारों से उन्होंने कभी समझौता नहीं किया। वे हर छोटे-बड़े का आदर करते थे। यदि थोड़ी दूरी पर पानी का गिलास रखा हो तो वे स्वयं गिलास उठाते थे, इसके लिए किसी को कहते नहीं थे।

देश के लिए स्वप्न

आज लोग मेरी बात पर विश्वास नहीं करेंगे, पर बतौर प्रधानमंत्री वाजपेयीजी 15 अगस्त के भाषण की पूरी तैयारी करते थे। कहने का तात्पर्य यह है कि वे हर छोटे-बड़े काम को बहुत गंभीरता से लेते थे। हमारे बार-बार कहने के बाद भी उन्होंने 15 अगस्त के अपने सारे भाषण पढ़कर ही दिए। श्री नरेंद्र मोदी के प्रधानमंत्री बनने के बाद जब मेरी उनसे पहली मुलाकात हुई, तब उन्होंने मुझसे कहा कि अटलजी के व्यक्तित्व का कोई मुकाबला नहीं कर सकता, वे तो अटलजी हैं और हम सब उनके ही बनाए हुए कार्यकर्ता हैं। अटलजी ने एक बार मुझे कहा था कि उनके जीवन का उद्देश्य है, भारत को महान देश के रूप में देखना। उनके बाद नरेंद्र मोदी उनके उसी सपने को पूरा करने में लगे हैं।

(नवभारत टाइम्स, 27 दिसंबर, 2016)

□

दिल्ली बचाओ आंदोलन

आज दिल्ली को बचाने की जरूरत है? मैं समझता हूँ कि एक गैर-राजनीतिक आंदोलन 'दिल्ली बचाओ आंदोलन' चलाना चाहिए। जो लोग दिल्ली में विकास देखना चाहते हैं, दिल्ली से प्यार करते हैं और जो इन सब समस्याओं को हल करना चाहते हैं, उन सभी स्वयंसेवी संगठनों (एनजीओ), आरडब्ल्यूए, विभिन्न सोसाइटियों को इस 'दिल्ली बचाओ आंदोलन' से जुड़ना चाहिए। नहीं तो दोस्तो, यह दिल्ली स्लम बनकर रह जाएगी और हम देखते रह जाएँगे।

कभी प्रसिद्ध शायर ज़ौक ने चाँदनी चौक की गलियों के बारे में कहा था, "कौन जाए ज़ौक, दिल्ली की गलियों को छोड़कर" और अब चाँदनी चौक तो लोगों ने तंग आकर छोड़ ही दिया, जिस तरह से पूरी दिल्ली स्लम बनती जा रही है, उससे कल लोग दिल्ली भी छोड़ें तो कोई बड़ी बात नहीं है।

हम सब सोच रहे हैं कि शायद यह काम हमारा नहीं है, किसी और के या सरकार के करने का है, इसलिए हमें क्या फर्क पड़ता है। पर हमें नहीं मालूम कि हमारी आगे आने वाली पीढ़ी दिल्ली के हालातों को देखकर हमें कोसेगी।

मजे की बात तो यह है कि आम आदमी पार्टी की सरकार दिल्ली में आने पर जो स्लम शहर बनने चाहिए थे, वे शहर स्लम बनते जा रहे हैं। तीस साल पहले की दिल्ली और अब की दिल्ली में फर्क दिखाई देता है। दिल्ली को देखकर ऐसा लगता है कि यहाँ किसी की हुकूमत ही नहीं है। द्रौपदी की तरह मल्टीप्लीसिटी ऑफ अथॉरिटी होने के कारण इसका चीर हरण हो रहा है। कारण जो भी हो, दिल्ली की नई सरकार काम कम और झगड़े ज्यादा कर रही है।

दिल्ली नगर निगम तो बैंक करप्ट सी हो गई है, उसके पास तो तनख्वाह देने के लिए

भी पैसे नहीं हैं और दिल्ली पुलिस हाथ पर हाथ धरे बैठी हुई है। जिस पुलिस को झगड़े सुलझाने चाहिए थे, वह कहती है कि हम झगड़ों में क्यों पड़ें। ये पार्टियाँ हमको आपसी झगड़े में रगड़ देंगी। इसलिए आज वह चुपचाप अवैध निर्माण और कब्जे होने देती है। आम आदमी पार्टी सरकार आने के बाद तो इस पर मनमानी हो रही है। लोगों को जो रियायतें दी जा रही है, वह उनके कल्याण के लिए नहीं, बल्कि अपना वोट इकट्ठा करने के लिए दी जा रही है। वायदा करो, मीडिया में छपवाओ और फिर भूल जाओ। पार्टियाँ सिर्फ एक-दूसरे के खिलाफ डेमोंस्ट्रेशन कर रही हैं। वे समस्याओं का मिल-बैठ हल नहीं ढूँढ़ रहीं।

मैं दिल्ली को पूर्ण राज्य का दर्जा दिए जाने के लिए हमेशा पक्षधर रहा हूँ। पर आज अभी के हालातों को देखकर ऐसा लगता है कि जिस दिन दिल्ली को पूर्ण राज्य का दर्जा मिल जाएगा, उस दिन दिल्ली की हालत बिहार और उत्तर प्रदेश से भी बदतर हो जाएगी।

आपको मालूम है, आज सबसे ज्यादा झगड़े पार्किंग को लेकर हैं कि तूने मेरे घर के बाहर गाड़ी कैसे खड़ी कर दी। दिल्ली में पार्किंग के लिए न तो दिल्ली सरकार और न ही एमसीडी कोई योजना बना रही है, जो पार्किंग है भी, उस पर माफिया का राज है। जबकि आज इतना आधुनिकीकरण हो गया है कि जहाँ मर्जी, जितनी मर्जी अंडरग्राउंड पार्किंग खड़ी कर दो, नीचे पार्किंग और ऊपर पार्क बना दो।

दिल्ली में ट्रैफिक जाम का तो और भी बुरा हाल है। आधे घंटे के रास्ते को पार करने के लिए दो-दो घंटे लग रहे हैं। पर पब्लिक को लगता है कि कोई फर्क ही नहीं पड़ता, वह कुछ बोलती ही नहीं है। योजनाकार कहते हैं कि हॉरिजेंटल नहीं, वर्टिकल दिल्ली बनाओ। उनसे पूछो, तुम बहुमंजिला इमारत बनाकर फ्लैट के ऊपर फ्लैट तो बना दोगे, पर एक फ्लैट बनने का मतलब है चार गाड़ियाँ और बढ़ जाना। फिर आने वाले समय में ट्रैफिक का क्या हाल होगा, आपने सोचा है कभी? क्यों नहीं सरकार एनसीआर क्षेत्र का विकास करती?

लोग कहते हैं कि मेट्रो आने पर भी ट्रैफिक जाम कम क्यों नहीं हुआ। उनसे पूछो कि हर साल जो बाहर से छह लाख लोग दिल्ली आते हैं, ये बढ़ते जाएँगे तो जब ह्यूमन ट्रैफिक बढ़ रहा है तो जाम तो बढ़ेगा ही, मेट्रो क्या करेगी? बिहार और उत्तर प्रदेश राज्यों को तभी विकास का सर्टिफिकेट मिलेगा, जब वहाँ के लोग मजबूरी में आजीविका कमाने दिल्ली नहीं आएँगे और उन्हें वहीं पर रोजगार मिल जाएगा। कारें तो कारें, दिल्ली में जितनी मर्जी रिक्शा चला लो, ई रिक्शा चला लो, थ्रीव्हिलर चला लो और उस पर रेहड़ी-पटरी लगा लो, कोई पूछनेवाला नहीं है। तो इस बढ़ते ट्रैफिक जाम का सरकार ने क्या सोचा है? पटरी पर चलनेवालों के लिए तो आज जगह ही नहीं बची है, पर कोई पूछनेवाला ही नहीं है। अरे कोई पूछो, एक रिक्शा की जगह जब दस रिक्शा चलेंगे, तो गरीब आदमी की आमदनी का बँटवारा होगा कि नहीं होगा और ट्रैफिक जाम अलग होगा।

दिल्ली में आज तीन हजार रुपए में रेहड़ी मिलती है, खरीदो और लगाओ। दस हजार रुपए

में रिक्शा मिलता है, खरीदो और चलाओ। कोई पूछे कि जब दिल्ली में यह गरीब आदमी आ ही गया तो किसी ने यह दिमाग नहीं लगाया कि यह रहेगा कहाँ, सोएगा कहाँ और शौच के लिए कहाँ जाएगा। सरकार के पास कोई योजना नहीं, तो फिर बताइए स्वच्छता कैसे रहेगी ?

दिल्ली में रोज प्रदूषण बढ़ रहा है। आपने देखा होगा कि छोटी उम्र में ही बच्चों में कैंसर, अस्थमा, दमा जैसी बीमारियाँ फैल रही हैं। नेशनल ग्रीन ट्रिब्यूनल ऑर्डर पर ऑर्डर निकाल रही है। एनजीटी से पूछो कि तेरे ऑर्डर का पालन हो रहा है क्या ? ऑर्डर देने से कोई सिस्टम रातोरात बदल जाते हैं। दिल्ली में रोज बीस लोग वायु प्रदूषण के कारण मर रहे हैं।

हर चीज का संबंध इस बात से है कि दिल्ली ही क्या, किसी भी जगह पर अनगिनत लोग रह सकते हैं क्या ? दिल्ली में जितनी जनसंख्या बढ़ रही है, उसके हिसाब से इंफ्रास्ट्रक्चर है क्या और यदि नहीं है तो हमने क्या सोचा है ? दिल्ली में आम आदमी सरकारी अस्पताल में जाने से डरता है। इलाज नहीं होता, बेड मिलता नहीं, एक बेड पर तीन-तीन मरीज लिटाए हुए हैं, कुछ बरामदे में पड़े हुए हैं। नए अस्पताल क्यों नहीं खुलते ?

दिल्ली के बाहर से चाहे आदमी गाजीपुर की तरफ से आए या जीटी करनाल रोड की तरफ से आए, कूड़े के पहाड़ और बदबू उसका स्वागत करते हैं। इस कूड़े का निष्पादन करने के लिए या इससे बिजली बनाने के लिए सरकार के पास क्या कोई योजना है ?

बड़ी खुशी हुई मुख्यमंत्री ने मैली यमुना पर आरती कर दी। बड़े-बूढ़े यह कहा करते थे कि गंगा-यमुना इतनी पवित्र हैं कि इनमें नहाने से आपके सारे पाप धुल जाएँगे। वह इसलिए,

ताकि इसकी पवित्रता को देखते हुए लोग इसको गंदा नहीं करेंगे। पर लोगों ने पहले तो इसे गंदा किया और अब उसी में डुबकी लगा लेते हैं। अरे भई, जिस यमुना के लिए सरकार डेढ़ साल बाद यह कह रही है कि हम तीन साल में इसकी सफाई करेंगे, अच्छा तो यह होता कि एक साल में कुछ सफाई कर लेते और फिर आरती कर लेते। आज तक यमुना को साफ रखने के लिए सीवरेज का कोई मास्टर प्लान नहीं आया और न ही कोई पाइप लाइन बिछी, न सीवर ट्रीटमेंट प्लांट लगे।

जो सरकार आती है, वह अनधिकृत कॉलोनी में रहनेवालों को झाँसे-पर-झाँसे दे रही है। कोई प्रोविजनल सर्टिफिकेट बाँटती है तो कोई कहता है कि एक साल में नियमित कर दूँगा, रजिस्ट्री खोल दूँगा। अनधिकृत कॉलोनियाँ तभी नियमित होंगी, जब केंद्र और दिल्ली की सरकार मिलकर इस पर मेहनत करेंगी। केंद्र को हर चीज पर गाली निकालकर और उससे झगड़ा करके क्या दिल्ली का विकास हो सकता है? अच्छा होता कि राजनीति की जगह केंद्र से दिल्ली सरकार अपना काम निकलवाती।

दिल्ली में पानी की इतनी कमी नहीं है, जितना कि वितरण खराब है। बहुत सा पानी बेकार जा रहा है, पर हम इस तरफ सोच नहीं रहे कि दिल्ली में पानी की कमी के लिए आज तक कोई श्वेत-पत्र नहीं आया।

सरकारें गरीबों के साथ कितना छलावा कर रही हैं, देखकर दुःख होता है। फ्री बिजली, पानी देते-देते जनता पर कितना टैक्स लगा दिया, इसकी कल्पना नहीं कर सकते। पेट्रोल-डीजल पर एक साथ दो रुपए वैट बढ़ा दिया, एंटरटेंनमेंट टैक्स दोगुना कर दिया, बिजली और पानी के दाम बढ़ा दिए। दूसरी तरफ क्या कोई सरकार अपनी राजनीति के लिए जनता के पैसे का इतना दुरुपयोग कर सकती है कि प्रचार के लिए 560 करोड़ रुपए फूँक दे, तो टैक्स तो बढ़ाना ही पड़ेगा।

लाखों बच्चे आज सरकारी स्कूलों में पढ़ते हैं। सरकारी स्कूलों की हालत यह है कि गरीब आदमी भी अपना पेट काटकर सरकारी स्कूल की जगह अपने बच्चे को छोटे-मोटे पब्लिक स्कूल में पढ़ाना चाहता है। सरकार ने स्कूलों की बिल्डिंगें तो बना दीं, पर उनमें पढ़ाई नहीं करवा पा रही।

आपको यह जानकर आश्चर्य होगा कि एक-एक क्लास में सौ-सौ बच्चे पढ़ते हैं, जबकि एक क्लास में मुश्किल से तीस-चालीस बच्चे ही बैठ सकते हैं। मैंने एक टीचर से पूछा कि फिर सौ बच्चे एक क्लास में कैसे पढ़ते हैं तो कहने लगे, कुछ सोमवार को और कुछ मंगलवार को पढ़ते हैं, बाकी स्कूल आते ही नहीं। सरकारी स्कूलों में पढ़ाई नहीं हो रही, यह इसी से पता लग जाएगा कि सरकारी स्कूलों के पढ़े हुए कितने बच्चों को नौकरियाँ मिलती हैं। जब से शिक्षा का अधिकार आया है, तब से नौवीं क्लास तक बच्चा बिना पढ़े, बिना स्कूल में आए ही पास हो जाता है और अगली क्लास में आ जाता है। एक बच्चा

तो परीक्षा पत्र में यह लिख कर आ गया कि "हिम्मत है तो फेल करके दिखाओ," वह भी पास हो अगली क्लास में पहुँच गया। गरीब माँ-बाप को लगता है कि बच्चा पास हो रहा है तो पढ़ ही रहा होगा। उन्हें क्या मालूम कि परीक्षा होती ही नहीं है।

कॉलेज तो दूर, नर्सरी क्लास में दाखिले के लिए माँ-बाप की जूतियाँ चटख जाती हैं। पहले परिवार में पाँच बच्चे होते थे, किंतु आजकल परिवार में एक ही बच्चा होता है तो भी नर्सरी क्लास में उसके दाखिले के लिए माँ-बाप सरकार को नहीं, अपने ही बच्चे को कोसते हैं। अगर उन्होंने सरकार को कोसा होता तो आज दुनिया भर के स्कूल दिल्ली में खुल जाते। सरकार अब खुले-खुलाए स्कूलों को अपने अहंकार के कारण बंद कराने में लगी है।

बारहवीं कक्षा पास दिल्ली का छात्र अपनी ही दिल्ली के कॉलेज में दाखिला नहीं ले पाता, जबकि उसके माँ-बाप पचास साल से दिल्ली में रह रहे हैं। दिल्ली के कॉलेजों में देखो, आज 70 प्रतिशत बच्चे दूसरे राज्यों के हैं। यह कहाँ का न्याय है कि दिल्ली के बच्चे बाहर के राज्यों में पढ़ रहे हैं और दूसरे राज्यों के बच्चे दिल्ली में पढ़ रहे हैं? बाहर के राज्यों में वहाँ की सरकारें विकास क्यों नहीं करतीं और दिल्ली की तरह अच्छे कॉलेज क्यों नहीं खोलतीं?

दिल्ली में स्लम तेजी से बढ़ता जा रहा है। वह दिन दूर नहीं जब दिल्ली का नाम 'स्लम दिल्ली' हो जाएगा। झुग्गी-झोंपड़ियों में चार-चार मंजिला मकान बन गए हैं। जब केंद्र या दिल्ली सरकार कल यह योजना लाएगी कि उनके लिए कम कीमत पर फ्लैट बनाकर देंगे तो आपको क्या लगता है कि उनको अच्छा लगेगा कि उनका चार मंजिला मकान पर किया गया खर्चा बेकार जाएगा। फिर जेजे कलस्टर में सुविधाएँ कुछ नहीं मिल रही हैं। टॉयलेट

ब्लॉक नहीं हैं, पीने का पानी नहीं है, उनके लिए डिस्पेंसरी नहीं है, अस्पताल नहीं है। बाहर के प्रदेशों से आने वाले ये लोग कहने को दिल्ली में हैं, पर लगभग नरक में पड़े हुए हैं।

दिल्ली अपराधियों का महानगर होती जा रही है। रेप, चोरी, डकैती, झपटमारी, कार चोरी, हत्या जैसी वारदातें रोज हो रही हैं। थाने केवल रपट लिखने के लिए रह गए हैं। आपकी रपट के बाद उस पर क्या एक्शन होगा, भगवान ही जाने। देश-विदेशों में यह चेतावनी दी जाती है कि दिल्ली में उतरते हुए सावधान रहें। दूसरी ओर पुलिस को इतना हतोत्साहित किया जा रहा है कि जो थोड़ा-बहुत वह काम करती थी, वह भी उसने छोड़ दिया है और कहीं गलती से ये दिल्ली सरकार को सौंप दी गई तो कानून-व्यवस्था का और भी बुरा हाल होगा। आज दिल्ली को बचाने की जरूरत है? मैं समझता हूँ कि एक गैर-राजनीतिक आंदोलन 'दिल्ली बचाओ आंदोलन' चलाना चाहिए। जो लोग दिल्ली में विकास देखना चाहते हैं, दिल्ली से प्यार करते हैं और जो इन सब समस्याओं को हल करना चाहते हैं, उन सभी स्वयंसेवी संगठनों (एनजीओ), आरडब्ल्यूए, विभिन्न सोसाइटियों को इस 'दिल्ली बचाओ आंदोलन' से जुड़ना चाहिए। नहीं तो दोस्तो, यह दिल्ली स्लम बनकर रह जाएगी और हम देखते रह जाएँगे। आपके पास गाड़ी तो छोड़ो, सड़क पर पैदल चलने के लिए भी जगह नहीं बचेगी। मैं इसके लिए सरकारों से ज्यादा जनता को दोषी मानता हूँ, जो चुपचाप बैठे तमाशा देख रही है, किसी तरह का विरोध नहीं करती। 'दिल्ली बचाओ आंदोलन' एक ऐसा एक्शन ग्रुप बनना चाहिए, जो एक तरफ दिल्ली विकास के लिए नए-नए सुझाव दे और एक्शन प्लान तैयार करे और दूसरी तरफ जो चुने हुए प्रतिनिधि या सरकारी अधिकारी काम नहीं कर रहे हैं, उन पर दबाव बनाए।

(पंजाब केसरी, 18 नवंबर, 2015)

□

दिल्ली विश्वविद्यालय में हर दाखिले के लिए हो एंट्रेंस टेस्ट

एक बड़ी समस्या यह है कि दिल्ली की 54,000 सीटों में से 67.50 फीसदी सीटें यानी 36,450 सीटें एससी, एसटी, ओबीसी, स्पोर्ट्र्स, विकलांग, विदेशी छात्रों के लिए आरक्षित हैं। यानी सामान्य छात्रों के लिए केवल 17,000 सीटें बचती हैं। इनमें से भी 70 प्रतिशत दाखिले बाहर के छात्रों के हो जाएँ तो आम दिल्लीवालों के लिए क्या बचेगा।

दिल्ली यूनिवर्सिटी में गहमा-गहमी है। सुनहरे भविष्य के सपने लेकर छात्र-छात्राएँ एडमीशन के लिए परेशान हैं, लेकिन मुझे लगता है कि डीयू में दिल्ली के बच्चों के साथ अन्याय हो रहा है, क्योंकि मैं दिल्ली यूनिवर्सिटी छात्र संघ का अध्यक्ष रह चुका हूँ, लिहाजा मुझे तब बहुत दुःख होता है, जब दिल्ली के 12वीं पास हजारों बच्चों का दाखिला राजधानी के कॉलेजों में नहीं हो पाता। ऐसे में दाखिला प्रक्रिया बदले जाने की सख्त जरूरत है।

मैं दिल्ली विश्वविद्यालय में हर दाखिले के लिए प्रवेश परीक्षा की माँग करता रहा हूँ। मुझे मालूम है कि बहुत से लोग मुझसे सहमत नहीं होंगे, लेकिन मेरी यह माँग चार तथ्यों पर आधारित है।

पहला, इन दिनों बड़े पैमाने पर फर्जी डिग्री, फर्जी मार्क्स शीट और फर्जी कॉलेजों की बात लगातार सामने आ रही है।

दूसरा यह कि कुछ राज्यों, खासकर बिहार और उत्तर प्रदेश में बड़े पैमाने पर सानूहिक नकल की बात सामने आ रही है। ऐसे में वहाँ से परीक्षा पास करने वालों के ज्यादा नंबर आना स्वाभाविक है।

तीसरा तथ्य यह कि दिल्ली विश्वविद्यालय के कॉलेजों में अब 70 प्रतिशत छात्र दिल्ली

के बाहर के राज्यों के हैं। यानी दिल्ली में रहने वाले लोगों के बहुत से बच्चों को सीबीएसई की परीक्षा पास करने के बावजूद अपनी ही दिल्ली में दाखिला नहीं मिलता। मैं भी श्रीराम कॉलेज से पढ़ा हूँ। वहाँ के प्रिंसिपल का कहना है कि पिछले साल बी.कॉम. ऑनर्स के 720 छात्रों में से दिल्ली के 245 ही छात्र थे। यानी बाहर के राज्यों के छात्रों की संख्या 475 थी।

चौथी बात यह कि हर राज्य में शिक्षा बोर्ड अलग-अलग हैं। अलग-अलग कोर्स हैं और अलग-अलग परीक्षा पद्धतियाँ हैं। इस वजह से छात्रों की योग्यता भी अलग-अलग है और परीक्षा में नंबर देने का स्तर भी अलग-अलग है। कहीं खुले नंबर दिए जाते हैं और कहीं सख्ती बरती जाती है।

ऐसे में सिर्फ नंबरों के आधार पर आप दिल्ली में दाखिला लेने वाले 54 हजार छात्रों का मैरिट के आधार पर चयन कैसे कर सकते हैं? अभी जिन छात्रों के दाखिले हुए हैं, कल अगर उनका एंट्रेंस टेस्ट लिया जाए तो दावा है कि बहुत से फेल हो जाएँगे और दाखिले से वंचित रह गए बहुत से छात्र पास हो जाएँगे।

डीयू के स्नातक पाठ्यक्रमों में दाखिले के लिए इस साल रिकॉर्ड 3.2 लाख आवेदन आए, जो पिछले साल से करीब 50 हजार ज्यादा हैं। लेकिन डीयू में सीटें हैं केवल 54 हजार। यानी डीयू में एक सीट के लिए पाँच से छह छात्र दावेदार होते हैं। छात्रों की संख्या हर साल बढ़ती जा रही है, लेकिन डीयू में पाँच साल से सीटें नहीं बढ़ाई गई हैं। साल 2008-09 में सीटें 36 हजार से बढ़ाकर 42 हजार की गई थीं। साल 2009-10 में सीटें 49 हजार की गईं और 2010-11 में सीटों की संख्या 54 हजार की गई। सीबीएसई की 12वीं की परीक्षा में इस साल करीब दो लाख, 27 हजार छात्र-छात्राएँ पास हुई हैं। डीयू की अगर सारी सीटें दिल्ली के छात्रों से ही भर दी जाएँ, तो भी एक लाख, 73 हजार छात्र-छात्राओं को दूसरे राज्यों में ही जाना पड़ेगा।

दिल्ली विश्वविद्यालय को मैंने करीब से देखा है। दिल्ली विश्वविद्यालय छात्रसंघ के अध्यक्ष के नाते और सर्वोच्च निकाय यानी एक्जीक्यूटिव काउंसिल के सदस्य के साथ-साथ कुछ कॉलेजों की गवर्निंग बॉडी के सदस्य और चेयरमैन के नाते भी मैं दिल्ली के छात्र-छात्राओं के साथ हो रहे अन्याय के बारे में चिंतित रहता हूँ।

दिल्ली में किसी भी राज्य से आकर वर्षों से बसे माता-पिता ने क्या कुसूर किया है कि उनके बच्चों का दाखिला दिल्ली में नहीं हो पाता? जो दिल्ली में वर्षों से खाते- कमाते हैं और दिल्ली के विकास में भी जिनका अच्छा-खासा योगदान है, दिल्ली में उनके बच्चों को ही दाखिला नहीं मिलेगा, तो क्या यह अन्याय नहीं है? दिल्ली के हजारों माँ-बाप दूसरे राज्यों में दाखिले कराने को मजबूर हैं। उनके बच्चे लाखों रुपए खर्च कर दड़बेनुमा हॉस्टलों में रहने को मजबूर हैं। या फिर अच्छे-खासे मेधावी छात्र-छात्राएँ पत्राचार से पढ़ाई करने या दिल्ली से बाहर मोटी फीस वाले प्राइवेट कॉलेजों में पढ़ाई करने को मजबूर हैं।

इसलिए मैं पिछले कई वर्षों से माँग कर रहा हूँ कि सीबीएसई से 12वीं पास करने वाले राजधानी के छात्रों को दिल्ली में दाखिले के लिए चार प्रतिशत अंकों की छूट दी जाए। फिर भले ही उनके माता-पिता किसी भी राज्य से आकर दिल्ली में बसे हों। इसके साथ-साथ दिल्ली सरकार के 17-18 कॉलेजों में दिल्ली के छात्रों के लिए 85 फीसदी आरक्षण किया जाए। जैसे कि आईपी यूनिवर्सिटी, नेताजी सुभाष इंस्टीट्यूट ऑफ टेक्नोलॉजी, डॉ. अंबेडकर यूनिवर्सिटी और आईजीआईटी में दिल्ली के छात्रों के लिए 85 प्रतिशत आरक्षण है। जब दिल्ली सरकार की इन यूनिवर्सिटी में दिल्ली के 12वीं पास छात्रों के लिए 85 फीसदी आरक्षण है, तब दिल्ली के 18 कॉलेजों में ऐसा क्यों नहीं हो सकता?

एक बड़ी समस्या यह है कि दिल्ली की 54 हजार सीटों में से 67.50 फीसदी सीटें, यानी 36,450 सीटें एससी, एसटी, ओबीसी, स्पोर्ट्स, विकलांग, विदेशी छात्रों के लिए आरक्षित हैं। यानी सामान्य छात्रों के लिए केवल 17 हजार सीटें बचती हैं। इनमें से भी 70 प्रतिशत दाखिले बाहर के छात्रों के हो जाएँ, आम दिल्ली वालों के लिए क्या बचेगा?

श्रेणी	प्रतिशत
एससी	15
एसटी	7.5
ओबीसी	27
आर्म्ड फोर्स	5
स्पोर्ट्स	5

फॉरेन स्टूडेंट	5
विकलांग	5
कुल	67.5
सामान्य	32.5
कुल	100

जिस तरह दिल्ली में रहने वाले छात्र-छात्राओं के साथ नाइंसाफी हो रही है, उसी तरह दूसरे राज्यों के बहुत से छात्र-छात्राओं को भी दाखिलों के लिए हर साल बेहद मानसिक तनाव से गुजरना पड़ता है। मैं उनका दुख भी समझता हूँ और राज्यों से अपील करता हूँ कि वे अपने यहाँ ज्यादा कॉलेज खोलें, स्तरीय कॉलेज खोलें, ताकि हमारी नई पीढ़ी को पढ़ाई के लिए दर-दर भटकना नहीं पड़े। देश में स्तरीय कॉलेजों की संख्या बढ़ेगी, तो छात्र-छात्राओं को पढ़ाई के लिए भटकना नहीं पड़ेगा। उनके माता-पिता की जेब पर लाखों रुपए का अतिरिक्त बोझ नहीं पड़ेगा और सबसे बड़ा फायदा यह होगा कि देश का भविष्य सँवारने के लिए अच्छे युवा मिलेंगे। युवा देश के नौजवानों को पढ़ाई के अच्छे मौके ही नहीं मिलेंगे, तो फिर देश के विकास में उनकी मेधा का इस्तेमाल किस तरह हो पाएगा? क्योंकि मैं दिल्ली में रहता हूँ, लिहाजा दिल्ली के छात्रों के हितों की बात करना मेरी पहली प्राथमिकता है। दिल्ली में रह रहे परिवारों का दुख-दर्द मैं लंबे अरसे से महसूस कर रहा हूँ। मैं एक बार फिर कह दूँ कि दिल्ली के छात्र-छात्राओं से मेरा मतलब हर उस माँ-बाप के बेटे-बेटियों से है, जो किसी भी राज्य से आकर दिल्ली में वर्षों से बसे हों। कुल मिलाकर मैं दिल्ली के छात्रों के लिए इंसाफ की माँग करता रहा हूँ और करता रहूँगा।

(पंजाब केसरी, 19 अगस्त, 2015)

□

गंगा के लिए सब हों संजीदा

न केवल गंगा, बल्कि देश की सभी नदियों की पवित्रता लौटाने की जरूरत है। मोदी सरकार ने अपना काम पूरी ईमानदारी से शुरू कर दिया है। जो नदियाँ हमें जीवन देती हैं, उन्हें मिटाने का काम हम न करें।

यह सही है कि आज के आर्थिक दौर में केवल आस्था के नाम पर ही आप लोगों को किसी सामाजिक मुहिम से बहुत दिनों तक जोड़े नहीं रख सकते। ऐसे में अगर गंगा को साफ रखना है, तो इसे लोगों के रोजगार से भी जोड़ना होगा। केंद्र ने यह पहल भी शुरू कर दी है।

भारत में गंगा एक ऐसी नदी है, जो जन्म से लेकर मृत्यु तक लोगों की आस्था का केंद्र है, लेकिन इस नदी का पानी आज पीने लायक भी नहीं है। मैं सोचता हूँ कि ऐसा कैसे हुआ कि देश के ज्यादातर लोगों की आस्था जिस नदी पर है, उसकी दुर्दशा आखिर उन्होंने ही क्यों कर दी? बहुत से लोग मानते हैं कि गंगा की इस हालत के लिए सरकारें जिम्मेदार हैं, लेकिन मेरा उनसे सवाल है कि अगर सरकारें जिम्मेदार हैं तो उन्होंने उनका विरोध क्यों नहीं किया?

क्या हम नदियों, तालाबों, झीलों में पूजा-पाठ की सामग्री प्लास्टिक की थैलियों में बाँधकर फेंकने की अपनी छोटी सी आदत बदल पाए हैं? मेरा साफ तौर पर मानना है कि बिना जन-भागीदारी के गंगा और दूसरी नदियों को गंदा होने से नहीं रोका जा सकता। अब केंद्र में मोदी सरकार ने भी जनता की मदद से गंगा को साफ करने की पहल की है तो मैं इसका स्वागत करता हूँ। 30 जनवरी को दिल्ली में गंगा किनारेवाले इलाकों के 1600 से ज्यादा ग्राम प्रधानों और सरपंचों का सम्मेलन बुलाया गया। इसमें केंद्र सरकार के कई मंत्रालयों ने शिरकत की। सम्मेलन में सरकार ने माना कि गंगा में प्रदूषण के लिए खासतौर पर बड़े-बड़े शहरों के

सीवर और औद्योगिक कचरा जिम्मेदार है, लेकिन गंगा किनारे बसे गाँवों का कचरा भी इसकी बड़ी वजह है। साफ है कि बिना जन–भागीदारी के यह प्रोजेक्ट कामयाब नहीं हो सकता। गंगा को पूरी तरह साफ–सुथरी बनाने में करीब 50 हजार करोड़ रुपए का खर्च आने का अनुमान है। इसमें पाँच साल लग सकते हैं, लेकिन प्रोजेक्ट के पूरी तरह सफल होने में 15 से 20 साल लग सकते हैं, क्योंकि केवल पानी की सफाई की ही बात नहीं है, बल्कि गंगा किनारे घाट बनाने, उनके सौंदर्यीकरण और पर्यटन और व्यापार के लिहाज से गंगा में यातायात बहाल करने का भी काम होना है। मोदी सरकार इसके लिए कितनी गंभीर है, इसका अंदाजा इसी बात से लगाया जा सकता है कि 'नमामि गंगे' प्रोजेक्ट के लिए 20 हजार करोड़ का बजट आवंटित किया गया है। इससे पहले तीस साल तक गंगा की सफाई पर करीब चार हजार करोड़ रुपए ही खर्च किए गए थे। वह रकम भी ज्यादातर अफसरों और ठेकेदारों की जेब में ही चली गई, अगर तब गंगा की साफ–सफाई का बेसिक काम भी शुरू हुआ होता तो अब मोदी सरकार के सामने इतनी दिक्कत नहीं होती। गंगा किनारे 118 शहर बसे हैं, जिनसे रोज करीब 364 करोड़ लीटर गंदगी और 764 उद्योगों से होने वाला प्रदूषण गंगा में मिलता है। यह बहुत बड़ी चुनौती है और बिना लोगों के जागरूक हुए इससे निपटा नहीं जा सकता। अब अच्छी बात यह कि मोदी सरकार के सात मंत्रालयों ने इस गंभीर चुनौती को फतह करने के लिए हाथ मिला लिए हैं। ये मंत्रालय हैं—मानव संसाधन विकास, पोत परिवहन, ग्रामीण विकास, पेयजल और स्वच्छता, पर्यटन, आयुष और युवा एवं खेल मामले।

पहले योजना थी कि गंगा की सफाई पर खर्च का 75 फीसदी केंद्र और 25 फीसदी बोझ राज्य उठाएँ, लेकिन मोदी सरकार ने दरियादिली दिखाते हुए सारे खर्च का जिम्मा अपने ऊपर लिया है। हालाँकि मैं फिर जोर देकर कह रहा हूँ कि देश के आम लोगों की भागीदारी के बिना इस दिशा में हमें पूरी कामयाबी नहीं मिल सकती। हमारी आस्था की नदी गंगा की स्थिति

दुनिया के दूसरे देशों की बड़ी नदियों के मुकाबले अलग है। मॉनसून में गंगा का पाट औसतन करीब 15 फीट तक बढ़ जाता है, जबकि सर्दियों में यह बहुत कम हो जाता है। माना जाता है कि गंगा में नहाने से पाप धुल जाते हैं, लिहाजा रोज लाखों लोग इसमें डुबकी लगाते हैं। करोड़ों लोग महाकुंभों, अर्धकुंभों और दूसरे मौकों पर गंगा में डुबकी लगाने के लिए कई-कई दिनों तक गंगा किनारे जुटते हैं। जाहिर है कि सैकड़ों टन पूजा-सामग्री गंगा में फेंकी जाती है। इसके अलावा बड़े पैमाने पर अंतिम संस्कार भी गंगा के किनारे किए जाते हैं। साथ ही देश के दूसरे हिस्सों से लोग अस्थि विसर्जन के लिए भी बड़ी संख्या में गंगा पहुँचते हैं। अगर केंद्र और राज्य सरकारें मिलकर औद्योगिक कचरे की समस्या का हल निकाल लें और सख्ती से इस पर अमल कर भी लें, तब भी रोज करोड़ों लोगों के संपर्क में आने वाली गंगा प्रदूषित ही रहेगी, जब तक कि लोगों के मन में इसकी साफ-सफाई को लेकर पुख्ता भावनाएँ नहीं पनपतीं।

यह भी कड़ुवा सच है कि आज के आर्थिक दौर में केवल आस्था के नाम पर ही आप लोगों को किसी सामाजिक मुहिम से बहुत दिनों तक जोड़े नहीं रख सकते। ज्यादातर लोगों में गंगा को लेकर आस्था आज भी घटी नहीं है। हाँ, पहले की तरह अब ऐसा नहीं होता कि सच-झूठ का फैसला गंगाजल हाथ में लेकर होता हो। ऐसे में अगर गंगा को साफ रखना है तो इसे लोगों के कर्तव्यों के साथ-साथ रोजगार से भी जोड़ना होगा। गंगा किनारे नदी से जुड़े रोजगार के मौके पैदा करने होंगे। केंद्र सरकार ने यह पहल भी शुरू कर दी है। लोगों को जैविक खेती के लिए भी प्रोत्साहित करना होगा। उन्हें सेहत के प्रति भी जागरूक करना होगा। इस तरह 'नमामि गंगे' केवल गंगा के पानी की साफ-सफाई तक ही सीमित नहीं रहना चाहिए, बल्कि यह एक समग्र आंदोलन बनाना चाहिए। अभी तक ज्यादातर तो गंगा पंडे-पुजारियों के पेट भरने का ही जरिया है, लेकिन अब मोदी सरकार चाहती है कि श्रद्धालुओं को विकास के कामों के लिए दान देने के लिए प्रेरित किया जाए। विकास कार्यों में दानदाताओं के नाम के शिलापट्ट लगाए जाएँ। मॉडल धोबीघाट बनाने के साथ-साथ आधुनिक शवदाह गृह विकसित किए जाएँ। लोगों को बताया जाए कि वे अपनों का अंतिम संस्कार आधुनिक पद्धति से करें तो उनके रिश्तेदारों को सौ फीसदी मोक्ष मिलेगा। प्रधानमंत्री चाहते हैं कि इस मुहिम में आम लोगों की भागीदारी के साथ देश के नामचीन लोग भी जुड़ें।

हाल ही में मैंने किसी अखबार में पढ़ा कि कश्मीर घाटी की डल झील की सफाई एक स्वयंसेवी संस्था ने बिना किसी सरकारी मदद के की। यह अपनी तरह की अनोखी पहल थी। लोगों से अपील की गई कि वे डल झील की सफाई में मदद करें, बदले में उन्हें कपड़े दिए जाएँगे। बड़ी संख्या में लोग सफाई में जुट गए। कपड़े देने का प्रलोभन नहीं दिया जाता, तब भी लोग डल की सफाई करते ही। इसे 'वस्त्र सम्मान' का नाम दिया गया।

झीलों की नगरी राजस्थान के उदयपुर शहर के लोगों ने पिछले दिनों श्रमदान कर झीलों की सफाई की। उन्होंने बाकायदा 'झील हितैषी नागरिक मंच' बना रखा है। मंच की शिकायत

है कि राजस्थान हाईकोर्ट की सख्ती के बावजूद प्रशासन इस तरफ कड़ाई नहीं कर रहा है। अभी हाल ही में राजस्थान हाई कोर्ट की एक खंडपीठ ने राज्य सरकार को एक मार्च, 2016 तक राजस्थान झील विकास प्राधिकरण बनाने का आदेश दिया है। 26 जनवरी को केरल में कोझिकोड़ के जिलाधिकारी ने फेसबुक पर लोगों से अपील की कि शहर की बड़ी झील की अगर वे सफाई करेंगे तो उन्हें बिरयानी खिलाई जाएगी। अपील रंग लाई और लोगों ने झील को निर्मल बना दिया। यह बेहद गंभीर बात है कि इंसानों की करतूत का असर पूरी कुदरत पर पड़ रहा है। मैं चाहता हूँ कि न केवल गंगा, बल्कि देश की सभी नदियों की पवित्रता लौटाने की जरूरत है। मोदी सरकार ने अपना काम पूरी ईमानदारी से शुरू कर दिया है। अब बारी आम आदमी की है, हमारी और आप की है। जो नदियाँ हमें जीवन देती हैं, उन्हें मिटाने का काम हम न करें। सरकार के कंधे से कंधा मिलाकर काम करें।

(राष्ट्रीय सहारा, 10 फरवरी, 2016)

□

गणतंत्र दिवस पर राम-कृष्ण की झाँकी क्यों नहीं?

इसका मतलब यह कतई नहीं हो सकता कि ज्यादा संख्यावाला समूह किसी भी स्तर पर कमजोर है, कायर है या धर्मभीरु है या कहें कि सांप्रदायिक है। 'सांप्रदायिक' शब्द 'संप्रदाय' शब्द में 'इक' प्रत्यय लगाकर बनाया गया है। जैसे 'इतिहास' से 'ऐतिहासिक' या फिर 'राजनीति' से 'राजनैतिक' शब्द बनता है। 'इक' प्रत्यय लगाने के बाद शब्द के अर्थ में 'से संबंधित' जुड़ जाता है। जैसे राजनैतिक का मतलब हुआ राजनीति से संबंधित। उसी तरह सांप्रदायिक का अर्थ हुआ संप्रदाय से संबंधित।

देश के विरोध और देश प्रेम को लेकर जरूरी बहस चल रही है। बहस का एक मुद्दा यह है कि देश प्रेम को व्यक्त करने के लिए क्या किया जाए? एमआईएम के नेता असदुद्दीन ओवैसी ने भारत माता की जय नहीं कहने का ऐलान कर बहस को नया मोड़ दे दिया है। उनके समर्थन में हैदराबाद से एक फतवा आया तो राज्यसभा सांसद जावेद अख्तर ने अपने कार्यकाल के आखिरी दिन उच्च सदन में तीन बार 'भारत माता की जय' का नारा लगाकर ओवैसी को करारा जवाब दे दिया।

मौजूदा दौर में जिस तरह 'सेकुलर' और 'सांप्रदायिक' शब्दों की व्याख्या की जाने लगी है, वह परेशान करने वाली बात है। परेशान करने वाली बात यह भी है कि लोकतांत्रिक देश में बहुसंख्य आबादी की भावनाओं का आदर करने में सरकारें भी अकसर हिचकती रहती हैं। देश की 83 परसेंट आबादी हिंदू है, लेकिन देश में हर उस माँग को तवज्जो दी जाती है, जो 17 परसेंट लोग करते हैं। आखिर क्या यह लोकतंत्र की मूल भावना के खिलाफ नहीं है? जो 83 फीसदी आबादी हिंदू है, उसमें भी जो अल्पसंख्यक वर्ग है, उसको ही तवज्जो दिए जाने

का मलतब साफ समझ में नहीं आता। दबे-कुचले वर्गों की बात सुनी जाए, उन पर ज्यादा ध्यान दिया जाए, यह तो सही है लेकिन केवल उनकी ही सुनी जाए, तब तो यह लोकतांत्रिक ज्यादती ही कही जाएगी।

पिछली 26 जनवरी की परेड में मैंने राजधानी के राजपथ पर बाबा साहेब भीमराव अंबेडकर की भव्य प्रतिमा देखी तो मन में गर्व हुआ। मुझे महापुरुषों की प्रतिमाएँ देखकर, उनकी किताबें और संदेश पढ़कर हमेशा ही प्रेरणा मिलती है। लेकिन मेरे मन में एक सवाल उस वक्त जरूर कौंधा। उसका जिक्र भी मैंने अपने कई मित्रों से किया। सवाल यह था कि सही है कि हम आजादी की लड़ाई और देश को आगे बनाने-सँवारने वाले महापुरुषों का इस तरह सम्मान करें, लेकिन बहुसंख्य आबादी जिन्हें अपनी प्रेरणा और आस्था का स्रोत मानती है, उनकी अनदेखी हम क्यों करते रहते हैं? भारत या कहें कि हिंदोस्तान को 84 करोड़ देवी-देवताओं का देश माना जाता है। बाकियों को छोड़कर केवल भगवान राम और कृष्ण को ही लें तो क्या हम गणतंत्र दिवस पर होने वाली परेड में उनकी प्रतिमाओं के जरिए कोई संदेश देश-दुनिया को नहीं दे सकते? पता नहीं क्यों, देश के 83 परसेंट आदमियों की भावनाओं का ही गला घोंटा जा रहा है?

मैं जब पाकिस्तान गया तो बहुत से पाकिस्तानी नागरिकों से बातचीत का मौका मिला। मुझे यह देख-सुनकर हैरत हुई कि वहाँ कोई भी आम आदमी भारत या इंडिया शब्दों का इस्तेमाल नहीं करता। सभी हिंदोस्तान या हिंदुस्तान कहते हैं। हिंदोस्तान यानी वो जगह, जहाँ हिंदू रहते हैं। इसकी व्याख्या करने की कोई जरूरत नहीं है। मैं दिल्ली के चाँदनी चौक का बाशिंदा हूँ। वहाँ की मुस्लिम आबादी भी ज्यादातर हिंदोस्तान शब्द का ही इस्तेमाल करती है। आज कोई किसी मंच से हिंदोस्तान शब्द बोले, तो कुछ खास भाई-बहन लोग उसे सांप्रदायिक करार देने में कोर-कसर नहीं छोड़ेंगे।

लेकिन अखबार का नाम 'द हिंदू' ही हो तो कोई बात नहीं, हिंदू कॉलेज के नाम पर किसी को कोई एतराज नहीं है। इसी तरह हिंदोस्तान एयरोनॉटिक्स लिमिटेड यानी एचएएल और एचसीएल यानी हिंदोस्तान कंप्यूटर्स लिमिटेड या कहें कि हिंदोस्तान नाम के साथ

शुरू होने वाली तमाम सरकारी और गैर-सरकारी कंपनियाँ एवं संस्थान क्या सांप्रदायिक विचारधारा की ओर इशारा करते हैं? इन नामों में किसी के सांप्रदायिकता की बू नहीं आएगी। फिर ऐसा क्या हो गया है कि अगर कोई सियासी व्यक्ति या सियासी विचारधारा को माननेवाला व्यक्ति हिंदू, हिंदी, हिंदोस्तान की बात करता है तो उसे सेकुलर मानने से इनकार कर दिया जाता है? मेरी नजर में यह सबसे बड़ा पोंगापंथ है। दिखावा है। झूठ का चश्मा लगाकर सच्चाई को भी झुठला देने का सुविधाभोगी कमाल है।

आप विदेश जाएँ तो पाएँगे कि अगर कोई भारत, यहाँ तक कि पाकिस्तान का मूल निवासी है, तो उसे वहाँ हिंदू ही कहते हैं। भारतीय या पाकिस्तानी नहीं। लेकिन बड़ी विडंबना है कि हमारे देश में विकसित हो चुकी वोट बैंक की स्वार्थी राजनीति ने हिंदू शब्द तक को सांप्रदायिक यानी कम्युनल बना दिया है। इसी तरह भगवा रंग तो सांप्रदायिक हो गया है, लेकिन हरा और लाल रंग सांप्रदायिक नहीं, प्रोग्रेसिव और सेकुलर हो गए हैं। मैं मानता हूँ कि किसी भी किस्म का कट्टरपंथ आखिरी तौर पर सही नहीं ठहराया जा सकता, चाहे वह भगवा रंग में रँगा हो या लाल या हरे रंग में या किसी भी रंग में।

ऐसे में सवाल यह है कि देश की ज्यादातर आबादी की आस्था के स्वरूप राम और कृष्ण को क्या किसी भी स्तर पर सांप्रदायिक करार दिया जा सकता है? अगर नहीं, तो फिर गणतंत्र दिवस की परेड में उनकी झाँकियाँ क्यों नहीं शामिल की जा सकतीं? ऐसा करने में किस बात का डर है। क्या इससे देश के संविधान की मूल भावना का उल्लघंन हो सकता है? मुझे तो नहीं लगता कि ऐसा करने से कोई संवैधानिक व्यवधान पैदा हो सकता है। दूसरा सवाल यह है कि भगवा वेष, गले में रुद्राक्ष की मालाएँ, हाथ में कलावा जैसे हिंदू प्रतीकों के ही सिलसिले में सांप्रदायिकता की बात क्यों की जाती है? मुस्लिम पहनावे, टोपी के सिलसिले में बिल्कुल नहीं।

अगर देश के प्राचीन मंदिरों या कहूँ कि हिंदुओं के इतिहास और आस्था से जुड़े प्रतीकों में भरोसा रखना सांप्रदायिकता है, तो फिर सरकारी स्तर पर उनकी संरक्षा क्यों की जाती है? इसके लिए बाकायदा पुरातत्त्व सर्वेक्षण विभाग बनाया गया है, जिसे करोड़ों रुपए का बजट दिया जाता है। पुरातत्त्व संरक्षण विभाग यानी आर्कियोलॉजीकल सर्वे ऑफ इंडिया यानी एएसआई देश की तमाम धरोहरों का संरक्षण करता है। फिर वे हिंदुओं से जुड़े हों या फिर मुस्लिमों या फिर किसी और धर्म या संप्रदाय से। अगर ऐसा किया जाना संवैधानिक रूप से सही है, तो फिर व्यावहारिक तौर पर ऐसा माहौल क्या बना दिया गया है कि हिंदुओं के पक्ष में बात करने वाले सभी लोगों पर सांप्रदायिक होने का टैग लगा दिया जाता है।

दरअसल, मनोवैज्ञानिक तौर पर सच्चाई यह है कि ज्यादा संख्यावाला कोई भी उदार समूह कम संख्यावाले किसी समूह की देखभाल पर तवज्जो इसलिए देता है, ताकि वह खुद को कमजोर नहीं समझे।

इसका मतलब यह कतई नहीं हो सकता कि ज्यादा संख्यावाला समूह किसी भी स्तर पर कमजोर है, कायर है या धर्मभीरु है या कहें कि सांप्रदायिक है। 'सांप्रदायिक' शब्द 'संप्रदाय' शब्द में 'इक' प्रत्यय लगाकर बनाया गया है। जैसे 'इतिहास' से 'ऐतिहासिक' या फिर 'राजनीति' से 'राजनैतिक' शब्द बनता है। 'इक' प्रत्यय लगाने के बाद शब्द के अर्थ में 'से संबंधित' जुड़ जाता है। जैसे राजनैतिक का मतलब हुआ राजनीति से संबंधित। उसी तरह सांप्रदायिक का अर्थ हुआ संप्रदाय से संबंधित।

मेरी हर संप्रदाय के बुद्धिजीवियों, पत्रकारों, समाजशास्त्रियों से अपील है कि इस मामले में जरा गौर करें और सांप्रदायिक व सेकुलर शब्दों के फैशनेबल इस्तेमाल से बचें। अपने हितों की बात करना किसी भी देश, समाज में बुरी बात नहीं है। हाँ, कट्टर होना हर देश, हर समाज के लिए बुरी बात है।

अगर मैं अपने घर में पूजा कर रहा हूँ और मुझे पड़ोस में होने वाली नमाज या किसी और पूजा पद्धति से होने वाले कर्मकांड से कोई परहेज नहीं है तो फिर क्या परेशानी है ? मेरी पूजा पर सांप्रदायिक होने का कथित सेकुलर तिलक मत लगाइए कृपया।

(पंजाब केसरी, 29 मार्च, 2016)

□

जब हमने जेल में थालियाँ बजाईं

रामलीला मैदान की विशाल रैली को फेल करने के लिए उस समय की सबसे चर्चित फिल्म 'बॉबी' टेलीविजन पर दिखाई गई।

आपातकाल पर आयोजित एक कार्यक्रम में लालकृष्ण आडवाणीजी बोल रहे थे। अचानक हमें आभास हुआ कि श्रोताओं में आपातकाल से किसी तरह का कोई जुड़ाव नहीं है, इसलिए कोई प्रतिक्रिया नहीं आ रही है। फिर हमें ध्यान आया कि आपातकाल की घटना 42 साल पुरानी हो चुकी है और इस बीच एक नई पीढ़ी आ गई है, जिसे यह नहीं पता कि इमरजेंसी क्या है और उसमें कैसी ज्यादतियाँ हुई थीं। 26 जून, 1975 को लगे आपातकाल के बारे में सोचता हूँ तो रोंगटे खड़े हो जाते हैं। भारत जैसे देश में कभी किसी ने सोचा न था कि इस तरह से आपातकाल लागू कर दिया जाएगा, मानव अधिकारों का हनन होगा, प्रेस पर सेंसरशिप लगा दी जाएगी, नसबंदी जैसे कार्यक्रमों को जबरन थोप दिया जाएगा, लाखों लोगों को जेलों में ठूँस दिया जाएगा। मैं उन दिनों श्रीराम कॉलेज ऑफ कॉमर्स से एम.कॉम. कर रहा था। मेरे पिता श्री चरती लाल गोयल तब के वरिष्ठ नेताओं में से एक थे। अचानक 25 जून की रात पुलिस आती है और मेरे पिताजी को गिरफ्तार कर ले गई। वे कपड़े बदलकर जाने के लिए तैयार हो गए, यह समझते हुए कि 3-4 दिन के अंदर छूट जाएँगे। उन दिनों जयप्रकाश नारायणजी का संपूर्ण क्रांति का आंदोलन चल रहा था। कांग्रेस की इंदिरा सरकार चारों ओर से घिरी हुई थी।

जेल का रोमांच

पुलिस पिताजी को पकड़कर अंबाला जेल ले जाती है। हमारे ऊपर इस बात का कोई प्रभाव नहीं था, क्योंकि किसी को यह नहीं मालूम था कि मामला क्या है और आपातकाल होता क्या है। जो लोग पहले दिन पकड़े जाते थे, वे इसलिए भी संतुष्ट रहते थे कि वे बड़े नेता हैं,

इसलिए उन्हें पहले पकड़ लिया गया है। यह भी एक तरह से स्टेट्स सिंबल था।

वित्त मंत्री अरुण जेटली तब दिल्ली यूनिवर्सिटी स्टूडेंट्स यूनियन के प्रेसीडेंट थे। उन्होंने मुझे फोन किया कि इस धर-धकड़ आपातकाल के खिलाफ यूनिवर्सिटी कैंपस में जुलूस निकाला जाए। छात्रों को इकट्ठा कर जुलूस निकाल दिया गया। जुलूस निकालकर हम अलग-अलग हो गए। अरुण जेटली यूनिवर्सिटी के कॉफी हाउस में जाकर बैठे, वहाँ पुलिस आई और उन्हें भी गिरफ्तार कर लिया गया। रात को सेंसरशिप लगा दी गई। अनेक प्रेसों की बिजली काट दी गई और अगले दिन अखबार छपे ही नहीं। बीबीसी के माध्यम से खबरें आने लगीं कि सभी पार्टियों के राष्ट्रीय एवं प्रादेशिक नेताओं को गिरफ्तार कर लिया गया है। हम भूमिगत हो गए। अपने घर भी छुपकर जाते थे। जब रात को पुलिस आती थी तो मैं एक छत से दूसरी छत पर फाँद जाता था। 'इंडिया टीवी' के रजत शर्मा उस समय मेरे सहयोगी थे। शक्ति नगर में शर्मा न्यू आर्ट कॉलेज में स्टेंसिल काट कर साइक्लोस्टाइल करवा कर 'मशाल', 'प्रतिशोध' और 'मिनी मदरलैंड' के नाम से अखबार निकालते थे। उस समय राष्ट्रीय स्वयंसेवक संघ, भारतीय जनसंघ, विद्यार्थी परिषद् सब लोग मिलकर एक अखबार 'जनवाणी' के नाम से छापा करते थे और उसे हम बाँटते थे। रजत शर्मा उन दिनों कहीं ट्यूशन पढ़ाने जाते थे। उनको पुलिस ने कहीं से गिरफ्तार कर लिया और दबाव बनाया कि विजय गोयल का पता बताओ और फोन करो। फोन से मुझे पता चला कि उनके पास पुलिस खड़ी है। मैं तुरंत घर से भाग गया और पुलिस उन्हें गिरफ्तार कर तिहाड़ जेल ले गई। हमारी पार्टी ने सत्याग्रह आरंभ कर दिया। मुझे जिम्मेदारी

दी गई कि दिल्ली यूनिवर्सिटी कैंपस की लॉ फैक्लटी चौक पर सत्याग्रह आरंभ किया जाए। मैंने रजत शर्मा को बुलाकर पूछा कि जेल में कितनी पिटाई होती है, कैसे जेल जाते हैं। मैं इस बारे में कोई कल्पना नहीं कर पा रहा था। फिर उन्होंने विस्तार से सब कुछ बताकर मेरा भय दूर किया। 9 दिसंबर, 1975 को हमारा सत्याग्रह हुआ। पुलिस आती थी और सत्याग्रहियों को पकड़कर ले जाती थी। मैं और मेरा एक साथी लॉ फैकल्टी की छत पर चढ़ गए और नारे लगाने लगे। छत टूट गई और हम पकड़े गए। हम दोनों को हथकड़ी लगाई गई। हम नें क्रांतिकारी की भावना आ रही थी। हमें पहले थाने लाया गया और थाने से फिर तिहाड़ जेल भेज दिया गया।

सच कहूँ तो जिन लोगों पर परिवार चलाने की जिम्मेदारी थी, उनके लिए जेल जाना तकलीफ की बात थी। जिन्हें यातनाएँ दी गईं, उन्हें भी बहुत तकलीफ थी। जेल अपने आप में एक यातना थी, पर हमारे जैसे युवाओं के लिए जो संस्कारों से प्रेरित थे, जेल एक रोमांच, कौतूहल, ट्रेनिंग सेंटर और आनंद का विषय था। जेल में हम कैदियों के साथ खेलते थे। मैं बॉलीबॉल बड़े शौक से खेलता था। वहाँ एक लाइब्रेरी भी थी, जिससे किताबें ले आते थे। कैदियों को फिल्में दिखाई जाती थीं, तो हम भी फिल्म देखने चले जाते थे। एक बार की बात है, जेल में खाना गंदा मिलने लगा। हमने विरोध में थालियाँ बजाईं और हमारी पिटाई शुरू हो गई।

मोरारजी की सरकार

इस तरह दिन बीत रहे थे। पार्टी ने जब तय किया तो लोगों ने अपनी जमानतें करवानी शुरू कीं। मुझे याद है, आपातकाल हटने के बाद हुई रामलीला मैदान की वह विशाल रैली, जिसे श्री अटल बिहारी वाजेपयी के साथ जगजीवन राम भी संबोधित करने वाले थे। उसे फेल करने के लिए उस समय की सबसे चर्चित फिल्म 'बॉबी' टेलीविजन पर दिखाई गई। इसके बावजूद मैदान खचाखच भरा हुआ था। इंदिरा गांधी को लोगों ने बताया था कि आपातकाल लगाने से जो काम हुए हैं, उसकी जनता में बड़ी तारीफ है। अगर आप चुनाव करवाएँगी तो भारी बहुमत से जीतेंगी। इंदिरा गांधी सरकार ने आपातकाल हटा लिया और चुनाव करवा दिए। पर इंदिरा और संजय गांधी समेत कांग्रेस बुरी तरह हार गई। तमाम विपक्षी दलों को मिलाकर बनी 'जनता पार्टी' जीती और मोरारजी देसाई के नेतृत्व में नई सरकार बनी।

(नवभारत टाइम्स, 26 जून, 2017)

□

जन-जन के नायक

डॉ. कलाम सिर्फ एक वैज्ञानिक, एक मिसाइल मैन या एक नीरस व्यक्ति न होकर एक ऐसे व्यक्ति थे, जो देश के लिए सपने देखते थे।

प्रधानमंत्री श्री अटल बिहारी वाजपेयी के नेतृत्व वाली एनडीए की सरकार में एक बहुत बड़ा प्रश्न था कि अगला राष्ट्रपति कौन होगा? यह सन् 2002 की बात है। मैं प्रधानमंत्री कार्यालय में मंत्री था। अटलजी से अनौपचारिक बातचीत में जो नाम उभर रहे थे, उनमें महाराष्ट्र के गर्वनर पीसी एलेक्जेंडर का नाम मुख्य रूप से उभर रहा था। हालाँकि उपराष्ट्रपति होने के नाते कृष्णकांत भी स्वाभाविक दावेदार माने जाते थे और लगभग तय भी लग रहा था कि एलेक्जेंडर राष्ट्रपति के लिए सबकी पसंद बनेंगे। वे एक विद्वान व्यक्ति थे। राजग के लगभग सभी घटक उनके नाम पर सहमत थे। इन सबके चलते यह लगा कि कांग्रेस को भी उनके नाम के ऊपर आपत्ति नहीं होगी, क्योंकि वह इंदिरा गांधी और राजीव गांधी के प्रधानमंत्री कार्यालय में प्रधान सचिव रह चुके थे तथा कांग्रेस सरकार के चलते ही महाराष्ट्र के गवर्नर नियुक्त हुए। राजग सरकार ने उनकी योग्यता और कार्यकुशलता को देखकर राज्यपाल पद पर उनकी पुनः नियुक्ति की थी। मैं जब उनसे मिलने गया तो मुंबई के राज भवन में मेरी और उनकी मुलाकात हुई, जिसमें वे बहुत उत्साहित थे। उनसे मिलने के बाद मैंने अपनी और एलेक्जेंडर की बातचीत का ब्योरा प्रधानमंत्री वाजपेयीजी को दिया। प्रधानमंत्री ने कहा कि स्वयं कांग्रेस उनके नाम का विरोध कर रही है। बाद में पता चला कि कांग्रेस उनका विरोध इसलिए कर रही थी कि एलेक्जेंडर ने बिना उनसे पूछे राज्यपाल के पद पर राजग सरकार के कहने पर अपनी नियुक्ति पर सहमति क्यों दी?

वाजपेयीजी चाहते थे कि राष्ट्रपति का चुनाव आम सहमति से होना चाहिए। कांग्रेस के विरोध के पीछे एक चर्चा यह भी चल रही थी कि यदि एलेक्जेंडर राष्ट्रपति बन गए तो फिर

सोनियाजी के लिए प्रधानमंत्री बनना मुश्किल हो जाएगा, क्योंकि दोनों ईसाई समुदाय से आते हैं।

ऐसे में डॉ. ए.पी.जे. अब्दुल कलाम का नाम हम लोगों के सामने आया। शुरू में सबको ऐसा लगा कि क्या यह व्यक्ति राष्ट्रपति पद जैसे दायित्व को निभा पाएगा? या देश उनको नए अवतार में स्वीकार कर पाएगा? बहुत सी अटकलें इस बात पर चली कि यह नाम कैसे आया। सच पूछिए तो वाजपेयीजी उनकी वैज्ञानिक क्षमता, उनकी लोकप्रियता, विद्वत्ता से प्रभावित थे। वे वाजपेयीजी की पहली पसंद बने। इस फैसले पर लोगों के भिन्न-भिन्न सकारात्मक और नकारात्मक मत थे, जिनसे मैं वाजपेयी को अवगत कराता रहता था। पर वाजपेयी, वाजपेयी थे। जब एक बार फैसला कर लेते थे तो उस पर अडिग रहते थे।

10 जून, 2002 को अटलजी ने कलाम साहब से उनकी सहमति के लिए औपचारिक बात की, जिसमें उन्होंने दो घंटे का समय लिया और अपनी सहमति दे दी। प्रधानमंत्रीजी ने मुझे चेन्नई में अब्दुल कलाम से मिलने के लिए भेजा, क्योंकि उनके नाम की घोषणा के बाद वे अभी तक दिल्ली नहीं आए थे। मुझे यह सुअवसर मिला कि मैं पहला व्यक्ति था, जो उनके राष्ट्रपति पद हेतु नाम की घोषणा के बाद उनसे मिला था। मैं जब 15 जून, 2002 को चेन्नई में अन्ना यूनिवर्सिटी के गेस्ट हाउस में पहुँचा, जहाँ वे रहते थे, तो बड़ी प्रसन्नता से वे मुझसे मिले। हमने देर तक बातचीत की। वे मुझसे प्रधानमंत्री वाजपेयी के बारे में और मेरे उनसे संबंधों के बारे में देर तक चर्चा करते रहे। जब मैं मुलाकात करने पहुँचा तो चेन्नई का पूरा मीडिया वहाँ उमड़ पड़ा था। मैंने देखा कि वे सिर्फ एक वैज्ञानिक, एक मिसाइलमैन या एक नीरस व्यक्ति न होकर एक ऐसे व्यक्ति थे, जो देश के लिए सपने देखते थे, युवाओं और गरीबों के लिए कुछ करना चाहते थे। उन्होंने मुझसे कहा कि वे अपनी रिसर्च और पढ़ाने के शौक को राष्ट्रपति बनने के बाद भी जारी रखना चाहेंगे। वे कहते थे कि देश को 'रोल मॉडल्स' की जरूरत है, जिनमें रचनात्मक समझ हो और ऐसा नेतृत्व जो युवाओं को प्रेरित कर सके।

मैंने जब उनसे पूछा कि राष्ट्रपति जैसे बड़े पद की इतनी जिम्मेदारियों को वे कैसे निभा पाएँगे, तो वे बोले कि उनको दिन में 18-18 घंटे काम करने की आदत है। मेरी 40 मिनट की मीटिंग में कलाम साहब ने कहा कि देश के निर्माताओं के दो विजन थे। पहला, देश को विदेशियों के चंगुल से निकालना और दूसरा, उसके बाद देश का विकास। हमारे देश में संसाधनों व प्रतिभाओं की कोई कमी नहीं है, पर जिसकी आवश्यकता है, वह है ज्यादा से ज्यादा रचनात्मक एवं सृजनात्मक काम।

डॉ. कलाम वाजपेयीजी के पहले से ही प्रशंसकों में रहे थे। विशेषकर 1998 में परमाणु विस्फोट के निर्णय लेने पर वे उनके और ज्यादा प्रशंसक बने। राष्ट्रपति बनने से पहले डॉ. कलाम प्रधानमंत्री वाजपेयीजी से मिलने 17 जून, 2002 को दिल्ली आए। मैंने देखा कि प्रधानमंत्री शिष्टाचार के नाते उनके स्वागत के लिए अपने कमरे से बाहर आए। यह मीटिंग काफी देर तक चली।

प्रधानमंत्रीजी ने मुझे उनका नामांकन पत्र तैयार करने की जिम्मेदारी सौंपी। इस नए काम से मैं बहुत प्रफुल्लित था। यह तय हुआ कि यह नामांकन पत्र मेरे तत्कालीन निवास महादेव रोड पर तैयार होगा। प्रमुख रूप से जिन नेताओं को इस काम में लगाया गया था, उनमें प्रमोद महाजन, अरुण जेटली, सुषमा स्वराज, अनंत कुमार, वैंकेया नायडू, डॉ. मुरली मनोहर जोशी इत्यादि थे। प्रमोद महाजन इस सारे काम का संयोजन कर रहे थे।

18 जून, 2002 को नामांकन भरने के बाद उन्होंने अपनी पहली प्रेस-कॉन्फ्रेंस की थी, जिसमें बड़ी बेबाकी से गुजरात, अयोध्या, परमाणु विस्फोट इत्यादि विषयों पर जवाब दिए। उन्होंने कहा कि भारत को एक ऐसा शिक्षित राजनीतिक वर्ग चाहिए, जो सही और सार्थक निर्णय लेने में सक्षम हो। अयोध्या के संदर्भ में उन्होंने कहा कि जरूरत है शिक्षा, आर्थिक विकास और मनुष्यों के एक-दूसरे के प्रति सम्मान की।

18 जुलाई, 2002 को राष्ट्रपति चुने जाने के बाद मैं समय-समय पर उनसे मिलता रहा। एक मुलाकात में जब मैंने उनको बताया कि चाँदनी चौक से सांसद होने के नाते किस तरीके से मैंने एमसीडी स्कूलों का सुधार किया है तो उन्होंने वहाँ आने की इच्छा व्यक्त की और प्रशंसा की कि यह बहुत अच्छा काम है। इसके बाद उन्होंने चिट्ठी भी भेजी। यह और बात है कि सुरक्षा कारणों से वहाँ आने का उनका कार्यक्रम नहीं बन पाया। पर उनकी बच्चों और वह भी गरीब बच्चों के प्रति संवेदना ने मेरे दिल को छू लिया।

वे दिनोंदिन लोकप्रिय होते जा रहे थे और लोगों ने उनकी प्रति जो धारणाएँ शुरू में बनाई थीं, वे टूट रही थीं। राष्ट्रपति भवन में भी वे अपने पढ़ाने के क्रम को जारी रखे हुए थे, जो उन्होंने

मुझे अपनी पहली मुलाकात में कहा था। कई लोग शुरू में इसे उनका दिखावा या सनक कहते रहे। पर आज देश में कोई भी ऐसा व्यक्ति नहीं है, जो डॉ. कलाम की प्रशंसा न करता हो। जो वे कहते थे, उन्होंने कर दिखाया और वे पूरे देश के 'रोल मॉडल' बन गए।

यूनिवर्सिटीज, कॉलेजों में उनकी माँग बढ़ने लगी और वे भी खुले दिल से छात्रों के बीच में जाते तथा उनसे विचार-विमर्श करते। यह क्रम उन्होंने राष्ट्रपति पद से निवृत्त होने के बाद भी जारी रखा।

मुझे याद है कि वे दिल्ली विश्वविद्यालय के मेरे पुराने कॉलेज—श्रीराम कॉलेज ऑफ कॉमर्स में आए थे। श्रीराम कॉलेज का पुराना स्टूडेंट होने के नाते मुझे भी निमंत्रित किया गया था। हॉल खचाखच भरा था। छात्र-छात्राओं में उनकी एक झलक पाने की होड़ लगी हुई थी। 'मिसाइल मैन' आया। बहुत समय तक वे विद्यार्थियों के प्रश्नों के जवाब देते रहे। कार्यक्रम खत्म होने के बाद उनके प्रति जो 'क्रेज' मैंने वहाँ देखा, वह अविस्मरणीय था।

प्रोटोकॉल के चलते राष्ट्रपति बनने के बाद वे प्रधानमंत्री के यहाँ नहीं आ सकते थे। प्रधानमंत्री समय-समय पर उनसे मिलते। मैं एक बात और आपको बता दूँ कि जो लोग यह सोचते थे कि डॉ. कलाम को कोई भी अपने हिसाब से चला लेगा, वे गलत थे। किसी भी संवैधानिक मतभेद पर वे कानूनन राय लेते थे और उसके बाद ही वे संबंधित पार्टियों के नेताओं से बड़े विश्वास से बात करते थे। एक राष्ट्रपति के रूप में भी उन्होंने अपनी विशिष्ट छाप छोड़ी है।

ऐसे कितने नेता बचे हैं, जिनके चित्र—गांधी, सुभाष, पटेल की तरह अपने घर में लगाने का लोगों का मन करता है। तो मैं कहूँगा कि डॉ. कलाम ऐसे हैं। उन्होंने भारत के परमाणु कार्यक्रम में सक्रिय योगदान दिया, मिसाइलें बनाईं, युवाओं को प्रेरित किया। उनका विश्वास था कि सन् 2020 तक भारत एक पूर्ण विकसित राष्ट्र बनेगा। जरूरत है, हम उनके विश्वास को पूरा करने में पूरी तरह से जुट जाएँ।

(दैनिक जागरण, 29 जुलाई, 2015)

□

जरा सोचिए, कल आप भी बूढ़े होंगे

सोशल मीडिया के इस दौर में बुजुर्गों में असुरक्षा की भावना भरती जा रही है, यह चौंकानेवाली बात है। साफ है कि बुजुर्गों के प्रति हमें बचपन से ही अपने बच्चों को संस्कार देने होंगे। पीड़ित होने वाले बुजुर्गों के अलावा बड़ी संख्या उन बुजुर्गों की भी है, जिनकी देखभाल सही तरीके से की जा रही है। बेटे-बेटी, सगे-संबंधी अपने काम में व्यस्त रहते हैं। बुजुर्गों की देखभाल अटैंडेंट के जरिए या वृद्धाश्रमों में की जाती है, लिहाजा वे भी अकेलेपन के शिकार हैं। जो बुजुर्ग चल-फिर नहीं पाते, उनके व्यावहारिक कष्ट बहुत से हैं। अगर किसी को बैंक से पैसा निकालना है, तो नियम है कि बैंककर्मी उस बुजुर्ग के ठिकाने तक आकर अँगूठा लगवाकर पैसा दे, लेकिन क्या ऐसा हो पाता है?

अपने सियासी जीवन में मुझे बहुत तरह के अनुभव होते रहते हैं। अकसर मैं छोटी-छोटी चीजों की अनदेखी नहीं करता। जब फुर्सत के पल होते हैं, तो मैं रोजमर्रा के अनुभवों पर विस्तार से विचार करता हूँ और पाता हूँ कि छोटी-छोटी बातों के बड़े अर्थ निकलते हैं। पिछले दिनों एक बुजुर्ग से मुलाकात भी मेरे लिए ऐसा ही अनुभव था। बुजुर्ग ने मुझे बताया कि उनके बेटे उनकी देखभाल नहीं करते। यहाँ तक कि सर्दी के मौसम में उनके पास गर्म कपड़े तक नहीं हैं। मैंने उनकी मदद का इंतजाम किया, लेकिन जब इस समस्या की तरफ विचार किया, तो मुझे हैरत हुई कि बच्चों को संस्कार देने के लिए मशहूर हमारे देश में बड़ी संख्या में बुजुर्ग अनदेखी के शिकार हैं। आज बुजुर्गों का बुरा हाल है। ये वही बुजुर्ग हैं, जिन्होंने अपने बच्चों को पालने-पोसने में अपने जीवन का महत्त्वपूर्ण समय बिता दिया।

लेकिन जब उन्हें सहारे की जरूरत पड़ी तो उन्हें परिवार में दुत्कार दिया गया। यह सोचकर मेरा मन चिंता से भर जाता है। मुझे याद आता है कि पिछले दिनों मैंने अखबार में चीन

से एक चौंकाने वाली खबर पढ़ी थी। अपने दो बेटों से खफा एक आदमी ने अपनी जिंदगी भर की कमाई के 21.78 लाख रुपए अपनी चिता पर जलवा दिए। बुढ़ापे में बेटों ने उसे साथ नहीं रखा, लिहाजा उसने वसीयत में लिखा कि उसकी कमाई उसकी चिता पर रखकर जला दी जाए। कुछ खबरें मन में स्थायी जगह बना लेती हैं। करीब ग्यारह साल पहले सर्दी के ही मौसम में 2007 में 29 नवंबर को हमारे देश में भी इसी तरह का झकझोर देने वाला वाकया हुआ था। आंध्र प्रदेश के कुर्नूल जिले की माद्दिवा नाम की बुजुर्ग महिला ने अपनी जिंदगी भर की कमाई के 1.80 लाख रुपए टुकड़े-टुकड़े कर दिए थे। जरा सोचिए कि कुछ अखबारों में छपी यह छोटी सी खबर असल में बड़ी खबर थी। माद्दिवा ने अपने भाइयों की परवरिश के लिए शादी तक नहीं की थी, लेकिन बुढ़ापे में वही भाई उन्हें खाना तक नहीं दे रहे थे।

माद्दिवा जब नोट फाड़ रही होगी, तो उसके मन में क्या घुमड़ रहा होगा? यह टूटन की इंतेहा थी, अकेलेपन की हद थी। यह मतलबपरस्त रिश्तों से नफरत के इजहार की इंतेहा थी। नोट फाड़ते वक्त उसने यह भी नहीं सोचा कि यह रकम बुढ़ापे में उसके काम आ सकती थी। इस खबर ने मुझे बुरी तरह झकझोरकर रख दिया था। जिन बुजुर्ग का सर्दी में गर्म कपड़े नहीं होने का दुखड़ा मैंने पिछले दिनों सुना तो ये दो वाकए मुझे याद आ गए। मैंने आँकड़ों पर नजर डाली तो चौंक गया।

हमारे देश में पितृपक्ष के दौरान घर-घर में और पवित्र नदियों के किनारे कर्मकांड के साथ पुरखों की आत्मा की तृप्ति के उपाय किए जाते हैं। विंडबना ही है कि पुरखों की सेवा के बहाने अपना परलोक सुधारने में लगा हमारा समाज जीवित बुजुर्गों का सम्मान करने के मामले में बहुत संजीदा नहीं है। बुजुर्गों की हालत पर ग्लोबल एजवॉच सूचकांक में भारत 71वें नंबर पर है। नेपाल 70वें, बांग्लादेश 67, चीन 52 और श्रीलंका 46वें नंबर पर है। देश में 11.66 करोड़ बुजुर्ग हैं। इनमें से 30 फीसदी पुरुष और 70 फीसदी महिलाएँ दूसरों पर निर्भर हैं। केवल 28 फीसदी बुजुर्गों को भारत में पेंशन मिलती है। एक आँकड़े के मुताबिक भारत में आधे बुजुर्गों को भरपेट खाना नहीं मिलता। नियमित आय बुजुर्गों की 15 फीसदी से कम है। दुनिया भर में बुजुर्गों की संख्या 62 करोड़ से ज्यादा है।

हेल्प एज इंडिया के सर्वे के मुताबिक 2013 में बुजुर्गों पर अत्याचार के मामले 23 फीसदी थे, जो 2014 में दोगुने से ज्यादा 50 फीसदी हो गए। इनमें से 52 परसेंट मामले महिलाओं और 48 फीसदी पुरुषों से जुड़े थे। बुजुर्गों पर 61 फीसदी अत्याचार के केस में बहू और 59 परसेंट में बेटे जिम्मेदार रहे। अत्याचार के 41 फीसदी मामले अपशब्द बोलने, 33 फीसदी केस दूसरी तरह से अपमान और 29 फीसदी बुजुर्गों को नजरअंदाज करने के थे। सर्वे में पता चला कि 61 फीसदी दामाद सास-ससुर पर जुल्म ढाते हैं। बेटियाँ भी इस मामले में पीछे नहीं हैं। छोटे महानगरों में तो 17 फीसदी बेटियाँ ही माँ-बाप पर जुल्म ढहा रही हैं।

जिन बुजुर्गों पर सर्वे किया गया, उनमें 77 फीसदी परिवार के साथ रह रहे थे। प्रथम श्रेणी

के शहरों में बेंगलुरु 75 प्रतिशत के साथ बुजुर्गों पर अत्याचार के मामलों में अव्वल है। दिल्ली 22 फीसदी के साथ सबसे निचले क्रम में है। फिर भी दिल्ली में बुजुर्गों पर अत्याचार बढ़े हैं। दिल्ली में आँकड़ा 20 से बढ़कर 22 फीसदी पहुँच गया है। दूसरे दर्जे के शहरों में 85 फीसदी मामलों के साथ नागपुर अव्वल और 13 फीसदी के साथ यूपी का कानपुर सबसे नीचे।

सर्वे में चौंकाने वाली बात सामने आई कि 64 फीसदी बुजुर्गों को पुलिस हेल्पलाइन की जानकारी थी, लेकिन केवल 12 प्रतिशत ने ही इसका सहारा लिया। 53 फीसदी ने सगे-संबंधियों को जुल्म के बारे में बताया, 42 प्रतिशत ने दोस्तों को। सत्रह फीसदी मामलों में बुजुर्गों को अत्याचार का सामना रोज करना पड़ा, जबकि 35 प्रतिशत मामलों में हफ्ते में एक बार। रोज अत्याचार सहने वाले बुजुर्गों की संख्या हैदराबाद में सबसे ज्यादा और मुंबई में सबसे कम निकली। दूसरी श्रेणी के शहरों में 71 फीसदी के साथ गुवाहाटी अव्वल रहा। सन् 2011 की जनगणना में पता चला कि गाँवों में बुजुर्गों की संख्या पिछले दस साल में 12 फीसदी और शहरों में 32 फीसदी बढ़ी। साफ है कि इसकी खास वजह गाँवों से पलायन है।

ऐसा नहीं है कि सरकारी स्तर पर नियम-कायदों की कमी है। बुजुर्गों के लिए तमाम तरह की कल्याणकारी योजनाएँ हैं, क्योंकि अत्याचार परिवार के अंदर होता है, लिहाजा बात बाहर कम आती है। वर्ष 2007 में केंद्र सरकार ने माता-पिता और वरिष्ठ नागरिकों का भरण-पोषण एवं कल्याण कानून बनाया।

इसके तहत अत्याचार करने वाले बेटे-बेटियों, सगे-संबंधियों को तीन महीने की सजा हो सकती है। लेकिन इस कानून के तहत कोई केस अभी तक चर्चा का विषय नहीं बना। जोधपुर की एक अदालत का एक बुजुर्ग महिला पर अत्याचार के मामले में घर में सी.सी.टी.वी. कैमरा लगाने का फैसला जरूर सुर्खियाँ बना था। मुझे याद है कि भरण-पोषण बिल पर चर्चा के दौरान तत्कालीन राज्यसभा सांसद ज्ञान प्रकाश पिलानिया फफककर रो पड़े थे। राजस्थान के पुलिस महानिदेशक रह चुके पिलानिया के आँसू बुजुर्गों की पीड़ा के ही प्रतीक थे, क्योंकि खुद उन्हें किसी किस्म की परेशानी नहीं थी।

बहरहाल, यह समस्या अकेले हमारे देश भारत की नहीं, पूरी दुनिया की है। संयुक्त राष्ट्र

के मुताबिक दुनिया भर में 80 साल से ऊपर आयु वर्ग की जनसंख्या सबसे तेजी से बढ़ रही है। एक अनुमान के मुताबिक सन् 2050 तक एशिया में हर चार में से एक व्यक्ति 60 साल का होगा। संयुक्त राष्ट्र ने कई बार कहा है कि समय के साथ दुनिया भर में बुजर्गों का अनुपात बढ़ता जाएगा। अब जरा सोचिए कि अगर बुजुर्गों की अनदेखी की प्रवृत्ति इसी तरह बढ़ती रही, तो क्या आलम होगा ?

सोशल मीडिया के इस दौर में बुजुर्गों में असुरक्षा की भावना भरती जा रही है, यह चौंकानेवाली बात है। साफ है कि बुजुर्गों के प्रति हमें बचपन से ही अपने बच्चों को संस्कार देने होंगे। पीड़ित होने वाले बुजुर्गों के अलावा बड़ी संख्या उन बुजुर्गों की भी है, जिनको देखभाल सही तरीके से की जा रही है। बेटे-बेटी, सगे-संबंधी अपने काम में व्यस्त रहते हैं। बुजुर्गों की देखभाल अटैंडेंट के जरिए या वृद्धाश्रमों में की जाती है, लिहाजा वे भी अकेलेपन के शिकार हैं। जो बुजुर्ग चल-फिर नहीं पाते, उनके व्यावहारिक कष्ट बहुत से हैं। अगर किसी को बैंक से पैसा निकालना है, तो नियम है कि बैंककर्मी उस बुजुर्ग के ठिकाने तक आकर अँगूठा लगवाकर पैसा दे, लेकिन क्या ऐसा हो पाता है ? आज औसत उम्र बढ़कर 70 साल पहुँच गई है। जो बुजुर्ग बिस्तर पर हैं, उनकी देखभाल के लिए सरकार ने सवा लाख रुपए तक खर्च पर इनकम टैक्स में छूट दी है। मोटे अनुमान के तहत 24 घंटे अटैंडेंट और नर्सिंग केयर के लिए नौ सौ रुपए रोज के हिसाब से एक महीने में 54 हजार रुपए की जरूरत होगी। दवाओं का खर्चा अलग से। ऐसे में सवा लाख रुपए टैक्स छूट ऊँट के मुँह में जीरा ही है। सरकार को यह लिमिट बढ़ानी चाहिए। बजट सत्र आनेवाला है। मैं सरकार से इस तरफ ध्यान देने की अपील करता हूँ। जो लोग किसी वजह से जवानी में हेल्थ इंश्योरेंस नहीं करा पाते, लेकिन बुढ़ापे में उन्हें इसकी जरूरत पड़ती है, तो स्वास्थ्य बीमा होता नहीं है। ऐसे में मिडिल क्लास के बुजुर्गों की जिंदगी नर्क से बदतर हो जाती है। बहुत सी स्कीम ऐसी हैं, जिनमें बीमा कराने के तीन साल बाद ही उसका फायदा मिल सकता है, लेकिन बुजुर्गों के मामले में ऐसा नहीं होना चाहिए। सरकार और बीमा कंपनियों को इस बारे में सोचने की जरूरत है। गरीब बुजुर्गों को सरकार हेल्थ इंश्योरेंस में सब्सिडी दे सकती है। वृद्धाश्रमों की संख्या भी तुरंत बढ़ाए जाने की जरूरत है। वक्त पर खाना नहीं मिलना, दवाएँ नहीं मिलना, चश्मा और सुनने की मशीन नहीं होना आम समस्या है।

यही वजह है कि राष्ट्रीय बुजुर्ग आयोग के गठन की माँग उठती रही है, लेकिन किसी सरकार ने इस पर गंभीरता से नहीं सोचा है। कुल मिलाकर हालात गंभीर हैं। क्या हम यह भूल रहे हैं कि किसी बुजुर्ग को जीते जी नर्क में धकेल देना एक पूरी संस्कृति का अपमान होता है ? क्या हम यह भूल रहे हैं कि कल हम भी बुजुर्ग होंगे और हमारे बच्चे जवान।

(पंजाब केसरी, 20 जनवरी, 2016)

□

कैसी छवि बना रहे सांसद

इससे बड़ा मजा क्या होगा की संसद की कार्रवाई लगातार ठप रहे या फिर दिन भर रह-रहकर हंगामा होता रहे, फिर भी एक दिन में 6 करोड़ रुपया खर्च हो जाए। जरा सोचिए कि 6 करोड़ रुपए से क्या-क्या हो सकता है? हजारों गाँवों की किस्मत बदल सकती है। लेकिन हम सांसद यह सब नहीं सोचते।

मेरा सुझाव है की लोकसभा में तय दिनों में सभी सांसदों को तीन-तीन मिनट ही सही, अपने चुनाव क्षेत्र के बारे में बोलने दिया जाए। बार-बार हंगामा करने वाले सांसदों को चिह्नित किया जाए, इससे नियम बने कि उन पर स्वतः कार्रवाई हो।

हाल ही में देश के प्रधानमंत्री नरेंद्र मोदी ने संसद में सांसदों के अराजक व्यवहार पर सटीक टिप्पणियाँ की हैं। उनका कहना सही लगता है कि विपक्षी सांसदों का मकसद होता है, महज मीडिया की सुर्खियाँ बनना। उन्हें देश के हितों से कोई लेना-देना नहीं है। मोदी ने कहा कि पिछले कुछ दिनों से संसद में जो कुछ हो रहा है, उससे देश निराश है।

संसद चलाकर ही सरकार विपक्ष के सवालों के जवाब सही ढंग से दे सकती है। पीएम ने इस पर भी चिंता जताई कि हंगामे के माहौल में नए सांसदों को अपनी बात रखने का मौका ही नहीं मिलता। यह सुझाव अच्छा है कि नए सांसदों को मौका देने के लिए हफ्ते में कोई एक दिन तय किया जाना चाहिए। एक दिन महिला सांसदों को भी दिया जाना चाहिए। वैसे यह बात प्रधानमंत्री ने कही, लेकिन कोई बच्चा भी समझ सकता है, वेल में जाकर नारेबाजी और हंगामा कर सदन की कार्रवाई रोकने से कैसे विरोध जताया जा सकता है ? अच्छी बात तो तब कही जाएगी, जब आप अपने सवाल साफ-साफ रखें और सरकार साफ-साफ जवाब दे पाए। लोकसभा में प्रधानमंत्री का सारगर्भित भाषण सुनकर मेरे मन में सांसद के तौर पर पहले दिन से लेकर अभी तक के सफर की झलकियाँ कौंध गईं। सार्वजनिक जीवन में उतरने के बाद जब मैं पहली बार लोकसभा

सांसद चुना गया, तो मन में बहुत जोश था। मैंने सोचा कि अब देश को मजबूत करने के अपने सपने को पूरा करने का वक्त आ गया है। मुझे आज भी सदस्य के तौर पर संसद में अपना पहला दिन अच्छी तरह याद है। क्या उमंग थी, कितना हौसला था कि बयान नहीं कर सकता। तीन बार लोकसभा सदस्य रहने के बाद आज में उच्च सदन राज्यसभा का सदस्य हूँ। मुझे यह कहने में कोई संकोच नहीं है कि अब विपक्षी पार्टियों और कुछ सांसदों ने संसद की दुर्गति कर रखी है। दोनों सदनों में निजी एजेंडों को लेकर अनुत्पादक हंगामा कर कार्रवाई ठप करा देना आम बात है। संसद में शोर-शराबा, वेल में जाकर नारेबाजी करना, एक-दूसरे पर निजी कटाक्ष करना; यहाँ तक कि कई बार हाथापाई पर उतारू हो जाना आज संसद की आम तस्वीर है। मैं रोजाना सैकड़ों लोगों से मिलता हूँ। ज्यादातर मुझसे पूछते हैं कि सियासी पार्टियों और सांसदों का बर्ताव इतना अराजक क्यों हो गया है? अब मैं उन्हें क्या बताऊँ? मैं भी अब मानने लगा हूँ कि पार्टियों के निहित स्वार्थों ने संसद को मजाक बनाकर रख दिया है। बजट सत्र में विपक्ष के रवैये को देखते हुए लगता नहीं है कि उसकी मंशा देश के विकास की योजनाएँ बनने देने की है। ऐसा लग रहा है कि देश भर से चुनकर आए कांग्रेस के केवल 44 सांसदों ने पूरे संसदीय लोकतंत्र को बंधक बना लिया है। क्योंकि लोकसभा और राज्यसभा की कार्रवाई आजकल टीवी पर लाइव दिखाई जाती है, लिहाजा देश का आम आदमी भी वह सब कुछ देखता है, जो संसद में रोज हो रहा है। आखिर हम सांसद आम लोगों के सामने अपनी क्या छवि पेश कर रहे हैं? ऐसा लगता है कि संसद अब महज एक स्कोरिंग क्लब बनकर रह गई है। बहुतों को पता होगा कि संसद की एक मिनट की कार्रवाई पर ढाई लाख रुपए खर्च हो जाते हैं। इस तरह एक दिन की सामान्य कार्रवाई पर औसतन छह करोड़ रुपए का खर्च आता है। जिस दिन कार्रवाई लंबी चलती है, उस दिन खर्च और बढ़ जाता है। जरा सोचिए कि यह पैसा आता कहाँ से है? जाहिर है कि देश के आम लोगों की जेब से ही आता है। लोकतंत्र में इससे बड़ा और क्या मजाक होगा कि संसद की कार्रवाई लगातार ठप रहे या फिर दिन भर रह-रहकर हंगामा होता रहे, फिर भी एक दिन में छह करोड़ रुपए खर्च हो जाएँ। जरा सोचिए कि छह करोड़ रुपए से क्या-क्या हो सकता है? हजारों गाँवों की किस्मत संसद की एक दिन की कार्रवाई पर होने वाले खर्च से बदल सकती है। लाखों गरीब लड़कियों की शादी हो सकती है। लघु और कुटीर उद्योगों से हजारों नौजवानों की किस्मत सँवर सकती है, लेकिन हम सांसद यह सब नहीं सोचते।

विकास की योजनाएँ भले न बनें, हमारे व्यक्तिगत हित जरूर सधने चाहिए। क्या हम सांसद देश से ऊपर हो गए हैं? सारे सांसद हंगामेबाज हों, ऐसी बात नहीं हैं। जो कामकाज को लेकर गंभीर हैं, वे कुछ नहीं कर पाते। मैंने पहले भी जिक्र किया है कि किस तरह संसद की कार्रवाई देखने के बाद एक स्कूल में बच्चों ने बाल संसद लगाई, तो उसमें हंगामा मारपीट तक पहुँच गया। इस वाकये से मैं चौंका नहीं, सोच में पड़ गया। हम बड़े जो सिखाएँगे, बच्चे वही करेंगे।

पिछले साल मॉनसून सत्र के आँकड़े स्थिति साफ कर देते हैं। सत्र में राज्यसभा की

प्रोडक्टिविटी महज नौ प्रतिशत रही। पिछले 15 साल में यह दूसरा मौका था, जब सबसे कम कामकाज हुआ। इससे पहले 2010 के शीत सत्र में सबसे कम काम हुआ था। पिछले मॉनसून सत्र में दोनों सदनों में पहले दो हफ्ते कोई काम नहीं हुआ। इसके उलट पिछले साल के बजट सत्र में राज्यसभा में उम्मीद से ज्यादा कामकाज हुआ और प्रोडक्टिविटी 101 प्रतिशत रही। सवाल है कि सांसद हर बार ऐसा माहौल क्यों नहीं बनाते? मॉनसून सत्र के प्रश्नकाल में केवल दो फीसदी सवालों के मौखिक जवाब दिए जा सकें। लोकसभा में यह आँकड़ा थोड़ा ज्यादा 13 फीसद रहा। इस दौरान दोनों सदनों में सांसदों की मौजूदगी अच्छी-खासी रही। तो क्या सांसद केवल हंगामा करने के लिए ही पहुँचते हैं? मैं राज्यसभा का सदस्य हूँ, लेकिन कहना चाहता हूँ कि उच्च सदन ने लोकसभा को पंगु बनाकर रख दिया है। हकीकत यह है कि लोकतंत्र का लोक यानी देश की जनता लोकसभा का चुनाव सीधे तौर पर करती है। ऐसे में अप्रत्यक्ष रूप से चुने गए सदन को लोक के सदन यानी लोकसभा की गरिमा का सम्मान करना चाहिए।

मैं वक्त-वक्त पर संसद की कार्रवाई की गुणवत्ता बढ़ाने के सुझाव देता रहा हूँ। कुछ सुझावों पर अमल भी किया गया है। मगर अब समय आ गया है, जब बहुत से नियम-कायदों में संशोधन किया जाए। मेरा सुझाव है कि लोकसभा में तय दिनों में सभी सांसदों को तीन-तीन मिनट ही सही, अपने चुनाव क्षेत्र के बारे में बोलने दिया जाए।

बार-बार हंगामा करने वाले सांसदों को चिह्नित किया जाए और उनकी सूची प्रचारित कराई जाए। ऐसे नियम बनाए जाएँ कि वेल में आने या पर्चा लहराने या दूसरा किसी भी किस्म का हंगामा करने वाले सांसद के खिलाफ खुद-ब-खुद कोई तय कार्रवाई हो जाए।

मेरा बेटा कहता है कि कुछ सांसद वॉकआउट करने के बाद दोबारा सदन में क्यों आ जाते हैं? अब मैं उसे क्या जवाब दूँ? क्या कहूँ कि मेरी बिरादरी के लोग केवल दिखावा करने के लिए ऐसा करते हैं, उन्हें देश के विकास से कोई लेना-देना नहीं है। मैं खुद भी लोकसभा का तीन बार सदस्य रहा हूँ और अब बहुत से लोकसभा सांसद मेरे मित्र हैं, जो बहुत कुछ करने का इरादा लेकर संसद पहुँचे हैं, लेकिन असहाय हैं। मैं उनकी पीड़ा समझता हूँ। संसद में कुछ कर नहीं पा रहे हैं और उधर लोकसभा क्षेत्र की जनता भी उन्हें ताने मारती है, इसलिए कि वे उनकी समस्याएँ सुलझा ही नहीं पा रहे हैं। क्योंकि संसद में केवल हंगामा हो रहा है। मैं अपने सांसद भाइयों से अपील करता हूँ कि वे संसद को अखाड़ा बनने से रोकें।

अड़ियल पार्टी नेतृत्व को भी अपनी बात समझाएँ, उनके हर गलत-सही आदेश का आँख मूँदकर पालन न करें। लोकतंत्र के पवित्र मंदिर की गरिमा बचाए रखना हमारा ही काम है।

(राष्ट्रीय सहारा, 9 मार्च, 2016)

□

क्या हमने नए साल पर नए संकल्प लिये हैं?

अभी जो नया साल आरंभ हो रहा है, उसमें क्यों नहीं हम नए संकल्प ले सकते, जैसे कि में अपनी आमदनी का एक निश्चित हिस्सा समाज के परोपकार के काम में लगाऊँगा या फिर अपने व्यस्त समय में से कुछ समय समाजसेवा में बिताऊँगा। जैसे बुजुर्ग आदमियों के साथ बातें करना, सर्दियों में गरीब लोगों की गर्म कपड़ों से मदद करना, लोगों की समस्याएँ सुनकर उनका समाधान करना इत्यादि-इत्यादि।

परसों से नया साल शुरू हो जाएगा। मुझे अंग्रेजी के किस नए साल में कुछ नया नहीं लगता। पिछले साल का 31 दिसंबर और नए की एक जनवरी मुझे एक जैसे दिन लगते हैं। न कोई नई बात, न कोई नया वित्त और न ही मौसम में कोई बदलाव, सिवाय इसके कि नए संकल्प मैं ले सकता हूँ।

हाँ, जब एक अप्रैल से हिंदू नव वर्ष आरंभ होता है तो परिवर्तन जरूर नजर आता है। होली के साथ ही हम शरद ऋतु से ग्रीष्म ऋतु में प्रवेश कर जाते हैं और हमारा देश तो कृषि प्रधान देश है, किसान अपनी फसल काटकर मंडियों में बेचता है और बैसाखी के त्योहार पर खुशियाँ मनाता है तो लगता है कि नया साल आ गया है। इसी तरह से दीपावली में भी मुझे नएपन के अनेक कारण नजर आते हैं। नए कपड़े, घर और दफ्तर में नई सफेदी और सफाई, लक्ष्मी पूजन और खुशियाँ-ही-खुशियाँ।

नए साल में बचपन से मैं सिर्फ एक ही चीज जरूर करता आया हूँ और वह है, नए साल में नए संकल्प। पिछले साल की दिसंबर में ही हूँ अपने आप को ढीला छोड़ देते थे और कहते थे कि अब नए साल की एक जनवरी से हम अपनी सारी चीजें ठीक करेंगे। जैसे सवेरे टाइम

पर उठेंगे, सवेरे सैर करने जरूर जाएँगे, माता-पिता का कहना जरूर मानेंगे, होमवर्क टाइम पर करेंगे, भगवान की पूजा करेंगे इत्यादि-इत्यादि।

अब तो ऐसा लगता ही नहीं है कि लोग संकल्प कर रहे हैं और फिर उनको पूरा करने की भी कोशिश कर रहे हैं। कई बार हमारे बच्चे पूजा न करने के सौ बहाने बनाते हैं कि उनकी आस्था है या नहीं है। मैं उनको कहता हूँ कि कम-से-कम पूजा हमारी आत्मशक्ति को तो बढ़ाती है। तुम पूजा मत करो, पर किसी-न-किसी चीज की नियमित करके दिखाओ तो वह भी पूजा के समान होगा—अपने आपको बाँधो तो सही।

नए साल पर संकल्प लेना सबसे कठिन काम है। बहुत से लोग नए साल पर अपना वजन कम करने का, सही खान-पान का, नई नौकरी का, तनख्वाह में नई बढ़ोतरी का संकल्प लेते हैं और वे इन संकल्पों को जनवरी तक निभाते भी हैं, फरवरी आते-आते ये संकल्प ठंडे पड़ने शुरू हो जाते हैं। वे सौभाग्यशाली लोग हैं, जो दोबारा से उठ खड़े होते हैं, जरूरत केवल इस बात की है कि थोड़ा सा हमें प्रोत्साहन चाहिए होता है। अमरीका के राष्ट्रपति अब्राहम लिंकन ने कहा था कि हमेशा अपने दिमाग में यह रखो कि तुम्हारे संकल्प दूसरों से ज्यादा महत्त्वपूर्ण हैं। पिछली गलतियों और दुःखों पर पश्चात्ताप न करते हुए नए साल पर नई उमंग के साथ खड़े होना चाहिए।

अभी जो नया साल आरंभ हो रहा है, उसमें क्यों नहीं हम नए संकल्प ले सकते, जैसा कि मैं अपनी आमदनी का एक निश्चित हिस्सा समाज के परोपकार के काम में लगाऊँगा या फिर अपने व्यस्त समय में से कुछ समय समाजसेवा में बिताऊँगा। जैसे बुजुर्ग आदमियों के साथ बातें करना, सर्दियों में गरीब लोगों की गर्म कपड़ों से मदद करना, लोगों की समस्याएँ सुनकर उनका समाधान करना इत्यादि-इत्यादि। पहले के लोग अपनी आमदनी का 10 प्रतिशत हिस्सा धर्म के काम के लिए निकालते थे। कॉलेज बनाते थे, धर्मशालाएँ बनाते थे, प्याऊ बनाते थे, वृक्ष लगाते थे और अब आज के युग में उन्हीं के बेटे समाजसेवा करना तो दूर अपने बाप-दादाओं की बनाई धर्मशाला को मार्किट में बदल देते हैं और कॉलेज को प्राईवेट कॉलेज बनाकर उसमें लाभ कमाना शुरू कर देते हैं।

मेरे एक उद्योगपति मित्र थे, उन्होंने मुझे एक बहुत अच्छी बात बताई कि जिंदगी में तुम्हें वे काम करने हैं, जिनके कारण तुम्हें मरने के बाद जाना जाएगा। जैसे तुम मरने के बाद भ्रष्टाचारी कहलाओगे या ईमानदार, तुम स्वार्थी कहलाओगे या समाजसेवी, तुम वो कहलाओगे, जिसने देश, समाज, शहर के विकास के लिए कुछ काम किया या केवल अपनी कमाई में लगा रहा। मुझे उनकी बात में बहुत दम दिखाई दिया कि इंसान की वही बनना चाहिए, जिसकी प्रशंसा समाज करे।

इसका एक उदाहरण देखिए, जब हम किसी की शोक सभा में जाते हैं और उसमें सब लोग मरनेवाले की प्रशंसा करते हैं, कहते हैं कि यह बड़ा समाजसेवी था, यह बड़ा धार्मिक था, यह बड़ा मृदुल स्वभाव का था, गरीबों की मदद करता था, पर कोई भी बड़े-से-बड़े आदमी के मरने

के बाद भी उसकी प्रशंसा में यह नहीं कहता कि इसकी तीस इंडस्ट्री थीं या इसके दस मकान थे या इसने बहुत पैसा कमाया। उसके बारे में भी कहा यही जाएगा कि यह धार्मिक, समाजसेवी, परोपकारी था। बहुतों के बारे में हम झूठी प्रशंसा भी करते हैं कि जानेवाला तो चला ही गया, चलो थोड़ी सी प्रशंसा कर दो। पर इससे एक शिक्षा तो मिलती है कि मरने के बाद जिस चीज की प्रशंसा होती है तो हम और हमारे बच्चे उस प्रशंसा को पानेवाले काम को इस नए वर्ष से ही करना क्यों न आरंभ कर दें।

हमारे बच्चे तो तब संकल्प लेंगे न, जब वे हमें देखेंगे कि हमारा आचरण और व्यवहार कैसा है और हम किन संकल्पों पर कितना चल रहे हैं। हम सोचते हैं कि बच्चे हमारी शिक्षा के भाषण से बेहतर बनेंगे, जो कि हम मन से नहीं औपचारिकता से कह रहे हैं, पर वास्तविकता यह है कि बच्चे हमारे आचरण, व्यवहार को देखकर ही सीखते हैं। बच्चे आजकल के इतने होशियार हैं कि वे माँ-बाप की गलतियों को देखने के बाद ही उसकी चर्चा किसी से नहीं करते, पर महसूस जरूर करते हैं। कई बार तो हमें ही अपने माँ-बाप की सेवा इसलिए करनी पड़ती है कि कहीं कल हमारे बच्चे हमारी सेवा न करें।

पहले माँ-बाप ही बच्चों को संस्कार देने के लिए बहुत थे, किंतु अब माँ-बाप के पास समय नहीं है, क्योंकि माँ और बाप दोनों ही पैसा कमाने में लगे हुए हैं। गलती उनकी भी नहीं है, क्योंकि वक्त बदल गया है। अब अपनी गलतियों के लिए लोग टीचरों को डाँटते हैं कि तुम हमारे बच्चों को ठीक से पढ़ा-लिखा नहीं रहे हो, इसलिए बच्चे बिगड़ रहे हैं। सही बात तो यह है कि हममें से ज्यादातर लोग आज पैसे की चकाचौंध में बह गए हैं और उसी पैसे से समझते हैं कि हम बच्चों को खुशियाँ खरीदकर दे देंगे।

मेरी बेटी आजकल गरीब बच्चों के लिए 'खिलौना बैंक' चलाती है। उसको हजारों की संख्या में खिलौने मिलते हैं, क्योंकि खिलौना देनेवाले इन संपन्न लोगों ने अपने बच्चों को समय न देकर महँगे खिलौने दिए थे, जो कि उनके बड़े होने के बाद उन्हीं के घर में एक डिब्बे में बंद पड़े होते हैं, अब 'टॉय बैंक' के माध्यम से उनसे लेकर इन खिलौने को गरीब बच्चों को बाँटा जाता है।

नए साल में हम स्वयं तो संकल्प लें ही, अपने बच्चों को भी नई प्रेरणा दें। नए साल में समाज के ऐसे प्रबुद्ध लोग सामने आने चाहिए, जो लोगों को अच्छे काम करने के लिए प्रेरित करने का काम करें। जैसे हमारे प्रधानमंत्री नरेंद्र मोदी कर रहे हैं।

हम ऐसा क्यों नहीं कर सकते कि जो प्रधानमंत्री ने हमारे बच्चों को नए संस्कार दिए हैं, जैसे स्वच्छता अभियान, बेटी बचाओ-बेटी पढ़ो, गाँवों में विकास करो, शौचालयों की स्थापना, बुजुर्गों का आदर इत्यादि-इत्यादि। उनकी किसी भी एक योजना के साथ हम स्वयं और हमारे युवा बच्चे भी जुड़ें।

नए साल पर यह संकल्प लेना भी बहुत बड़ी बात है कि हम किसी की बुराई नहीं करेंगे और न केवल बुराई बल्कि हर रोज किसी-न-किसी एक व्यक्ति की, चाहे वह परिवार से हो

या परिवार के बाहर का हो, उसकी प्रशंसा करेंगे। हममें से हर किसी को मालूम है कि आधे से ज्यादा झगड़े आज समाज में ईर्ष्या और दूसरे द्वारा की गई बुराई को लेकर हैं। जो बात हमें दूसरों की बुरी लगती है, वही बात हम दूसरे से कहते हैं तो हमें लगता है कि उसने बुरा क्यों माना। हमें अच्छी तरह मालूम है कि हम दूसरे की सफलता से ईर्ष्यालु हो रहे हैं और कई बार यह हमारे हाथ में नहीं होता, पर उस समय हमें अपने बच्चों को समझाना है कि अपने चेहरे पर हमें ईर्ष्या का भाव एवं बदले की भावना नहीं आने देनी है। ईश्वर या मानव की बहुत सी प्रवृत्तियाँ बनाई हैं पर ईश्वर ने मानव को उन प्रवृत्तियों पर संयम रखने का बल भी दिया है।

मुझसे किसी ने पूछा कि आप क्या संकल्प लेना चाहोगे तो मैंने उनको कहा कि मैं संकल्प तो ले सकता हूँ, पर सबकी तरह उनको केवल पूरा करने की कोशिश कर सकता हूँ।

जैसे कि मेरा व्यवहार ऐसा हो कि हर व्यक्ति मुझे अच्छा इंसान कहे। इस मामले में मेरे आदर्श 'अटल बिहारी वाजपेयी' हैं, जिनके बारे में हर राजनीतिक दल का नेता प्रशंसा ही करता मिलता है। मेहँदीपुर बालाजी में जो हनुमानजी का मंदिर है, उस जगह को विकसित करूँ। चाँदनी चौक के खोए हुए गौरव को वापस ला सकूँ और हर व्यक्ति की मदद करने की शक्ति मुझे ईश्वर दें।

अपने जीवन में हर दिन को नया दिन और अच्छा दिन मानकर हमको खड़ा होना है। मुसकराहट नहीं भी आए तो भी लानी है। मैंने अपने जीवन में इन चीजों को व्यावहारिक रूप से देखा है और मुझे ये सब ठीक लगती हैं। मैं आज भी बच्चों की तरह संकल्प करता हूँ, कुछ पूरे कर लेता हूँ, कुछ छूट जाते हैं।

एक कविता 'अब के बरस' की कुछ पंक्तियाँ याद आती हैं—

हर तरफ किलकारियाँ हों कहकहे अबके बरस
प्यार की ऐसी हवा हर दिन बहे अबके बरस।
सारी दुनिया में मुहब्बत की रहे दीवानगी,
हम रहें सुख-चैन से दुनिया रही अबके बरस।
आदमी हर आदमी के काम आए इस तरह
जो पराया हो, उसे अपना कहें अबके बरस।

(पंजाब केसरी, 30 दिसंबर, 2015)

□

महँगाई बढ़ा रही है एमआरपी

बाजार में जब एमआरपी कानून की व्यवस्था नहीं थी तो बड़े व्यापारी अपनी मर्जी से चीजों की कीमतें तय करते थे, जिसका खामियाजा आम लोगों को ही उठाना पड़ता था। उनकी जेब ही कटती थी और खुदरा दुकानदार भी मनमाफिक मुनाफा वसूल कर रहे थे, जब किसी सामान की कीमत के बारे में कोई अंदाजा ही नहीं होगा तो जाहिर है गड़बड़ी तो होगी ही।

आए दिन विपक्षी पार्टियाँ महँगाई बढ़ने का आरोप लगाकर सरकार को घेरती रहती हैं। कम से कम डिब्बाबंद और पैक्ड सामान पर लिखी जानेवाली एमआरपी यानी मैक्सिमम रिटेल प्राइस यानी अधिकतम खुदरा मूल्य की व्यवस्था में जरूरी बदलाव कर दिया जाए तो देश के लोगों को काफी राहत मिल सकती है। सामान खरीदते वक्त मेरा अपना अनुभव है कि दुकानदार 80 फीसदी तक डिस्काउंट देने को तैयार हो जाते हैं। मैं पब्लिक लाइफ में हूँ, इसलिए मुझे डिस्काउंट का ऑफर मिलता है, ऐसा नहीं है। बाजार में मुनाफा कमाने बैठा दुकानदार घाटे में तो कभी सामान नहीं बेचेगा, भले ही कोई भी खरीददार हो। अगर दुकानदार सौ रुपए की एमआरपी वाला सामान 80 फीसदी डिस्काउंट पर यानी 20 रुपए में बेचने को राजी होता है, तो उसे इस पर भी मुनाफा मिल रहा है। यानी पैकिंग पर छापी गई एमआरपी में बड़ा झोलझाल है। मोदी सरकार अगर इस खामी को सुधार दे, तो देश के लोगों की खुशी का ठिकाना नहीं रहेगा। सामान सस्ते हो जाएँगे और सरकार की वाहवाही होगी।

दुकानदार एमआरपी से ज्यादा कीमत पर कोई सामान नहीं बेच सकता। उपभोक्ता सामग्री (उत्पादन और अधिकतम मूल्य का अनिवार्य मुद्रण) अधिनियम 2006 के तहत बाजार में बिक्री के लिए मौजूद सामान पर एमआरपी का छपा होना जरूरी है।

एमआरपी के लिए विभिन्न देशों में अलग-अलग कानून और इंतजाम हैं। इसके लिए हमारे देश में जो प्रावधान हैं, उनमें तमाम तरह की खामियाँ हैं। सरकार की अनदेखी की वजह

से आम आदमी को भारी नुकसान उठाना पड़ रहा है। केंद्र सरकार महँगाई से निपटने के लिए लंबे समय से संघर्ष करती आ रही है, लेकिन वास्तविक महँगाई आदर्श स्तर पर नहीं आ पा रही है। अगर गौर से देखा जाए, तो सरकार हर महीने मुद्रास्फीति के जो आँकड़े जारी करती है, उसमें एमआरपी का बड़ा योगदान होता है। अगर इसमें सुधार कर दिया जाए, तो देश के आम आदमी और केंद्र सरकार को कई मोर्चों पर राहत मिल सकती है।

किस सामान का अधिकतम खुदरा मूल्य (एमआरपी) कितना होगा, यह तय करने का अधिकार उस सामान की मैन्युफैक्चरर कंपनी को दिया गया है। इस मामले में सरकार का कोई नियंत्रण नहीं है। अगर कोई कंपनी साबुन बना रही है, तो एमआरपी तय करने के मामले में उसकी पूरी मनमानी चलती है। आमतौर पर एमआरपी तय करने में प्रति नग लागत, देश में लागू तमाम तरह के टैक्स, माल को लाने और ले जाने का खर्च, मैन्यूफैक्चरर, डिस्ट्रीब्यूटर, थोक और खुदरा दुकानदार का मुनाफा शामिल किया जाता है। सामान बनने से लेकर उसकी बिक्रीवाले की पूरी सीरीज में किसी भी बिंदु पर खर्च और मुनाफे की कोई सीमा तय नहीं है। अगर कोई कंपनी पाँच रुपए के ब्रेड के पैकेट पर 30 रुपए एमआरपी छापना चाहे, तो उस पर कोई रोक-टोक नहीं है। मोटे तौर पर यही वजह है कि सामान बाजार में आने के बाद दुकानदार ग्राहकों की संख्या बढ़ाने के लिए एमआरपी में थोड़ी-बहुत छूट दे दिया करते हैं, फिर भी उन्हें मुनाफा ही होता है।

बाजार में जब एमआरपी कानून की व्यवस्था नहीं थी, तो बड़े व्यापारी अपनी मर्जी से चीजों की कीमतें तय कर देते थे, जिसका खामियाजा आम लोगों को ही उठाना पड़ता था। उनकी जेब ही कटती थी और खुदरा दुकानदार भी मनमाफिक मुनाफा वसूल कर रहे थे। जब किसी सामान की कीमत के बारे में कोई अंदाजा ही नहीं होगा, तो जाहिर है गड़बड़ी तो होगी ही। दुकानदार रोजमर्रा की जरूरतों में शुमार चीजों के दाम कई-कई गुना वसूल रहे थे। बानगी के तौर पर लंबे सफर के दौरान राष्ट्रीय राजमार्गों पर ढाबों में दस रुपए की पानी की बोतल 50 रुपए तक में बेची गई। यानी लोगों की मजबूरी का फायदा उठाकर दुकानदार तबके ने अपनी जेबें जमकर भरीं। लिहाजा लोगों के हितों को देखते हुए, उनके अधिकारों की रक्षा करने के लिए सरकार ने एमआरपी छापना अनिवार्य कर दिया। इसका मकसद बड़े और छोटे व्यापारियों के बीच होने वाले कारोबारी मुकाबले को सीमित करना था। एमआरपी लागू होने का एक और बड़ा फायदा यह हुआ कि दुकानदार कानूनन एमआरपी से ज्यादा कीमत पर सामान नहीं बेच सकता। लेकिन एमआरपी तय करने की कोई निश्चित व्यवस्था नहीं होने की वजह से सामान बनानेवाली कंपनियों ने गड़बड़ी शुरू कर दी और अब वे मनमानी कीमतें वसूल रही हैं। इसकी सबसे ज्यादा मार गरीबों और मिडिल क्लास पर पड़ रही है। आमदनी सीमित है, जरूरतें भी सीमित हैं, फिर भी जेब ढंग के खाने-पीने के लिए तरसती रहती है। सरकार को पूरा टैक्स मिल रहा है, कंपनियों की जेबें भर रही हैं, थोक और रिटेल दुकानदार

भारी मुनाफा कमा रहे हैं, लेकिन आम लोग बेबस हैं। क्या केंद्र सरकार की जिम्मेदारी केवल अपनी, कंपनियों, ट्रांसपोर्टरों और बाजार की सेहत सुधारने की ही है? क्या सरकार को देश के नागरिकों के हितों के बारे में नहीं सोचना चाहिए? क्या सरकार की जिम्मेदारी यह नहीं है कि देश के नागरिकों में भी असंतोष कम हो, उनका जीवन भी खुशियाँ चाहता है, तो क्या सरकार एमआरपी के जरिए खुलेआम हो रही इस ठगी को रोकने के लिए कोई कदम उठाएगी?

सरकारी कामकाज सही तरीके से चल सके, इसके लिए सरकार को भी पैसे जुटाने पड़ते हैं। इसके लिए कही तरह के टैक्स कंपनियों और नागरिकों पर लगाए जाते हैं।

केंद्र सरकार के साथ-साथ राज्य सरकारें भी अपने खर्चे जुटाने के लिए लोगों पर टैक्स लगाती हैं। टैक्स लगाने की वजह से केंद्र और राज्य सरकारें आम लोगों का गुस्सा भी झेलती हैं, जबकि सरकारी कामकाज चलाने के लिए टैक्स वसूली जरूरी है। ऐसे में अगर केंद्र सरकार एमआरपी व्यवस्था में सुधार कर चीजों के दाम घटाने की तरफ कदम बढ़ाएगी, तो लोगों को टैक्स चुकाने में भी दिक्कत नहीं होगी। लोग ईमानदारी से टैक्स चुकाएँगे तो देश में काला धन भी नहीं बढ़ेगा। तो मेरा मानना है कि एक व्यवस्था दुरुस्त किए जाने से अगर कई तरह के फायदे हों, तो उस पर ध्यान जरूर देना चाहिए।

आजकल ऑन लाइन शॉपिंग का जमाना आ गया है तो इसे बढ़ावा मिलने के पीछे भी एमआरपी की धाँधली ही है। ऑन लाइन शॉपिंग में लोग सीधे कंपनी से या थोक दुकानदार से सामान खरीद सकते हैं। ऐसे में कंपनी या थोक दुकानदार के ट्रांसपोर्ट, चुंगी, रिश्वत जैसे बहुत से खर्चे बचते हैं, तो वे ग्राहकों को एमआरपी से काफी सस्ता सामान लोगों के घरों तक पहुँचाकर भी मुनाफा बटोर रहे हैं। आज बहुत से व्यापार संगठन ऑनलाइन शॉपिंग कंपनियों को विरोध कर रहे हैं, जबकि हकीकत यह है कि इससे लोगों को अपेक्षाकृत कम कीमत पर

ब्रैंडेड सामान मिल रहा है। अगर लोगों का फायदा हो रहा है, तो फिर व्यापार संगठनों को गुस्सा क्यों आ रहा है ? होना तो यह चाहिए कि देश भर के व्यापार संगठन सरकार से अपील करें कि एमआरपी व्यवस्था को दुरुस्त किया जाए, जिससे चीजों के दाम अनाप-शनाप न बढ़ाए जाएँ और ग्राहकों का भरोसा रिटेल या खुदरा बाजार पर बना रहे।

हालाँकि इसमें कोई दो राय नहीं है कि एमआरपी की व्यवस्था देश के लोगों के हितों की रक्षा में काफी कारगर साबित हुई है। एमआरपी से पहले तो बाजार में और भी खुली लूट चल रही थी। लेकिन एमआरपी व्यवस्था में भी काफी खामियाँ हैं। एक छोटा उदाहरण ले लीजिए। कानूनन एमआरपी से ज्यादा कीमत पर सामान बेचा ही नहीं जा सकता, लेकिन बहुत से दुकानदार इस कानून का खुला मजाक उड़ा रहे हैं। वे एमआरपी की जगह चिप्पी चिपका कर कीमत ज्यादा दिखाते हैं और आम आदमी को उस चिप्पी पर लिखी कीमत ही अदा करनी पड़ती है।

मूल पैकिंग पर बढ़ी कीमत की चिप्पी चिपकाने का हक क्या कानून के तहत दुकानदार को है ? हरगिज नहीं। और भी बहुत सी बातें हैं, लिहाजा अब वक्त आ गया है कि इसमें सुधार किया जाए, ताकि देश के लोग खुशहाली की तरफ अपने कदम आसानी से उठा पाएँ। मेरी मोदी सरकार से विनम्र अपील है कि इस तरफ तुरंत सोचा जाए, ताकि लोगों की जिंदगी थोड़ी आसान हो जाएगी।

(पंजाब केसरी, 9 जून, 2015)

□

परेशानियाँ और फिजूलखर्ची ज्यादा

दिल्ली की पिछली सरकार ने डीटीसी के मामलों में जो आँकड़े पेश किए हैं, क्या दिल्ली की मौजूदा सरकार के पास उनका कोई जवाब है?

क्या विज्ञापनों पर लूटे गए करोड़ों रुपए से डीटीसी की हालत में सुधार लाने के लिए काम नहीं किया जाना चाहिए? साल 2012-2013 में डीटीसी के बेड़े में 5445 बसें थी।

कोई योजना अगर पब्लिक के लिए अच्छी है, तो उसे एक बार ताल ठोककर लागू क्यों नहीं किया जाना चाहिए? ऐसा तो हरगिज नहीं हो सकता कि योजना तो आम लोगों के बेहतर भविष्य के लिए ठीकठाक है, लेकिन उसे लागू आंशिक तौर पर ही किया जाएगा और जब भी उस योजना को लागू किया जाएगा तो हर बार अपनी तारीफों के पुल बाँधे जाएँगे। पूरी दिल्ली में अपनी पीठ ठोकनेवाले होर्डिंग लगवाए जाएँगे। डीटीसी की सारी बसों पर भी स्टिकर-पोस्टर लगवा दिए जाएँगे।

अखबारों, रेडियो और टीवी चैनलों पर भी जमकर ढिंढोरा पीटा जाएगा। यह सब करने के लिए पैसा किसकी जेब से जाएगा? जाहिर है कि आम आदमी की जेब से ही जाएगा। सोमवार 18 अप्रैल को बाकायदा चालान कटवाकर मैंने दिल्ली में ऑड-इवन नंबरों के आधार पर वाहन चलाने की स्कीम के पीछे दिल्ली सरकार की मंशा का ही विरोध किया है। मेरा विरोध योजना से नहीं है। इससे अगर दिल्ली में वायु प्रदूषण कम होगा तो इससे मेरा और मेरे परिवार का भी भला होगा। लेकिन वायु प्रदूषण कम करने में ऑड-इवन योजना कितनी कारगर होगी, यह साबित होना अभी बाकी है। मैं तो शुरू से ही इस बात का विरोध कर रहा हूँ कि किसी भी सरकार को जनता से मिले टैक्स के गलत इस्तेमाल का हक नहीं है। जनता के पैसे को अपनी इमेज चमकाने का जरिया बनाया जाना ठीक नहीं है।

दिल्ली को भ्रष्टाचार का अड्डा बताकर दिल्ली पुलिस पर निशाना लगाने का इरादा हो या शिक्षक दिवस पर राष्ट्रपति को धन्यवाद देने के लिए चप्पे-चप्पे पर बधाई संदेश छपवाने का मसला हो या फिर ऑड और इवन योजना के बड़े पैमाने पर प्रचार का मामला हो, दिल्ली सरकार हर बार दिल्ली के बाशिंदों के सेंटीमेंट से खेलकर अपना चेहरा चमकता हुआ दिखाती है। धन्यवाद दिल्लीवालों को दिया जाता है, लेकिन मंशा होती है अपनी इमेज बिल्डिंग की। अरे भाई, आप पार्टी फंड से इस तरह के विज्ञापन छपवाइए-चलवाइए, तो किसी को कोई एतराज नहीं होगा। लेकिन अगर आप इस तरह दिल्लीवालों का पैसा अपने ऊपर खर्च करेंगे तो सवाल पूछना तो लाजिमी है ही।

दिल्ली सरकार हर महीने ऑड-इवन योजना 15 दिनों के लिए लागू करने का इरादा रखती है, तो फिर क्या विज्ञापनों पर जनता के करोड़ों रुपए हर महीने इसी तरह लुटाए जाएँगे? सरकार ढोल पीट-पीटकर कह रही है कि दिल्ली की जनता योजना को बेहद पसंद कर रही है। अगर ऐसा है तो दिल्ली सरकार ने जुर्माने की रकम दो हजार रुपए क्यों रखी है? क्या यह डरा-धमकाकर अपनी योजना जनता पर थोपने का काम नहीं है? अगर दिल्ली सरकार में हिम्मत है और उसे दिल्ली वालों पर वाकई भरोसा है, तो जुर्माना वसूलने की बजाय, नैतिकता को आधार बनाया जाना चाहिए। दिल्ली सरकार एक बार ऐसा करके भी देख ले। सारा गुमान धरा रह जाएगा।

मेरा कहना है कि जो पैसा सरकार इस तरह की योजनाओं पर अपना चेहरा चमकाने के लिए खर्च कर रही है, वह पैसा इंफ्रास्ट्रक्चर के विकास पर क्यों खर्च नहीं किया जाना चाहिए?

अगर हमारा पब्लिक ट्रांसपोर्ट सिस्टम दुरुस्त होगा और बेहतर होगा, तो लोगों को महीने में 15 दिन नहीं, बल्कि हर दिन ऑड-इवन से भी कोई परेशानी नहीं होगी। दिल्ली की पिछली सरकार ने डीटीसी के मामले में जो आँकड़े पेश किए हैं, क्या दिल्ली की मौजूदा सरकार के पास उनका कोई जवाब है ? क्या विज्ञापनों पर लुटाए गए करोड़ों रुपए से डीटीसी की हालत में सुधार लाने के लिए काम नहीं किया जाना चाहिए ? साल 2012-13 में डीटीसी के बेड़े में 5445 बसें थीं। जनवरी, 2016 यानी आप सरकार के दौरान डीटीसी के पास बसों की संख्या 4421 ही रह गई। इसी दौरान डीटीसी में सफर करने वालों की संख्या में भी रोजाना औसत 3.68 लाख सवारियों में कमी आई। जाहिर है कि बसें कम होंगी, तो सवारियों की संख्या घटेगी ही। आपके लिए यह जानना भी दिलचस्प होगा कि इसी दौरान डीटीसी की रोजाना आमदनी में भी 71 लाख रुपए कम हो गए। तो एक तो डीटीसी की कमाई घट गई, दूसरे ऑड-इवन के लिए लोगों को कथित तौर पर जागरूक करने के लिए करोड़ों रुपए जनवरी, 2016 में लुटाए गए और अब फिर लुटाए जा रहे हैं। साफ है कि दिल्ली की आप सरकार की मंशा लोगों की भलाई नहीं, बल्कि अपना प्रचार करना भर है। यह वास्तव में चिंता की बात है कि वायु प्रदूषण बढ़ रहा है, ध्वनि प्रदूषण और जल प्रदूषण भी बेहताशा बढ़ रहे हैं। ऐसे में लोगों को संयम से काम लेना चाहिए। ईंधन की बर्बादी भी पूलिंग की मानसिकता विकसित कर रोकी जा सकती है। लोगों में समाज के प्रति जवाबदेही की भावना विकसित अब होनी ही चाहिए, लेकिन कोई डंडे के बल पर ऐसा कराने की कोशिश कर रहा हो, तो आप उसे दिखावे की राजनीति ही कह सकते हैं। मुंबई के बाद दिल्ली के लोग देश में सबसे ज्यादा टैक्स भरते हैं। मुंबई में 2013-14 में लोगों ने 2,39,494 करोड़ रुपए का टैक्स जमा किया। इस साल यह बढ़कर तीन लाख करोड़ रुपए तक पहुँचने का अनुमान है। इसी तरह दूसरे नंबर पर रही दिल्ली के बाशिंदों ने 2013-14 के दौरान 88,140 करोड़ रुपए का टैक्स चुकाया, जो इस साल बढ़कर एक लाख, एक हजार करोड़ रुपए होने का अनुमान है। लेकिन लोगों के टैक्स की गाढ़ी कमाई इस तरह किसी सरकार की 'इमेज बिल्डिंग' पर खर्च नहीं की जा सकती। दिल्ली के कई इलाकों में पीने के पानी की बड़ी किल्लत है। सरकार विज्ञापनों पर करोड़ों रुपए बर्बाद करने के बजाय, लाखों लोगों की रोजमर्रा की समस्याएँ निपटाने के लिए भी कर सकती है। मैंने तो चालान कटवाकर अपना सांकेतिक विरोध दर्ज करा दिया है। अब दिल्ली के लोगों की बारी है।

(राष्ट्रीय सहारा, 22 अप्रैल, 2016)

□

पुरस्कार लौटाने की राजनीति क्यों?

जो साहित्यकार पुरस्कार लौटाकर अखबारों और टीवी न्यूज में सुर्खियाँ बटोर रहे हैं, उल्टे वही यह बात साबित कर रहे हैं कि उनमें असहिष्णुता बढ़ रही है। वे साबित कर रहे हैं कि उन्हें प्रधानमंत्री नरेंद्र मोदी का सुशासन सुहा नहीं रहा है। वे साबित कर रहे हैं कि वे एनडीए विरोधी सियासी पार्टियों के प्रवक्ता हैं या फिर नई परिस्थितियों में जो सुविधाएँ इनको पिछली सरकार में मिल रही थीं, उनके छिनने की आशंकाओं से आशंकित हैं।

पिछले दिनों एक लेखक ने दादरी घटना के बाद साहित्य अकादमी का पुरस्कार लौटाया। मैं कुछ समझ नहीं पाया कि इसका दादरी घटना से क्या संबंध है। धीरे-धीरे कुछ और साहित्यकारों ने भी लौटाया। ये खुद लौटा रहे हैं या एक-दूसरे को तैयार करते हैं, ताकि मोदी सरकार के खिलाफ एक माहौल बने, क्योंकि दादरी में तो दो मरे, जिसकी जाँच चल रही है, पर इससे पहले 1984 के दंगों में, भागलपुर के दंगों में, भोपाल गैस कांड में, मुजफ्फरनगर (यूपी) के दंगों में आपातकाल लगने पर, मुरादाबाद के दंगों में ये लोग चुप बैठे थे और अब सरकार बदलने पर ही यकायक इनकी आत्मा जाग गई, यह देखकर मुझे आश्चर्य और दुःख दोनों था।

एक साहित्यकार ने मुझे कहा कि ये लोग एक सरकार के शासन में अवार्ड ले लेते हैं और फिर उसी की वफादारी निभाने के लिए दूसरी सरकार जब आती है, तब ये उन्हीं अवार्डों को वापस करने का दिखावा करते हैं। मुझे यह सुनकर बहुत दुःख हुआ। मुझे मौका मिला तो मैं इन लौटानेवालों से चर्चा करना चाहूँगा।

साहित्य अकादमी पुरस्कार लौटाने की भेड़चाल चल रही है। पुरस्कार लौटाने वाले साहित्यकार दलील दे रहे हैं कि समाज में असहिष्णुता बढ़ रही है, यानी सहनशीलता कम होती जा रही है, लिहाजा वे इस तरफ ध्यान देने के लिए ऐसा कर रहे हैं। मेरा मानना है कि ऐसा कुछ नहीं है, बल्कि केंद्र में एनडीए सरकार बनने के बाद प्रधानमंत्री नरेंद्र मोदी की कोशिशों

की वजह से सामाजिक समरसता और सौहार्द में इजाफा ही हुआ है। जो साहित्यकार पुरस्कार लौटाकर अखबारों और टीवी न्यूज में सुर्खियाँ बटोर रहे हैं, उल्टे वही यह बात साबित कर रहे हैं कि उनमें असहिष्णुता बढ़ रही है। वे साबित कर रहे हैं कि उन्हें प्रधानमंत्री नरेंद्र मोदी का सुशासन सुहा नहीं रहा है। वे साबित कर रहे हैं कि वे एनडीए विरोधी सियासी पार्टियों के प्रवक्ता हैं या फिर नई परिस्थितियों में जो सुविधाएँ इनको पिछली सरकार में मिल रही थीं, उनके छिनने की आशंकाओं से आशंकित हैं। पुरस्कार लौटाने वाले साहित्यकारों का कहना है कि तर्कवादी प्रो. एम.एम. कलबुर्गी और दादरी में गोमांस को लेकर कथित हत्याकांड की अनदेखी नहीं की जा सकती।

मेरा मानना है कि कोई भी पुरस्कार लौटाना सिरे से गलत है। फिर अगर आप दो हत्याओं के विरोध में ऐसा करते हैं तो कर्नाटक में धारवाड़ निवासी कन्नड़ लेखक प्रो कलबुर्गी की हत्या 30 अगस्त को की गई थी। विरोध करना था तो तभी पुरस्कार लौटा दिए होते। साफ है कि आप सोच–समझकर सियासत कर रहे हैं। अगर दादरी कांड के बाद आपकी आत्मा ढंग से जाग गई, तो हत्याकांड के बाद आपको उसी दादरी में बना सद्भावपूर्ण माहौल क्यों नजर नहीं आया? आपको यह क्यों नहीं नजर आया कि वहाँ के हिंदू समाज ने पीड़ित परिवार की पूरी मदद की। न केवल पीड़ित परिवार, बल्कि दूसरे मुस्लिम परिवारों को भी पूरी सुरक्षा का भरोसा दिलाया। सरकार विरोधी लोगों ने वहाँ पहल कर उसे सांप्रदायिकता का रूप देने में कोई कसर नहीं छोड़ी, फिर कानून व्यवस्था तो राज्य सरकार का काम है। अभी यह साबित होना बाकी है कि गोवध का आरोप लगाकर किसने हत्या की साजिश रची। आप लेखक हैं। पुलिस और सीबीआई जैसी जाँच एजेंसी नहीं हैं। अपराधियों की धरपकड़ चल रही है। गाँव के हिंदुओं

के बर्ताव ने साबित कर दिया है कि वह महज कुछ सिरफिरों का काम था, न कि गाँव के एक समाज की साझा साजिश।

सवाल पुरस्कार लौटाने की टाइमिंग को लेकर भी है। प्रो. कलबुर्गी की हत्या या दादरी में की गई हत्या से पहले क्या कभी इस तरह की वारदात नहीं हुई? पुरस्कार लौटाने का सिलसिला देश के पहले प्रधानमंत्री जवाहर लाल नेहरू की भाँजी नयनतारा सहगल ने शुरू किया। उन्हें वर्ष 1986 में अंग्रेजी साहित्य के लिए अकादमी सम्मान दिया गया था। नयनतारा का आरोप है कि सरकार देश की सांस्कृतिक विविधता की हिफाजत नहीं कर पाई है। अगर उनका यह बयान सियासी नहीं है और वे वाकई ऐसा मानती हैं, तब तो उन्हें यह अकादमी पुरस्कार लेना ही नहीं चाहिए था। जिस साल उन्हें पुरस्कार मिला, उससे दो साल पहले यानी 1984 के सिख विरोधी दंगे वे क्यों भूल गईं? नयनताराजी अगर संवेदनशील हैं, तो क्या सिखों के कत्ल-ए-आम को वे जायज मानती हैं? उन्हें इस पर चुप्पी तोड़नी चाहिए। समाज की असहिष्णुता 1984 के दंगों या भागलपुर दंगों या और भी इस तरह की वारदात के वक्त या उनके बाद पुरस्कार वापस करने वालों को क्यों नजर नहीं आई?

अभी तक केवल कुछ साहित्यकारों ने ही साहित्य अकादमी पुरस्कार लौटाने की असंवेदनशील पहल की है। हर साल 24 भाषाओं में साहित्य अकादमी पुरस्कार दिए जाते हैं। अनुवाद के लिए भी अवॉर्ड मिलता है। अकादमी की स्थापना 1954 में की गई थी।

ऐसे में जाहिर है कि पुरस्कृत साहित्यकारों की संख्या एक हजार से ज्यादा है। तो क्या पुरस्कार नहीं लौटाने वाले बाकी साहित्यकार संवेदनशील नहीं हैं? पुरस्कार लौटाने वाले लेखक क्या अपनी बिरादरी को ही गलत संदेश नहीं दे रहे हैं? कुछ का मानना है कि पुरस्कार लौटाने वाले साहित्यकार कोई राजनीति कर रहे हैं, जिसका उल्टा असर अकादमी पर पड़ेगा। साहित्य अकादमी स्वायत्त संस्था है। चंद नकारात्मक सोच वाले साहित्यकार अगर गलत माहौल बनाएँगे, तो सरकार के लिए तो यह अपने लोगों को अकादमी में दाखिल कराने का अच्छा मौका होगा। इस तरह के विवाद खड़े कर आप अंग्रेजी समेत 24 भारतीय भाषाओं के साहित्य का भला नहीं कर रहे हैं। सियासत नेताओं का काम है, उन्हें ही करने दीजिए। समाज को विषाक्त बनाने की इस तरह की कोशिशों का मैं पुरजोर विरोध करता हूँ।

समाज में अगर असहिष्णुता बढ़ रही है, तो आप साहित्य की रचना कर लोगों को जागरूक बनाने का काम करिए। नकारात्मक सोच वाली सियासी पार्टियों की तरह समाज को बाँटने और देश के सहिष्णु सामाजिक ताने-बाने के साथ खिलवाड़ का काम मत कीजिए।

दूसरी बात यह है कि पुरस्कार तो आपने लौटा दिया, वह प्रतिष्ठा कैसे वापस करेंगे, जो पुरस्कार दिए जाने के बाद आपको हासिल हुई थी? वह आर्थिक लाभ कैसे वापस करेंगे, जो पुरस्कार की वजह से आपको मिला था? साहित्य अकादमी अवॉर्ड की समाज में प्रतिष्ठा है। पुरस्कार आपको पहचान दिलाते हैं, उनका निरादर कैसे किया जा सकता है? क्या पुरस्कार के

रावण का पुतला दहन महज एक रस्म

दशहरा जैसे त्योहार का स्वरूप बदलना पड़ेगा। समय के साथ बदलाव ही सामाजिक विकास की सीढ़ी तैयार करते हैं। मुझे बड़ा अच्छा लगता है कि कुछ जगहों पर दशहरे के दिन आज के दौर की बुराइयों के पुतले फूँके गए। कन्या भ्रूण हत्या के खिलाफ, भ्रष्टाचार के खिलाफ पुतले जलाए गए। ऐसे ही हम दूसरी बुराइयों को भी ले सकते हैं। हर साल गाँव, गली-मुहल्ले और शहरों के स्तर पर हम तीन बुराइयों की थीम पर पुतले बनाएँ, उन्हें समारोहपूर्वक जलाएँ, तो इस पर्व में नया जोश आ सकता है।

मैं रामलीलाओं से बहुत प्रभावित हूँ। वही कहानी, वही मंचन, फिर भी हर वर्ष बार बार देखने से मन नहीं भरता। दशहरे के दिन हर साल रावण, मेघनाद और कुंभकर्ण के पुतले जलाए जाते हैं। जब से मैंने होश सँभाला है, तब से यह देखता आ रहा हूँ। बचपन में घर से छोटी–सी दरी लेकर रामलीला देखने जाते थे। अगर जमीन पर बिछी लाल–नीली वाली दरी पर जगह नहीं मिलती तो अपनी दरी जिंदाबाद। उन दिनों की तस्वीर आज भी जेहन में कौंधती रहती है। कितना जोश हममें रामलीला देखने को लेकर होता था।

सच्चाई की जीत का त्योहार हम पूरे दिल से देखते, मूँगफलियाँ खाते, देर रात घर आते और अगले दिन दोस्तों से बतियाते। हमें बचपन में सिखाया गया था कि रावण बुराई का प्रतीक है, इसलिए उसका पुतला जलाया जाता है। राम अच्छाई के प्रतीक हैं, इसलिए वे रावण को जलाते हैं। संदेश यह था कि बुराई कितनी भी ताकतवर हो, आखिर में हारती ही है

लेकिन इस साल दशहरे पर सोशल मीडिया पर छाया एक मैसेज पढ़कर मैं सोच में पड़ गया। मैसेज कुछ इस तरह था—

बाद बनी अपनी पहचान भी आप वापस कर सकते हैं? ऐसा नहीं कर सकते, बल्कि कहना चाहिए कि ऐसा हो ही नहीं सकता, तो फिर खाँमखाँ पुरस्कार को मजाक मत बनाइए। अगर आपको सियासत करनी है या किन्हीं सियासी पार्टियों का समर्थन करना है, तो उनमें शामिल क्यों नहीं हो जाते?

किसी भी लिहाज से साहित्य अकादमी का राजनीतिकरण नहीं किया जाना चाहिए। यह गलत है। साहित्य के लिए भी और समाज के लिए भी। ऐसा करना तब तो बहुत ही गलत है, जब आप देश को पूरी तरह समर्पित प्रधानमंत्री नरेंद्र मोदी की सरकार पर बेबुनियाद आरोप लगाकर पुरस्कार लौटा रहे हों। पिछले साल मई में सरकार बनी थी, यानी अभी कुल जमा करीब डेढ़ साल भी नहीं हुआ है। देश के सभी संवेदनशील लोग जानते हैं कि हमारे प्रधानमंत्री सबका साथ–सबका विकास की भावना से 24 घंटे काम करते हैं।

देश के विकास और गरीबों के लिए उन्होंने जो योजनाएँ लागू की हैं, उनके नतीजे अब आने शुरू होंगे। सबने देखा है कि प्रधानमंत्री मोदी ने किस तरह इस डेढ़ साल में दुनिया भर में भारत की छवि को चमकाया है। अगर अमरीका, ब्रिटेन, रूस, चीन और जर्मनी जैसे दुनिया के ताकतवर देश उन्हें चमत्कारी नेता मान रहे हैं, तो क्या वे देश और उनके नागरिक हमारे देश के किसी वजह से इन भटके हुए लेखकों से कम बुद्धिमान हैं? माफ कीजिएगा, ऐसा नहीं है। देश में अभिव्यक्ति की आजादी है। आप विरोध कीजिए, इनकार कीजिए, लेकिन पुरस्कार लौटाने की राजनीति ठीक नहीं। पुरस्कार लौटाना है तो फिर लेना क्यों?

ऐसा तो नहीं होना चाहिए कि किसी पार्टी या गठबंधन की सरकार से पुरस्कार लेने को आप अपना गौरव समझें, अपनी पीठ थपथपाएँ और जब दूसरी सरकार आए तो उसी पुरस्कार को विरोध का हथियार बनाकर लौटा दें।

साहित्य अकादमी सरकार के नियंत्रण में नहीं है। वह देश में साहित्य के विकास के लिए बनाई गई है। अकादमी देश के नागरिकों की धरोहर है। उसका गलत इस्तेमाल करना देश के नागरिकों की भावनाओं का अपमान करना है।

पुरस्कारों का अगर इस तरह तिरस्कार होगा, तो सम्मान देने वाले हजार बार सोचेंगे। इसे इस स्तर का मजाक मत बनाइए कि अकादमियाँ अवॉर्ड देना ही बंद कर दें। पुरस्कार लौटाने से क्या होगा? खुद के व्यक्तित्व पर सवालिया निशान मत लगने दीजिए।

पुरस्कार लौटाकर अपना सम्मान कम मत कीजिए। पता नहीं कब आपकी आत्मा जाग जाती है और कब सो जाती है? मुझ जैसा सियासी नेता अगर कुछ लेखकों के इस काम से आहत हुआ है, तो जरा सोचिए कि लाखों साहित्य-प्रेमियों के दिल पर क्या गुजरती होगी?

(पंजाब केसरी, 14 अक्तूबर, 2015)

□

"मैंने महसूस किया है,
उस जलते हुए रावण का दु:ख
जो सामने खड़ी भीड़ से
बार-बार पूछ रहा था,
तुममें से कोई राम है क्या?"

बात बिल्कुल सटीक है। हम बुराई को तो खत्म करने की परंपरा निभाते आ रहे हैं, लेकिन असल जिंदगी में हममें से कितने राम के थोड़े-बहुत भी संस्कार चाहते हैं। हममें से कितने लोग अपने बच्चों को सच्चाई वाले संस्कार दे रहे हैं? जब मैं पिछली जिंदगी में झाँकता हूँ तो देखता हूँ कि बहुत सारी चीजें बिल्कुल बदल गई हैं। न केवल उनका रूप-रंग बदल गया है, बल्कि उनके मायने और संदेश भी बदल गए हैं। अभी रामलीलाओं का दौर खत्म हुआ है। मुझे भी कई रामलीलाओं में जाने का मौका मिला और मैंने देखा कि उनका स्वरूप पूरी तरह से बदल गया है। बचपन और जवानी की दहलीज पर आने के बहुत दिन बाद तक मुझे रावण केवल बुराई का ही प्रतीक लगता था, लेकिन अब देखता हूँ कि हम लोग खुद ही इतने बुरे हो गए हैं कि घिनौने से घिनौना अपराध करते हुए हमारे हाथ नहीं काँपते।

रोजाना लड़कियों और छोटी-छोटी बच्चियों को बलात्कार का शिकार बनाया जा रहा है। समाज में रिश्वत का बोलबाला है। ऐसे में साफ लगता है कि हर साल दशहरे पर रावण को जलाना अब महज ऐसी परंपरा भर रह गया है, जिससे कोई संदेश, कोई संस्कार अब हम लोग लेते नहीं हैं। मेरे बचपन में रामलीलाएँ कितनी सादगी से होती थीं, लेकिन अब एक-एक रामलीला पर लाखों-करोड़ों रुपए खर्च किए जा रहे हैं। रामलीला कमेटियों में खर्च बढ़ाने को लेकर कंपीटीशन होने लगे हैं। दिक्कत यह है कि यह सारा खर्च महज भव्यता बढ़ाने के लिए किया जा रहा है, न कि रामलीला का संदेश नई पीढ़ी तक पहुँचाने के मकसद से। वही लीला है, वही संस्कृत है तो फिर आज के बच्चे रामलीला के संदेश कैसे ग्रहण करेंगे? जीवन-मूल्यों के खत्म होते जाने के इस दौर में क्या रामलीलाएँ नई पीढ़ियों को संस्कार देने का जरिया नहीं बन सकतीं? लेकिन नई पीढ़ी की चिंता किसी रामलीला कमेटी को नहीं है। वे तो केवल यह जतन करने में लगी रहती हैं कि बड़े-बड़े नेता, अभिनेता, धन्ना सेठ उनके यहाँ आएँ।

मैं अकसर रामलीलाओं में जाता हूँ तो बच्चों को एक कहानी सुनाता हूँ। कहानी आपने भी सुनी होगी कि एक स्कूल में शिक्षा अधिकारी मुआयने पर आए तो उन्होंने बच्चों से सवाल किया कि शिवजी का धनुष किसने तोड़ा, सवाल सुनकर बच्चों में सन्नाटा पसर गया। आगे की लाइन में बैठा एक बच्चा सिर खुजलाकर बोला कि सर, सच-सच कह रहा हूँ, मैंने नहीं तोड़ा। दूसरा बच्चा बोल पड़ा कि सर, मैं तो कल स्कूल आया ही नहीं था, पता नहीं धनुष किसने तोड़ा? तीसरा बोला कि सर मैं तो वॉशरूम गया था, मुझे नहीं पता किसने तोड़ दिया

धनुष? अफसर ने टीचर से पूछा कि मास्टर साहब, बच्चे कैसे जवाब दे रहे हैं तो मास्टर बोले कि साहब आप खाँमखाँ परेशान हो रहे हैं। शरारती बच्चे हैं, किसी ने तोड़ दिया होगा।

पहले तो यह एक चुटकुला लगता था, लेकिन अब लगता है कि यह हकीकत है। सवाल यह है कि आज की रामलीला देखकर क्या बच्चों को समझ में आ रहा है कि उन्हें क्या सिखाने की कोशिश की जा रही है? पिछले कुछ वर्षों में बगैर परीक्षा दिए बच्चों को पास करने की प्रणाली के कारण बच्चों ने सीखना छोड़ दिया, इसलिए अब शिक्षा की गुणवत्ता बढ़ाने का अभियान चलाया जा रहा है। अगर सीधे बच्चों से बातचीत कर यह समझने की कोशिश करेंगे, तो आप यकीनन चौंक जाएँगे। मैं कई जगहों पर रामलीलाओं के मंच पर बच्चों को बुलाकर सवाल करता हूँ कि राम के चारों भाइयों के नाम बताओ। बताओ कि रावण के भाइयों के नाम क्या हैं? सूर्पणखा कौन थी? बच्चे उल्टे-सीधे जवाब देते हैं और रामलीला का आयोजन करने वाले तथा देखने आए दिल्लीवासी हँसते हैं, ठहाके लगाते हैं।

बच्चों को अब ठीक से हिंदी आती नहीं। संस्कृत के श्लोकों वाली रामलीला कितनी समझते होंगे, पता नहीं।

बच्चों के भोले-भाले जवाबों पर हँसी आना लाजिमी है, लेकिन यह गंभीर मसला है, माता-पिता को इसे समझना होगा और बच्चों को समझाना होगा कि रामलीला के असली मायने क्या हैं। केवल दशहरे के मौके पर ही नहीं, बल्कि रोजमर्रा की जिंदगी में घर पर उन्हें बताना होगा कि रामलीला का संदेश क्या है? उन्हें बताना होगा कि रामलीला अच्छाई पर बुराई की जीत का संदेश क्यों देती है? उन्हें बताना होगा कि रामलीला हमें दैनिक सामाजिक

व्यवहार में सिखाती है कि बच्चों को माता-पिता के आदेश मानने चाहिए, जैसे राम ने माना और 14 साल तक जंगल में रहने चले गए। आज कोई अपने बच्चों को वनवास नहीं दे रहा, लेकिन संदेश तो यही है कि माता-पिता की बात माननी चाहिए। रामलीला के जरिए बच्चों को यह सिखाना होगा कि पति का धर्म क्या होता है। पत्नी का धर्म क्या होता है। भाई और मित्र का क्या धर्म है। पर यह माता-पिता तो तब सिखाएँगे, जब खुद पालन कर रहे होंगे। अपने बूढ़े माता-पिता की जब वे देखभाल नहीं कर रहे तो अपने बच्चों से श्रवण कुमार या राम बनने की आशा कैसे करेंगे।

मैं नरेंद्र कोहलीजी की रामकथा पर आधारित पुस्तक 'अभ्युदय' से बहुत प्रभावित हुआ। अकसर रामलीलाओं में दर्शकों से अनुरोध करता हूँ कि वे पुस्तक जरूर पढ़ें, क्योंकि उसका आधार वैज्ञानिक है। आज किसी से पूछो, अहिल्या पत्थर से जीवित कैसे हो गई। बड़े-बड़े जवाब देंगे कि रामजी ने पत्थर को छुआ तो अहिल्या जीवित हो गई, जबकि तथ्य यह है कि समाज के बहिष्कार के कारण वे बेचारी पाषण तुल्य हो गईं। रामजी ने उसकी दु:ख भरी गाथा जान उसे अपनाया तो समाज ने भी अपना लिया।

कोई भी आश्चर्य करेगा कि राम ने बाली को छुपकर क्यों मारा, पर कोहली इसके भी तर्क देते हैं। विश्वामित्र मुनि का राम-लक्ष्मण बालकों को ताड़का वध के लिए ले जाना केवल ताड़का का वध करवाना न होकर, बालकों को दशरथ के राज्य के वनों के हालात दिखाना था कि कैसे उन पर राक्षसों का कब्जा होता जा रहा है और कैसे वे आम नागरिक एवं ऋषि-मुनियों को परेशान करते हैं, ताकि जब राम राजा बनें तो उन्हें वस्तुस्थिति का पता रहे। आज के कॉरपोरेट कल्चर में बच्चे हनुमान के चरित्र से काफी कुछ सीख सकते हैं। हनुमान सफलतम संगठक थे। उन्होंने अपने मालिक के हित साधने के लिए सब कुछ किया। वे वक्त के पाबंद थे। चतुर थे। तुरंत फैसले करते थे। हर तरह के हालात से निपटने में माहिर थे, लेकिन आज यह सब कुछ नहीं सिखाया जा रहा है। आजकल तो केवल चमक-दमक पर जोर है। आज की रामलीलाएँ भव्य हैं। लाखों-करोड़ों रुपए खर्च कर तकनीक का जमकर इस्तेमाल कर रही हैं। पहले शहरों में एक प्रमुख लीला हुआ करती थी, लेकिन अब एक की दो, दो की तीन होते-होते हर मुहल्ले की अपनी रामलीला होने लगी है, क्योंकि रामलीला कमेटी में अपने-अपने अहं को लेकर झगड़े होते हैं और फिर एक की दो रामलीला हो जाती हैं, परिणाम यह होता है कि दर्शक भी बँट जाते हैं। जब रामलीला वाले ही एकता का संदेश देने में नाकाम हो गए हों, तो वे समाज को क्या संदेश देंगे, सोचने वाली बात है। अब तो रावण के साथ सेल्फी लेने का जमाना है। बाजार में रावण के दस सिरों के मुखौटे बिक रहे हैं। लोग उन्हें अपने बच्चों की जिद पर खरीद रहे हैं, यानी अब रावण के दस सिर लोगों के ड्रॉइंग रूम का हिस्सा होने लगे हैं, तब मुझे बड़ी चिंता होती है।

सोचने वाली बात यह है कि अब मौजूदा दौर में रावण, मेघनाद और कुंभकर्ण के

पुतले जलाने से क्या होगा? अब रामलीला संदेश और संस्कार नहीं, बल्कि मनोरंजन के लिए होने लगी है। आजादी के बाद भारतीय समाज राम के आदर्शों पर चलने का प्रयत्न करने लगा था, तब तो रामलीला का मतलब था। अब हम साठ साल से ज्यादा समय तक भटके हुए नेतृत्व की वजह से चलते-चलते जहाँ पहुँच गए हैं, वहाँ अपनी भलाई के लिए हमें तुरंत सोचना शुरू करना पड़ेगा। दशहरा जैसे त्योहार का स्वरूप बदलना पड़ेगा। समय के साथ बदलाव ही सामाजिक विकास की सीढ़ी तैयार करते हैं। मुझे बड़ा अच्छा लगता है कि कुछ जगहों पर दशहरे के दिन आज के दौर की बुराइयों के पुतले फूँके गए। कन्या भ्रूण हत्या के खिलाफ, भ्रष्टाचार के खिलाफ पुतले जलाए गए। ऐसे ही हम दूसरी बुराइयों को भी ले सकते हैं। हर साल गाँव, गली-मुहल्ले और शहरों के स्तर पर हम तीन बुराइयों की थीम पर पुतले बनाएँ, उन्हें समारोहपूर्वक जलाएँ, तो इस पर्व में नया जोश आ सकता है।

नई पीढ़ी के लिए नया दशहरा सार्थक होगा।

(पंजाब केसरी, 28 अक्तूबर, 2015)

□

रोके न रुकेगा मोदी का विकास रथ

विपक्ष के लोग भी मोदी की योजनाओं की तारीफ करते हैं, लेकिन कहते हैं कि विपक्ष में हैं तो खुलेआम प्रशंसा कैसे करें?

प्रधानमंत्री नरेंद्र मोदी विकास की अपनी दूरगामी योजनाओं पर ठोस काम कर रहे हैं, पर विपक्ष उन्हें किसी भी तरह से घेरने की फिराक में लगा है। एक आदमी काम कर रहा है और सब मिलकर उसे रोक रहे हैं। हद है। लेकिन सच आखिर तक सच ही रहता है।

गुजरात दंगों के लिए मोदी को घेरने वाले गोधरा का जिक्र सुनना नहीं चाहते। जिस तरह से सरकार और पार्टियों की तरफ से मोदी पर हमले किए गए, कोई और होता तो चुपचाप घर बैठ जाता, फ्रस्टेट हो जाता। लेकिन उन्होंने सामना किया, क्योंकि वे सच्चाई की तरफ थे। आज जो लोग सपना पाले बैठे हैं कि मोदी की छवि खराब कर देंगे, वे गलतफहमी में हैं।

विरोध के लिए विरोध

गुजरात दंगों की आड़ में मोदी के खिलाफ दुनिया भर की असहिष्णुता दिखाने वाले लोग स्वप्नमहल में जी रहे थे। सारे आरोपों को धत्ता बताकर देश की जनता ने मोदी को भारी बहुमत से चुन लिया। वही जनता उनका दामन इतनी आसानी से छोड़ देगी, ऐसा सोचना बेकार की खुशफहमी पालना ही कहा जाएगा।

जो लोग आज चिल्ला रहे हैं कि कुछ हो नहीं रहा, वे कांग्रेस के साठ साल के शासन में तो चिल्लाए नहीं। उन साठ सालों में भ्रष्टाचार बढ़ा, महँगाई बढ़ी, आतंकवाद-नक्सलवाद बढ़ा। अब जबकि भ्रष्टाचार हो नहीं रहा, आतंकवाद से सख्ती से निपटा जा रहा है, विकास की दूरगामी योजनाओं को अमली जामा पहनाया जा रहा है, तो इन लोगों को लगता है कि विरोध कैसे करें। ऐसे में उन्होंने 'असहिष्णुता' शब्द गढ़ लिया है।

साठ साल कांग्रेस से नहीं पूछा और अब डेढ़ साल में ही नतीजे माँग रहे हैं। बने-बनाए मकान में एक नया कमरा बनाने में भी महीनों लग जाते हैं। क्या हम एक इंडस्ट्री भी डेढ़ साल में पूरी तरह चला सकते हैं? मोदीजी के लिए बहुत आसान होता कि केजरीवाल की तरह बिजली-पानी के बिल कम कर देते। ऐसे सब्जबाग दिखाकर दिल्ली सरकार ने टैक्स का बोझ बढ़ा दिया है। यहाँ पेट्रोल का टैक्स सबसे ज्यादा है। ऐसा करके केजरीवाल ने बिजली-पानी का खर्च निकाल लिया और जनता के हजारों करोड़ रुपयों को दियासलाई दिखा दी है।

जम्मू कश्मीर का गवर्नर रहते हुए जगमोहन ने वैष्णो देवी मंदिर का जीर्णोद्धार किया, वहाँ विकास भी किया, पर उन्होंने इस सबका प्रचार तो नहीं किया। देश के लोगों तक वहाँ के विकास की सुगंध अपने आप पहुँच गई। जो झूठ बोलता है, कुछ करता नहीं, उसे ही विज्ञापन की जरूरत होती है। सच्चे आदमी को नहीं, मोदीजी पॉपुलिस्ट नहीं, लॉन्ग टर्म योजनाएँ ला रहे हैं। जन धन योजना, अटल पेंशन योजना, बेटी बचाओ-बेटी पढ़ाओ, स्वच्छता अभियान, मेक इन इंडिया जैसी बहुत सी योजनाओं के फायदे एकदम से नहीं आने लगेंगे। इनमें वक्त लगेगा।

मोदी चाहते तो देश के खजाने को लुटाकर फौरी वाहवाही लूट सकते थे। कांग्रेस ने साठ साल में जो कबाड़ा किया है, उसे देखते हुए हम कह सकते हैं कि विकास का सही हाईवे तैयार करने में पाँच तो क्या, अभी बीस साल लगेंगे। मोदी देश को बनाना चाहते हैं। लोगों की मानसिकता बदलना चाहते हैं। क्या कांग्रेस का कोई नेता अमीरों से गैस सब्सिडी वापस कराने की सोच भी सकता था? मोदी आइकन हैं, सच्चे लीडर हैं। बचत और साफ-सफाई जैसे जो बेसिक संस्कार माता-पिता बच्चों को नहीं दे पा रहे हैं, वो मोदी दे रहे हैं।

पिछले दिनों जेएनयू में देश विरोधी नारे लगाए गए। मीडिया ने टीआरपी बढ़ाने के लिए इसे मुद्दा बना लिया। देश प्रेम और देश-विरोधी मानसिकता पर चर्चा होनी चाहिए थी, लेकिन मुद्दा बन गया कि कन्हैया के साथ क्या हुआ। इमरजेंसी में मेरे जैसे बहुत से बेगुनाह जेल

गए थे, तब तो यह मुद्दा नहीं बना। कोई अगर बेगुनाह है, तो आखिरकार कोर्ट से बरी हो ही जाएगा। हाय-तौबा मचाने की क्या जरूरत है? जब मैं दिल्ली यूनिवर्सिटी का प्रेसीडेंट था, तब एक प्रदर्शन हिंसक हो गया। न मैंने कोई नारा लगाया और न ही किसी के साथ मारपीट की, फिर भी मुझे निष्कासित कर दिया गया। मैं सच्चाई की तरफ था, इसलिए बाद में कोर्ट ने मुझे बरी कर दिया।

मोदी को रोकने की कोशिश करने वाले असल में उनके विकास के कामों से डरे हुए हैं। जो खुद सीढ़ी पर नहीं चढ़ सकते, वे दूसरों की सीढ़ी खींच रहे हैं। लेकिन असल में ऐसा करके वे देश का अहित कर रहे हैं। मुझे याद है कि दिल्ली में एक मैराथन के दौरान 35 हजार नौजवान मोदी-मोदी के नारे लगाकर दौड़ रहे थे। जो लोग कह रहे हैं कि कुछ नहीं हो रहा, उन्हें उस मैराथन को याद करना चाहिए।

विरोधों में जीना

मैं सभी पार्टियों के नेताओं से मिलता हूँ। दबे स्वर में सब मोदी का लोहा मानते हैं। जिस तरह लोग अटलजी को मानते थे, उसी तरह मोदी को भी मानते हैं। वे मोदी की मेहनत की तारीफ करते हैं। उनकी योजनाओं की तारीफ करते हैं। लेकिन कहते हैं कि विपक्षी पार्टी से हैं, तो खुलेआम प्रशंसा कैसे करें? विपक्षी पार्टियों की यही मानसिकता रही तो आने वाली पीढ़ियाँ उनसे घृणा करने लगेंगी। मोदीजी के विकास-रथ को कोई नहीं रोक सकता।

अगर कोई सोचता है कि वह अपने विरोध प्रदर्शनों से या संसद में हल्ला मचाकर नरेंद्र मोदी को कोई डरा देगा तो यह उसकी गलतफहमी है। मोदी को विरोधों में जीने की आदत है। गुजरात दंगों को लेकर उनकी छवि खराब की गई, लेकिन देश के लोगों ने उन्हें खुले मन से अपनाया। मुझे पूरा विश्वास है कि आगे भी वे इसी तरह अपनाए जाएँगे।

(नवभारत टाइम्स, 18 मार्च, 2016)

□

संसद में विकास की ही बात हो

जिन चालीस लोगों ने देश में असहनशीलता बढ़ने का आरोप सार्वजनिक तौर पर लगाए हैं, उनमें कई बेहद पापुलर अभिनेता भी हैं। एक तो वही आमिर खान हैं, जिन्होंने स्वच्छता अभियान की शुरुआत करने वाले मंच पर प्रधानमंत्री नरेंद्र मोदी के साथ शिरकत की। पूरी तन्मयता के साथ गीत गाया और नारे लगाए। कितनी अजीब बात है कि जो अभिनेता देश के लोगों के सिर-आँखों पर हो, वह ऐसी बात कहे।

संसद का शीतकालीन सत्र चल रहा है, लेकिन विपक्ष में बैठे मेरे कई मित्र सांसद देश के विकास की न सोचते हुए एक कम जरूरी मुद्दे पर संसद का माहौल गर्म करने की कोशिश कर रहे हैं। गैर-जरूरी मुद्दा है देश में असहिष्णुता यानी असहनशीलता का। बिहार विधानसभा चुनाव से पहले देश के पहले प्रधानमंत्री जवाहर लाल नेहरू की भांजी नयनतारा सहगल ने वर्ष 1986 के लिए मिला साहित्य अकादमी पुरस्कार लौटाकर देश में असहिष्णुता के मुद्दे को हवा दी। सरकार ने संसद के चलने में यह मुद्दा रुकावट न बने, इसलिए इस मुद्दे पर बहस करना स्वीकार कर लिया। उसके बाद से लगातार बहुत से मंचों पर इसे लेकर बहस हो रही है। दिलचस्प बात यह है कि विकास की राह देख रहे देश के आम नागरिकों का इससे कोई लेना-देना नहीं है। फिर भी अखबारों और न्यूज टेलीविजन मीडिया ने इस बहस को इतना खींच दिया है, जैसे इससे बड़ा मसला देश के सामने कोई दूसरा है ही नहीं। देश के आम नागरिकों ने भारी बहुमत से नरेंद्र भाई मोदी की अगुवाई में एनडीए को जिताकर केंद्र की सरकार बनाई तो उन्हें उम्मीद थी कि देश विकास की राह पर सही तरीके से आगे बढ़ेगा, लेकिन कुछ लोगों ने कुछ छोटे मसलों को इतना बड़ा बना दिया कि महज डेढ़ साल के मोदी सरकार के शासन के दौरान ही ऐसे सवाल उठाए जाने लगे कि लगा, मानो आजादी के बाद से ही मोदी देश के प्रधानमंत्री हों। जिन मसलों को बेवजह तूल दिया गया, उनमें से एक असहिष्णुता यानी

असहनशीलता का भी है। देश में असहनशीलता बढ़ने का आरोप लगाकर अभी तक लगभग पाँच सौ जीवित व्यक्तियों में से चालीस के आसपास कथित विद्वानों ने सम्मान लौटाए हैं, जबकि हकीकत यह है कि देश की संसद सवा अरब लोगों की नुमाइंदगी करती है, यानी पूरे देश की नुमाइंदगी करती है। लोकतंत्र में लोक ही सबसे अहम होता है, सबसे ऊपर होता है। लोक यानी आम आदमी संसद चलाने के लिए अपने वोट के जरिए लोकसभा चुनता है। ऊपरी सदन यानी राज्यसभा के चुनाव का तरीका थोड़ा अलग है, लेकिन वह भी एक तरह से आम आदमी के वोट से चुने गए जनप्रतिनिधियों द्वारा ही चुनी जाती है तो कहा जा सकता है कि इसमें भी आम आदमी की भावना का प्रतिबिंब होता है। अब पाठकगण ही तय कीजिए कि देश में चालीस लोगों की बेबुनियाद और मौकापरस्त आवाज पर हंगामा होना चाहिए या फिर देश की सवा अरब जनता की आवाज सुनी जाए। मैं तो साफ-साफ मानता हूँ कि संसद में देश की जनता की आवाज ही गूँजनी चाहिए। चंद लोगों की स्वार्थी सोच का शोर संसद में उठने का मतलब है कि हम लोकतंत्र की मूल भावना की अनदेखी कर रहे हैं।

जिन चालीस लोगों ने देश में असहनशीलता बढ़ने का आरोप सार्वजनिक तौर पर लगाया है, उनमें कई बेहद पॉपुलर अभिनेता भी हैं। एक तो वही आमिर खान हैं, जिन्होंने स्वच्छता अभियान की शुरुआत करने वाले मंच पर प्रधानमंत्री नरेंद्र मोदी के साथ शिरकत की। पूरी तन्मयता के साथ गीत गाया और नारे लगाए। कितनी अजीब बात है कि जो अभिनेता देश के लोगों के सिर-आँखों पर हो, वह ऐसी बात कहे। हमारे देश का चरित्र सहनशीलता का ही है, यह बात आमिर अच्छी तरह से महसूस करते होंगे, लेकिन पता नहीं क्या मजबूरी है कि उन्हें ऐसा बयान देना पड़ता है। मुंबई में रह रहे आमिर खान को 26/11 का हमला असहिष्णुता नहीं लगा, 1984 का सिख विरोधी दंगा उन्हें असहनशीलता नहीं लगा। जम्मू-कश्मीर में रोजाना हो रहे आतंकी हमले उन्हें असहिष्णुता नहीं लगते तो क्या कहूँ, आमिर और असहनशीलता की बात कहनेवाले सभी सम्मानित विद्वानों को देश के आम लोगों ने भरपूर सम्मान दिया, फिर ये लोग ऐसे बयान देकर देश में डर और दहशत का माहौल क्यों बना रहे हैं। आमिर तो यहाँ तक कह गए कि उनकी पत्नी को अब इतना डर लगा कि वह देश छोड़ने तक की बात कहने लगी। सवाल यह है कि क्या आमिर को देश की आजादी का इतिहास पता नहीं है। पूरी दुनिया जानती है कि अंग्रेजों ने किस कदर जुल्म ढहाए। जब इंतेहा हो गई तो देश के लोगों ने धर्म और जाति की भावना से ऊपर उठकर अंग्रेजों से लोहा लिया। देश छोड़कर जाने की नहीं सोची। असहिष्णुता का आरोप लगाने वाले खुद के आहत होने की बात कह रहे हैं, लेकिन क्या उन्हें नहीं लगता कि उनके बयान देश के करोड़ों लोगों की भावनाओं को आहत कर रहे हैं।

केंद्र की मोदी सरकार को अभी बहुत से ऐसे काम करने हैं, जो आजादी के बाद अभी तक कभी के हो जाने चाहिए थे, लेकिन नहीं हो पाए। पिछली सरकारों ने उन पर ध्यान ही नहीं दिया। एनडीए सरकार अपना रोडमैप तैयार भी कर चुकी है, लेकिन बेवज्ह की बहसबाजी

और हंगामे की वजह से संसद में विधायी कामकाज को तरजीह ही नहीं दी जा रही।

पिछले मॉनसून सत्र में करीब-करीब कामकाज होने ही नहीं दिया गया। कोई अहम बिल मॉनसून सत्र में गंभीरता से नहीं लिया गया। कथित असहिष्णुता पर बहस के लिए कांग्रेस ने नोटिस शीतकालीन सत्र से पहले ही दे दिया था। सरकार भी मान गई, लेकिन बड़ा सवाल यह है कि छह अक्तूबर से लेकर अब तक पिछले करीब-करीब दो महीने से जब मीडिया में सभी पार्टियों के प्रवक्ता चीख-चीखकर इस मुद्दे पर बहस कर चुके हैं। देश के जिन ज्यादातर लोगों को इस बहस में कोई दिलचस्पी नहीं है, उनके कान भी टीवी और अखबारों की बहसें सुन-सुनकर पक चुके हैं तो अब संसद में इस पर बहस की क्या जरूरत थी? प्रधानमंत्री ने यूपीए अध्यक्ष सोनिया गांधी और पूर्व प्रधानमंत्री मनमोहन सिंह को अपने निवास पर चाय पर बुलाकर अच्छे सकारात्मक माहौल के संकेत दे ही दिए थे, फिर देश को एक ऐसी नकारात्मक बहस सुनने के लिए क्यों मजबूर किया जा रहा है, जिससे पूरी दुनिया में देश के चरित्र को लेकर गलत संदेश ही जाएगा।

सभी जानते हैं कि पिछले मॉनसून सत्र का ज्यादातर वक्त हंगामे की भेंट चढ़ा। अब शीतकालीन सत्र में तो कम-से-कम देश के विकास के रोडमैप पर काम होने दीजिए। संसद में हंगामे और असहिष्णुता जैसे मुद्दों पर बेनतीजा, बेसबब। कुल मिलाकर कहें तो अनुत्पादक बहसों की वजह से देश के आम टैक्स पेयर की जेब को कितना चूना लगता है, यह भी गंभीरता

से सोचने की बात है। तथ्य यह है कि संसद की एक मिनट की कार्रवाई का खर्च ढाई लाख रुपए आता है। यानी एक घंटे तक संसद चलती है तो सरकार की जेब से डेढ़ करोड़ रुपए निकल जाते हैं।

सरकार की जेब आम आदमी पर लगाए जाने वाले टैक्स से भी भरती है। मोटे तौर पर मानें तो संसद में एक दिन में छह घंटे कार्रवाई हो तो नौ करोड़ रुपए इस पर खर्च होते हैं। यानी काम हो या नहीं हो, संसद सत्र के दौरान नौ करोड़ रुपए प्रतिदिन खर्च होते ही हैं। क्या यह छोटी बर्बादी है? क्या लोकतांत्रिक देश की लोकतांत्रिक पार्टियों को इस बारे में नहीं सोचना चाहिए?

संसद में कई महत्त्वपूर्ण बिल पारित होने हैं। ये ऐसे बिल हैं, जिनसे देश में विकास की नई राह बनेगी। पहले से विकास का जो रास्ता बना हुआ है, वह और मजबूत होगा। उस पर चलनेवालों को ज्यादा सहूलियत होगी। इस वक्त लोकसभा में आठ अहम बिल और राज्यसभा में 11 प्रमुख बिल लंबित हैं। इनमें सबसे महत्त्वपूर्ण बिल है—वस्तु एवं सेवा कर, यानी जीएसटी बिल, जिसमें कांग्रेस तीन शर्तें लगा रही है, जो जब 2011 में उनकी सरकार बिल लेकर आई थी, तब उसमें नहीं थी। दूसरा बिल है, लैंड बिल। लैंड बिल संसद की संयुक्त समिति के पास है। चेक बाउंस से जुड़ा 'द नेगोशिएबल इंस्ट्रूमेंट्स (अमंडमेंट) बिल' और 'द कमर्शियल डिवीजन एंड कमर्शियल अपीलेट डिवीजन बिल' भी शामिल है। एक और बिल है 'आर्बिट्रेशन एंड कान्सिलिएशन (अमंडमेंट) बिल'। इस बिल का मकसद बीच-बचाव के जरिए विवाद जल्दी निपटाना है। दूसरे अहम पेंडिंग बिलों में 'व्हिसिल ब्लोअर प्रोटेक्शन (अमंडमेंट) बिल' भी है। इसके अलावा बेनामी लेन-देन, उपभोक्ता संरक्षण के साथ-साथ हाई कोर्ट और सुप्रीम कोर्ट के जजों की सेवाओं से जुड़े बिल भी हैं।

एक और महत्त्वपूर्ण बिल एमएसएमई सेक्टर के विकास के लिए है। अगर ये बिल पास होते हैं तो आम आदमी से लेकर छोटे-मझोले कारोबारियों तक को सहूलियतें मिलने लगेंगी, लेकिन इसके लिए सकारात्मक सोच की सख्त जरूरत है। विपक्ष को यह समझने की जरूरत है कि विकास के काम में रोड़े भी न अटकाए जाएँ और किन्हीं मुद्दों पर विरोध है तो वह भी अभिव्यक्त किया जाए। ऐसा तो नहीं होना चाहिए कि संसद जिस काम के लिए है, वही काम नहीं होने दिया जाए। काम भी हो और बहस भी हो, तभी लोकतंत्र की मूल भावना बरकरार रहेगी, अन्यथा हम भीड़तंत्र होकर रह जाएँगे।

(पंजाब केसरी, 2 दिसंबर, 2015)

□

विरोधाभासों के बीच एक करिश्मा

हजारों-लाखों की भीड़ में घिरी रहनेवाली जयललिता निजी मुलाकातों में मुझे काफी अकेली और तनहा दिखाई देती थीं।

तमिलनाडु की मुख्यमंत्री सुश्री जयललिता के असमय जाने से राजनीति में एक खालीपन आ गया है, जिसका दु:ख दलगत राजनीति से हटकर सभी को है। वे गरीबों की मसीहा के रूप में अपनी दृढ़ता, संघर्षशीलता, संवेदनशीलता, कुशल प्रशासन के लिए हमेशा याद की जाएँगी। न केवल तमिलनाडु में बल्कि पूरे देश में उनके प्रशंसक हैं। उनकी कार्यशैली के जितने आलोचक हैं, उतने ही प्रशंसक भी हैं। मेरा उनसे काफी समय तक करीबी का संबंध रहा। हजारों–लाखों की भीड़ में घिरी रहनेवाली जयललिता मुझे निजी तौर पर काफी अकेली और तन्हा दिखाई दीं। इसका आभास मुझे तब हुआ, जब मैं प्रधानमंत्री कार्यालय में मंत्री के रूप में उनसे चेन्नई में उनके पोश गार्डन के निवास पर मिला था। मितभाषी जयललिता से तब मैं बिल्कुल ऐसी उम्मीद नहीं कर रहा था कि वे एक घंटे तक अपने जीवन के बारे में फिल्मों से लेकर राजनीति तक खुलकर बताएँगी। मैं पूछता गया और वे अपने संघर्षशील जीवन की परतें खोलती चली गईं। यह मेरी उनसे दूसरी, तीसरी मुलाकात के बाद की बात है।

भोजन की मेज

उनसे मेरी पहली मुलाकात की कोशिश पत्रकार एन.डी. नलपत और एक पूर्व सांसद मनोहर लाल सोंधी ने की थी। उन दिनों प्रधानमंत्री अटल बिहारी वाजपेयी की एनडीए सरकार की अस्थिरता की चर्चाएँ चल रही थीं, कहा जा रहा था कि जयललिता सरकार से समर्थन वापस लेनेवाली हैं। वाजपेयी जी से मेरी नजदीकी के कारण ये लोग चाहते थे कि मैं जयललिता को अपने घर पर भोजन के लिए आमंत्रित करूँ, जिसमें प्रधानमंत्री अटल बिहारी वाजपेयी भी शरीक हों, ताकि सरकार बचाने की एक आखिरी कोशिश की जाए और अटकलों–अफवाहों

को विराम दिया जा सके। दूसरी तरफ से तत्कालीन जनता पार्टी नेता डॉ. सुब्रह्मण्यम स्वामी सरकार को गिराने की कोशिशों में लगे हुए थे। वे भी जयललिता को अशोका होटल में चाय पार्टी पर बुला रहे थे, ताकि जयललिता की मुलाकात सोनिया गांधी से हो जाए। हमें लगता था, शायद वे सोनिया गांधी से मिलकर दबाव की राजनीति करना चाह रही हैं।

तय कार्यक्रम के अनुसार 29 मार्च, 1999 को मेरे महादेव रोड के निवास स्थान पर जयललिता को अपने 18 सांसदों के साथ भोजन पर आना था। मैं उनको निमंत्रण दे चुका था, पर अभी प्रधानमंत्री का आना निश्चित नहीं था। आखिरी समय पर अटल जी ने मेरा निमंत्रण स्वीकार कर लिया। जनता की चुनी हुई सरकार न गिरे और जयललिता का समर्थन जारी रहे, यह सब लोग चाहते थे। मैंने देखा कि जयललिता असमंजस की स्थिति से गुजर रही थीं। जब उन्होंने मेरे यहाँ भोजन पर आना स्वीकार किया तो मेरी उम्मीद जगी। मुझे लगा, अगर वे सरकार को गिराने की बात सोच रही हों तो प्रधानमंत्री की उपस्थिति में भला क्यों आएँगी। भोजन के समय एक ही मेज पर दोनों ने मिलकर खाना खाया, पर कोई विशेष बातचीत नहीं हुई। दोनों ही मितभाषी थे। बीच-बीच में मुझे ही बोलकर वातावरण को हल्का-फुलका करना पड़ता था। जयललिता से जब मैंने पूछा कि क्या आपको खाना बनाना आता है तो उन्होंने झेंपते हुए 'न' में जवाब दिया। वहीं वाजपेयीजी ने हँसकर सिर हिलाया, जिसका मतलब 'हाँ' था।

हम सब जानते हैं कि उन्हें खाना खाने और बनाने का शौक रहा है। मैं इस नतीजे पर पहुँचा कि गलत सलाहकारों की वजह से ही जयललिता ने सरकार को गिराने का फैसला लिया होगा। इसकी पुष्टि बाद में उनसे एक घंटे की मेरी मुलाकात में हुई। मैंने देखा कि जिन लोगों के बारे में पहले वे बड़े विश्वास के साथ बढ़-चढ़कर बात कर रही थीं, अब उन्हीं लोगों पर वे गुमराह करने का आरोप लगा रही थीं। मगर वही हुआ, जिसकी अटकलें थीं। अगले दिन उन्होंने अपना समर्थन वापस ले लिया और सरकार गिर गई। वाजपेयी जी भी दबाव में रहते हुए सरकार नहीं चलाना चाहते थे, जयललिता चाहती थीं कि वाजपेयी सरकार उनके विरोधी एम. करुणानिधि के प्रति कठोरता बरतें और उन्हें गिरफ्तार करें। कावेरी विवाद भी मनमुटाव का कारण बना।

17 अप्रैल, 1999 को एनडीए की सरकार एक वोट से गिर गई और देश को दोबारा चुनाव का सामना करना पड़ा। इसके बाद तीसरी बार जब वाजपेयी जी प्रधानमंत्री बने तो मैं उनके प्रधानमंत्री कार्यालय में मंत्री था और तब जयललिता सरकार में साथ नहीं थीं, बल्कि करुणानिधि सरकार में थे। जयललिता जी से पोश गार्डन स्थित उनके निवास पर मेरी मुलाकात इसके बाद हुई थी। फिर जब वे 2002 में तमिलनाडु की मुख्यमंत्री बनी, तब प्रधानमंत्री से जब भी मिलने आती थीं तो अकसर अपने राज्य की माँगों पर वे पहले मुझसे चर्चा करती थीं, ताकि मैं उनकी मदद कर सकूँ। वाजपेयी जी के मन में मैंने कभी भी उनके प्रति कटुता नहीं देखी।

गरीबों की नेता

आज जब वे नहीं रहीं, तो मुझे ध्यान आता है कि राजनीति में किस तरह से कितने सारे उलट-पुलट हो जाते हैं, रह जाता है तो आदमी का व्यक्तित्व और उसके काम। हम किसी व्यक्ति के स्वभाव और कार्यशैली में कितनी भी कमियाँ ढूँढ़ सकते हैं। उन्होंने अपना परिवार नहीं बसाया था, तमिलनाडु की जनता को ही अपना परिवार बना लिया था, हमेशा गरीबों के लिए सोचती थी। 'अम्मा थाली' के रूप में गरीबों को पाँच रुपए में भरपूर भरपेट भोजन देना, 10 रुपए में मिनरल वाटर देना, अम्मा दवाइयों के माध्यम से सस्ती दवाई देकर वे रातोंरात गरीबों की मसीहा बन गईं। इसका अनुसरण आज कई राज्य कर रहे हैं।

कुल मिलाकर उनको एक समस्याओं से जूझती, संघर्षशील महिला, कुशल प्रशासक और गरीबों के लिए काम करने वाली नेता के रूप में याद किया जाएगा।

(नवभारत टाइम्स, 7 दिसंबर, 2016)

□

चोर दरवाजे बंद करने का तंत्र

वोटर लिस्ट जल्दी-से-जल्दी अपडेट किए जाएँ, जिनसे लोकतंत्र की असली आत्मा को सुकून मिले। जब तक ऐसा नहीं होता, बहुत से ताकतवर और रसूखदार उम्मीदवार बिना जनाधार के ही जीतते रहेंगे और लोकतंत्र के माथे पर कलंक का टीका लगता रहेगा।

फर्जी वोटिंग तभी रोकी जा सकती है, जब मतदाता सूचियाँ अपडेट करने का कोई वैज्ञानिक सटीक तंत्र हम विकसित करें। जो कि आज के संचार क्रांति के ई-दौर में पूरी तरह संभव है। हाँ, इसके लिए चुनाव आयोग की इच्छाशक्ति की जरूरत है।

आजकल लोकसभा और विधानसभा चुनाव एक साथ कराए जाने को लेकर देश में बहस चल रही है। यह बहस इसलिए जरूरी है, क्योंकि अब चुनाव करीब-करीब हर साल होने लगे हैं। आजादी के बाद 1967 तक चार बार लोकसभा और विधानसभा चुनाव साथ-साथ हुए थे। वर्ष 1967 में हुए चौथे चुनाव में कांग्रेस का तिलिस्म टूट गया और कई राज्यों में देश के नागरिकों ने उसे पूरी ताकत नहीं दी। नतीजा यह हुआ कि कुछ सरकारें वक्त से पहले ही जमीन पर आ गईं। बात उस समय और ज्यादा बिगड़ गई, जब इंदिरा गांधी ने एक साल पहले 1971 में ही केंद्र में मध्यावधि चुनाव करा दिए। अब ऐसे हालात बन गए हैं कि देश में कहीं-न-कहीं चुनाव हर साल होने लगे हैं। इससे बड़े पैमाने पर देश का खजाना खाली होता है और केंद्र या राज्यों में सरकारें बनानेवाली पार्टियाँ या गठबंधन विकास पर अपना ध्यान केंद्रित नहीं रख पाते हैं। श्रम शक्ति की बर्बादी, हजारों करोड़ की सरकारी रकम की बर्बादी, काले धन का जमकर इस्तेमाल होने के साथ-साथ सद्भाव के भारतीय सामाजिक ताने-बाने पर इसका बहुत प्रतिकूल असर पड़ता है।

पिछले दिनों एक स्थायी संसदीय समिति ने इस बारे में विस्तार से अपनी रिपोर्ट संसद में रखी है, जिसमें कई सुझाव दिए गए हैं। समिति ने माना है कि चुनाव हर साल होने की वजह से

देश को बहुत नुकसान हो रहा है। समिति के मुताबिक हर पाँच साल में दो बार चुनाव होने का रास्ता निकालना पड़ेगा। समिति का सुझाव है कि ऐसा करने के लिए राज्यों के दो समूह बुनाने चाहिए। एक समूह का चुनाव नवंबर, 2016 में कराया जाए और दूसरे समूह के राज्यों के चुनाव मई–जून, 2019 में लोकसभा चुनावों के साथ कराए जाएँ। इससे कई राज्यों के कार्यकाल पर थोड़ा–बहुत असर पड़ सकता है, लेकिन ऐसा हो गया, तो देश का बड़ा फायदा होगा—आर्थिक से लेकर प्रशासनिक स्तर पर। मैं भी इस सुझाव से सहमत हूँ। चुनाव आयोग को इस बारे में गंभीरता से पहल कर सियासी सहमति बनाने के लिए आगे आना चाहिए। राजनीतिक दलों को भी खुले मन से उस पहल में अपना सहयोग करना चाहिए।

ऐसा नहीं है कि चुनाव सुधार को लेकर यह बहस नई है। मेरी पार्टी भारतीय जनता पार्टी में भी इस बारे में मंथन चलता रहा है। वह आज भी जारी है। देश के उप–राष्ट्रपति और राजस्थान के मुख्यमंत्री रहे भैंरोसिंह शेखावत भी लोकसभा और विधानसभा चुनाव साथ–साथ कराने के पक्षधर थे। मैं खुद भी इस बारे में प्रधानमंत्री नरेंद्र मोदी से मुलाकात कर अपनी चिंता जाहिर कर चुका हूँ। चुनाव सुधार की इस जरूरत के साथ–साथ और बहुत सी अन्य खामियों पर भी विचार किया जाना चाहिए। सियासी व्यक्ति होने के नाते मैं रोज बहुत से लोगों से मिलता रहता हूँ। रोज ही कई लोग वोटर लिस्ट को लेकर शिकायतें करते हैं।

मतदान के दौरान करीब–करीब हर बूथ से यह शिकायत आती है कि वोटर कार्ड होने के बावजूद कई लोगों के नाम वोटर लिस्ट में नहीं होते। यह छोटा नहीं, बड़ा मसला है। वोटर लिस्ट को लेकर दूसरी कई तरह की भी विसंगतियाँ हैं। मसलन, कुछ लोग मुझसे कहते हैं, लोकसभा चुनाव के दौरान वोटर लिस्ट में उनका नाम था, लेकिन दिल्ली विधानसभा चुनाव में वोटर लिस्ट से उनका नाम गायब था। इसी तरह, पंचायत चुनावों में तो वोटर लिस्ट में नाम था, लेकिन राज्य विधानसभा चुनावों की वोटर लिस्ट में नाम नहीं था। मैं सोचता हूँ कि चुनाव आयोग को इस बारे में गंभीरता से विचार करना चाहिए। सूचना प्रौद्योगिकी के ताजा युग में इस तरह की कोई प्रणाली बना लेना मुश्किल नहीं है, जो वोटर लिस्ट में गायब नामों का तुरंत पता लगा ले। इससे गलती तत्काल सुधारी जा सकती है।

अब संचार क्रांति का दौर चल रहा है। बहुत–सा डेटा नेट पर उपलब्ध है। पिछले साल अप्रैल तक देश भर में 82 करोड़ आधार कार्ड बन चुके थे। यह आँकड़ा देश की कुल आबादी का करीब 70 फीसद है। अप्रैल से लेकर इस साल अब तक नौ महीने गुजर चुके हैं। जाहिर है कि आधार कार्ड के आँकड़े में काफी इजाफा हो चुका होगा। ऐसे में केंद्र, राज्य और जिलावार वोटर लिस्टों में संशोधन नहीं हो पाना हैरत की बात है। मैं कई ऐसे लोगों को जानता हूँ, जो 35 साल पहले गाँव छोड़ चुके हैं, लेकिन उनके नाम आज भी गाँव की वोटर लिस्ट में हैं। साथ ही आज जहाँ वे रह रहे हैं, वहाँ की वोटर लिस्ट में भी उनके नाम हैं।

पता नहीं क्यों इस विसंगति को दूर करने की कोई ठोस कोशिश नहीं की जा रही है। मेरी

चुनाव आयोग से पुरजोर अपील है कि वोटर लिस्ट जल्दी-से-जल्दी अपडेट किए जाएँ, जिनसे लोकतंत्र की असली आत्मा को सुकून मिले। जब तक ऐसा नहीं होता, बहुत से ताकतवर और रसूखदार उम्मीदवार बिना जनाधार के ही जीतते रहेंगे और लोकतंत्र के माथे पर कलंक का टीका लगता रहेगा। वैसे भी आज खंडित जनाधार का जमाना है। हालाँकि पिछले विधानसभा चुनाव में नरेंद्र भाई मोदी की अगुवाई में बीजेपी को जितना जनाधार मिला, उससे लगता है कि स्थिर सरकारों का दौर एक बार फिर शुरू हो सकता है। यूपी और कुछ दूसरे राज्यों के चुनाव परिणामों में भी कुछ-कुछ ऐसा ही संदेश देश के मतदाताओं ने दिया है। लेकिन फर्जी वोटिंग तभी रोकी जा सकती है, जब मतदाता सूचियाँ अपडेट करने का कोई वैज्ञानिक सटीक तंत्र हम विकसित करें। जो कि आज के संचार क्रांति के ई-दौर में पूरी तरह संभव है। हाँ, इसके लिए चुनाव आयोग की इच्छाशक्ति की जरूरत है।

पिछले कुछ चुनावों से मतदान का प्रतिशत बढ़ा है, लेकिन अब भी अगर हम वोटिंग का औसत 60-65 प्रतिशत मान लें, तो भी कहा जा सकता है कि ज्यादातर सरकारें असल में अल्पमत की सरकारें हैं। इनकी वजह साफ है। देश में 30-35 प्रतिशत लोग वोट डालने के लिए घरों से निकलते ही नहीं। इसके कारण गाँव व शहर, नगर या महानगर के स्तर पर भिन्न-भिन्न हैं। गाँवों में कई बार एक उदासीनता होती है कि वोट देकर क्या होना है तो कई बार किसी खास दल से कोई माँग को लेकर नाराजगी। चुनाव बहिष्कार इसी अर्थ में होता है। हालाँकि उन्हें अपने मताधिकार का प्रयोग स्वेच्छा से हर हाल में करना चाहिए। कम वोटिंग के महानगर में सर्वथा दूसरे कारण हैं—कौन जाए समय गँवाने। यह महानगरों के पढ़े-लिखे तबके का भाव होता है। आँकड़े चुनाव दर चुनाव इसके तसदीक करते हैं। हालाँकि वोटिंग के ग्राफ यहाँ भी सुधरे हैं, पर अन्य क्षेत्रों के मुकाबले कम। अब ऐसे में अगर 60-65 फीसद वोटिंग में से ही उम्मीदवारों की जीत होती है, तो क्या इसे देश के कुल वोटरों का बहुमत माना जा सकता है? यह भी बड़ा सवाल है कि देश के 30-35 फीसद लोग वोट डालने के लिए घरों से निकलते क्यों नहीं हैं? वोटर लिस्टों की गड़बड़ी भी इसकी एक बड़ी वजह है।

पहले तो यह पता लगाना कि वोटर लिस्ट में नाम है या नहीं, फिर नाम शामिल कराना या कटवाना, यह सारी कवायद अब भी थोड़ी जटिल है। लिहाजा बहुत से लोग इस झमेले में पड़ते ही नहीं और जाहिर है कि वे वोटिंग करने भी नहीं निकलते। इस प्रक्रिया को आसान और भरोसेमंद बनाकर देश के बहुत से नागरिकों के मन से इस प्रवृत्ति को निकाला जा सकता है। जब वोटर लिस्टों में गड़बड़ियों का मसला हल नहीं हो पा रहा है, तब देश में अनिवार्य वोटिंग पर बहस बड़ी हास्यास्पद लगती है। चुनाव आयोग से दोबारा दरख्वास्त है कि लोकतंत्र के मंदिरों तक पहुँचने वाले इन चोर दरवाजों को बंद करने के लिए कृपया कोई तंत्र विकसित करें।

(राष्ट्रीय सहारा, 27 जनवरी, 2016)

□

वेतन नहीं, सांसदों का काम देखो

ज्यादातर सांसदों का मानना है कि खर्च और महँगाई बढ़ने के कारण वेतन बढ़ाने की जरूरत है और खुद अधिकांश सांसदों का कहना है कि हम अपना वेतन खुद तय न करें। जो वेतन कैबिनेट सेक्रेटरी को मिलता है, उससे चाहे एक रुपया ज्यादा दे दीजिए या कोई स्वतंत्र आयोग हो, जो वेतन तय करे।

आए दिन सांसदों और विधायकों के वेतन का बढ़ना हमारे देश में एक मुद्दा बन गया है। सच पूछिए, जब भी सांसदों और विधायकों के वेतन बढ़ाने की बात आती है तो लोगों के मन में नकारात्मकता ही पैदा होती है।

दरअसल बात तो यह है कि 1947 के बाद भी लोगों ने नेताओं को जनप्रतिनिधि नहीं, बल्कि स्वतंत्र सेनानी ही मान लिया। लोग भूल गए कि अब 69 साल हो गए हैं और जो लोग आज राजनीति में हैं, वे कोई स्वतंत्रता कि लड़ाई नहीं लड़ रहे। आप उनसे उसी त्याग कि उम्मीद करें तो मैं समझता हूँ कि यह ज्यादती होगी। दरअसल तो 1947 से पहले आजादी के लिए कांग्रेस के झंडे के नीचे जो आंदोलन हुआ, वह जन-आंदोलन था, किसी पार्टी विशेष का आंदोलन नहीं था। इसलिए महात्मा गांधी ने उसी समय यह कहा था कि कांग्रेस को भंग कर देना चाहिए, ताकि कांग्रेस से संबंधित नेता अपने आपको स्वतंत्रता सेनानी प्रोजेक्ट करते हुए उसका गलत लाभ नहीं उठाएँ और हुआ भी बिल्कुल यही।

कांग्रेस में उस समय काम करने वाले नेताओं को लगा कि हम यह अवसर क्यों छोड़ें और उन्होंने महात्मा गांधी की सलाह मानने से मना कर दिया। कांग्रेस को भंग नहीं किया गया और जनता उनके त्यागों को ध्यान में रखते हुए उन्हें बार-बार जिताती रही। समय बीतते इन नेताओं के कामकाज, व्यवहार में काफी गिरावट आती रही और त्याग की जगह ले ली सुविधा और भ्रष्टाचार ने। जनता के मन से धीरे-धीरे ये नेता उतरने लगे। नए-नए स्कैंडल्स सामने आने लगे

और धीरे-धीरे जनता को यह लगने लगा कि यह जनता के जन सेवक के रूप में नहीं आए. ये तो अपना नाम और दाम कमाने के लिए आए हैं।

शुरू में सांसदों को, जो 1954 के बाद से तनख्वाह दी जाती थी, वह 400-500 रुपए मिलती थी, जो कि मैं समझता हूँ कि उस समय के हिसाब से ठीक ही थी। दूसरा उस समय समाज-सेवा का जज्बा भी था। इसलिए कम तनख्वाह पर भी लोग सेवा करने के लिए तैयार थे। लोगों कि जरूरतें भी कम थी। धीरे-धीरे लोगों कि आशाएँ चुने हुए प्रतिनिधियों से बढ़ने लगी थीं। लोग उनसे उम्मीद करने लगे कि 24 घंटे के वह हमारे नौकर हैं।

हम भूल जाते हैं, कई बार जो सांसद 24 घंटे काम कर रहे हैं, उनके पास आय के स्रोत हैं भी या नहीं, उसको अपने कार्यों के लिए आना-जाना, बैठकों, चाय-पानी व क्षेत्र पर कितना खर्च करना पड़ता है। आज जो लोग राजनीति में हैं, वे राजनीति को एक तरह से अन्य बाकी कार्यों की तरह लेते हैं, जैसे डॉक्टर, इंजीनियर, प्रोफेसर आदि। समाज में जितनी गिरावट अन्य क्षेत्रों में आई, उतनी ही राजनीति के क्षेत्र में भी। ये लोग भी तो समाज से ही चुनकर आते हैं। लंदन और अमरीका में एक लाख से कम लोगों के ऊपर एक सांसद होता है, जबकि हमारे देश में करीब 17-18 लाख लोगों के ऊपर एक सांसद होता है। अब इतना बड़ा संसदीय क्षेत्र आप खुद समझिए, एक आदमी कैसे सँभाल सकता है और जाहिर तौर पर तो जितना बड़ा संसदीय क्षेत्र होगा, उतना ज्यादा काम, उतनी ज्यादा बैठकें, उतना ज्यादा आना-जाना, उतना ज्यादा चाय-पान होगा और उतना ज्यादा खर्चा होगा। फिर भी मेरा स्पष्ट मानना है कि सांसदों को अपनी तनख्वाह स्वयं नहीं बढ़ानी चाहिए, बल्कि उसके लिए कुछ स्वतंत्र आयोग गठित होना चाहिए, जो निश्चित मानदंडों के हिसाब से उनका वेतन तय करे और यह भी नहीं होना चाहिए कि 10-10 साल में वेतन बढ़ाएँ ताकि, एकदम से जब ज्यादा वेतन बढ़े तो लोगों को चुभे। 2010 से सांसदों का वेतन 50,000 रुपए था और 45,000 रुपए संसदीय क्षेत्र का भत्ता है, 15,000 रुपए ऑफिस का भत्ता और 30,000 रुपए सचिव के लिए मिलता है। प्रतिदिन संसद

भवन में बैठक में उपस्थित होने पर 2,000 रुपए मिलते हैं। अमरीका में सांसदों को एक साल में 1 करोड़ वेतन मिलता है। ब्रिटेन में 57 लाख और भारत में एक साल में केवल 6 लाख रुपए वेतन के मिलते हैं। ब्रिटेन में एक सांसद 18 कर्मचारी रखता है, जिसका खर्च साल का 1.02 करोड़ होता है, जबकि भारत में ऑफिस का खर्च मिलाकर भी मात्र साढ़े 5 लाख है और केवल एक कर्मचारी का स्टाफ। भारत में राष्ट्रपति का वेतन डेढ़ लाख, उप-राष्ट्रपति का सवा लाख, प्रधानमंत्री का एक लाख साठ हजार और राज्यपाल का एक लाख दस हजार है।

जहाँ तक मैं समझता हूँ कि जनता, सांसदों का वेतन बढ़े, इसके खिलाफ नहीं है, बल्कि वे खुद अपना वेतन बढ़ाएँ, इसको अनुचित मानती है। सांसदों की जवाबदेही के पक्ष में मैं भी हूँ कि जिस दिन संसद न चले, उस दिन का भत्ता सांसदों को नहीं मिलना चाहिए। अब देखिए, सांसदों को लोग कहते हैं कि टेलीफोन, घर, हवाईजहाज, रेल की सुविधा मिलती है। 90 प्रतिशत सांसदों का दिल्ली का घर उनके क्षेत्र की जनता, उनके वोटर इस्तेमाल करते हैं, जब भी जनता के लोग दिल्ली में किसी काम से आते हैं और क्योंकि दिल्ली में सबको काम पड़ता रहता है। खासतौर पर अस्पताल के दवा-दारू के काम। इसी तरीके से सांसद या तो रेल से यात्रा करेगा या फिर हवाई जहाज से। उसके पास इतना समय ही नहीं है कि वह फालतू यात्रा करता फिरे, सिर्फ इसलिए कि यह निःशुल्क है। दरअसल लोगों की धारणा राजनीतिज्ञों के खिलाफ इतने सैलून से जो बन गई है, उससे यह समस्या दिखती है। क्या सरकारी कर्मचारियों और टीचर्स इत्यादि कि वेतन-वृद्धि समय-समय पर हर साल नहीं होती? अभी पार्लियामेंट कमेटी ने सांसदों का वेतन दो गुना करने की सिफारिश की है, जो कि 6 साल से बढ़ा नहीं है। ज्यादातर सांसदों का मानना है कि खर्च और महँगाई बढ़ने के कारण वेतन बढ़ाने की जरूरत है और खुद अधिकांश सांसदों का कहना है कि हम अपना वेतन खुद तय न करें। जो वेतन कैबिनेट सेक्रेटरी को मिलता है, उससे चाहे एक रुपया ज्यादा दे दीजिए या कोई स्वतंत्र आयोग हो, जो वेतन तय करे। अपने प्रधानमंत्री को ही देख लीजिए, जिस शिद्दत के साथ वे 24 घंटे काम करते हैं और अपने सांसदों से करवा रहे हैं, वह देश के सामने एक मिसाल है कि सांसद कितनी मेहनत करते हैं। इतने बड़े देश में सांसदों का वेतन उतना बड़ा मुद्दा नहीं है, जितना कि भ्रष्टाचार को समाप्त करना और सांसदों की भूमिका भ्रष्टाचार को समाप्त करने व जनहित में नए प्रभावी कानून बनाने में ज्यादा प्रभावी होनी चाहिए। इसलिए सांसदों के वेतन को नहीं, उनके काम को देखिए।

पंजाब केसरी 16 मई, 2016

□

पार्लियामेंट की बैठकों और काम के घंटों में लगातार कमी आई है

संसद की गरिमा का ध्यान रखें सांसद

कुछ सदस्य तो सारी सीमाएँ पार कर स्पीकर के आसन तक पहुँचकर उनके मुँह के सामने प्लेकार्ड लगा देते हैं। लोकसभा अध्यक्ष पर पक्षपात के आरोप लगाए जाने लगे हैं। यह नितांत अशोभनीय है। संसद के इतिहास में इससे पहले ऐसा कभी नहीं हुआ। संसद ने वह काला दिन भी देखा, जब विपक्ष ने हंगामा कर प्रधानमंत्री तक को नहीं बोलने दिया। सांसदों की भाषा का स्तर भी लगातार गिर रहा है, लिहाजा सदन के स्पीकर और चेयरमैन को बार-बार ऐसे शब्दों को कार्रवाई से निकालने के निर्देश देने पड़ते हैं।

संसद में अमर्यादित आचरण करने वालों के खिलाफ न उनकी पार्टियाँ कोई अनुशासनात्मक कदम उठाती हैं, न सदन में सख्ती पर आम राय बनती है।

आज से संसद का मॉनसून सत्र शुरू हो रहा है। पूरे देश की नजरें इस पर लगी रहेंगी। लोगों में उत्सुकता होगी कि देखें, इस बार देशहित में क्या फैसले लिये जाते हैं। वर्तमान लोकसभा देश की 16वीं लोकसभा है, जबकि राज्यसभा का 247वाँ सत्र शुरू होने वाला है। विश्व के सबसे बड़े लोकतंत्र का यह मंदिर आज सवालों के घेरे में है। संसद जनता को रिजल्ट देने में कमजोर होती जा रही है। उसकी उत्पादकता घटी है और गरिमा कम हुई है। 1952 से लेकर 1967 तक तीन लोकसभाओं में प्रत्येक की औसतन 600 दिन बैठकें हुईं। लेकिन 15वीं लोकसभा (2009 से 2013) में मात्र 365 दिन बैठक हुईं। पहली लोकसभा में सदन के कामकाज के कुल समय में से 49 फीसदी समय विधेयकों पर चर्चा में लगाया गया था। यह आँकड़ा दूसरी लोकसभा में 28 फीसदी पर आ गया। 15वीं लोकसभा में मात्र 23 फीसदी समय विधेयकों पर चर्चा में दिया गया और लगभग 35 प्रतिशत विधेयक एक घंटे से कम समय

की चर्चा के बाद पारित कर दिए गए। बैठकों और कामकाज के लिहाज से 14वीं और 15वीं लोकसभा का कार्यकाल सबसे कमजोर कहा जा सकता है।

खराब होती छवि

पहली से 15वीं लोकसभा के 61 साल के सफर पर नजर डालें तो पता चलेगा कि न केवल बैठकों की संख्या और काम के घंटों में, बल्कि हर कामकाज में गिरावट आई है। चाहे वह प्रश्नकाल हो, विधेयकों पर चर्चा हो या फिर गैर-सरकारी कामकाज। 15वीं लोकसभा का 80 प्रतिशत और इन्हीं पाँच सालों में राज्य सभा का 74 प्रतिशत समय सदन में विभिन्न किस्म के व्यवधानों और हंगामे के कारण बर्बाद हो गया। संसद की एक दिन की कार्रवाई पर लगभग 1.57 करोड़ रुपए खर्च होते हैं। इस हिसाब से जनता के टैक्स पर जनता के लिए चलने वाली संसद को बाधित करना अपराध जैसा है। सत्र के अलावा भी सांसद जनहित के विषयों पर काम करते हैं। 1993 से विभिन्न मंत्रालयों से जुड़ी संसदीय समितियों की शुरुआत हुई, जो संसद के सत्र से अलग बैठकें करती हैं। संसद में कई ऐसे मौके आए हैं, जब लोकसभा और राज्यसभा ने जनहित के बिलों को पास करने के लिए अतिरिक्त काम किया। 16वीं लोकसभा के दूसरे सत्र को बेहद सफल कहा जा सकता है। 167 घंटों तक चले सत्र में कुल 27 बैठकें हुईं, जिसमें सांसदों की अच्छी-खासी भागीदारी रही।

प्रश्नकाल के लिहाज से भी यह बहुत सफल रहा। केंद्रीय मंत्रियों ने 540 प्रश्नों में से 126 सवालों के मौखिक जवाब दिए, यानी हर रोज औसतन 5 मौखिक जवाब दिए गए। लेकिन इसी साल संपन्न बजट सत्र के दूसरे चरण का अनुभव पहले तो तीन बार के सांसद और फिर संसदीय कार्य राज्यमंत्री होने के नाते मुझे क्षुब्ध करता है। इस सत्र में लोकसभा की उत्पादकता

सिर्फ 4 प्रतिशत और राज्य सभा की 8 प्रतिशत रही। 22 दिन पूरी तरह कांग्रेस और अन्य विपक्ष दलों के लगातार हंगामे की भेंट चढ़ गए। जबकि इससे ठीक पहले बजट सत्र के पहले चरण में लोकसभा की उत्पादकता 134.61 प्रतिशत और राज्य सभा की उत्पादकता 96.31 प्रतिशत थी। सवाल है कि हंगामे और स्थायी गतिरोध से हम देश और दुनिया की नजरों में संसद की क्या छवि बना रहे हैं? पहले गांधीजी की प्रतिमा के सामने प्रदर्शन होता था, फिर वैल में होने लगा, फिर प्लेकार्ड आ गए। कांग्रेस ने बैनर और विरोध के स्लोगन वाले कपड़े पहनने का नया कल्चर शुरू किया।

कुछ सदस्य तो सारी सीमाएँ पार कर स्पीकर के आसन तक पहुँचकर उनके मुँह के सामने प्लेकार्ड लगा देते हैं। लोकसभा अध्यक्ष पर पक्षपात के आरोप लगाए जाने लगे हैं। यह नितांत अशोभनीय है। संसद के इतिहास में इससे पहले ऐसा कभी नहीं हुआ। संसद ने वह काला दिन भी देखा, जब विपक्ष ने हंगामा कर प्रधानमंत्री तक को नहीं बोलने दिया। सांसदों की भाषा का स्तर भी लगातार गिर रहा है, लिहाजा सदन के स्पीकर और चेयरमैन को बार-बार ऐसे शब्दों को कार्रवाई से निकालने के निर्देश देने पड़ते हैं। सदन में सांसदों की घटती मौजूदगी के पीछे यह भी एक कारण हो सकता है। लगातार हंगामा गंभीर सवाल पूछने और बहस में भागीदारी लेने वाले सदस्यों को निराश करता है।

विचार के बावजूद

माना जाता है कि जब से कार्रवाई का सीधा प्रसारण शुरू किया गया, तब से सांसदों ने इसे अपने क्षेत्र के लोगों, पार्टी और मीडिया के बीच सुर्खियाँ पाने का माध्यम बना लिया है। जितना बड़ा हंगामा, उतनी बड़ी सुर्खी। इसलिए अब इसके संपादित अंश दिखाने का प्रस्ताव आया है। संसद के कामकाज में गिरावट पर विचार के लिए 2001 में देशभर की विधायिकाओं के पीठासीन अधिकारी, मुख्यमंत्री, संसदीय कार्य मंत्री, विभिन्न दलों के नेताओं और सचेतक की बैठक बुलाई गई। इसमें सहमति बनी कि संसद में कम से कम 110 दिन काम होना चाहिए। यदि आवश्यक हो तो इसके लिए संविधान में संशोधन किया जाए। लेकिन इस पर अमल नहीं हो सका। इससे पहले 1997 में जब अटल बिहारी वाजपेयी विपक्ष के नेता थे तो संसद की कार्रवाई को ठीक ढंग से चलाने के लिए 14 बिंदुओं पर आम सहमति बनी थी, लेकिन उस पर भी अमल नहीं हो पाया। संसद की गरिमा बरकरार रखने की जिम्मेदारी पक्ष और विपक्ष दोनों की है। अगर विपक्ष न चाहे तो सत्ता पक्ष क्या कर सकता है? बेहतर होगा कि सभी सांसद अपनी जवाबदेही समझें और संसद की गरिमा कायम रखने के लिए मिलकर कार्य करें।

(नवभारत टाइम्स, 28 जुलाई, 2018)

□

प्रणब मुखर्जी के नागपुर जाने पर हल्ला क्यों?

कांग्रेस देश में असहिष्णुता की बात उठाती रहती है, पर उसकी अपनी असहिष्णुता देखिए। एक पूर्व राष्ट्रपति को (जो राष्ट्रपति होने के बाद किसी दल का नहीं होता) अपनी बपौती मानकर हाय-तौबा कर रही है। मजे की बात यह है कि वह प्रणब मुखर्जी की आधी बात का समर्थन कर रही है और आधी का विरोध। एक तरफ तो कह रही है कि प्रणब मुखर्जी ने राष्ट्रीय स्वयंसेवक संघ को आईना दिखाया, जबकि दूसरी तरफ उसे तकलीफ है कि प्रणब दा ने डॉ. हेडगेवार को भारत का महान सपूत क्यों लिखा।

जो कांग्रेस प्रणब मुखर्जी के जाने का विरोध कर रही थी, अब साबित करने में लगी है कि पूर्व राष्ट्रपति ने उसे नुकसान नहीं पहुँचाया, उल्टे आरएसएस को ही आईना दिखाया है।

पूर्व राष्ट्रपति प्रणब मुखर्जी के राष्ट्रीय स्वयंसेवक संघ के कार्यक्रम में जाने पर मीडिया का हल्ला समझ में आता है। 24 घंटे चलनेवाले चैनलों को कोई-न-कोई खबर तो चाहिए ही, लेकिन जिस तरह से कांग्रेस और दूसरी पार्टियाँ इस पर प्रतिक्रिया व्यक्त कर रही हैं, वह आश्चर्यजनक है। सच कहा जाए तो मीडिया और कांग्रेस ने वैचारिक आदान-प्रदान के इस कार्यक्रम को हौआ बना दिया। प्रणब मुखर्जी का पहले तो निमंत्रण स्वीकार करना, फिर वहाँ जाना, फिर डॉ. हेडगेवार को श्रद्धांजलि अर्पित करना और उसके बाद वहाँ हस्ताक्षर कर यह लिखना कि वे भारत के महान सपूत हैं, कुल मिलाकर संघ को एडमायर करना ही तो था।

प्रणब मुखर्जी ने ऐसा क्या गलत किया, मेरी समझ से बाहर है। मुख्य अतिथि का काम ही होता है कि वह आयोजक संस्था के संबंध में अच्छी-से-अच्छी बात कहे और अब जबकि टी.वी., रेडियो पर सारा देश सुनता है तो जनता के लिए भी हर व्यक्ति अच्छे से

अच्छा संदेश देने की कोशिश करता है। सुननेवालों का काम होता है, उनमें से सकारात्मक बातें ग्रहण करना। कांग्रेस ने पहले तो इसका विरोध कर दिया कि प्रणब दा क्यों जा रहे हैं, पर पार्टी अंत तक दुविधा में फँसी रही। पहले अपने सीनियर और जिम्मेदार नेताओं से उनके संघ के कार्यक्रम में जाने का विरोध करवाया और फिर साँस रोककर बैठी रही कि कहीं प्रणब दा कुछ उल्टा-सीधा बोलकर कांग्रेस की मिट्टी पलीद न कर दें। पर उसे एक आशा थी कि प्रणब मुखर्जी कहीं-न-कहीं धर्मनिरपेक्षता की बात जरूर करेंगे, तब कांग्रेस उसी बात को लपक लेगी। हुआ भी यही। जो कांग्रेस प्रणब मुखर्जी के जाने का विरोध कर रही थी, अब यह साबित करने में लगी है कि पूर्व राष्ट्रपति ने उसे नुकसान नहीं पहुँचाया, उल्टे राष्ट्रीय स्वयंसेवक संघ को ही आईना दिखाया है।

कांग्रेस देश में असहिष्णुता की बात उठाती रहती है, पर उसकी अपनी असहिष्णुता देखिए। एक पूर्व राष्ट्रपति को (जो राष्ट्रपति होने के बाद किसी दल का नहीं होता) अपनी बपौती मानकर हाय-तौबा कर रही है। मजे की बात यह है कि वह प्रणब मुखर्जी की आधी बात का समर्थन कर रही है और आधी का विरोध। एक तरफ तो कह रही है कि प्रणब मुखर्जी ने राष्ट्रीय स्वयंसेवक संघ को आईना दिखाया, जबकि दूसरी तरफ उसे तकलीफ है कि प्रणब दा ने डॉ. हेडगेवार को भारत का महान सपूत क्यों लिखा।

यह कांग्रेस ही थी, जिसके प्रधानमंत्री नेहरू ने संघ को महत्त्व देते हुए उसे गणतंत्र दिवस की परेड में शामिल किया था। प्रधानमंत्री लाल बहादुर शास्त्री ने सरसंघचालक को सरकार द्वारा गठित राष्ट्रीय एकता परिषद् में शामिल किया। प्रधानमंत्री इंदिरा गांधी ने कन्याकुमारी में संघ द्वारा निर्मित विवेकानंद शिला स्मारक की स्थापना में सहयोग दिया। सच्चाई है कि संघ ने हमेशा की तरह इस बार भी अपना लोकतांत्रिक चरित्र और सहिष्णुता दिखाई। कांग्रेस के वरिष्ठ और प्रबुद्ध नेता को अपनी बात रखने के लिए मंच देकर उसने संघ

विरोधियों का भी दिल जीत लिया। दरअसल संघ का विरोध कांग्रेस की राजनीति को पोषण देता है। जैसे पाकिस्तान की जनता चाहती है कि भारत के साथ उसके संबंध अच्छे हो जाएँ, पर पाकिस्तान की हुकूमत ऐसा नहीं चाहती; क्योंकि यह उसकी राजनीति के अनुकूल नहीं है।

कांग्रेस की सियासी नीति है संघ को बुरा-भला कहना। वह अपना मुस्लिम वोट बैंक मजबूत करने के लिए ऐसा जरूरी मानती है। बहरहाल कांग्रेस को अपने नेताओं-कार्यकर्ताओं के लिए दिशा-निर्देश जारी कर देना चाहिए कि किन लोगों से मिलना है, किन से नहीं। कौन से संगठन अछूत हैं और किनके कार्यक्रमों में जाना है। इस देश में सदा से विचारों के आदान-प्रदान और विरोधी विचारों को सुनने की परंपरा रही है। फ्रांसीसी दार्शनिक वाल्तेयर का प्रसिद्ध कथन है—'हो सकता है कि मैं आपके विचारों से सहमत न हो पाऊँ, फिर भी विचार प्रकट करने के आपके अधिकारों की रक्षा करूँगा।' काश! कांग्रेस भारत की संस्कृति से न सही, फ्रांसीसी विचारधारा से ही सीख ले।

(नवभारत टाइम्स, 13 जून, 2018)

□

करोड़पति बाबा देश के प्राचीन मंदिरों का भी उद्धार करें

सभी संपन्न धर्म गुरुओं और उनकी संस्थाओं से अपील है कि वे देश के जीर्ण-शीर्ण पड़े धार्मिक स्थलों का जीर्णोद्धार कराएँ। एक-एक संस्था अगर दस-दस जर्जर मंदिरों को गोद ले ले तो आसानी से बात बन जाएगी। इससे न केवल धर्म का काम होगा, बल्कि समाज का भी भला होगा।

आपने कभी सोचा है कि जिन-जिन शहरों में हमारे प्राचीन मंदिर हैं, जिनके प्रति लोगों की अगाध श्रद्धा है, वहीं-वहीं पर करोड़ों-अरबों की लागत से विभिन्न संस्थाएँ अपने बड़े-बड़े भव्य मंदिर इस्कॉन, अक्षरधाम, साईं टेंपल इत्यादि बना रहे हैं, पर जिन प्राचीन मंदिरों के कारण ये धार्मिक स्थान जाने जाते हैं, उनके ऊपर और उनके आस-पास के क्षेत्र में कोई एक पैसा भी लगाने को तैयार नहीं है। यानी कि ये भगवान के नाम को ब्रांड की तरह इस्तेमाल कर रहे हैं, जिससे खिंचे हुए लोग इन क्षेत्रों में पहुँच जाएँ, तो उनके बने हुए मंदिरों को भी देखेंगे और तारीफ करेंगे।

कुछ समय पहले जब मैं वृंदावन गया था, तो मैंने देखा कि एक पतली-सी गली के अंदर हमारे बाँके बिहारीजी का मंदिर था। मुझे लगता था कि वृंदावन का यह बाँके बिहारी का मंदिर बहुत बड़े क्षेत्र में होगा, कोई कुंज होगा और चारों तरफ हरियाली-ही-हरियाली होगी, क्योंकि हरे रामा, हरे कृष्णा के जो पोस्टर हैं, उनमें तो ऐसा ही दिखाया जाता है, पर वहाँ जाकर मैं बहुत मायूस हुआ। मैंने देखा कि मंदिर छोटा था, किंतु वहाँ पर भगवान का जो स्वरूप था, वह बड़ा ही मनमोहक था, पर मैं मायूस हुआ, जब देखा के अंदर खचाखच भीड़, बाहर सड़कों पर गंदगी, टूटी हुई सड़कें, चारों तरफ ऊँची-ऊँची प्राइवेट बिल्डिंगों से वह घिरा हुआ था और वहाँ विकास नाम की चीज नहीं थी।

मुझे लोगों ने कहा कि पास में इस्कॉन टेंपल भी है, उसे देखने आप जरूर जाएँ। मैं जब इस्कॉन टेंपल पहुँचा, तो उसके भवन, ऊँची अट्टालिकाएँ, साज-सज्जा, स्वच्छता को देखकर दंग रह गया। इस्कॉन की बहुत सारी संस्थाएँ बन चुकी हैं और हरे रामा, हरे कृष्णा के नारे के साथ इन्होंने दुनिया भर में बहुत सारे मंदिर खड़े किए हैं, पर वृंदावन में मेरे बाँके बिहारी कृष्ण के मंदिर को क्या ऐसा भव्य नहीं कर सकते या उसके चारों तरफ की जमीन का विकास नहीं कर सकते थे? आखिरकार उनके मंदिर इस्कॉन टेंपल के नाम से ही जाने जाते हैं। राधा-कृष्ण, श्रीराम, हनुमान जैसे देवी-देवताओं के नाम से नहीं जाने जाते। बिल्कुल वैसे ही जैसे बिरलाजी ने जो मंदिर बनवाए, वे बिरला मंदिर के नाम से प्रसिद्ध हुए।

देश भर के बड़े शहरों में इस्कॉन टेंपल हैं। सीधी सी बात है कि अगर कोई वृंदावन में कृष्ण मंदिर बनवाए तो उसे वहाँ श्रद्धालुओं की भीड़ तो अपने आप ही मिल जाएगी, क्योंकि वृंदावन का नाम भगवान कृष्ण से जुड़ा हुआ है। मंदिर भव्य होगा तो बहुत से लोग दर्शनों के लिए उमड़ेंगे ही और फिर इन संस्थाओं का विस्तार स्वयं होता रहेगा। हो सकता है कि इस्कॉन संस्था बहुत से लोगों के रोजगार का जरिया हो और समाज की भलाई के लिए भी काम करती हो, लेकिन अगर संस्था के कर्ताधर्ताओं को भगवान कृष्ण में इतनी ही आस्था है, तो वृंदावन के बहुत से कृष्ण मंदिरों के जीर्णोद्धार का बीड़ा वे क्यों नहीं उठाते? उनके पास पैसे की कोई कमी तो है नहीं। अगर इस्कॉन वाले ऐसा काम करें तो वृंदावन चमक सकता है। वहाँ एक इन्फ्रास्ट्रक्चर बन सकता है। वहाँ आनेवालों लिए भी कई तरह की सार्वजनिक सुविधाओं का इंतजाम किया जा सकता है। तब जाकर सही मायनों में कृष्ण-भक्ति की बात समझ आती है।

इस्कॉन तो केवल एक ही नाम है। ऐसी बहुत-सी संस्थाएँ हैं। जरा सोचिए कि अगर

सभी संस्थाएँ मिलकर समाज के हित में काम करने लगें तो देश का कायाकल्प होने में कितनी मदद मिलेगी। यह ठीक है कि कुछ संस्थाएँ जरूर काम करती होंगी। इस्कॉन के एक प्रचारक मुझे मिले थे, मैंने उनसे इसी तरह का वाद-विवाद किया था। उनकी दिनचर्या बड़ी कठिन रहती है। यह जानकर मुझे प्रसन्नता हुई, पर मेरी इस बात का वह सीधा जवाब नहीं दे पाए।

राजस्थान के दौसा जिले के बाँदीकुई में मेहँदीपुर बालाजी मंदिर में मैं विकास का काम करना चाहता हूँ। वहाँ छोटी-बड़ी सौ से ऊपर धर्मशालाएँ बन गईं। इन भक्तों ने धर्मशालाओं पर तो लाखों-करोड़ों रुपया लगा दिए पर क्षेत्र की सड़कें, सीवर, बिजली, पानी पर कोई एक रुपया भी खर्च करने को तैयार नहीं है। जाहिर तौर पर जब वहाँ व्यवस्था नहीं होनी तो धर्मशालाओं में भी कौन आएगा और एक बार आ गया तो दोबारा नहीं आएगा। वैष्णों देवी जैसे धार्मिक स्थान पर तो फाइव स्टार होटल तक बन गए हैं, पर आप आज भी देख सकते हैं कि भक्तों के लिए इन्फ्रास्ट्रक्चर की कमी है। उस पर कोई काम करने के लिए तैयार नहीं है।

मुझे जब मौका मिलता है, मैं हर धर्म के गुरुओं से मिलता हूँ, वाद-विवाद करता हूँ मेरा मानना है कि उनमें कुछ तो ऐसी क्षमता है, जिससे खिंचकर लाखों लोग चले आते हैं। कोई तो बात है। कभी मैं ओशो की निंदा करता था, लेकिन जब उन्हें पढ़ा, तो आज मैं उनका फैन हूँ। उनकी तर्क शक्ति गजब की थी। लेकिन दिक्कत कि क्या वे अपने जैसा किसी को बना पाए? यही बात सारे बाबाओं पर लागू होती है। मैं निरंकारी बाबा से मिला और बड़ा प्रभवित भी हुआ। मैंने उनसे कहा कि वे ऐसा नगर बसाएँ, जिसमें रहकर लोग उनकी शिक्षाओं पर अमल करते हुए समाज की भलाई के काम करें और वह नगर उनकी शिक्षाओं से समाज सुधार का जीता-जागता उदाहरण बन सके। मैं इसी तरह की अपील सभी धर्मों के असरदार गुरुओं से करता रहता हूँ।

हमारा देश बहुत बड़ा है। यहाँ के धर्म गुरुओं ने विदेशों में अपने भव्य-दिव्य मंदिर बनवा रखे हैं। अच्छी बात है कि इस तरह भारतीयता का प्रचार विदेश में हो रहा है, लेकिन देश की भलाई के लिए कुछ नहीं किया जा रहा। बाबाओं पर अकूत दौलत है। सवाल यह है कि सारे बाबा एक साथ मिलकर क्यों नहीं बैठते और समाज की भलाई के लिए व्यापक योजनाएँ क्यों नहीं बनाते? प्रधानमंत्री नरेंद्र मोदी के स्वच्छता अभियान में सारे बाबा लोग क्यों नहीं जुट जाते।

अब तो बाबा लोग बड़े-बड़े व्यापार व उद्योग भी चला रहे हैं। बाबा रामदेव की पतंजलि तो आयुर्वेद के साथ-साथ नूडल्स तक पहुँच गई। श्री श्री रविशंकर के साथ भी पहले ही आयुर्वेद का बड़ा व्यापार चलता है। अब वे प्रतिदिन उपभोक्ता के काम में आनेवाली चीजें भी बाजार में ला रहे हैं। सदगुरु जग्गी वासदेव द्वारा प्रायोजित कंपनी भी बहुत से क्षेत्रों में काम कर रही है।

प्रश्न यह है कि इनकी ये शक्ति देश के विकास के लिए, गरीब आदमियों के लिए

योजना चलाने में लगती तो क्या ज्यादा बेहतर होता या फिर इन उत्पादों से कमाई कर उन्हें गरीब की योजनाओं में लगाने से।

प्रवचन सुनिए, आनंद लीजिए, आत्मसात करिए और सही राह पर चलिए। अच्छी चीजें ग्रहण कीजिए, बुरी पर ध्यान मत दीजिए।

आखिर में मैं सभी संपन्न धर्म गुरुओं और उनकी संस्थाओं से अपील करता हूँ कि वे देश के जीर्ण-शीर्ण पड़े धार्मिक स्थलों का जीर्णोद्धार कराएँ। एक-एक संस्था अगर दस-दस जर्जर मंदिरों को गोद ले ले तो आसानी से बात बन जाएगी। इससे न केवल धर्म का काम होगा, बल्कि समाज का भी भला होगा।

□□□